Sylvia van Wijnie

Colerianischer Herbst
Gemeinsame Feinde

Gewidmet Annelie, die einfach davongeflogen ist.

Sylvia van Wijhe

Colerianischer Herbst
Gemeinsame Feinde

Science Fiction

Bibliografische Information der Deutschen Nationalbibliothek: Die Deutsche Nationalbibliothek verzeichnet diese Publikation in der Deutschen Nationalbibliografie; detaillierte bibliografische Daten sind im Internet über dnb.dnb.de abrufbar.

© 2023 Sylvia Marlene Ineke van Wijhe

Umschlaggestaltung: S,S&S
Illustrationen: S,S&S, Stephanie Sigel
Lektorat, Korrektorat und Satz: Sylvia Wagner

Herstellung und Verlag: BoD – Books on Demand,Norderstedt
ISBN: 978-3-7578-4506-3

Colerianischer Herbst

Sei der Winter auch die Totenzeit
doch schon im Herbst ist es soweit
zeigt sich schleichender Verfall
Tag für Tag und überall
so fällt Welkes, Blatt für Blatt
vom trockenen Geäst hinab
bis sich dann der Frost erbarmt
Coleria - Du bist gewarnt!

Blatt 86: O'Dowd

Die Gänge, durch die der Soldat sie mit vorgehaltener Waffe vor sich herschob, waren deutlich besser beleuchtet als ihr bisheriges Verlies. Es dauerte eine geraume Weile, bis ihre Augen sich daran gewöhnt hatten, aber mit zunehmender Aktivität ließ dann auch endlich die schmerzhafte Reibung durch die trockenen Lider nach. Rafale musste nicht lange raten: Noch bevor sie das colerianische *Ruhe - Feind hört mit!* -Plakat an einer Wand entdeckt hatte, hatte sich die typisch imperiale Architektur schon verraten. Das Depot Süd.

„Los jetzt!", schnauzte der Kartellsoldat sie an, auch ohne dass Rafale getrödelt hätte. Vermutlich wollte er nur zeigen, dass er momentan das Sagen hatte.

Ohne Erwiderung trottete Rafale weiter und prägte sich dabei so viele Details wie nur möglich ein. Keine Treppen oder Lifte bislang. Sie war noch immer im selben Kellergeschoss, der unklimatisierten Kälte nach mindestens im zweiten. Selbstverständlich waren auch imperiale Zweckbauten wie dieses Militärdepot voll klimatisiert, aber die hochkomplizierten colerianischen Raummanagement-Systeme mit ihrem Wildwuchs an Nutzerrechten, Sicherheitsabfragen, Netzwerkanbindungen und Rückmeldewegen waren schon für die eigenen Truppen oft ein Mysterium. Die neuen Bewohner von den Kartellwelten waren vermutlich bei der Inbetriebnahme an ihnen gescheitert. Die meisten abgehenden Türen und Tore waren geschlossen und nur gelegentlich begegneten sie einem Bot mit einer Tragelast in seinen hydraulischen Armen. Noch seltener waren Kartellweltler zu sehen: Meistens waren es uniformierte Techniker, die irgendwelche Bauteile auf einem Repulsortrolley hinter sich herzogen. Wenn sie Dibaleaux' Anweisungen an Baray richtig interpretierte, dann waren die beiden Depots bereits verlassen, als sich der Colerianische Herbst im Norden und die Task Force 38 hier im Süden eingerichtet hatten. Dementsprechend wenig dürfte es zum Plündern gegeben haben. Es roch nach heißem Metall, Ozon, Kraftkleber und Läuteröl, dem komplexen Parfum geschäftiger Werkstätten. Wie groß mochten wohl die Verluste der Sots gewesen sein?

„Stop!", rief der Soldat, als hätte er ihren Gedanken erraten. Gerade hatten sie die geschlossenen Multisegmenttore einer großen Kaverne passiert. „Warten!"

Rafale betrachtete die abweisenden Tore, während der Soldat eine kleinere Tür daneben zu öffnen versuchte. Offensichtlich kam er mit der imperialen Schließanlage nicht gut zurecht. Er zog eine Chipkarte nach der anderen aus seinen Taschen, dabei stetig lauter fluchend und gelegentlich den Fluch mit einem Fausthieb untermalend. Rafale unterdrückte ihren spontanen Impuls, ihm mit ihrem Chip im Handrücken auszuhelfen. Vielleicht wäre es keine gute Idee gewesen, den Mann darauf hinzuweisen, dass dieser Chip funktionierte.

„Reingehen!", schnappte der Wachhund, als sich endlich mit anbiederndem Summen die Tür öffnete. „Fertigmachen!"

Sie wollte dem einsilbigen Mann nachgehen, aber er sah sie nur misslaunig an und unterstrich seine Ungehaltenheit mit einer knappen Geste. Sie sollte vorgehen. Verdutzt kam sie der Aufforderung nach und noch bevor sie eine Frage dazu stellen konnte, fiel die Tür hinter ihr ins Schloss. Der Raum war stockfinster.

„Droyk", brummte sie vor sich hin und drehte sich dann um. Sie war zu stolz, um einfach nochmals die Tür zu öffnen oder gar zu klopfen. Stattdessen tastete sie unbeholfen nach der Lichtsteuerung. Als sie diese nicht fand, schlug kurz aufkommende Panik in ihrem Brustkorb Alarmgeläut. War es etwa Absicht, dass sie hier im Dunkeln stand? War sie gar nicht allein?

„Licht an, volle Stärke!", rief sie in die lauernde Dunkelheit, als sie sich erinnerte, wer sie war und wo sie war.

Die Sprachsteuerung des Raummanagements, Merkmal colerianischer Zivilisation, reagierte sofort. Es wurde hell in dem Raum, geradezu blendend hell.

„Licht aus!", befahl sie, mehr aus technischer Neugier, aber nichts geschah. Richtig, man war in einem imperialen Militärgebäude, solche sicherheitsrelevanten Kommandos konnte man nur mit einem entsprechend sicherheitsrelevanten Passwort geben. Das war ihr aber momentan gleichgültig, hell wollte sie es haben, hell und klar!

Neugierig sah sie sich um. Eine Umkleide, nein, ein kompletter Waschraum! Staunend betrachtete Rafale die Reihe der blitzsauberen Duschkabinen und zählte sie, als könne sie nur so sicher sein, dass sie existierten. Zehn Duschen, Echtwasser-Duschen! Mikrowellen-Haartrocker! Waschbecken! Sie taumelte wie ein Kind im Bonbonladen, ihre Augen schienen nicht zu wissen, wohin sie als erstes staunen sollten. Wann, wann nur hatte sie zuletzt die sanften Küsse von Wassertropfen auf ihrer nackten Haut gespürt? Rasch schob sie den Gedanken an Emmys Appartement beiseite und näherte sich so zaghaft, als könnten die Duschen doch noch davonlaufen, durch eine ungeschickte Bewegung verscheucht. Auf einer niedrigen Plast-Sitzbank ruhte ein großer Kleiderstapel. Jetzt begriff sie: Das hier waren sicher die Gemeinschaftswaschräume der Werkstatt nebenan und hier wollte man ihr nun Gelegenheit geben, sich wieder in Rafale Goeland zu verwandeln. Kurz schaute ihr Abbild von einem Waschtischspiegel aus zu ihr herüber. Sie hatte es nötig, so bitter nötig, zerlumpt, verdreckt und verkratzt, wie sie war und doch hatte sie scheinbar diese Unabdingbarkeit der Zivilisation längst vergessen. Sie schämte sich spontan für ihre innere Abgestumpftheit. Selbst frische Kleidung war da! Aber warum? Sie beschloss, dass es ihr gerade herzlich egal war und sprang mit einem Jubelschrei gleich in die erste Kabine und drehte unbeschwert den Hahn auf.

Freudig quietschend ließ sie das Wasser auf sich rieseln. Wasser, echtes Wasser! Vor kurzem noch hatte sie das Gefühl, man würde sie elendiglich verdursten lassen und jetzt konnte sie gar nicht genug davon bekommen. Erst nach einigen Minuten realisierte sie, dass sie noch angezogen war. Ungelenk zog sie die grobe schwarze Synthetik aus und ließ sie einfach achtlos in der Ecke der Kabine liegen. Es kam ihr vor, als hätte ein Tier sich gehäutet. Spender für allerlei Pflegemittel blinkten ihr anbietend entgegen und sie drückte glucksend auf jeden einzelnen von ihnen. Sie malte sich mit Nanopeeling verspielte Muster auf die Haut, atmete das stechende Aroma von Fußdesinfektionsmittel ein, als wäre es der Duft der Heimat. Sie spielte mit Duschmittel, pustete Seifenblasen aus der hohlen Hand, weichte ihr verkrustetes Haar in Shampoo ein, bis sie einen Schaumhaufen auf dem Kopf trug. Dann ließ sie es sich herausregnen, nur um gleich wieder von vorn anzufangen. Vergessen war das Martyrium, unwichtig die Zukunft, die komplette Galaxis bestand gerade aus einer Dusche! Übermütig drehte sie das Wasser ab, nur um dann in die nächste Kabine zu hüpfen und das Spiel zu wiederholen, bis sie endlich an der letzten Kabine angekommen war. Längst hatte sie Raum und Zeit verloren, sie hockte unbeschwert gickelnd am Boden der Dusche und ließ sich beregnen. Schließlich seufzte sie wohlig und das so laut, dass es auch der Soldat vor der Tür gehört haben musste. Sie wünschte sich grinsend, dass ihm längst die Beine eingeschlafen sein mochten. Über den Waschbecken, ebenfalls mit echtem Wasser statt mit Trockenreinigungspasten und Heißluft, lag alles bereit, um die Rückverwandlung zu vollenden. Zähne putzen, frisieren, an alles war gedacht. Ein leises Lied summend widmete sie sich dem Stapel Kleidung. Es waren Kleidungsstücke in verschiedenen Größen, von Unterwäsche bis zu Uniformstücken. Befriedigt nahm sie zur Kenntnis, dass man der Bewusstlosen nicht gleich die Körpermaße abgenommen hatte. Immerhin hatte der Zeugwart gut genug geschätzt: Es war tatsächlich etwas Passendes dabei in dieser schönsten Boutique, die sich gerade vorstellen konnte. Es handelte sich wohl um Ausgehkleidung des Kartellheeres. Die braune Hose wählte sie betont eng, sie hatte gerade unbändige Lust, ein wenig Weiblichkeit zu demonstrieren. Ein hellbraunes Uniformhemd mit Damenkrawatte folgte, dazu diese ulkigen Uniformstiefel mit leichten Keilabsätzen, über die man im flach beschuhten Imperium stets spöttelte. Sie saß auf der Bank und hob einen Fuß an. Sah doch gar nicht so schlecht aus!

Allmählich wuchs die Neugier, was man denn nun mit ihr vorhatte. Sie reckte sich und betrachtete im Wandspiegel ihre neue Kartellsoldaten-Verkleidung.

Eigenartig, wie schnell man zum verhassten Feind wird. Soldaten sind nicht nur untereinander austauschbar, sondern auch quer über die Fronten. Von wegen Soldat im Herzen!

Für einen Moment ließ sie das optische Echo noch auf sich wirken. Sie atmete tief durch, konzentrierte sich auf die dezenten Geräusche dieses Raumes, in dem die Grenzen zwischen Freund und Feind verschwammen. Das schüchterne Tröpfeln von Kondenswasser. Das Summen irgendeines Spannungswandlers. Fragmente von etwas, das Stimmen sein mochten. Schließlich brachte das Flüstern der Luftaufbereiter, das so stark den Lebensgeräuschen eines Raumschiffes ähnelte, sie wieder zurück in ihre Welt. Es wurde Zeit.

Apokalypsen verschwinden nicht einfach. Man muss aus ihnen herausgehen. Auf jetzt!

Feierlich öffnete sie die Tür zum Korridor und benutzte dabei nicht den Chip im Handrücken, sondern den Taster. Der Wachsoldat auf der anderen Seite empfing sie überraschend aufgeweckt, er war keinesfalls eingeschlafen oder auch nur misstrauisch. Kurz überlegte sie, ob er vielleicht so entspannt war, weil er ihre Dusche mit Hilfe einer Kamera überwacht haben könnte. Und wenn? Was machte es schon für einen Unterschied, jetzt winkten die Zeichen von weit größeren Dingen.

„Da bin ich, Soldat. Nur weiter", sagte sie mit leicht spöttelndem Unterton.

Der Soldat erwiderte nichts und ging jetzt, da die Gänge sich komplexer zu verzweigen begannen, schräg hinter ihr, nah genug, um ihr mittels wortlosem Wink die Richtung vorzugeben. Es war ein albernes Spiel, sie hätte ihm so ganz einfach die Pistole aus der Hand reißen können. Auch wenn sie damit wenig gewonnen hätte, sie hätte zumindest für den im imperialen Diensthandbuch vorgeschriebenen Aufruhr sorgen können. Aber manche Dinge schienen einfach zum Spiel dazugehörig zu sein, und so ließ sie sich mit ergebener Miene den Weg weisen. Wenn sie sterben sollte, dann würde sie dem Schicksal wenigstens eine Chance geben, einen stilvollen Weg zu gehen, statt in einem dumpfen Kellergeschoss im Handgemenge um eine Pistole zu verrecken.

Nach den Sternen greifen hat Daddy immer gesagt.

Sie gingen durch ein altmodisches und karges Treppenhaus vier Stockwerke höher. Ihre Stiefelsohlen quietschten auf dem nackten Plastboden, Kartell-Schuhwerk war offenbar nicht auf imperiale Baumaterialien abgestimmt. Wenn es jemals zu einem Frieden kommen würde, müssten sich damit ganze Kommissionen beschäftigen, dachte Rafale bittersüß schmunzelnd. Als sie das Treppenhaus durch eine automatische Tür verließen, konnte sie sich einen Ausruf des Erstaunens nicht verkneifen.

„Nour!"

„Elah, das wäre dann ich, Miss Goeland. Schön, Sie lebend zu sehen", sagte Nour mit seinem üblichen und unerschütterlichen Grinsen. „Zum Disha, das ist der nächste Verein, der mich in seine Uniform stecken will! Ich komme mir ja wie eine der Schaufensterfiguren am Place d'Ivoire vor. Außer, dass man bei mir das Preisschild vergessen hat, wohlgemerkt."

Er strich mit beiden Händen über seine Uniformkleidung im gleichen Stil. Rafale fiel ihm lachend um den Hals und drückte ihn mit der Kraft grenzenloser Erleichterung an sich.

„Los jetzt, ihr beiden!", fuhr der Kartellsoldat ungeduldig dazwischen. „Los, durch die Tür da!"

„Ist ja schon gut. Nour, wir halten für den Herren hier die Begrüßungsformalien etwas kürzer. Ich vermute, er ist sonst neidisch."

„Haben Sie Ihre Kehrseite mal im Spiegel gesehen? Ich kann ihn durchaus verstehen", feixte Nour und bedachte den Soldaten mit einem spöttischen Blick. „Wer hat Ihnen denn das Ding auf den Luxusleib geschneidert?"

„Vielleicht erfahren wir das gleich", antwortete Rafale, während sie darauf wartete, dass der Wächter umständlich mit der Chipkarte die Tür öffnete.

„Erst befehlen und dann selbst nicht klarkommen", brummte Nour.

Hinter der Tür erwartete sie ein großer Raum, fast ein Saal, der auch endlich die ersehnten Streicheleinheiten in Form von Tageslicht bescherte. Die Wache schubste nun spürbar grober, vielleicht um zu demonstrieren, wie gut man die Sache im Griff hatte. Zusätzlich zu den Fenstern war der Raum mit den üblichen Luxelementen großzügig erleuchtet. An drei der vier Wände waren Schreibtische und Rechnerarbeitsplätze verteilt, an denen emsig arbeitende Uniformierte saßen. Rafale wusste nicht, ob das kombinierte Heer Werbefilme für den Dienst in der Militärverwaltung ausstrahlte, aber hier hätte man zweifellos einen drehen können. Gegenüber von ihnen war eine große Front aus drei enormen Schreibtischen aufgestellt, es wirkte wie die Kreuzung eines Thronsaales mit einer Finanzbehörde und Rafale war sich gerade nicht sicher, was von beiden sie vorgezogen hätte. Hinter dem mittleren Schreibtisch stand ein höherrangiger Offizier auf und winkte sie zu sich, ihm gegenüber warteten bereits zwei Stühle auf Rafale und Nour. Sie setzten sich.

„Brigadier General O'Dowd", stellte der Mann sich salutierend vor. „Kommandant der Task Force 38 des kombinierten Heeres der Kartellwelten."

O'Dowd war ein nicht allzu großer Mann mittleren Alters mit obligatorisch gepflegtem Aussehen, einem schmalen, blassen, fein gezeichneten Gesicht und auffällig dichten, rötlichen Brauen über sturmgrauen Augen. Die Uniform des Kartellweltlers war wie üblich deutlich dezenter aufgemacht als ihr imperiales Gegenstück. Ein colerianischer *Général de Brigade* trug schon deutlich schwerer an seinen Tressen, Sternen, Ärmelstreifen und Epauletten. Dieser Mann jedoch übertraf insofern Rafales Vorstellungen der bisher bekannten Kartellsoldaten, als dass er sich korrekt und zumindest neutral klingend vorstellte. Er hatte einen farblosen Adjutanten neben sich sitzen, der mit einem leicht betagten Datenpad protokollierte. Sein Name und Rang schienen für Rafales Aufgabe hier nicht von Belang zu sein. O'Dowd blickte sie fragend an und sie blieb die Antwort nicht schuldig. Viele Gesten und Rituale der Streitkräfte glichen sich in der gesamten Galaxis, auch über Fronten hinweg. Rafale stand zum Salutieren wieder auf.

„Lieutenant 1. Ranges und Astrogatorin Goeland, 8. Flotte der Imperialen Raummarine Colerias, Lehrgeschwader an Bord der SMIA Gloire. Das ist Cadet Nour, ebenfalls 8. Flotte."

„Captain Zilver", sagte O'Dowd und wies auf die Einäugige am Tisch zu seiner Rechten hin. Rafales Augen verengten sich, ihr einzelnes Gegenüber tat das Gleiche.

O'Dowds Geste zur Linken galt dann zwei weiteren Offizieren, einem Mann und einer Frau in dunkelblauen Marineuniformen. „Und das sind die Commander Burns und Codrington von der kombinierten Flotte."

„Burns, Sie sind der Kommandant der Morton Rose, richtig?", wollte Rafale wissen und traf damit ins Schwarze.

„Das... stimmt!", antwortete Burns, ein energisch aussehender Enddreißiger mit kurzem, dunklen Vollbart. „Dann sind Sie vermutlich die Pilotin des getarnten Schiffes aus dem Trümmergürtel, habe ich Recht?"

Rafale nickte bestätigend.

„Sehen Sie, Codrington? Lehrgeschwader, Astrogatorin! Ich habe doch gesagt, dass so was nur ein Elitepilot zustande bringt!", sagte Burns zu seiner Sitznachbarin, einer älteren, hageren Frau mit ergrauten, kurzen Haaren unter ihrem Schiffchen. „Sie ist uns einfach davongesprungen, obwohl wir ihre Umgebung mit Raketen gespickt hatten!"

Die Kartellsoldaten machten dem Begriff *kombinierte Streitkräfte* wirklich alle Ehre, dachte sich Rafale. Im Gegensatz zum colerianischen Imperium legte man wenig Wert auf homogene Abstammung und akzentfreie Aussprache und hatte hier alle möglichen Herkünfte munter gemischt. O'Dowd mit seinem blassen Teint und den rötlichen Haaren stammte wohl aus dem Andlir-System, wie auch Sergeant Kells. Burns war dem Akzent nach von Brinat oder Seyjer, bei Codrington war sich Rafale nicht sicher, das fortschreitende Alter egalisierte viele der feineren Unterschiede mit unerbittlicher Hand. Und dass Zilver eine Datch war, war schwer zu überhören, wenn man nicht gerade an akute Mandelentzündung glauben wollte. Gerade begann Rafale sich zu fragen, wie denn eine typische Imperiale aussehen und klingen mochte. Sie schämte sich irgendwie dafür, sich ihr ganzes Leben lang noch keinen Gedanken darüber gemacht zu haben. Die Physiognomie des Feindes wurde gelehrt, bis sie einem zu den Ohren rauskam, die Individualität der eigenen Leute wurde verschwiegen als gäbe es sie gar nicht. Selbst die Statuen vor dem *Palais des Armes* sahen alle gleich wuchtig-idealisiert aus.

„Haben Sie schon in früheren Kartellkriegen gekämpft, Lieutenant Goeland?", wollte Codrington wissen. Ihre Miene verriet vor allem Neugier, weniger Kritik.

„Ja, Commander. Ich habe schon im sechsten Krieg in der Etappe gedient und war im siebten als Pilotin der Jagdgruppe auf der SMIA Lionceau stationiert."

„Die Lionceau!", rief Burns aus. „Das Legendenschiff, die Geißel der My-Nashj-Sternenwolke! Kein Wunder, dass die Rekrutierer der Lehrgeschwader sich um Sie gerissen haben!"

Rafale nahm den Ausbruch an ehrlichem Respekt des Feindes äußerlich gleichmütig hin. Dennoch war sie zufrieden, hier einen gewissen Ruf zu haben, statt als namenloser Niemand vor dieser Kommission zu sitzen. Wofür auch immer sie gut sein mochte.

„Könnten wir nach den Lobeshymnen vielleicht zum Protokoll zurückkehren?", mahnte Zilver ungehalten an. „Das hier ist ein Standgericht und keine Lagerfeuerrunde."

Ein Standgericht! Das ist es also. Sie wollen dir an den Kragen und haben dich noch fein gemacht fürs Peloton.

Burns und Codrington sahen einander an. O'Dowd ergriff nach kurzem peinlichen Räuspern das Wort. Die emsigen Stabsleute an den Schreibtischen um sie herum schienen bemüht, einfach irgendetwas zu tun, um die Offiziere nicht bei ihrer Verhandlung im selben Raum zu stören. Neben dem stattfindenden Prozess schien der Raum grundsätzlich eine Art Hauptverwaltung für diese Task Force zu sein.

„Miss Goeland, wo Sie die 8. Flotte erwähnen... eine grundsätzliche Frage hätte ich vorweg."

„Ja, O'Dowd? Ich bin ganz Ohr", erwiderte sie leger, nachdem der Ranghöhere den Dienstgrad in seiner Anrede weggelassen und damit das Zeichen für eine Lockerung des Protokolls gegeben hatte.

„Wie geht es eigentlich Aguinot, dem alten Hund? Ist er noch Kommandant der 8. Flotte?"

„Ist er noch immer, O'Dowd. Und er ist noch immer so scharf wie ein Vibromesser. Ob er allerdings ein Hund ist, kann ich nicht sagen, ich habe ihn noch nicht schnüffeln gesehen. Eins ist aber sicher: Haaren tut er heutzutage weniger als früher", antwortete Rafale gutgelaunt glucksend und strich sich demonstrativ über das Haupt.

Ein dezentes Lachen ertönte, auch O'Dowd konnte sich ein schelmisches Funkeln nicht verkneifen.

„Er ist hier irgendwo im Banda-Sektor mit seiner Flotte unterwegs, nicht?", hakte er dann nach.

„Korrekt. Ich glaube kaum, dass es ein Militärgeheimnis ist, dass er auf der Suche nach Ihrem Rear Admiral Walker ist, um ihm die Ohren langzuziehen."

„Brigadier General!", mahnte Zilver ungehalten ihren Vorgesetzten.

O'Dowd setzte spontan wieder eine ernstere Miene auf. Ihm schien durchaus klar, dass Yaloo Zilver spätestens dann gefährlich werden konnte, wenn er die Disziplin und die Distanz zum Feind vernachlässigte.

„Lieutenant Goeland, Sie befinden sich hier als Kriegsgefangene vor einem Standgericht der kombinierten Streitkräfte. Ihnen werden gemäß der galaktischen Charta Kriegsverbrechen gegen Zivilisten zahlloser Kartellwelten sowie Verstöße gegen die Konvention über Massenvernichtungswaffen vorgeworfen. Wir berufen uns dabei auf den Kollektivschuld-Paragraphen der Charta, indem wir Sie als Mitglied der colerianischen Streitkräfte identifizieren. Wir weisen Sie darauf hin, dass Ihre Aussagen gegen Sie und andere Mitgefangene verwendet werden können. Möchten Sie sich zu grundsätzlichen Dingen äußern oder soll ich mit der Anklageschrift fortfahren?"

Rafale schluckte so schwer, dass der geschlossene Kragen ihres Uniformhemdes drückte und den Krawattenknoten tanzen ließ. Jetzt hatte der totale Krieg auch sie eingeholt. Das Imperium hatte aus Sicht der Sots gegen Kriegskonventionen verstoßen, indem es als Erstes Krieg gegen Zivilisten führte und vermutlich hatten sie sogar Recht damit. Als Angehörige der Streitkräfte war sie automatisch mitgefangen, mitgehangen, hier gab es keine Einzelschuld mehr! Was tun, was nur? Fieberhaft überlegte sie. Wie verteidigt man sich in einer ausweglosen Situation?

Denk nach, Goeland, sie werden dich nicht am Leben lassen, weil du eine tolle Pilotin bist und Witze über Aguinot reißen kannst! Denk nach, zum Rodder!

„Ja, das möchte ich. Zunächst einmal möchte ich darauf hinweisen, dass Cadet Nour nicht unter diese Anklage fallen kann, da er zwangsrekrutiert ist und somit kein regulärer Angehöriger der Imperialen Streitkräfte."

Eine Pause entstand, das nachdenkliche Schweigen hing wie eine lautlose Glocke über ihnen.

„Cadet Nour", begann O'Dowd dann. „Lieutenant Goelands Einwand ist berechtigt. Laut Ihrem ID-Chip sind Sie Bürger des Planeten Algaras im Al-Schemse-System. Aus unserer Sicht ist das eine neutrale, vom Colerianischen Imperium militärisch okkupierte Welt. Nach unserem Militärrecht gelten Sie hier als befreiter Zivilist und sind frei zu gehen, wohin Sie wollen. Wir können Ihnen natürlich keine Heimreise nach Algaras ermöglichen, solange das Imperium es besetzt hält, aber Sie dürften in die Kartellwelten einwandern, wenn Sie das wünschen. Ferner gilt für Sie nicht der Tatbestand -"

„Mister General Sir, darf ich auch etwas sagen?", unterbrach Nour ihn plötzlich.

„Natürlich, Cadet, sprechen Sie."

„Fein. Bei den mystischen Gärten von Chashta, ich fürchtete schon, ich käme gar nicht mehr zu Wort. Folgendes: Ich frage mich nämlich gerade, was hier für eine Komödie aufgeführt wird."

Die Anwesenden tauschten irritierte Blicke aus, auch über die Tischfront hinweg. Selbst Captain Zilver zeigte einäugiges Erstaunen.

„Bitte? Mister Nour, das müssen Sie uns schon erklären!"

„Das ist doch ganz einfach, Mister General Sir. Sie wollen mir gerade irgendwie verklickern, dass ich ein freier Mann sein könnte, während Sie Goelands hübschen Hintern aufreißen wollen. Jetzt fragt sich der kleine dumme Nour, warum eigentlich? Es kann doch zum Disha nicht sein, dass zwei Personen das Gleiche tun und dann die eine Verbrecher ist und die andere frei! Dann ist doch entweder Ihre Gesetzgebung falsch, Mister General Sir, oder Ihre Auslegung! Wenn es davon abhängt, woher man kommt und nicht was man tut, dann ist doch Ihr Recht nicht besser als das Ihres Feindes. Habe ich Recht? Natürlich habe ich Recht, Ubash sei mein Zeuge!"

Die Kartell-Offiziere sahen einander ratlos an, während Fareq Nour aufgesprungen war und wild gestikulierend vor den Tischen auf und ab lief. Selbst der einzelne Wachsoldat betrachtete den kleinen Mann von Algaras nur unschlüssig und regte sich ansonsten nicht, obwohl doch gerade die Sitzung ordentlich durcheinander geriet. Nour sprach weiter, da ihn niemand daran hindern wollte. Oder konnte.

„Wenn das also der Fall ist, dann bräuchten wir entweder andere Gesetze, oder...", verkündete er mit einer kleinen theatralischen Pause. „Oder wir müssten endlich aufhören, Feinde zu sein! Solange niemand von Ihnen, egal ob Sot oder Imp, schlau genug dazu ist, gilt: Ich habe das Gleiche getan wie die Imp, also bleibe ich auch hier neben der Imp stehen! In Ubashs Namen, ich habe gesprochen!"

Inmitten der Überraschung sprang Rafale ebenfalls auf und machte einen Schritt auf Nour zu. Während dieses winzigen, flüchtigen Augenblicks liefen lebhafte Bilder ihrer gemeinsamen Erlebnisse ab. Ihr hastiger Aufbruch mit der Duquesne. Der unselige Moment, als sie die Waffe gegen ihn erhoben hatte. Ihr Besuch bei seiner Familie, als sie Cherif mit ihren Taschenspielertricks verzauberte. Wie er sie kaltschnäuzig vor der Straßengang gerettet hatte und auch, wie er sie nach Emmys Verrat wieder aufgerichtet hatte. Sie verdankte ihm so viel! All das passte eigentlich gar nicht in diese winzigen, aufwühlenden Momente, sie hätte gerade ein Fareq-Nour-Buch schreiben mögen. Stattdessen lächelte sie ihn an. Ganz Coleria lächelte aus ihr. Und er spiegelte das Lächeln, frei von seiner üblichen Ironie. Es war ein Lächeln unter Freunden, das wusste sie gerade ganz genau. Jetzt, in diesem Moment, vor dem Tribunal, war ihr gelungen, was sie damals in Old Iron-state nicht vermocht hatte: Sie hatte endlich einen Freund gefunden!

„Wenn der Algarasier unbedingt bei der Imp bleiben will, soll er das machen, ich lasse sie gern beide erschießen!", knurrte Yaloo Zilver in ihrem gutturalen Datch-Akzent.

Der Kommentar holte Rafale und Nour aus ihrer Euphorie zurück. Sie tauschten ernste Blicke aus, ohne ein Wort zu sagen und setzten sich. Die Entscheidung war gefallen.

„Nachdem wir nun über die Gültigkeit der Anklage für beide Gefangenen gesprochen haben, können wir ja fortfahren", stellte O'Dowd ruhig fest. „Goeland, haben Sie außer diesem Punkt noch etwas anderes hinzuzufügen?"

Jetzt gilt es, Mädchen. Sag jetzt bloß nichts Falsches, du hast nur diesen einen Schuss!

„Ja, habe ich, Sir!", antwortete sie mit einer Stimme, von der sie hoffte, dass sie fest und sicher klang. Innerlich fühlte sie sich keineswegs so.

O'Dowd sah sie an. Rafale versuchte, in seinem Gesicht zu lesen, ob es Neugier war, Ungeduld oder gar Vorverurteilung, aber sie war noch nie gut im Lesen von Mimik und Körpersprache gewesen. Zu gern hätte sie die Gesichter der anderen Beisitzer betrachtet, aber sie wollte O'Dowds Gesicht nicht loslassen, so wie man einen Fisch an der Angel vorsichtig, aber bestimmt festhielt und näher zu sich zog.

„Ich mache Sie darauf aufmerksam, dass es sich bei den Kämpfern aus dem Depot Nord nicht um imperiale Soldaten handelt, sondern um antiimperiale Söldner. Ergo haben wir es hier nicht mit einem Krieg zu tun, befinden uns also auch nicht in einem Kriegsgebiet. Hier ein Standgericht einzuberufen, ist somit gar nicht zulässig! Vom Kollektivschuld-Paragraphen der galaktischen Charta gar nicht zu reden! Wenn Sie hingegen der Meinung sind, wir hätten mit diesen Banditen zusammengearbeitet, dann müssen Sie das im Einzelfall beweisen können."

„Einspruch, Sir!", rief Zilver aufgebracht und schlug mit der flachen Hand auf den Tisch. „Wir haben Tote dieser Truppe untersucht und wir haben imperiale ID-Chips in ihren Händen gefunden. Außerdem ist das verwendete Material, von der Plasmapistole bis zum Schwebepanzer, komplett colerianische Militärtechnik! Die Imp versucht, sich hinter Formalien zu verstecken!"

„Wenn Sie die erwähnte Ausrüstung sorgfältiger betrachtet hätten, wäre Ihnen aufgefallen, dass diese Kämpfer sich farblich als Kartelltruppen getarnt haben. Haben Sie schon einmal colerianische Soldaten gesehen, die das tun? Ich jedenfalls nicht. Sogar gefälschte Abzeichen wurden angebracht. Und in der Küstensiedlung haben sie Ausrüstung des kombinierten Heeres ausgestreut, um den Verdacht auf Sie alle zu lenken!"

Rafale hatte Mühe, ihre Stimme zu kontrollieren. Hier wurde gerade mit enormen Einsätzen gespielt und sie ging mit! Als sie mühsam einen Atemzug in ihre Lungen gepresst hatte, sprach sie ein Stoßgebet zu den Sternen, dass diese Herbst-Truppen ebenfalls so hergerichtet waren wie deren toter Kamerad, den sie in der Küstensiedlung gefunden hatten. Wenn nicht, waren sie jetzt mindestens genauso tot.

O'Dowd zog die Stirn kraus, er schien zu zweifeln. Burns und Codrington sahen einander ratlos an. Diese Verhandlung lief ganz offenkundig nicht nach ihren Vorstellungen ab.

Interessant war jetzt jedoch die Frage, wie sie das bewerten würden.

„Was sollte denn das beweisen, Imp?", rief Yaloo Zilver. Ihr Standpunkt war mehr als eindeutig und sichtlich unbeeindruckt von Rafales Argumentation. Sie war aufgesprungen und stützte sich mit den Händen auf der Tischplatte ab, als würde nur diese sie daran hindern, sich auf Rafale zu stürzen.

„Imperiale Streitkräfte haben es nicht nötig, sich als Kartelltruppen auszugeben", beantwortete Rafale die Frage mit stolzem Nachdruck, den Blick jedoch weiterhin auf O'Dowd gerichtet. „Niemand wäre so dämlich, sich davon einen militärischen Vorteil zu versprechen."

„Aber wer war es dann?", hakte O'Dowd nach.

„Sir, das ist unerheblich!", warf Zilver ein. „Selbst wenn das stimmen sollte und hier momentan keine colerianischen Streitkräfte anwesend sind, kann sich diese Imp nicht einfach herausreden! Dann ist sie eben eine Spionin und ich beantrage ihre Verhaftung, um sie später vor ein ordentliches Militärgericht in den Kartellwelten zu stellen. Das Imperium hat überall in den umkämpften Welten Kriegsverbrechen begangen und vor einem Militärgericht gilt der Kollektivschuld-Paragraph weiter."

Ärger braute sich in Rafale zusammen. Jetzt kam sie ihr auf die Tour! Diese Datch zerrte wirklich an ihren Nerven. Wollte die denn mit aller Macht ein Exempel statuieren, nur um ihre persönlichen Rachegelüste zu befriedigen? Ihre Blicke schweiften suchend über die Tischfläche. Liebend gern hätte sie jetzt etwas Hartes, Unangenehmes in Zilvers Richtung geworfen, so wie sie einst ihren bekannten Widersacher McBraene in einer Konferenz niederstrecken wollte. Es begann zu brodeln in ihr. Der frische Geschmack ihrer Zahnpflege war einem bitteren Gallenaroma gewichen, nur mit

Mühe konnte sie ihren vor Zorn krampfenden Magen nieder-
kämpfen. Sie holte Luft, als wollte sie tief tauchen.

„O'Dowd, ich mache Sie darauf aufmerksam, dass wir gar
keine Angehörigen der Imperialen Streitkräfte mehr sind. Sie
können das gern überprüfen lassen. Nour und ich sind bereits
vor der Eskalation des Krieges suspendiert worden, also sind
wir zusätzlich auch noch Zivilisten."

„Einspruch! Wir haben kurz nach der Gefangennahme von
Goeland ihren Chip gescannt, er ist noch aktiv. Das ist also
eine Lüge!"

„Zilver, Sie gehen mir allmählich auf die Nerven! Wenn Sie
mir nicht glauben, lassen Sie doch über die galaktische Ret-
tungsorganisation   einen   Suchantrag   machen.   Die
colerianischen Militärbehörden werden Ihnen versichern, dass
ich nicht zum Militär gehöre. Ich habe mich lediglich der
Anordnung, meinen Chip zu deaktivieren, widersetzt."

„Mister General Sir", merkte Nour beinahe bescheiden an,
sein ruhiger Tonfall bildete einen scharfen Kontrast zur aus-
ufernden Debatte. „Ich möchte noch dazu sagen, dass mein
Chip deaktiviert ist, wie man es erwarten sollte. Man hätte niemals wegen unseres Einsatzes hier nur mich suspendiert,
meine Kommandantin jedoch nicht. Das wäre keine colerianische Art. Sie hat ihre Dienststelle einfach nur überlisten
können, im Gegensatz zu mir. Sicher hat der ehrenwerte Captain Zilver nur vergessen, dieses bescheidene Detail zu
erwähnen."

O'Dowd hob fragend eine Braue.

„Sie beide waren also doch schon im Einsatz für die Marine
hier auf Banda?"

„Natürlich, aber doch bevor das Ganze hier losging",
wandte Rafale augenrollend ein. „Wir sollten das aber in der
richtigen Reihenfolge besprechen: Entscheidend ist vorerst,

dass Nour und ich Zivilisten sind und wir nicht für imperiale Kriegsverbrechen verantwortlich gemacht werden können!"

„Wenn Sie als Zivilisten hier sind, wie sind Sie denn dann beide nach Banda III gekommen? Etwa mit diesem seltsamen Schiff, von dem Commander Burns sprach?"

„Ganz genau!"

„Und wo ist das Schiff jetzt?"

„Es ist... uns gestohlen worden", gab Rafale kleinlaut zu. „Wir sind hier gestrandet."

„Das sollen wir Ihnen abnehmen, Imp? Für wie gutgläubig halten Sie uns eigentlich?"

„O'Dowd, halten Sie bitte ihren einäugigen Kläffer zurück, wenn Sie auf eine ernstzunehmende Verhandlung Wert legen!", blaffte Rafale aufgebracht. „Ich habe hier eine Menge Ungereimtheiten im imperialen System gefunden, nur diese Datch hier scheint gar nicht an einer Lösung interessiert zu sein. Ich weiß aber mehr als sie und das könnte unser aller Vorteil sein."

Rafale war nun ebenfalls aufgesprungen. Sie reckte sich zur vollen Größe und hielt zwar die Arme eng am Körper, die Hände jedoch waren zu Fäusten voller Zorn geballt. Während die Kartelloffiziere einander unschlüssig ansahen, waren die Adjutanten neben und hinter ihnen in Unruhe: Die Schreiber wussten scheinbar nicht, wie sie die eskalierende Verhandlung ordnungsgemäß protokollieren sollten, ohne einem ihrer verschiedenen Vorgesetzten ein unvorteilhaftes Abschneiden zu attestieren.

„Ach ja? Dann sind Sie vermutlich doch noch eine Spionin, was?", geiferte Zilver. „Sir, diese Imp verstrickt sich in unauflösbare Widersprüche, ich beantrage ihre sofortige Erschießung. Spione können wir jederzeit und überall aburteilen, sogar ohne Gerichtsverfahren! Wir haben anderes zu tun, als uns von ihren Lügengeschichten die Zeit stehlen zu lassen. Geben Sie mir nur freie Hand!"

„So, jetzt reicht es mir aber!", rief Rafale aus. „Wenn das hier eine Farce ist, will ich wenigstens mitspielen!"

Sie machte eine schnelle Seitwärtsbewegung und noch bevor sonst jemand reagieren konnte, war sie im Begriff, um Yaloo Zilvers Schreibtisch herumzulaufen. Diese kam ihr jedoch bereits entgegen, die Fäuste ebenfalls zornerfüllt ballend. Als sich beide neben dem Tisch begegneten, zögerten sie nicht lange und gingen mit Fäusten aufeinander los. Die Wachen hoben und senkten im raschen Wechsel ihre Waffen, als wüssten sie nicht, wie sie mit der Situation umgehen sollten und wollten vorsichtshalber beide Reaktionen zugleich anbieten.

Nach kurzer Rempelei nutzte Rafale ihren Vorteil als hochgewachsene und langarmige Linkshänderin: Sie schlug verbissen und mit voller Wucht zu. Ihre Linke traf Zilver oberhalb der Deckung am Kopf und warf sie mit Schwung um. Sie landete mit einem lauten Keuchen rücklings auf dem Boden und wand sich stöhnend, eine Hand an der Schläfe.

„So, das ist für den Schlag mit dem Gewehrkolben, Sot!"

„Leute, Leute, ganz ruhig, nicht schießen, zum Disha! Nur eine kleine Rangelei!", hörte sie Nour hinter sich rufen. Als sie sich umsah, blickte sie in mehrere Pistolenläufe.

„Schon gut, schon gut! Sie hat mich provoziert, aber ich stehe dafür gerade!"

Ein aufgeregter Schreiber wollte Zilver aufhelfen, diese winkte jedoch zischend ab und kam selbst auf die Beine. Gerade war sie im Begriff, sich wieder auf Rafale zu stürzen, als sie von Burns mit unmissverständlichem Griff zurückgehalten wurde.

„Wir machen eine kurze Pause!", entschied O'Dowd seufzend.

Blatt 87: Haute-Pleine

So wie es Personen gab, die bereits mit ihrem Auftreten einer Konversation ihren Stempel aufzudrücken vermochten, noch bevor ein erstes Wort gefallen war, so gab es auch Orte mit dieser Eigenschaft. Victor Nadar hatte soeben einen weiteren davon kennengelernt und er war nicht begeistert. Das beklemmende Gefühl, fremd zu sein, ohnmächtig und unbedeutend, sprang ihm schon in der Lobby entgegen, als er sich zu einem der Turbolifte begab. Wie jeder Colerianer, der gedient hatte - und wer hatte nicht gedient? -, besaß auch Victor einen militärischen ID-Chip in seinem linken Handrücken. Das Herz schlägt links pflegte man den Rekruten so lange zu sagen, bis sie es entweder glaubten oder zum Minenräumen eingeteilt wurden. Der Lift kam nicht. Zumindest sah es eine ganze Weile so aus und als die Kabinentür sich ihm endlich öffnete, hatte er das Gefühl, sie hätte es nicht für ihn getan, sondern wäre ohnehin gerade dort gewesen. Nach seiner Pflichtzeit hatte er nicht freiwillig verlängert und war somit im Status eines inaktiven Reservisten. Hatte der Lift ihn deshalb zwar erkannt, aber nicht bedient? War selbst die KI schon so militarisiert? Victor begann zu grübeln, und vielleicht war es genau das, was man hier beabsichtigte.

Zwei-Klassen-Gesellschaft im Imperium? Ach was, das stimmt doch gar nicht! Wir haben mindestens fünfzehn!

Das hatte Lizu immer gesagt. Und Lizu hatte zwar eine große Schnauze, aber er traf auch meistens den Kern.

Er bestieg unter den scheinbar desinteressierten Blicken Imperialer Leibgardisten den Lift. Wie viele Stockwerke Imperators Zeigefinger - so nannte man dieses Gebäude salopp - wirklich zählte, war keiner sichtbaren Quelle zu entnehmen. Kurz hob er die Hand in Richtung des Bedienfeldes, aber im selben Moment wurde ihm klar, dass die KI bestenfalls ein hämisches Sieh an, ein Zivilist antworten würde. Er ließ es bleiben. Im Imperium fragte man nichts, was nicht unmittelbar zur Aufgabe gehörte.

„734. Stockwerk", sprach er in den Mikrofonschlitz.

Für eine Weile geschah nichts.

„Ich habe Ihre Eingabe nicht korrekt verstanden, bitte wiederholen Sie", forderte dann eine süßlich-synthetische Frauenstimme, die so lebensecht klang, als befände sich auf der anderen Seite der metallenen Kabinenwand ein Landschaftsidyll mit Bachläufen, Singvögeln und einer sich kämmenden Prinzessin, die auf ihren Prinzen wartete.

„734. Stockwerk... bitte!", sprach er folgsam.

Die Kabinentür schloss sich ohne Ankündigung und dann schoss der Turbolift so schnell aufwärts, dass es Vic ein wenig in die Knie presste. Eine Bestätigung hatte die Stimme nicht gegeben, sie ließ die Beschleunigungskräfte für sich sprechen.

Zicke.

Die Liftprinzessin entließ ihn kommentarlos in einen eher düsteren Korridor und verschwand dann auch sogleich wieder im Labyrinth der Schächte. Ein Hologramm bestätigte die Ankunft im gewünschten 734. Stock, sein rotes Projektorlicht tauchte den Beginn des Korridors in eine Art Alarmstimmung. Obwohl es totenstill und leer wie die algarasische Windwüste war, täuschte dieser Eindruck mit Sicherheit. In der Zentrale der militärischen Verwaltung, einem der markantesten Stratosphärentürme Conorets, schlief nichts und niemand. Es war das stille, reglose Pulsieren einer Hochspannungsleitung, das sich durch Imperators Zeigefinger zog. Kühl, effizient, selbstzufrieden und stets wachsam. Victor zog seinen alten Staubmantel enger um sich und ging los. Wie viele Leute mochten hier arbeiten? Auf den Straßen von L'Étoile, tief unter ihm, munkelte man von Zehntausenden, aber wirklich sicher war sich niemand. Irgendwie war es wie ein Gehirn: Jeder wusste von ihm, jeder war sich im Klaren, dass es lebenswichtig war, aber was genau in seinem innersten Kern vor sich ging, vermochte keiner von außerhalb zu sagen.

Vic klapperte eine Bürotür nach der anderen ab, und es waren viele. Es roch nach Weichmacher aus den Plastverkleidungen der Wände und des Bodens. Lautlos wie ein Beute suchender Raubvogel am Himmel folgte ihm ein Deckenlicht auf seinem Weg.

Dieses Gebäude hat wahrscheinlich mehr gekostet als die komplette planetare Bebauung von Datch IV und am Licht sparen sie!

Victor Nadar brummte etwas sogar für sich selbst Unhörbares, er wusste jedoch, dass falsche Sparsamkeit sicherlich nicht der Grund war. Als er an der unscheinbaren Bürotür ankam, blieb auch das Licht über ihm stehen. Wie um sich selbst zu beruhigen, las er aufmerksam das Türschild.

Abteilung 118, Stelle 38 für operative Auswertung von Landungsoperationen in außercolerianischen Systemen.

Hätte er nicht ohnehin die genaue Beschreibung der Dienststelle recherchiert, in der Rafale Goelands Fall untersucht wurde, wäre er wohl auch so darauf gekommen. Viel hätte vermutlich nicht gefehlt, und man hätte gleich ihren Namen mit auf das Schild gedruckt. Kurz überlegte er, ob Imperators Zeigefinger vielleicht nur deshalb so imponierend groß geraten war, um die vielen elaborierten Abteilungsschilder unterbringen zu können, aber er konnte momentan nicht einmal über seine eigenen müden Witze lachen. Er war ohne Zweifel an der richtigen Adresse, aber tat er auch das Richtige?

Er versuchte es mit dem Wink seiner linken Hand über dem Sensorfeld neben der Tür, aber schon wieder geschah nichts. Kurz wollte der Impuls, diese Tür schlicht einzutreten, unterdrückt werden, doch dann betätigte er resignierend den Anmeldetaster. Gedämpft erklang im Inneren des Raumes hinter der Tür ein Aufmerksamkeitssignal. In seiner Agentur hatte er auch so eine Anlage, aber sie war defekt. Der Vermieter weigerte sich angesichts ausgebliebener Mieten, sie zu reparieren und Marjolaines Bruder kannte sich damit angeblich nicht aus, obwohl er System-Elektriker war. Wer zu Victor Nadar wollte, musste altmodisch klopfen. Momentan würden aber wohl ohnehin nur die Verschwörer klopfen und auf die konnte er getrost verzichten. Die Tür öffnete sich.

„Sie wünschen... Mister?", näselte ein blasser, schmächtiger Adjutant in einer Stabsuniform. Das Mister schob er gelangweilt nach, als er in dem Besucher einen Zivilisten erkannte.

„Victor Nadar, ich habe einen Termin mit Contre-Amiral Haute-Pleine", antwortete Vic so entschlossen wie nur möglich.

Während er wie ein Bittsteller am Eingang wartete, dachte er an Rafale. Die kleine Rafja, wie ihr brummiger Vater sie nannte. Hätte man Vic um eine Aufstellung der empathischsten Menschen gebeten, so hätte er seinen eigenen Namen nicht unbedingt daraufgesetzt, aber auch ihm war die Zuneigung nicht entgangen, die dieses Gebirge von einem Mann plötzlich zeigte, wenn es um seine älteste Tochter ging. Es musste ein sehr enges Band zwischen ihnen sein, das man so nicht erwartet hätte, und es berührte ihn. Ob sie sich auch so verlassen gefühlt hatte, als sie den düsteren Korridor mit dem argwöhnischen Lauflicht entlanggegangen war? Sicher, sie war Berufssoldat und den Hautkontakt mit dem Imperium gewöhnt, aber die düsteren Eingeweide dieser Kathedrale des Krieges waren doch sicher für jeden bedrückend.

Adelina wäre im Foyer umgedreht.

Und er auch nur zu gern. Was mochte eine Frau wie sie bewegt haben, beim Militär zu bleiben? Er vermutete, dass es der ewige Lockruf des weiten Alls war. Der verheißungsvolle Schatz, der irgendwo im Lichtermeer der stillen Sterne versenkt war und noch immer seiner Entdeckung harrte. Und sehr wahrscheinlich auch der Hauch von Freiheit vor dem eisernen, grauen Griff des Imperiums, den ein langes, einsames Leben im All mit sich brachte. Wie so oft: Wege nach draußen entdeckte man erst, wenn man eingesperrt war. Die Lust am Fliegen eines Raumschiffes vielleicht, sie war eine begnadete Pilotin, die Elite der Elite Colerias. Diejenigen, die zu schade waren, um als Kanonenfutter zu dienen, sondern anderen beibrachten, eines zu werden. Je länger Vic nachdachte, desto besser konnte er die Schmach greifen, welche die Marine auf Banda III erlitten hatte, als sie in einer lapidaren Rettungsaktion gleich eine ganze Staffel dieser ausgesuchten Frauen und Männer verloren hatte. Eine Schmach, die man nicht so hinnehmen konnte, auf keinen Fall. Und wenn man die eigenen Leute dafür angehen musste.

Staatsraison.

„Mister Nadar? Ist etwas?", drang die Stimme des Stabsadjutanten an sein Ohr. Er wirkte irgendwie noch schmächtiger als eben, als hätte man die Luft aus ihm herausgelassen.

„Uh nein, entschuldigen Sie. Ich habe wohl gerade geträumt."

„Kommen Sie, der Contre-Amiral erwartet Sie." Der junge Mann schien gar nicht auf Vics Erklärungsversuch einzugehen, vielleicht war es ihm auch gleichgültig.

Vic betrat ein großes Büro, das vor Leben hätte pulsieren können, aber alles schien trotz Zimmertemperatur eingefroren. Diverse kleine Angestellte an kleinen Schreibtischen bemühten sich, beschäftigt zu wirken, ohne aufzufallen. Niemand war neugierig oder gar überrascht von Vics Eintreten. Natürlich war er angemeldet, aber zumindest das Aussehen des Besuchers hätte doch eigentlich von Interesse für diese Leute sein sollen.

Du sagst es, Alter. Die wissen schon, wie du aussiehst.

„Kommen Sie, Mister Nadar. Setzen Sie sich!", sprach eine Figur in blendend weiß-schwarzer Marineuniform. Ihre Stimme war ebenso beherrscht und minimalistisch wie die dazugehörige Mimik. Es war ein Mann im gestandenen Dienstalter, wie man so schön sagte, zumindest wenn der Angesprochene nicht zugegen war. Vic war zur Genüge auf Coleria Prime herumgekommen und er erkannte sogleich den Weitweltler, wie man die Leute aus dem fernen Norden des großen Hauptkontinents nannte. Der Mann hatte die typische dunkelblaue Haarfarbe, bereits mit deutlichem Grau durchzogen und einen ebenso blauen Schnauzer, von Soldaten abfällig Respektsbalken genannt. Traditionell hatten Weitwelter immer mit gewissen Vorurteilen zu kämpfen. Man sagte ihnen Hinterwäldlertum nach, bisweilen sogar eine gewisse sture Dummheit. Beides war natürlich totaler Quatsch, Vic hatte genug Blauhaare in seiner Zeit beim Tynera Newsletter kennengelernt. Es sagte aber viel über Haute-Pleines Natur aus, wenn er es so weit gebracht hatte. Vic nahm ihm gegenüber an einem großen, aber einfachen, gleichsam freudlosen Schreibtisch Platz.

Während er stumm dasaß, hatte Haute-Pleine seine dunkelblauen Augen unverrückbar fest auf ihn gerichtet. Der Blick weckte neue Zweifel in Vic. Tat er wirklich das Richtige? Er tröstete sich damit, dass er Rafale nicht in noch mehr Schwierigkeiten bringen konnte, als sie jetzt schon hatte. Sich selbst hingegen schon, aber für eine schöne Frau war das vertretbar.

Hör auf, dich selbst zu verarschen, Alter! Du bist kein Romantiker. Gibs doch wenigstens zu, dass die Kleine dir einfach imponiert!

Er beschloss, den Gedanken nicht weiter zu verfolgen. Ob Haute-Pleine auch zu dieser Verrätertruppe gehörte? Wenn ja, dürfte er sich gerade wirklich in Schwierigkeiten gebracht haben, gegen die diese Killermaus geradezu niedlich wirkte. Andererseits hätte der Contre-Amiral, wenn dem so wäre, Rafale sicher nicht nur mit Reisesperre belegt. Das Pflicht-Treue-Gesetz hätte ihm jeden Vorwand gegeben, sie gleich dingfest zu machen. Oder mehr. Ihm schauderte bei dem Gedanken.

„Mister Nadar, was ist nun Ihr Anliegen? Ich bin ganz Ohr", ermahnte ihn der Offizier. In seiner Stimme lag keine Ungeduld, er überließ es einfach seinem Gegenüber, diese zu empfinden. „Es geht um den Fall Goeland, sagten Sie."

„Ja, ganz genau."

„Mister Nadar, Sie sind Reservist. Ich mache Sie darauf aufmerksam, dass Sie der imperialen Dienstordnung unterliegen. Anhörungen wie diese sind der Grund dafür, dass Sie regelmäßig Post von uns bekommen."

Zum Rodder, wenn du wüsstest, dass ich die alljährlichen Ergänzungshefte immer zum Anheizen im Multiofen benutzt habe! Nichts brennt so gut wie imperiale Behörden-Plastfolie!

„Natürlich, Contre-Amiral", log er. „Ich bin sozusagen voll im Bilde!"

„Und das Pflicht-Treue-Gesetz findet ebenfalls besondere Anwendung!"

Vic kannte das Gesetz, wie es jeder colerianische Bürger kannte. Und fürchtete. Genauso gut hätte Haute-Pleine mit einem tickenden Detonator jonglieren können. Ein falsches Wort, und man konnte ihm mit diesem Universalgesetz einen Strick beliebiger Länge drehen. Meistens war es eine sehr geringe Länge.

„Verstehe ich vollkommen, Contre-Amiral."

„Dann sind wir uns einig und wir können beginnen. Erzählen Sie, was Sie mir zu erzählen haben."

„Ich weiß, wo Goeland steckt."

Wenn es nicht bereits vorher schon still im Raum gewesen wäre, dann wäre es das spätestens jetzt geworden. Der Zeitfluss schien eingefroren, nur die große, holografische Wanduhr mit imperialem Logo in der Mitte trotzte allem und schritt unbeirrt voran. Kurz vor Mittag. Vic dachte nicht an seinen knurrenden Magen, er war mit aller Konzentration auf den Offizier ausgerichtet. Dieser blickte nun ebenso konzentriert zurück.

„Und wo, bitte, ist das?", wollte er dann wissen. Seine Stimme war absolut ungerührt, das Gebaren eines Profis.

„Sie ist auf Banda III", sagte Vic, bemüht, ebenso ruhig zu bleiben. „Sie ist dort, um ihre Unschuld zu beweisen."

Eine Nadel hätte man fallen hören können. Der gesamte Raum mit seinen Insassen schien sein Leben verloren zu haben, nur die beiden Männer am großen Tisch in der Mitte agierten mit ruhigen Bewegungen wie Tiere, die einander belauerten.

„Sie ist auf der Suche nach den Datenrekordern ihres Schiffes, richtig?", folgerte der Weitweltler.

Vic nickte.

„Mister Nadar, ich danke Ihnen für diese Information. Sie ist jedoch nicht unbedingt wertvoll für meine Ermittlungen, denn der Banda-Sektor ist umkämpftes Gebiet. Es ist sehr zweifelhaft, ob sie überhaupt von dort zurückkehrt. Sie wissen vermutlich auch, dass ich Sie fragen könnte, woher Sie Ihr Wissen nehmen?"

„Natürlich, Contre-Amiral", bestätigte Vic die rhetorische Frage. „Aber es geht um weit mehr. Ich brauche Ihre Hilfe, nein, Miss Goeland braucht Ihre Hilfe, wenn sie zurückkehren sollte. Wenn Sie mir versprechen, sie nicht zu bestrafen, kann ich sie mit Ihnen zusammenbringen und sie kann Ihnen sehr wertvolle Informationen geben."

Gute Galaxis, mach, dass das kein Fehler war!

Haute-Pleine saß für eine qualvoll zähe Weile regungslos da, als hätte er sich ebenso wie seine Untergebenen in die gefrorene Zeit begeben. Dann aber rührte er sich und drang wieder mit seinen dunkelblauen Augen tief und mit der Wucht eines Pfahls in Vics hellblaue Augen ein.

„Mister Nadar. Das hier ist das Büro einer imperialen Ermittlungsbehörde. Sie kommen hier einfach hereinspaziert und wollen mit mir schachern, dass ich eine Fahnenflüchtige nicht behellige? Wir sind hier nicht auf einem Koloniewelt-Basar."

„Vielleicht doch. Wenn das, was ich inzwischen recherchiert habe, korrekt ist, dann werden Sie Goeland nicht nur in Ruhe lassen, sondern ihr einen Orden verleihen. Oder Sie stehen beide nebeneinander, wenn der Imperator das tut. Alles, was wir so lange brauchen, sind ein wenig Diskretion und Schutz."

„Mister Nadar. Sie scheinen meinen Hinweis nicht verstanden zu haben. Sie sind nicht in der Lage, Forderungen gegenüber einer imperialen Stelle zu formulieren. Ich bin aber in der Lage, Sie auf unbestimmte Zeit wegen Verrats zu inhaftieren."

„Schon gut, schon gut, Contre-Amiral!", erwiderte Vic mit abwehrend erhobenen Händen. Dann rückte er den fadenscheinigen Kragen seines Staubmantels zurecht. „Wir ändern die Spielregeln. Ich sage Ihnen einfach, worum es geht und Sie werden feststellen, dass meine Bitten dagegen eine Kleinigkeit sind."

Haute-Pleine hob plötzlich eine Hand, aber dies schien nicht dem Reporter zu gelten. Vic kam sich gerade vor wie ein lästiger Vertreter für Kommunikator-Verträge oder gebrauchte Gleiter, der just im Begriff war, mitten in der Präsentation der Waren vom Hausherren hinausgeworfen zu werden. Tatsächlich regte sich der schmale Strich des Stabsadjutanten und dieses Mal war er sicher nicht zu unterschätzen. Die Hand seines Vorgesetzten hing wie ein Fallbeil in der Luft.

Los jetzt, Vic! Rotz alles raus, sonst musst du dir um das Abendessen keine Sorgen mehr machen!

„Ich habe Hinweise darauf, dass es im Imperium eine großangelegte Verschwörung gibt, die irgendwie mit den Ereignissen auf Banda III zu tun hat!"

Haute-Pleines Hand senkte sich nicht. Er sah Vic noch immer reglos an, aber etwas war anders. Er wirkte wie seine eigene Kopie, er sah gleich aus und doch stimmte der Ausdruck nicht mehr mit den Momenten davor überein. Blinzelte der Weitweltler plötzlich mehr? Hatte er den Atem angehalten? Victor ertappte sich dabei, dass er das Gleiche tat. Der Ball war gespielt, jetzt war es an dem Offizier, eine Reaktion zu zeigen. Zäh wie ein Synth-Kaugummi dehnten sich die Momente. Es schien, als wollte der Contre-Amiral für immer so bleiben, um das Unaussprechliche nicht zu registrieren. Doch dann legte er den erhobenen Arm zusammen, offenbar in einer Form, die dem bereits aufgesprungenen Adjutanten verriet, dass seine Hilfestellung nicht mehr vonnöten war.

„Beaufort", sagte er so nüchtern, dass Vic zunächst enttäuscht war. Er hatte sich von diesem riskanten Manöver deutlich mehr erhofft. Und sei es etwas Negatives.

„Sir?"

„Beaufort, stoppen Sie die Aufzeichnung und löschen Sie die letzten fünf Minuten", ordnete er an, ohne den Adjutanten anzusehen. Die Blicke des Mannes lagen noch immer direkt auf Victor Nadar.

„Aber Sir? Das widerspricht der imperialen -"

„Corporal, Sie haben meine Anordnung gehört", sagte Haute-Pleine mit einem bleiernen Ernst, der sich regelrecht aus dem simplen Satz herauszuschälen begann. Etwas lag in der bisher so sterilen Luft.

„Sehr wohl, Sir!", antwortete der linkische Adjutant und betätigte an seinem Schreibplatz einige Taster, wischte zur Bestätigung mit seinem Handrücken über einen Sensor am Bedienpult. „Befehl ausgeführt, Sir!"

„Sehr gut", lobte Haute-Pleine, ohne Vic aus seinem Blick zu entlassen. „Und jetzt tun Sie, was getan werden muss."

Vic war bis dahin von dem schraubstockartigen Blick des Marineoffiziers gefangen gewesen, aber ein eben noch vor sich hin dümpelnder Instinkt riet ihm, sich zu Beaufort umzudrehen. Zu rätselhaft war dieser letzte Befehl des Mannes, der sich sonst so druckreif zu äußern vermochte. Keine Sekunde zu spät, wie sich herausstellte: Der Adjutant hatte plötzlich seine unbeholfene Art abgelegt, er stand auf und zog seine Ordonnanzwaffe. Schreckstarr sah Vic zu, als die DX-9 sich aus dem Holster wand wie ein böses Tier aus seinem Käfig. Und er gab ein leichtes Ziel ab auf diesem Stuhl! Keine Zeit, es war keine Zeit mehr, aufzuspringen und Deckung zu suchen! Atemlos sah er Beaufort zu, wie dieser sich plötzlich in einer bemerkenswert eleganten Drehung von ihm abwandte und die Waffe auf seinen Platznachbarn abfeuerte. Das Ziel verschwand kurz in einem blendend hellen Blitz, dann sackte der Verwaltungsoffizier an seinem Schreibtisch zusammen, das Gesicht in einem wirbelnden Stapel Flash-Folie vergraben. Mit routinierter Bewegung steckte Beaufort die Waffe wieder zurück. Die anderen fünf Leute im Raum arbeiteten ungerührt weiter, als sei nie auch nur das Geringste geschehen.

Vic erinnerte sich wieder einmal daran, warum er - neben einigen anderen Gründen - seinen Wehrdienst nicht freiwillig verlängert hatte: Er war zwar kein Schlappschwanz, aber es fiel ihm schwer, nach dem Tod eines anderen in seiner Nähe einfach so weiterzumachen. Der evolutionsbedingte Reflex, aus einer solchen Erfahrung heraus zu reagieren und sich anders zu verhalten, wollte unterdrückt sein. Ein Soldat marschierte weiter. Er kannte keine Fluchtimpulse, kein Mitgefühl, keine Modulation. Es wäre nicht Vics Leben gewesen.

„I-Ist er tot?", stotterte er und schämte sich sogleich für seinen ungelenken Versuch, die furchterregende Stille im Raum zu brechen.

„Nein", erklärte Haute-Pleine ruhig. „Beaufort hatte seine Waffe auf Betäubung eingestellt. Hier gehen wir nun wieder konform mit der Dienstvorschrift: In imperialen Gebäuden werden Plasmawaffen nur auf Betäubungsdosis benutzt. Der Imperator will seine Einrichtung schonen."

„Aber... warum haben Sie das getan? Also, nicht Sie, aber er, also...", stammelte Vic herum.

„Beaufort, Delage, Biendonné, schaffen Sie ihn fort", befahl Haute-Pleine nüchtern. Die Angesprochenen erhoben sich kommentarlos, als wäre dies eine lang eingeübte Aufführung. Und vielleicht war es das ja auch. Sie packten den Bewusstlosen an Armen und Beinen und trugen ihn durch eine Nebentür hinaus.

„Mister Nadar", begann er dann erneut. „Ich mache Sie darauf aufmerksam, dass das hier nie geschehen ist. Haben Sie das zur Gänze verstanden?"

„Was passiert denn jetzt mit ihm? Ich meine, er wird ja irgendwann wieder wach und dann... ehm... und natürlich habe ich das verstanden. Ich war sowieso gerade in Gedanken, da übersieht man schnell mal, wenn neben einem jemand abgeknallt wird!", versicherte Vic mit ironisch schiefer Miene.

„Er wird nicht mehr aufwachen, Mister Nadar, sondern nach Dienstschluss einen bedauerlichen Gleiterunfall haben. Es dürfte selbst einem Analyse-Bot des medizinischen Korps schwerfallen zu unterscheiden, ob die Depolarisation seiner Synapsen vor oder nach seinem Tod eingetreten ist. Junge Menschen fliegen eben leider allzu oft riskant und nutzen weder den Autopiloten noch die Gleiterweg-Automatik."

Der Mann, den Victor gerade noch in die Schublade der peniblen und langweiligen Bürokraten gesteckt hatte, machte ihm nun irgendwie Angst. Seine schlimmsten Befürchtungen um die Verhältnisse in den Nervenzentren des Imperiums schienen bestätigt, wenn nicht gar übertroffen.

„Aber was hat er denn getan? Wer ist er überhaupt? Und warum gerade jetzt?", bohrte Vic nach. Er konnte gerade nicht so schnell fragen, wie sein Gehirn sich drehen wollte.

„Fragen Sie sich bitte, was Sie gerade getan haben, dann beantwortet sich ein Teil Ihrer Fragen schon von selbst."

„Ich?", fragte Vic nach und deutete mit dem Daumen auf sich. „Jetzt machen Sie mal keine Witze! Ich habe doch nur von Rafale Goeland gesprochen, wo sie steckt und von dieser Verschwö-"

Er hielt inne.

„Hey! Sie meinen... der da gehörte auch dazu und hätte das nicht hören sollen?"

„Genau das", bestätigte der Offizier. „Wer er ist, tut jetzt nichts mehr zur Sache, dieser Mann ist bereits Vergangenheit. Ein Beileidsschreiben, eine Akte bei der CPU, ein Dienstauftrag beim MHD. Ich wusste schon lange davon, dass er für eine Verschwörergruppe bei uns spionierte, von seiner Art gibt es in den wichtigen Dienststellen der Streitkräfte so einige. Solange er nur den Dienstalltag mitbekam, war er keine Gefahr, bestenfalls eine Behinderung und wir haben ihn toleriert. Nachdem Sie aber eine Verschwörung erwähnt hatten, gab es kein Zurück mehr."

„Er musste weg, bevor er seinen Auftraggeber warnen konnte, dass wir Bescheid wissen."

„Korrekt, Mister Nadar. Wir waren auf diesen Tag vorbereitet und wie Sie sehen, lohnt sich Diskretion in Militärkreisen."

„Ich... bin ehrlich gesagt irgendwie schockiert, dass das Militär es duldet, dass sich Verschwörer ungeniert überall einnisten. Sind Sie denn so machtlos?"

Haute-Pleines Leute kamen wieder in den Raum zurück und setzten sich an ihre Arbeitsplätze. Der Fall schien erledigt zu sein. Selbst Beaufort hatte wieder seine linkischen Bewegungen angenommen, als sei sein eleganter Angriff eine Art Versehen gewesen.

„In gewissem Sinne ja, Mister Nadar. Wir wissen, dass es eine Gruppe namens Colerianischer Herbst gibt und dass sie Verbindungen in alle gesellschaftlichen Schichten hat, aber aus dem Militär hervorgegangen ist. Wir wissen auch, dass diese Gruppe expansionistische Ziele des Imperiums unterstützt und die Stellung des Militärs stärken will. Sie -"

„Entschuldigung", unterbrach Vic den Contre-Amiral. „Nehmen Sie es nicht persönlich, aber wie kann man denn das Militär noch mehr stärken bitte? Das beherrscht doch eh schon alles!"

„Indem man den Imperator zur Marionette macht", entgegnete Haute-Pleine kühl.

„Den... Impe... rator? Bei den Sternen! Selbst wenn man kein großer Freund des Systems ist: Ohne den Imperator würde doch alles auseinanderfallen, oder nicht? Wer kann denn so was wollen?"

„Das ist eine gute Frage. Mister Nadar: Warum werfen Kinder hemmungslos Scheiben ein, obwohl sie doch weit weniger Grund haben dürften als so mancher Erwachsene, der stattdessen zögert? Der Vergleich mag in seiner Konsequenz hinken, aber er zeigt, dass mangelnde Sicht kein Hinderungsgrund für drastische Taten sein muss. Ganz im Gegenteil. Diese Leute glauben, dass sie keine Integrationsfigur brauchen, um das eigene Volk ruhig zu halten. Und sie glauben, dass sie die gesamte restliche Galaxis entweder unterwerfen oder ausrotten müssen, um sich den nötigen Respekt zu verschaffen, auch ohne Imperator zu regieren."

„Das ist ja Wahnsinn! Totaler Wahnsinn! Es wird Bürgerkriege geben! Millionen von Toten, ach, was sag ich: Milliarden vielleicht! Und wenn zufällig noch jemand in den Kartellwelten nicht ausradiert wurde bis dahin, werden die den Rest besorgen!"

„Mein Professor für politische Moral hat einmal gesagt: Jede Gesellschaft bekommt die Art Revolution, die sie verdient. Denken Sie mal darüber nach, Mister Nadar."

Victor saß für eine Weile stumm da, und er war sehr dankbar, dass er sitzen konnte. Der Raum war bestens mit recycelter Luft versorgt und dennoch schien ihm etwas den Atem zu nehmen, er fühlte sich von seiner eigenen Kehle gewürgt. Die Welt um ihn herum wollte nicht aufhören, sich zu drehen. Hatte Rafale das ebenso erlebt? Sie musste doch davon wissen oder es sich zumindest zusammengereimt haben. Bei den Sternen!

„Dieser Colerianische Herbst hat also auf Banda III Feuer gelegt, um den Krieg zu eskalieren und die üblichen Waffenstillstandsverhandlungen zu torpedieren, sehe ich das richtig?"

Haute-Pleine nickte nur. Sein Blick wirkte plötzlich irgendwie müde, oder bildete Vic sich das nur ein?

„Und Rafale Goeland hat diese Leute irgendwie bei ihrer Aktion gestört. Soll ich mal raten? Das waren gar nicht die Sots, die sollten nur in die Sache reingezogen und provoziert werden, genau wie unser eigenes ehrliches Militär."

Oh Mann! Ehrliches Militär ist ein Ausdruck, den du dir patentieren lassen solltest, Alter!

Haute-Pleine nickte erneut.

„Aber... warum tun Sie nichts dagegen? Wenn Sie so gut informiert sind über deren Absichten, warum lassen Sie solche Typen wie den..." - Vic deutete auf die Seitentür - „hier rummachen, statt das Nest auszuräuchern?"

„Mister Nadar, der Mann hier war ja nicht das Gesicht des Feindes, er war bestenfalls ein Stück vom Fingernagel. Selbst diesen minimalistischen Erfolg müssen wir noch vertuschen, weil es gefährlich ist. Wie bekämpft man einen Feind, den man nicht sieht? Wir ahnen ja gerade mal ihre Absichten, wie sollen wir da die Personen genau eingrenzen, die hinter diesen Absichten stecken? Ich bin Leiter einer ermittelnden Dienststelle für irgendwelche Kleinigkeiten, verglichen mit dem Flächenbrand, der gerade durch die Galaxis tobt. Ich habe viele Kollegen, denen es ähnlich geht. Sie wissen alle etwas und doch nichts, weil wir auf einen solchen Krieg nach innen gar nicht vorbereitet sind. Nie waren. Kennen Sie diesen Spruch? Besser ein offener Feind als ein zweideutiger Freund? Genau darum handelt es sich hier."

Victor Nadar, der freie Reporter, war zum Geheimagenten umgeschult. Ihm wurde gerade klar, dass er ein Imperium verteidigte, von dem er selbst nie allzu viel gehalten hatte. Aber die Alternative war noch viel erschreckender. Diese Galaxis brauchte ihn jetzt, so wie sie Rafale brauchte. Und so, wie er sie vielleicht gerade brauchte, ein Gespenst, das er nur von Bildern und den Geschichten ihres Vaters kannte.

„Ich kann Ihnen zwei Namen nennen, Contre-Amiral. Vermutlich sind das keine Fingernägel, sondern Kralle und Kopf. Und ich kann Ihnen erzählen, wie das alles mit dem angeblichen Aufstand auf der Orbitalwerft CN-0197 zusammenhängt. Dieser Flächenbrand hat dort bereits begonnen, aber wenn wir zusammenarbeiten, Sie und ich, dann können wir ihn vielleicht noch austreten. Wenn Sie mir zusagen, nicht gegen Rafale Goeland vorzugehen, bekommen Sie alle Informationen, die Sie brauchen, um diese Mistkerle auszuheben. Vielleicht ist es ja noch nicht zu spät und wir können den Herbst dieses Jahr mal ausfallen lassen."

„Sie haben mein Wort als colerianischer Offizier, Mister Nadar", sagte Haute-Pleine, als er sich erhob und Victor die Hand reichte. „Wie sagten Sie so schön? Ich bin schließlich vom ehrlichen Militär."

Als sich die beiden Hände dieser ungleichen Männer trafen, entdeckte Vic, dass auch Weitweltler lächeln konnten.

Blatt 88: Tabak und Tribunale

Wäre es eine luftige, hölzerne Jalousie gewesen statt eines hochgefahrenen Panzerschotts, wäre es ein filigranes, handgearbeitetes Balkongeländer gewesen statt einer halbmeterdicken Brüstung aus Durobeton, man hätte Ferienstimmung empfinden können. Die Loggia des massiven Bunkers, Depot Süd genannt, war geräumig und bot aus dem vierten Stock heraus eine ungehinderte Panoramasicht auf die untergehende Banda Sol. Das matte, gleichsam müde Tiefrot ergoss sich über Hügelketten, Baumgruppen und Ebenen, bis es sich im nebelverhüllten Ozean brach, als wüsste es, wo es sich endlich verkriechen konnte, um der Nacht die Bühne zu überlassen. Rafale blies einen dichten Rauchstrahl aus ihrer Kartellwelt-Zigarette von sich weg und blickte der herb duftenden Wolke beinahe sehnsüchtig hinterher. War es denn überall Herbst? Conoret würde sicher längst vom ersten Nachtfrost erobert sein. In ihrem Haus auf Le Ganet lief bestimmt schon die automatische Heizungsanlage und der alte Sly saß dick eingepackt an seiner ewig gleichen Stelle unter dem verlassenen Leuchtturm. Auch hier, auf Banda III, war es Herbst und letztlich jagten sie den Verrätern des Colerianischen Herbstes nach. Ja, es war wirklich überall Herbst. Missmutig zog sie an ihrer Zigarette, sog den Tabakduft tief in ihre Lungen ein. Noch immer kratzte es, sie war das Rauchen nicht mehr gewohnt, aber sie hatte nun größere Sorgen als das. Sie war eine Leiergeborene, ein Kind des hohen Frühlings, des Sonnenscheins und des Aufblühens, und der Herbst war ihr lebenslanger Antipode. Dennoch hatte ihre innere Sonne gerade unangenehm viel mit Banda Sol gemeinsam, eine unfreiwillige Verschwisterung. Würde man ihr denn überhaupt zuhören? O'Dowd, Burns und Codrington waren mit ihr auf dem Balkon, die Wache von vorhin ebenfalls. Nour hatte man aus Sicherheitsgründen während der Verhandlungspause in ein anderes Quartier gebracht. Die beiden Marineoffiziere rauchten nicht. Wäre dies wirklich eine Sonnenuntergangs-Party, so wären die beiden die unvermeidlichen Gesellschaftsmitraucher. O'Dowd hatte ihr von seinen Zigaretten angeboten, eine starke Mischung, verglichen mit den colerianischen Importwaren. Das war aber auch bislang das einzige Gespräch zwischen ihnen gewesen. Man schwieg und rauchte, O'Dowd kümmerte sich um Nachschub. Sie hatte persönlich nichts gegen ihn oder die anderen, die taten nur ihre Pflicht. Im Gegenteil. Verglichen mit dieser Yaloo Zilver waren sie geradezu höflich und respektvoll. Aber letztlich war das ja auch der Grund, warum Zilver jetzt mit einer Gehirnerschütterung in der Med-Station war und die anderen hier nicht. Den offiziellen Teil des Prozesses hatte man deswegen auch auf Morgen verschoben. Ob dieser Zwischenfall Konsequenzen für Rafale haben würde, hatte man ihr nicht gesagt und ihr Stolz unterband den innigen Wunsch, sich zu erkundigen. Nein, sie hatte schließlich klar und deutlich angekündigt, etwas Ungeheuerliches zu wissen und wenn diese Leute daran teilhaben wollten - und sie wären Narren, wenn nicht - dann mussten sie schon kommen. Ein colerianischer Offizier bettelt nicht.

„Sie beeindrucken mich, wenn ich ehrlich sein soll", sagte O'Dowd schließlich. Er war von hinten zu Rafale getreten, während diese, ihren Gedanken nachhängend, an der betonharten Brüstung stand. Es klang wirklich nicht wie eine betretene Einleitungsfloskel.

„Warum?", fragte sie knapp zurück und blies dabei Rauch durch die kribbelnde Nase aus.

„Weil Sie Schneid haben. Mitleid. Ehrgefühl. Alles Dinge, von denen unsere Propaganda behauptet, Imperiale würden sie nicht einmal buchstabieren können."

„Da draußen, O'Dowd", sagte sie und wies dabei mit der Linken in die Ferne. „Da draußen liegen Dutzende meiner Kameraden, die mich an Schneid, Mitleid und Ehrgefühl noch übertroffen haben."

„Das tut mir sehr leid, Goeland, wirklich. Mich hat auch sehr berührt, was Sie für Sergeant Kells getan haben. Und da bin ich ganz sicher nicht allein." O'Dowd schien das Thema wechseln zu wollen.

Burns und Codrington mischten sich nicht ein, aber ihre Gesichter konnte Rafale ganz am Rande mitlesen: Beide waren sie keinesfalls nur vom Sonnenuntergang absorbiert. Selbst der Wachmann schien für einen Moment mit dem ewigen Überprüfen seiner Pistole innezuhalten, das typische Klicken und Schnappen der Waffe war verstummt.

„Kells hat mir mehr gegeben, als ich ihr zurückgeben konnte. Sie hat mir gleich zweimal das Leben geschenkt. Es war erbärmlich wenig, was ich für sie tun konnte."

„Wie meinen Sie das?"

„Als ich den Bunker betrat, wollte ich vor dem Gefecht fliehen. Ich bin hineingestürmt und direkt in ihre Waffe gelaufen. Sie hätte schießen können. Wenn man es genau nimmt, sogar müssen."

„Das war also Nummer eins", zählte O'Dowd und schien sich um einen Kommentar drücken zu wollen. „Was denken Sie, warum sie es nicht getan hat?"

„Schwer zu sagen. Wenn ich mich an ihre Stelle versetze, dann denke ich, sie war da schon kein Soldat mehr. Jedenfalls nicht im Sinne unserer Ideologen. Kells war nur noch ein getriebenes Wesen, genau wie ich. Wir waren keine Feinde mehr, da drin in dem Bunker. Gleicher Schmerz, gleiche Angst. Ich hatte ihr nichts getan, warum hätte sie also schießen sollen?"

„Man ist sich viel gleicher, als man denkt, wenn man erst mal die eigene Endlichkeit vor Augen hat", warf Burns unerwartet ein. „Ich denke auch, sie hatte einfach genug vom Krieg."

O'Dowd zog kaum merklich eine Braue hoch, während er Burns betrachtete, als sei er eben erst aufgetaucht. Dann aber nickte er stumm. Auf Coleria Prime wäre diese Art der Unterhaltung bereits lebensgefährlich gewesen. Aber das hier war nicht Coleria Prime.

„Burns sagt da etwas Wahres. Deshalb habe ich Kells genauso geholfen, wie ich einem colerianischen Kameraden geholfen hätte."

„Und sie hat sich revanchiert", folgerte O'Dowd, während er sich eine weitere Zigarette ansteckte. Das Aufblitzen des Baranna-Feuerzeugs tauchte die Gesichter der Leute in einen fahlgrünen Schimmer.

„Das war dann Geschenk Nummer zwei, wenn ich Sie recht verstehe."

„Ja, das hat sie. Vielleicht lag es ihr aber auch quer, dass ihr Kamerad ganz klar gegen die Regeln der galaktischen Charta verstoßen wollte. Er hätte immerhin eine Wehrlose getötet. Dadurch war er gerade mehr Feind als ich, die Imp. Das wäre dann so eine Mischung aus Wiedergutmachung und Gerechtigkeitsgefühl."

„Ein Zeichen, hm?", fragte Codrington.

„Wenn man so will, ja. Kells hat in richtig und falsch eingeteilt, nicht mehr in Sot und Imp. Er sollte nicht gegen die Regeln verstoßen und damit davonkommen. Ich weiß nicht, wie es ist, wenn man stirbt, aber ich glaube, ich würde gerne sehen, dass die Welt dann in Ordnung ist. Wenigstens ein bisschen."

„Dann hat sie deswegen auch die Tat auf sich genommen", merkte O'Dowd an. „Das rettet Sie vor einigen unangenehmen Fragen."

„So gesehen hat sie mir vielleicht sogar ein drittes Mal das Leben geschenkt", schloss Rafale bitter schmunzelnd. „Ich habe ihr mein Ehrenwort als colerianischer Offizier gegeben, dass ihre Familie die Nachricht bekommt. Geben Sie mir Ihres, dass Sie ab hier dafür sorgen, O'Dowd?"

„Natürlich, Goeland. Sie haben mein Wort, Burns und Codrington sind Zeugen."

„Miss Goeland, wir sollten zum Punkt kommen", sagte Burns plötzlich mit ungeahnt geschäftsmäßigem Ton, nachdem er kurz dem Sonnenstand Aufmerksamkeit geschenkt hatte. Hügel und Wälder waren nur noch schweigsame, schwarze Konturen, es wurde unweigerlich Nacht über Banda III.

„Sie sprachen von Ungereimtheiten im imperialen System und davon, dass das für uns von Interesse sein könnte. Würden Sie vielleicht näher erläutern, was Sie damit andeuten wollen?"

Jetzt, endlich! Sie sind doch neugierig. Zeit für die Trumpfkarte, die deinen Hals aus der Schlinge holen wird!

„Natürlich, Burns!", antwortete sie betont gelassen, vielleicht sogar abgebrüht. „Aber dazu sollten wir Mister Nour wieder dazuholen, außerdem brauche ich einen Rechner, möglichst mit Holo-Bildwerfer."

„Oh, wir bekommen eine Filmvorführung?", fragte Burns schmunzelnd nach und rieb sich über seinen Bart. „Welchen Film werden wir denn zu sehen bekommen?"

„Einen Film über den Colerianischen Herbst", antwortete Rafale mit orakelhaftem Tonfall.

Blatt 89: Monty Meule

Nur weil ein Adler alt wird, wird er noch lange nicht zum Huhn war einer der liebsten Leitsätze von Amiral Laurent de La Montagne. Nicht, dass er ihn erfunden hätte, aber er war mit Sicherheit einer der überzeugtesten Verfechter dieser Ansicht im imperialen Raum. Zumindest, seit er selbst das Pensionsalter erreicht hatte. La Montagne, von seinen Untergebenen auch Monty genannt, war eine Art lebende Legende. Ein Beweis, dass manche Kerze auch gegen Ende nicht zu flackern beginnt und wenn sie es denn täte, würde man eher der Unruhe des Raumes die Schuld geben wollen. Monty hatte im aktiven Dienst bei der colerianischen Raummarine fünf Kartellkriege nicht nur überlebt, sondern dabei auch eine ansehnliche Ordensammlung aufgebaut, für deren Verwaltung er einen eigenen Adjutanten benötigte. Im vorletzten Jahr hatte er dann sein 50. Dienstjubiläum gefeiert, eine stolze Leistung. Einziger Wermutstropfen dabei war die wiederholte Andeutung aus den Stäben der Marine gewesen, er möge doch bitte einmal über seinen Ruhestand nachdenken. Hatte er zunächst solche Vorschläge noch schroff abgelehnt - und so manchen Kurier dabei stellvertretend zusammengestaucht - so musste er doch insgeheim zugeben, dass das Alter auch an einem verdienten Adler des Imperiums nagte. Sein Flugarzt hatte ihm bereits vor einigen Jahren dringend von Hyperraumsprüngen abgeraten und so sehr er dessen Befunde auch als neumodisches Geschwätz abgetan hatte, so empfindlich reagierten allmählich seine Gelenke und sein Stoffwechsel. Entweder litt er zunehmend unter den eigentlichen Belastungen oder unter den Nebenwirkungen der Drogen aus den Injektoren, die ebendiese Sprünge erträglicher machen sollten. La Montagnes Problem - und noch viel mehr das Problem der Administration - war, dass ein Admiralsrang im colerianischen Imperium stets auf Lebenszeit vergeben wurde. Man antizipierte traditionell, dass dieser Passus durch die ständigen Kriege selten zur Anwendung kommen würde. Lebenslang und befristet waren für das kriegführende Imperium Synonyme. La Montagne hatte sie alle eines Besseren belehrt. Er war jetzt „erst" 68 Jahre alt und dachte gar nicht ans Aufhören. Ein Dilemma war geboren.

Bis eines Tages ein Mitarbeiter im Marineministerium, dessen Namen die Annalen des glorreichen Imperiums verschweigen, auf eine nahezu geniale Idee kam: Man bot La Montagne ein Kommando bei der Heimatflotte an. Natürlich hatte der Admiral abgelehnt. Es mochte nach außen eine perfekte Lösung sein, in Marinekreisen war es jedoch keineswegs ruhmreich, der Heimatflotte anzugehören, nicht einmal im Admiralsrang auf der Kommandobrücke eines Kreuzers. Von den Soldaten oft abfällig Jean&Jacques-Marine genannt, bestand die Heimatflotte traditionell aus den jeweils ältesten Schiffen des Marineregisters. Zu alt für den Frontdienst, aber noch zu jung zum Verschrotten. Das Marinekommando glaubte nämlich ebenfalls traditionell daran, dass Feinde niemals bis ins Coleria-System vordringen könnten. Allein ein solcher Gedanke galt schon als uncolerianisch, warum also teure, neue Schiffe für das Nichtstun einteilen? Nicht viel anders stand es um das fliegende Personal. Man versetzte keine jungen, aufstrebenden Offiziere und Mannschaften zur Heimatflotte.

Nach einigem bürokratischen Hin und Her und einem kleinen Herzinfarkt nach einem besonders weiten Hyperraumsprung hatte Amiral de La Montagne schließlich zähneknirschend eingewilligt. Es war eine Chance für den verdienten Adler, sein Gesicht zu wahren und dennoch nicht am nächsten Sprung zu krepieren - was ihm sein Flugarzt mehrmals schriftlich garantiert hatte. Was er an Gefechtserlebnissen nicht mehr bekam, glich er durch Disziplin in Wort und Tat aus und verschonte dabei weder sich noch seine Mannschaften. Sehr schnell hatte er seinen aktualisierten Spitznamen *Monty Meule*, also Schleifstein, verpasst bekommen und er fühlte sich sogar irgendwie geschmeichelt. Er sah es als seine neue Aufgabe an, seine 3. Imperiale Kreuzerdivision als Kaderschmiede der Marine aufzupolieren und nicht der Gerümpelkeller der Schlachtflotte zu bleiben.

Eine Aufgabe, die ihm tatsächlich bedeutend besser gefiel, als seine aktuelle Sondermission. Missbilligend sah er sich auf der Kommandobrücke der SMIA - **S**a **M**ajesté **I**mpériale **A**stronef - Arc de Barriche, seinem Flaggschiff, um. Sicher war es eine Abwechslung, nicht dem immer gleichen Patrouillenkurs durch den immer gleichen colerianischen Sektor zu folgen, ebenso unermüdlich wie ereignislos die Monitore des Langstrecken-Auspecs nach nicht vorhandenen Feindflotten abzusuchen, immer wieder dieselben Übungsalarme auszulösen. Aber dieser Mensch namens Lewton Caine, der jetzt das operative Kommando innehatte, missfiel ihm zutiefst.

Zivilisten, jetzt werde ich schon von Zivilisten herumkommandiert! Ich bin wirklich tief gesunken, verdammte Marine!

Es war nicht nur die respektlose, unhöfliche Art Caines. Es war auch nicht, weil er operativ einem Zivilisten unterstellt worden war. Ein Söldner wie Caine war in seinen Augen einfach kein Soldat, sondern ein Zivilist mit Waffe. Nein, es war vor allem die Mission selbst. Man hatte ihn zwar nur mit Koordinaten der Raumwerft CN-0197 versorgt und ansonsten alle Planungsdetails diesem Caine überlassen, aber La Montagne konnte Eins und Eins zusammenzählen. Sein

Nachrichtenstab hatte ihn unter der Hand informiert, dass man Funksprüche der Verschlüsselungsstufe Gold aufgefangen hatte, die besagten, dass der Schlächter von Khouwara dort eine Niederlage erlitten habe. Seine bislang erste und einzige. Es hatte sich ausgezahlt, seine Leute gut gedrillt zu haben, denn niemand würde einem Schiff der Jean&Jacques-Marine zutrauen, Goldsprüche zu dechiffrieren! Zudem hatte die Arc de Barriche eine komplette Einheit imperialer Schocktruppen samt Landungsbooten an Bord genommen. Alles roch nach einer Strafaktion. Schon allein der Name Lewton Caine roch nach einer Strafaktion. Was hatte dieser Bastard nur vor? La Montagne hatte Einspruch erhoben, aber es war zwecklos gewesen, das Marinekommando hatte darauf beharrt. Der alternde Admiral war beileibe kein Pazifist, dieses Wort existierte nicht im colerianischen Wörterbuch und in Verbindung mit einem Offiziersrang klang es wie die Quadratur eines Kreises ohne die Hilfe einer Vibrofeile. Nein, er war nicht einmal ein großer Freund der Kolonieweltler. Was ihm jedoch querlag, bis zum Aufstoßen querlag, war die Tatsache, dass eine solche Strafaktion absolut unehrenhaft war. Was war denn eine Marine wert, die keine Ehre und Tradition mehr hochhielt? Man schoss nicht auf Zivilisten! So wie man nicht auf sich ergebende Feinde schoss. So wie man keine Kriegsgefangenen exekutierte. So, wie man einem Kind nicht den Lutscher stahl. Unehrenhaft, typisch Söldner!

La Montagne hatte die Eskalation des aktuellen Krieges natürlich mitbekommen und er missbilligte sie insgeheim, bisweilen sogar öffentlich. Wie ein fauler Apfel lag diese Sache, der Krieg gegen Zivilisten, auf dem Kuchen, der einmal sein Imperium war. Man munkelte sogar, dass es gar nicht so sicher sei, dass die Sots diese Art der Kriegsführung wirklich angefangen hatten. In der Tat wäre es auch eine ziemlich närrische Idee gewesen. Aber er war Soldat, kein Politiker und erst recht nicht der Imperator. Obwohl er insgeheim oft glaubte, er würde den Job besser machen. In jedem Fall jedoch mit mehr Ehrgefühl. Und erst recht würde er keinem Söldnerabschaum wie Lewton Caine gestatten, den Boden eines seiner Schiffe zu beschmutzen!

„Fünfzehn Minuten bis zum Erreichen des Ausbootpunktes über dem Werftmond!", rief der Navigationsoffizier d'Auneuve aus, ohne den Blick von seinem Kontrollmonitor zu nehmen. Der junge Mann war über einen Datenkollektor an seiner Schläfe mit seinem Intelli-Bot verknüpft und konnte so in Sekundenschnelle Navigationsdaten in Kursbefehle für den Steuergänger umsetzen, ohne deswegen auf die gewohnten Qualitäten der Mund-zu-Mund-Kommunikation verzichten zu müssen. Diese gelungene Synthese von Elektronengehirn und lebendigem Operator war eine hochmoderne Einrichtung in der Marine und es hatte den Admiral einiges an Überzeugungsarbeit gekostet, sie in die Jean&Jacques-Marine zu holen.

„Schneller!", knurrte Caine wortkarg, ohne sich zu irgendjemandem, geschweige denn La Montagne umzudrehen. Sein harter Blick war wie angeklebt auf das Panzerglas des Brückenfensters gerichtet, als würde er dort einen Krieg mit den Augen führen wollen. Seine angelegte Kampfrüstung unterstrich diesen Eindruck deutlich: Hätte er nicht den Helm abgenommen und an den Gürtel geklinkt, er hätte sofort mit diesem, seinem Krieg beginnen können.

„Ich erhöhe den Schub um 10%", bestätigte der Maschinengänger, der über seinen Kollektor mit dem Navigator verbunden war. „Wir überschreiten die in der Dienstordnung erlaubte Annäherungsgeschwindigkeit um das Doppelte, Sir."

Gerade wollte Caine mit einer herrischen Geste zu dem Mann deuten, da wurde er von einem Warnruf des Sensorenoffiziers unterbrochen.

„Passive Sensoren melden eine Peilung, Sir! Triangulation weist auf die Werft hin, man hat uns dort bemerkt!"

„Und wenn schon!", gab Caine unwirsch zurück. „Fahren Sie Partikel- und Energieschilde hoch, die Geschützbedienungen gehen auf ihre Stationen. Die Schocktruppen sollen ihre Fahrzeuge klarmachen!"

La Montagne hörte sich das Ganze kommentarlos, aber mit einem Gesichtsausdruck des Widerwillens an. Caine hatte das operative Kommando, wie es ein Stabschef gehabt hätte, während er selbst auf die Rolle eines Capitaines zurechtgestutzt worden war. Erfüllungsgehilfe mit Streifen auf der Schulter. Wenn es wenigstens für eine ehrenvolle Sache gewesen wäre!

Eine Warnhupe erklang.

„Amiral, wir werden von einem Feuerleitsystem anvisiert!", rief der Sensorenoffizier. „Frequenz und Signalstärke sind eindeutig von einem imperialen Waffensystem!"

La Montagne schwieg für einen Moment und genoss, dass der Offizier ihn angesprochen hatte, nicht Caine. Dann erfasste ihn der Sog der Routine und er reagierte, wie er es in all den Jahren des Krieges getan hatte. Monty Meule war wieder in seinem Element. Niemand wagte es, diese Stille zu unterbrechen, so als hätte der alte Admiral sie höchstselbst geschaffen.

„Ziemlich hohe Signalstärke. Da will es aber einer genau wissen, was, Bonafiet?", sagte er mit ungerührter Stimme, während er sich über die Schulter seines Sensorenoffiziers beugte und die Anzeigen betrachtete. „Wenn es ein imperiales System ist, können wir uns auch den Versuch sparen, elektronische Gegenmaßnahmen zu ergreifen."

Der Kampf imperialer Schiffe gegen eigene Einheiten war aus colerianischer Sicht undenkbar, also hatte man sich nie die Mühe gemacht, dafür geeignete Systeme zu entwickeln. Imperiale Bürger wurden zur moralischen Erbauung obligatorisch in das nationale Bürgerkriegsmuseum geschickt, aber schon die Andeutung, so etwas könne sich im dritten Zeitalter wiederholen, stand unter Strafe.

„Es ist eine mobile Einheit, Sir, auch wenn das Signal von der Werft ausgeht", antwortete der junge Mann, ohne den Blick von seinen Anzeigen abzuwenden. „Bei den Sternen... so etwas habe ich noch nie in Aktion gesehen: Ein Serie VII-Feuerleitsystem!"

„Ein Superschlachtkreuzer", knirschte La Montagne wie trockener Kies. „Da draußen ist ein Superschlachtkreuzer."

„Na wenn schon. Haben Sie etwa Angst, alter Mann? Los los, Energieschilde auf Maximum Front hochfahren, schnell! Hauptgeschütze energetisieren!", kläffte Lewton Caine in das Gespräch der beiden hinein.

Der alte Admiral erwiderte nichts. Mit gefurchter Stirn sah er die Feldstärkemesser nach oben schnellen, als der Hauptreaktor seine Energie in die Schildgeneratoren pumpte. Sobald der Schild stabilisiert war, würden seine schweren Geschütze feuerbereit gemacht, aber was war das wert? Er wusste nicht, ob er sich mehr über Caines Respektlosigkeit ärgerte oder über sein Unvermögen, diesem Leviathan da draußen etwas entgegenzusetzen. Die Arc de Barriche war ein altes Schiff. Ein tüchtiges, aber nicht mehr zeitgemäßes Vehikel, das irgendwann zwischen den vielen Kriegen seines langen Lebens zum Kreuzer II. Ordnung herabgestuft worden war. In den Händen eines fähigen Kommandanten war sie noch immer ein sehr brauchbares Kampfschiff, vor allem verglichen mit dem großen Rest der Jean&Jacques-Marine. Aber sie würde nicht den Hauch einer Chance haben, das Gefecht mit einem der neuen Superschlachtkreuzer auch nur für eine Minute zu überstehen. Selbst die Mittelartillerie dieses Ungetüms würde ihre Schilde mit Leichtigkeit nach ein paar Treffern eindrücken. La Montagnes linke Hand krallte sich unbewusst vor Anspannung in die Schulter des Sensorenoffiziers, auf welcher sie sich eben noch abgestützt hatte. Es war nicht die Gefahr, die ihn störte. Es waren die Sinnlosigkeit eines Kampfes Marine gegen Marine und Caines blinde Wut.

„Sie haben gehört, was Mister Caine sagt", skandierte er nicht ohne Ironie. „Tun Sie das, während er uns jetzt erklären wird, wie wir weiter gegen einen Superschlachtkreuzer vorgehen wollen."

Caine ballte die Fäuste, die Arme waren angewinkelt wie die eines Boxers. Er drehte der Brückenbesatzung noch immer den Rücken zu, den Blick durch das Panzerglas des Fensters gebohrt.

„Admiral, hören Sie auf, Ihre Besatzung mit Ihrer Feigheit anzustecken! Wir fliegen weiter an wie geplant. Sie da, wie lange noch bis zum Punkt, an dem wir die Landungsboote aussetzen können?"

„Sechs Minuten, Mister Caine, Sir!", war die Antwort des Navigators.

„Schneller. 50% Schub."

„Sehr wohl, Sir!", sagte der Maschinengänger, der das Kommando sofort pflichtschuldig auf sich bezog. Er tippte die entsprechenden Befehle an die Maschinenräume ein.

La Montagne betrachtete mit verengten Augen die Funktionsanzeigen der Hauptgeschütze. Eines nach dem anderen meldete in grüner Lämpchensprache Gefechtsbereitschaft. Der alte Kreuzer war bereit und stürmte auf den Werftmond

CN-0197 zu. Er ging zu seinem mittig angeordneten Kommandantenplatz zurück. Was für eine närrische Mission!

Kaum war er dort angekommen, quäkte eine weitere Alarmhupe los. Ein damit gekoppeltes weißes Warnlicht blitzte auf und tauchte die abgedunkelte Kommandobrücke in eine Gewitterstimmung.

„Energiesignatur voraus, Amiral!", meldete Bonafiet hastig. „Es ist ein künstliches Kraftfeld, außergewöhnlich stark! Unsere Sensorenphalanx ist am oberen Anschlag, mehr geben die Dosimeter nicht her, also mindestens 1000 Kilomons. Der Heftigkeit des Ausschlags nach bestimmt das Drei- oder Vierfache!"

„Wie groß ist das Feld?", wollte La Montagne wissen, bereits die Antwort ahnend.

„Einen Moment, Sir, Berechnung läuft... es ist... sphärisch, Durchmesser knapp 30 Kilometer."

Der Superschlachtkreuzer hatte seine Schilde hochgefahren.

„Na und?", mischte sich Caine in die Diskussion ein. „Was soll das schon bedeuten? Ein großes Schiff, vor dem sich alle in die Hosen machen, obwohl es da halb zusammengebaut auf der Werft liegt und Glucke spielt. Ich hatte eh nicht vor, auf die Distanz das Feuer zu eröffnen, jedenfalls nicht mit so einem Schrotthaufen wie dem hier! Sollen die doch ihre Schilde hochfahren, wir feuern nicht, sondern fliegen hindurch und dann lassen wir unsere Jagdbomber die Arbeit machen. Streubomben, Brandmunition, Kampfstoffe. Wir werden diesen dunkelhäutigen Bastarden schon zeigen, was es heißt, Lewton Caine zu verärgern! Tausendfach werden diese Ärsche es zurückbekommen! Tausendfach!"

Caine hatte sich von dem galaktischen Panorama gelöst und betrachtete die taktischen Monitore, auf deren Auspec-Bildern der Werftmond bereits detailliert zu erkennen war. Dabei gestikulierte er wild herum, als wollte er verhindern, dass sich jemand in seine Nähe begab. Das hatte jedoch ohnehin niemand vor, alle sahen gebannt auf ihren Teil der taktischen Aufgabe. Die gesamte Schiffsführung schien absorbiert von der Anwesenheit dieses riesigen Schiffes, das dort gerade seine hochtechnisierten Muskeln spielen ließ. Es hatte sie entdeckt und schien *Bleibt nur fort von hier* zu sagen. Ein Ruf, den kein Marineoffizier, auch nicht in der Jean&Jacques-Marine, missverstehen konnte.

„Amiral, wir bekommen über Richtsignal einen Holoanruf von der Werft!", japste der Signalgast, eine junge Frau mit militärisch kurzen, schwarzen Haaren.

„Annehmen und abspielen, Gerbier, schnell!", entschied La Montagne, bevor Caine sich einmischen konnte. Die Zeit wurde knapp, während der kampfbereite Kreuzer seinem zweifellos ebenso kampfbereiten Gegner entgegenlief.

Der Holoprojektor flackerte auf. Das typische Flimmern war bei dieser Anlage besonders unangenehm ausgeprägt, aber ein neuer Bildwandler war seit Jahren nicht mehr bewilligt worden. Die Heimatverteidigung musste offenbar keine teuren Hologespräche führen. Langsam tröpfelten die Bildinformationen in die bläulich schimmernde Lichtsphäre ein. Das Bild eines älteren Mannes, eines Zivilisten mit einem enormen Bauch, langen, wirren Haaren und einem Gehstock formte sich. Immer wieder wanderten die Blicke des Admirals zwischen dem neuen Gesprächspartner und der Zeitanzeige oberhalb des Brückenfensters hin und her. Was auch immer das Gespräch ergeben sollte, es musste innerhalb der nächsten zweieinhalb Minuten geschehen oder es würde von den Ereignissen obsolet gemacht werden. Es jaulte und rauschte im Lautsprecher, bis der Tonkanal synchronisiert war.

„Ich rufe den Kreuzer CN-02225", sprach die schimmernde Figur überraschend gutgelaunt.

La Montagne stutzte. Dieser Mann war eindeutig Colerianer. Sahen so Aufständische aus? Ihn beschlich mehr und mehr das Gefühl, dass Caine ihm nicht die ganze Wahrheit gesagt hatte.

„Hier ist CN-02225 Arc de Barriche, Capitaine-Amiral de La Montagne. Wer sind Sie?", antwortete er, während er sich Gerbiers Terminal näherte, um in das Gesichtsfeld der Holokamera zu treten.

„Hier ist Jean-Baptiste Vigreux, Werftgroßmeister des Mondes CN-0197. Ich bedaure zutiefst, Ihnen keine Schiffskennung geben zu können, dieser Kreuzer hier ist noch nicht fertig ausgerüstet. Sie sind der berühmte Admiral Monty, gehe ich da recht?"

Vigreux' holografische Projektion lehnte sich über den Gehstock nach vorn, als wollte sie aus dem Projektor springen und die Konversation persönlich weiterführen.

„Lass das Geschwätz! Fahrt sofort eure Waffensysteme runter oder ihr werdet das bereuen, Abschaum!", grollte Caine so laut in das Gespräch hinein, dass die Mikrofone, obwohl auf La Montagne ausgerichtet, diesen Einwurf unmöglich überhören konnten.

Gerbier sah aufgeschreckt zu Caine hinüber, auch der Rest der Brückencrew war wie in eine Starre verfallen. Alle schienen zu ahnen, dass die eigentliche Gefahr nicht von dem Großkampfschiff ausging. Die Stimmung war angespannt wie eine Sehne beim Kraftsport. Ganz im Gegensatz dazu verhielt sich die Holoprojektion des Werftgroßmeisters. Sie schwebte in gelassener Pose über dem Emitter des Holoterminals und schien sich regelrecht zu amüsieren. Die Auflösung war schlecht, aber es sah aus, als würde sie lächeln.

„Noch eine Minute 45 Sekunden bis zum Ausbootpunkt", informierte d'Auneuve vom Navigatorenplatz aus.

„Na, wer spricht denn da so gereizt?", fragte Vigreux beinahe heiter nach. „Wenn das mal nicht unser lieber alter Freund Mister Lewton Caine ist? Wie geht es Ihnen, Caine? Wollen Sie uns etwa schon wieder besuchen kommen?" Offenbar war die Sprachqualität gut genug, dass er den Einwurf zu Recht nicht La Montagne zugeordnet hatte.

Bevor Caine antworten konnte, schnitt La Montagne ihm mit einer entschiedenen Geste das Wort ab.

„Mister Caine, Sie mögen der operative Befehlshaber sein, aber die Schiffsführung, und damit auch die Kommunikation, obliegt mir! Halten Sie sich bitte zurück, bis ich mit dem Mann gesprochen habe!"

„Amiral, das ist eine kluge Entscheidung. Der gute Mister Caine ist nämlich leider nicht in der Lage, das richtige Maß zu finden. Oh, aber was rede ich? Das haben Sie bestimmt schon längst selbst herausgefunden, nicht? Kommen wir zu den Fakten: Caine sollte die ehrenwerten Herren Goeland und Costa sowie meine Wenigkeit wegen einer eher unbedeutenden Sache verhaften. Das hat er sogleich clever genutzt, um seinem liebsten Hobby, dem Abschlachten von Kolonieweltlern zu frönen. Er hat Wohnebenen bombardiert und von seinen Schiffen aus Leute wie Kaninchen gejagt. Ich denke, über 300 Tote für eine lausige Verhaftung sind eine ordentliche Strecke. Das gibt bestimmt einen Orden. Den haben Sie doch bekommen, Mister Caine, habe ich Recht? Oder... hat man Sie etwa getadelt, weil Sie Ihre eigentliche Aufgabe gar nicht erledigt haben? Ich fühle mich nämlich gerade sehr frei, müssen Sie wissen. Oh, Amiral, vergeben Sie mir bitte, ich wollte ja gar nicht mit diesem schrecklichen Mann sprechen, sondern mit Ihnen. Wie unhöflich von mir!"

„Jetzt ist aber Schluss!", rief Caine gereizt und trat vor das Holoterminal. Grob rempelte er dabei La Montagne beiseite. „Bereitmachen zum Angriff! Das Gespräch ist beendet, Schluss mit den Diskussionen!"

„Sie überschreiten Ihre Kompetenzen, Caine!", rief La Montagne aus, während er strauchelnd versuchte, das Gleichgewicht und seine Offizierswürde zu halten.

„Sir, wir erfassen die Quelle der Energiesignatur: In den Werfthellingen liegt ein Superschlachtkreuzer der Ageno II-Klasse. Unser Feuerleitsystem ist aufgeschaltet!", meldete Bonafiet von der Sensorenstation.

Im Grunde war es unnötig, denn einer der sechs großen Wandmonitore zeigte bereits den scheinbar schlafenden Leviathan. Der Bordrechner zog hellrote Linien über den dreieckig spitzen Rumpf des Großkampfschiffes: Die Energiestränge, die Lebensadern dieses künstlichen Ungetüms. Sie verliefen gut erkennbar zu den mächtigen Geschütztürmen und dem am Heck montierten Schildgenerator, der problemlos einen ganzen Mond einhüllen konnte. Während La Montagne noch zögerte, sich mit physischer Gewalt seinen Posten am Holoterminal zurückzuerobern, schmiedete sein taktischer Verstand bereits Pläne. Diese Leitungen wären das Ziel der Wahl, man könnte dem Tod den Stachel nehmen, ohne allzu viel Schaden im Umfeld anzurichten. Aber dazu müsste die Barriche nah herankommen, selbstmörderisch nah. Der Energieschild würde nur Laser- und Plasmafeuer abschmettern, ein solides Objekt wie ein Raumschiff konnte ihn durchfliegen. Aber dann wäre es im Feuerbereich der mittleren und kleinen Schiffsartillerie. Bevor die altehrwürdige Barriche auch nur einen ernsthaften Treffer landen könnte, würde sie zum qualmenden Wrack geschossen sein. Dieses hochmoderne Superschiff, diese waffenstarrende fliegende

Festung war gebaut, um es mit einer ganzen Flotte der Kartellwelten aufzunehmen! Ob Caine etwas Ähnliches dachte? Wenn ja, dann vermutlich mit ganz anderer Schlussfolgerung.

D'Auneuve warf dem Admiral einen vielsagenden Blick zu, dann wies er mit kaum erkennbaren Nicken auf die Zeitanzeige. Minus 25 Sekunden. Niemand schien Caine unnötig aufmerksam machen zu wollen.

„Wenn Sie dieses Gespräch beenden wollen, Caine, dann tun Sie das. Wir werden uns in diesem Falle aber verteidigen müssen. So unvorbereitet wie bei Ihrem ersten geschätzten Besuch sind wir nicht."

„Ihr werdet es nicht wagen, ein imperiales Schiff anzugreifen, Abschaum! Ich werde euch Hunde ausradieren! Eure Gesichter aus der Galaxis tilgen!", brüllte Caine wutentbrannt der Projektion entgegen, als wollte er sie allein mit Worten zu der Lichtkugel zerknüllen, aus der sie entstanden war. Sein Gesicht war gerötet, am Hals traten Adern dick hervor.

„Haben Sie denn nicht Ihrerseits gerade das Gleiche vor?", konterte Holo-Vigreux schnippisch. Die Projektion erlosch und die Verbindung war beendet.

Dann sah Caine die Zeitanzeige.

„Sie brauchen diese Anzeige nicht mehr, Mister Caine. Wir werden nicht angreifen."

Der Schlächter von Khouwara wandte seinen Kopf so ruckartig zu Amiral de La Montagne, dass man es knacken hören konnte.

„WAS?"

Inmitten seiner Hitzigkeit kam die Eiseskälte dieses einzelnen Wortes erschreckend scharf herüber. Die Nulltemperatur des weiten schwarzen Alls lag darin.

„Sie haben mich sehr wohl gehört, Mister Caine. Wenn Sie Ihre Söldnertruppen in einem Selbstmordangriff verheizen wollen, ist das wohl leider Ihnen überlassen. Aber ich untersage Ihnen, ein imperiales Schiff mitsamt seiner Besatzung zu opfern. Ich zweifle hiermit offen an, dass Ihre Befehle mit dem übereinstimmen, was Sie gerade loszutreten im Begriff sind. Im Gegenteil: Ich vermute sogar, dass sie imperialem Gesetz widersprechen. Deswegen enthebe ich Sie hiermit Ihrer operativen Befehlsgewalt."

„Amiral, Sie sind sich nicht im Klaren, wen Sie hier vor sich haben!", knurrte Lewton Caine zurück. Seine Stimme klang verzerrt, als hätte er buchstäblich Schaum vor dem Mund.

Der Brückenraum fieberte unerträglich still mit.

„Doch, Mister Caine. Genau deswegen ja", antwortete der alte Admiral und wandte sich Navigator d'Auneuve zu.

In diesem Moment riss die Galaxis sich selbst aus ihrer Suspension und die Dinge begannen, das Versäumte ruckartig nachzuholen. Caine zog seine Waffe aus dem Holster und richtete sie noch in der Bewegung auf Amiral de La Montagne aus. Ein greller Plasmablitz blendete alle Anwesenden. Caine taumelte, drehte sich halb um die eigene Achse, dann fiel er krachend zu Boden, sein Waffenarm war schon fast ausgestreckt gewesen. La Montagne stand ungerührt da. Es mochte die Ruhe des Alters sein oder auch seine verlängerte Reaktionszeit. Corporal Gerbier hielt ihre Waffe noch immer im Anschlag, die Ellenbogen auf ihrem Terminal abgestützt. Eine dünne Rauchsäule, verursacht von angesengter Magnetbeschichtung, kräuselte sich aus dem Lauf ihrer Waffe. Bestimmt hatte sie erstmals seit ihrer Ausbildung damit geschossen.

„Betäubungsdosis?", fragte La Montagne kaum gerührt, den Blick auf den am Boden liegenden Caine gerichtet.

Gerbiers Gesicht drückte schieres Entsetzen aus, die Augen waren schreckhaft geweitet, als würde sie sich erst jetzt der

Tragweite ihrer Tat bewusst. Ihre Stimme versagte, es kam nur ein heiseres, unartikuliertes Krächzen heraus. Sie nickte stattdessen. Die Waffe in ihren Händen zitterte, trotz der Abstützung.

„Bringt ihn in eine Arrestzelle. Wir müssen uns zuerst um anderes kümmern. D'Auneuve, Wendemanöver einleiten, Waffensysteme herunterfahren, Schilde bleiben oben! Gerbier, wenn Sie wieder... bereit sind, versuchen Sie bitte, diesen Vigreux da unten zu kontaktieren."

Coleria Sol beleuchtete die Hülle des alten Kreuzers, als dieser in angemessenem Abstand zum Werftmond flog, ein Trabant des Trabanten. Ein unbeteiligter Beobachter hätte kein Anzeichen der Dramen gesehen, die sich im Inneren dieser Objekte abgespielt hatten und dies immer noch taten. Aber für Coleria Prime, unweit der Szene gelegen, galt ja das Gleiche. Das Herz des colerianischen Imperiums lag scheinbar friedlich da, mit seinen blau-grünen Ozeanen, dem weiten, lebensfreundlichen Zentralkontinent und den zahlreichen, sonnenbeschienenen Inseln und Lagunen. Nichts, rein gar nichts sprach von der Atmosphäre der Angst, Ungleichheit und Verfolgung unter den blauen Himmeln. So wie man Lunker in einem Werkstück erst fand, wenn man es zerschnitt, wirkte Coleria Prime makellos für den, der kein passendes Vibromesser besaß.

„Verbindungsanfrage bestätigt, Sir", meldete Gerbier mit neu gewonnener Fassung und dem Trost, einen lobenden Vermerk in ihren Akten zu bekommen.

„Ausgezeichnet! Vigreux, können Sie mich hören?", fragte La Montagne, obwohl sich das holografische Ferngespräch gerade erst flimmernd aufbaute.

„Klar und deutlich, mon Amiral. Wie ich sehe, haben Sie den Angriff abgebrochen, das erfreut mich sehr", antwortete

Vigreux' Stimme, während sich der alternde Bildwandler noch immer mit dessen massiger Erscheinung abzumühen schien. „Was ist mit Mister Caine?"

„Ist unter Arrest wegen Verstoßes gegen das Pflicht-Treue-Gesetz und die galaktische Charta. Ich führe jetzt auch das operative Kommando."

„Sehr gut, Sie sind ein wahrhafter Colerianer, Amiral", sagte Vigreux. Sein holografisches Abbild schien ein kleines Objekt in der Hand zu halten. Es sah aus wie ein Likörglas, aber das konnte auch am altersschwachen Projektor liegen.

„Vigreux, bitte sparen Sie sich die Herzlichkeiten für bessere Zeiten auf. Durch den Ausfall von Mister Caine bin ich nicht zu ihrem Verbündeten geworden, auch wenn ich Ihren gepflegten Umgangston sehr schätze. Da ich keinen eigenen Befehl hatte, sondern nur Unterstützung geben sollte, kann ich jetzt nach eigenem Ermessen handeln. Ich stelle fest, dass Sie einen gesetzeswidrigen Aufstand anführen, aber auch militärisch meinem Schiff himmelhoch überlegen sind. Was bieten Sie an?"

„Amiral, Ihre Analyse ist ebenso kurz wie zutreffend. Natürlich könnte dieses Schiff mit seinen Hauptgeschützen sogar Coleria Prime erreichen, zumindest alle Siedlungen, die nicht durch Schilde geschützt sind. Im Gegenzug sind wir gegen fast alles immun, was der Heimatplanet uns entgegensetzen kann, ohne Ihnen und Ihrer vorbildlichen Führung zu nahe treten zu wollen. Natürlich könnte die Marine die Lage eskalieren, indem sie wertvolle Schiffe von der Front abzieht, wo diese doch viel nötiger gebraucht werden. Aber das wollen wir ja gar nicht."

„Niemand will das. Das Imperium hat eine dunkle Vergangenheit, in der es noch untereinander die Waffen erhob. Noch können Sie Bedingungen stellen, also stellen Sie sie. Ich werde sie an die zuständigen Stellen weiterleiten."

„Genau das habe ich gehofft. So wie ich gehofft hatte, dass ich Caine ausreichend provozieren könnte, dass Sie sich seiner entledigen würden. Amiral, wir wollen nur eines: Frieden. Und zwar dauerhaften Frieden. Dafür brauchen wir ein Gespräch mit dem Imperator. Nur er kann die Kartellkriege für immer beenden und nur er kann die Kolonien in die Freiheit entlassen."

„Das ist ein... sagen wir ambitionierter Wunsch, Mister Vigreux."

„Amiral. Ich war nur bei der Handelsmarine, aber eines weiß ich: Gerade der Soldat lernt, dass der Frieden kein kostenloses Geschenk ist, sondern dass man darum ringen muss. Frieden ist die einzige echte Sicherheit, und wer will nicht sicher sein. Helfen Sie uns dabei, Amiral? Wir haben doch alle genug Krieg gesehen."

Vigreux' Projektion stand betont theatralisch im Raum, als würde sie alle darin anblicken. Untermalt vom konstanten Flüstern der Luftaufbereiter, dem Wiegenlied der Raumfahrt, stand Amiral de La Montagne dem Holobild gegenüber, die Arme hinter dem Rücken. Er musste entscheiden. Die meiste Zeit seiner Laufbahn war er Führer gewesen und auch privat, in diesen seltenen Phasen, konnte er keine Last darin finden, Entscheidungen zu treffen. Es fiel ihm so leicht wie dem Programmierer, eine Tastatur zu bedienen. Dennoch zögerte er, verborgen unter der unbewegten Fassade seiner schlachtgeschmiedeten Professionalität. Im Grunde war es keine Unsicherheit, mehr das Bewusstsein, vielleicht am Beginn einer neuen Ära zu stehen. Sich kriegsmüde zu fühlen war für ihn unter der Würde eines verdienten Offiziers, aber dass die immer neu aufflammenden Kriege mit den Kartellwelten das Imperium von innen heraus auslaugten, war auch ihm nicht verborgen geblieben. Ein Krieg machte für ihn nur Sinn, wenn der Sieg ihn schnell beendete. War es das wert, eine galaktische Wüste zu schaffen, um Frieden zu bekommen, wenn es einen anderen Weg gab? Er konnte die erwartungsvollen Blicke seiner Besatzung auf sich spüren wie bohrende Fingerspitzen. Es war das zaghafte Aufatmen der Natur, wenn das Gewitter nachzulassen versprach. Die Generationen nach ihm warteten auf ein Signal. Die Faszination, am Wendepunkt eines Zeitalters zu stehen, ließ ihn seine Hyperraumsklerose und die arthritischen Gelenke vergessen.

„Ich werde Ihre Forderung so nah wie möglich an den Imperator tragen", antwortete der Admiral.

„Eine hervorragende Entscheidung, wie ich finde. Sie sind wirklich so weitsichtig, wie man Ihnen nachsagt, La Montagne. Grüßen Sie doch bitte den Imperator von uns!"

Die kleine, bläulich-weiß schimmernde Projektion deutete eine altmodische Verbeugung an, dann erhob sie die Rechte so, als höbe sie wirklich ein Likörglas auf das Wohl einer neuen, anbrechenden Zeit. Zuletzt flackerte sie auf und verschwand. Die Verbindung war beendet.

„D'Auneuve? Kurs Coleria Prime, Bereitschaftssektor. Wir haben eine Nachricht zu überbringen."

Blatt 90: Unterstützt Rafale Goeland!

Die Nacht hatte Besitz von der Loggia ergriffen. Eine rabenschwarze Nacht. Sternlos und schwer lag sie auf der Landschaft. Alle Konturen hatten sich zusammen mit der Sonne verabschiedet und der dimensionslosen Finsternis das Feld überlassen. Wer jetzt Orientierung brauchte, musste geeignete Augen besitzen wie die Echsen oder der sichtbaren Welt entsagen und sich vorantasten. Oder eine fremde Lichtquelle mitbringen. Kurz glomm die Spitze von Rafales Zigarette in der Schwärze auf. Es war so still, dass man den Tabak knistern hören konnte. Das winzige Lodern skizzierte die Umrisse ihres Gesichtes. Die lange, schlanke Nase, die betonten, hohen Wangenknochen, den Ansatz ihres Haares. Geisterhaft von der Glut beleuchtet, schwebte die Tabakwolke dahin, als sie Rafales Lippen beim Ausatmen passierte, um sich dann irgendwo jenseits im Dunkel zu verlieren. Stumm stand der massive Schatten des Wachsoldaten in einigen Metern Entfernung da. Hätte er nicht bereits bei Sonnenuntergang dort gestanden, sie hätte ihn vielleicht gar nicht wahrgenommen. Er jedoch wusste, dass sie da war. Seine Techbrille war im Infrarotmodus, für ihn sah die Welt ganz anders aus als für sie. Sie beneidete ihn jedoch nicht, im Gegenteil: Sie genoss die Nachtschwärze, die den Dingen ihren Namen entriss. Die besänftigte und linderte. Die vergessen machte. Die Dinge neu schuf. So stand sie da und betrachtete den unsichtbaren Himmel eines Planeten, auf den sie nicht gehörte.

„Heh, Imp!", raunte der Wachmann.

„Mh?", brummte Rafale zurück, als sei es eines dieser Mh-mh-Gespräche mit Sly, dem Angler auf Le Ganet.

„Ich hab das vorhin mitgehört. Also, das mit Kells. Also, was du für sie getan hast. Wollte mich da vorhin nur nicht einmischen, weißt du? Gehört sich nicht als Soldat."

„Verstehe", antwortete sie nebulös in Richtung des Schemens. Was wollte der Mann ihr damit sagen? Sie beschloss, dem Gespräch keine eigene Richtung zu geben, bis das klar würde.

„Eh... also, ich hätte das nie gedacht", druckste er herum. „Ich meine, dass eine Imp so hilfsbereit ist."

„In dem Moment war ich keine Imp mehr, Kumpel. Das war nur ich, ohne diesen verfrellten Krieg und Freund und Feind und so. Das war das Mindeste, was ich tun konnte. Hätte sie gern gerettet."

„Ich rechne dir das hoch an, wollte ich dir nur sagen. Auch meine Kameraden fanden das klasse. Die meisten von uns kannten Lynn, war ein tolles Mädchen."

„Glaubs mir, ich hätte mich gern selbst davon überzeugt."

Sie folgte kurz einer kaum wahrnehmbaren Bewegung da draußen, im Dunkel der Nacht. Ein, nein, zwei Scoutbiker mit abgeblendeten Triebwerken, Schatten unter Schatten. Eine Nachtpatrouille. Schon nach wenigen Augenblicken waren sie nur noch zu hören, aber nicht mehr zu sehen.

„Weißt du", begann der Soldat von neuem, als läge ihm etwas auf dem Herzen. „Ich weiß ja nicht, was die da drinnen beratschlagen, während sie dein Video gucken. Geht mich ja auch nix an. Aber wenn die mich fragen würden, würde ich denen sagen, dass du eine Heldin bist, weil du Kells geholfen hast."

Sie zog abermals an ihrer Zigarette, dann lächelte sie breit ins Dunkel hinein. Ganz Coleria lächelte.

„Dank dir, Kamerad. Ich würde es wieder tun."

Du hast ihn eben Kamerad genannt, Goeland. Bist du schon so weit?

Kurz blickte sie an sich hinab. Auch wenn sie die fremde Uniformkleidung nicht erkennen konnte, sie konnte sie auf der Haut spüren. Aber das war nicht der Grund. Hier und jetzt, auf diesem Planeten, fernab ihrer Heimat, versunken im Krieg, waren alle Soldaten ihre Kameraden. Gleich welcher Fraktion. Sie nickte sich selber zu und war froh, dass der Kartellsoldat mit seiner Infrarotsicht ihren inneren Monolog nicht mithören konnte.

„Also... ich kann ja nicht viel machen bei dem, was die Dickbretter da drin beraten. Aber wenn sie dich erschießen lassen und ich dabei bin, dann schieße ich daneben. Versprochen!"

Rafale stand wie vom Donner gerührt da, unschlüssig, ob sie da eben richtig gehört hatte. Den Soldaten anzusehen, war jedoch überflüssig. Es war zu dunkel, um sein Gesicht zu erkennen und sie war sich ohnehin sicher, dass es kein sarkastischer Witz wie aus Nours Mund gewesen war, sondern sein voller Ernst. Seine Art, ihr Respekt und Dankbarkeit zu zollen. Trotz der düsteren Perspektive hatte dieser ungelenke Kommentar eine wärmende, heitere Seite. Sie hustete kurz, als sie ein Auflachen unterdrücken musste. Zu tragikomisch war diese Situation und sie hoffte, er würde es auf den starken Tabak zurückführen.

„Hey, das ist total nett von dir, Kumpel. Ich weiß das zu schätzen, echt."

Unfreiwillig schmunzelte sie. Es war das schönste Geschenk seit vielen Jahren, so skurril und einfältig es auch sein mochte. Es kam von Herzen. Ihr wurde schlagartig klar, wie sehr sie doch die Gesellschaft von so einfach gestrickten Kameraden vermisst hatte.

Der Kartellsoldat erwiderte nichts darauf, vermutlich war er sich der Tragikomik dieses Augenblicks gar nicht bewusst. Für ihn schien die Sache erledigt, ein Wort ist ein Wort und damit hatte es sich. Inmitten dieses scheußlichen Desasters, das behauptete, ihr Leben zu sein, war dieser Mann ein Leuchtfeuer der Berechenbarkeit.

Gerade hatte sie eine Hand erhoben, um die abgebrannte Zigarette hinaus in die Dunkelheit zu schnicken, da öffnete sich die Tür der Loggia. Mit der Helligkeit einer Explosion eroberte das Licht den wohltuend dunklen Ort, dass Rafales Augen schmerzten. Für einen Moment lang, einen winzigen Moment nur, sah es wie eine Offenbarung aus, als sie aus dem Dunkel heraus in das gleißende Rechteck blinzelte, in dem sich die Silhouette eines Adjutanten abzeichnete.

„Miss Goeland? Würden Sie bitte hereinkommen?"

Stumm setzte sie sich in Bewegung, der Offenbarung entgegengehend. Sie konnte der spontanen Versuchung, dem Wachsoldaten einen Klaps auf die Schulter zu geben, nicht widerstehen.

Man hatte die Tische in dem großen Raum umgestellt. Nur der mittlere stand noch an Ort und Stelle, auf ihm war ein Rechner mit Holoprojektor aufgebaut. Der Projektor war noch eingeschaltet, aber er zeigte nur sein gerätetypisches Hintergrundbild, das sechzehneckige Logo der Kartellwelten. Was auf ihm vorgeführt worden war, wusste Rafale, und hätte sie es nicht gewusst, so hätten die Körperhaltungen der Zuschauer es verraten. Burns, Codrington, O'Dowd und auch Yaloo Zilver hingen in ihren Stühlen und es war nicht nur der mangelnde Schlaf. Sie alle drehten Rafale zwar den Rücken zu, aber sie wusste genau, wie ihre Mienen jetzt aussahen. Nur allzu gut erinnerte sie sich an Nour und Emmy, als sie zusammen Barays Video angesehen hatten. Neben ihnen, außen an den Tischkanten, saßen ihre persönlichen Adjutanten, andere

Zuschauer hatte man offenbar nicht damit konfrontieren wollen, zumindest nicht, bevor man selbst ein Bild vom Inhalt hatte. Vorerst. Der Wachsoldat meldete Rafales Eintreten, aber keiner der Kartelloffiziere rührte sich. Es sah so aus, als wollten sie erst ihre Fassung wiedergewinnen, bevor sie sich mit der Gefangenen unterhielten. Rafale nutzte die kostbaren Momente und sah sich um. Sie entdeckte Nour, der wie in einer makabren Choreografie zeitgleich durch die andere Tür hineingeführt worden war. Dieses Timing dürfte seinem Sinn für Humor entgegengekommen sein und wie zur Bestätigung grinste er, als er zu ihr trat. Die Wachen hinderten ihn nicht.

„Miss Goeland, mon Capitaine. Ich glaube, dieser Film wird der neue Blockbuster am Kartellkino-Himmel, ja? Zum Disha, die sehen allesamt aus, als hätte man ihnen die Luft herausgelassen", murmelte er, ohne das Grinsen wegzupacken. Die Worte fanden irgendwie den Weg zwischen seinen Zähnen hindurch.

„Ich glaube nur nicht, dass sie uns an den Einnahmen beteiligen werden", erwiderte sie leise.

„Ich habe mit ein paar Soldaten gesprochen und einige Informationen über die Truppen des Colerianischen Herbstes hier auf Banda bekommen. Wie ist es bei Ihnen gelaufen, haben Sie auch etwas erreicht?"

„Natürlich, Nour", antwortete sie gewichtig. „Bei unserer Erschießung werden nicht alle Schützen treffen."

„Capitaine, Ihre diplomatischen Erfolge machen mich wieder und wieder schwindelig. Haben Sie mal überlegt, in die Politik einzusteigen?"

Yaloo Zilver erhob sich. Als sie Rafale und Nour entdeckt hatte, ging sie direkt auf die beiden zu. Sie schritt wie auf rohen Eiern daher, ein sicheres Zeichen, dass ihre Gehirnerschütterung sie noch fest im Griff hatte. Die hellbraunen

Rastazöpfe wirkten ohne die Uniformmütze noch um einiges wilder und eindrucksvoller und schienen ihre ansonsten eher schmächtige Erscheinung deutlich aufwerten zu wollen. Das verbliebene rechte Auge fixierte Rafale, als sie sich näherte.

Eigenartig, dass Einäugige umso bedrohlicher wirken, obwohl das doch genau umgekehrt sein sollte, was?

Rafale spannte unwillkürlich die Muskeln an. Ein weiterer Kampf war zwar absolut nicht zu erwarten, aber die Abwehrreaktion war nun in ihre Reflexe eingebrannt und saß wie ein verängstigtes Tier in seinem Loch und wollte nicht mehr vom Fleck. Zilver schien dergleichen nicht offen zu zeigen, aber sie war unberechenbar. Konnte man das Schlimmste erwarten?

„Elah, mit den Zöpfen könnten Sie als Tänzerin bei Abarizhi-Kulturfestival von Montsarré auftreten!"

Nours Begrüßung, die eine Imperiale mit letzter Sicherheit tödlich beleidigt hätte, zeigte Wirkung. Rafale war sich nur nicht sicher, welche. Zilver blieb stehen und musterte nicht mehr Rafale, sondern Nour mit ihrem einen Auge. Nour musste wirklich in jedes Fettnäpfchen treten!

Die Datch grinste.

„Ich nehme das mal als Kompliment, Mister Nour", erwiderte sie mit ihrer Datch-typischen gutturalen Aussprache. „Die Frisur hat mir mal jemand von Sunetin IV beigebracht, bevor uns die Imps rausgeworfen haben."

„Hätte ich längere Haare, könnten Sie das mal bei mir versuchen. Das wäre wirklich mal ein Kulturaustausch über die Hintertür. Ach, wenn nicht gerade Krieg wäre, natürlich."

Rafale rollte hinter geschlossenen Lidern mit den Augen. So froh sie war, dass es nicht gleich wieder zum Eklat mit dieser Datch gekommen war, so sehr stach es irgendwie zu sehen, wie gut die beiden sich auf Anhieb verstanden. Waren Imps denn überall in der Galaxis so verhasst, dass man sie gleich übersehen musste? Ja, vermutlich waren sie das. Es fiel einem erst auf, wenn man den Spiegelsaal der eigenen Selbstzufriedenheit verließ.

Sie räusperte sich und schämte sich dennoch für ihre soziale Eifersucht.

„Miss Zilver, ich hoffe, es geht Ihnen besser? Es tut mir leid, ich wollte gar nicht so fest zuschlagen."

Zilver drehte ihr das Gesicht zu, sie wirkte tatsächlich gerade so, als hätte sie Rafale vollkommen vergessen.

„Ist schon in Ordnung. Ich... habe es nicht persönlich gemeint, auch wenn das bestimmt so aussah", sagte Zilver mit dem feinen Timbre einer persönlichen Note in der Stimme. „Der Krieg prägt uns alle, nicht?"

Rafale nickte nur. Wie war dieser Satz zu verstehen? Sicherlich war er nicht einfach nur so dahergeredet. Hatte es irgendwas mit ihrer Verletzung am Auge zu tun? Hatte sie etwas oder jemanden verloren? Familie? Freunde? Kameraden?

Ich bin so müde vom Krieg, sagte sie
ich will wieder Arbeit in Harmonie
will wieder weiße Kleider sehn
und wieder mit dir spazieren gehn

Ihre Kehle wurde eng, der Würgegriff des Leides legte sich darum. Nein, es wäre keine gute Idee gewesen, nachzubohren! Wenn sie wirklich etwas verloren hatte und der Verlust sie so hatte werden lassen, wie sie war, dann wäre es ein Affront gewesen, dieses Etwas auszugraben. Nicht wenn diese Datch es gerade mühsam mit Erde bedeckte.

„Das hat er wohl", sagte Rafale stattdessen und reichte ihr die Hand.

Als Zilver einschlug, kam sie sich dennoch kleinmütig und feige vor. Der fade Nachgeschmack einer verpassten Gelegenheit breitete sich in ihrem Mund aus.

Auch dich hat der Krieg verändert, Goeland. Er hat dich nicht zur Bestie gemacht, aber zur Närrin. Nour hat dich vor ihr gewarnt, aber du wolltest ja nicht hören in deiner blinden Jagd nach Wärme.

„Ich habe mich wohl in Ihnen getäuscht, Goeland", sagte Zilver und riss Rafale aus ihrem Selbstmitleid, während sie auf das Holobild wies. „Dieser Mitschnitt hat uns alle umgehauen, sogar O'Dowd. Wahrscheinlich hat das den Stock in seinem Hintern zerbrochen."

„Wenn man es genau nimmt, beweist das Video noch gar nichts über meine Rolle darin. Im Grunde könnten Sie immer noch Recht haben, aber wir sollten das nicht erneut aufwärmen, oder?"

Yaloo Zilvers Auge blickte ihr forschend und unergründlich entgegen. Dann zwinkerte es, von einem Lächeln abgerundet, das man irgendwie als schelmisch interpretieren konnte.

„Wir können das mit dem Erschießen dann ja nachholen, Goeland. Aber wenn es Ihnen etwas bedeutet: Ich glaube Ihnen tatsächlich."

„Es bedeutet mir wirklich etwas, mehr als Sie denken. Krieg ist eine Sache, aber es ist bitter, wenn man nachträglich erfährt, dass man gegen den falschen Feind kämpft."

„Bis vorhin hätte ich noch gefragt, ob es denn auch richtige Feinde gibt. Aber jetzt stimme ich Ihnen zu."

O'Dowd hatte sich aus seiner unbeteiligten Starre gerissen. Vielleicht hatte er sich bis dahin auch nur leise mit den anderen beraten. Er kam dazu.

„Wie kann es sein, dass dieser Datenstick Informationen enthielt, die wir beim Durchsuchen nicht gefunden haben?", fragte er mit noch immer konsternierter Miene. „Unsere besten Intellektroniker haben ihn mehrfachen Tiefenscans unterzogen!"

Weil eure besten Intellektroniker vielleicht einen imperialen Bierkühler hacken können, aber keinen Speicherbereich mit imperialer Gold-Codierung plus Costa-Spezial-Tarnalgorithmus. Erst recht nicht, wenn er von H7-25 nachträglich verschlüsselt wurde.

„Weil Ihre Intellektroniker vielleicht nicht genug Zeit hatten, den Stick bis ins Letzte anzusehen", erwiderte sie charmant lächelnd. „Bin ja froh, dass ich Ihnen mit meinem Zugangspasswort die Arbeit ein wenig erleichtern konnte."

„Dieser Baray ist eine seltsame Figur", fuhr er fort, die Arme hinter dem Rücken. „Einerseits hat er bei diesem unsäglichen Komplott mitgespielt, andererseits hat er mit diesem heimlichen Mitschnitt dafür gesorgt, dass sich die Galaxis davon befreien kann."

„Wir werden aber wohl nie erfahren, ob er wirklich eine Hintertür, oder wenn man so will, ein Vermächtnis schaffen wollte, oder ob es nur sein Absicherungswahn war. Der übrigens eine typisch colerianische Eigenart ist. Wir werden nicht einmal erfahren, ob der Colerianische Herbst überhaupt so früh von der Existenz dieses Videos wusste oder ob Baray nur sterben musste, weil er sich mit mir getroffen hatte. Vieles bleibt unaufgeklärt, auch meine Rolle darin. Die Galaxis kann sich damit vielleicht retten, ich mich aber nicht. Weder vor Ihren Leuten noch vor meinen."

„Bei den goldenen Löwen von Wuush! O'Dowd, wenn ich meine bescheidene Neugier einbringen darf: Was wird jetzt aus dem Prozess? Miss Goeland hat Ihnen dieses Video gegeben, das vielleicht Milliarden von Leben retten kann. Auch wenn es nicht direkt ihre Unschuld beweist. Müssen Sie meinen Capitaine wirklich wie eine Kriegsgefangene behandeln?"

„Sie ist keine Kriegsgefangene mehr", antwortete O'Dowd sachlich.

Stille.

„Ich... verstehe gerade nicht", murmelte Rafale halblaut. „Was zum Rodder soll das jetzt bedeuten? Wir hatten doch gerade -"

Nours dezenter Fußtritt traf ihre Wade und sie unterbrach sich. An sich war es albern zu glauben, dass ihr Nachhaken O'Dowd wieder umstimmen könnte, aber der Algarasier hatte schon Recht: Schlafende Hunde weckte man nicht.

„Miss Goeland, kennen Sie einen gewissen Victor Nadar?"

Sie blinzelte. Jetzt wurde es wirklich abenteuerlich. Nour verfiel in Schnappatmung, als wollte er etwas sagen. Aber O'Dowd hatte sie gefragt.

„Nein", antwortete sie mit aller Aufrichtigkeit. „Warum fragen Sie das?"

„Und kennen Sie einen gewissen Artouste Goeland?", fragte der Brigadier General weiter, ohne auf Rafales Gegenfrage einzugehen.

„Daddy!", stammelte sie, als hätte sie eben erst zu sprechen gelernt. „M-Mein Vater! E-Er... ist Direktor einer Orbitalwerft in der Heimat..."

O'Dowd fragte nicht weiter, sondern sah sie einfach nur mit dem Ausdruck eines Menschen an, der gerade mehr wusste. Rafales Miene sagte ebenfalls mehr, als ihr Mund zu Sprache formen konnte. Diese wenigen Worte lösten eine unkontrollierbare, fälschungssichere Emotionalität aus. Sie zeichneten alle Wärme, alle Verbundenheit und alle Liebe, derer sie fähig war, direkt in ihr Gesicht. Ganz Coleria brach unter dem totenstarren Eis hervor. Tränen lösten sich vom Rand ihrer stechend grünen Augen und rannen ungeniert hinab. Der Widerhall all dessen, was sie vermisste, schwang mächtig wie eine altertümliche Glocke in ihr und raubte ihr die Fassung, sprengte die engen Fesseln ihrer Zeit.

Frostkind, geboren unter Schmerzen
in eine eisig kalte Welt
Frostkind, unter winterkühlen Herzen
denen alle Wärme fehlt

„Und vielleicht auch Jean-Baptiste Vigreux und Benoit Costa?"

„D-Das... ja, natürlich! Onkel Joba und Onkel Ben, Daddys Freunde und Kollegen! Also... nicht meine leiblichen Onkel, aber ich nenne sie so, ich kenne sie, seit ich ein kleines Kind war! Die drei haben die Nene gebaut, mit der ich hierhergekommen bin. Also ich, Nour und..."

Sie pausierte für einen kurzen, niedergeschlagenen Moment.

„Emmy."

O'Dowd nahm ihre Antworten ohne erkennbare Regung hin, es blieb ungewiss, was für ihn eine Information war, auf die er gehofft hatte und was reine Sentimentalität.

„Mister General Sir", drang Fareq Nour wie ein quirliger Kobold in die entstandene Stille ein. „Darf ich eine Kleinigkeit anmerken? Ich kenne diesen Victor Nadar! Er ist ein Reporter auf Coleria Prime! Engagiert sich für die Kolonieweltler und allgemein für alles, was die imperiale Zensur totschweigt. Bei uns in Old Ironstate - das ist ein Slum, wissen sie? - da ist er ziemlich bekannt, auch wenn er ein Imp ist. Bei uns gilt er als Shibakh, ein Einheimischer!"

„O'Dowd, das fragen Sie doch nicht ohne Hintergrund!", mischte sich Rafale ein, die ihre Fassung wiedergewonnen hatte. „Ich habe mit offenen Karten gespielt, jetzt sollten Sie das auch tun!"

O'Dowd wandte sich ab und ging zu der Tischgruppe mit dem Holoprojektor zurück, wo Burns, Codrington und deren Adjutanten noch immer gedämpft miteinander diskutierten, als würden sie eine soeben beendete Spielfilm-Vorstellung besprechen.

„Folgen Sie mir, dann werden Sie verstehen!"

„Na, wenn das so einfach wäre, würde ich den lieben langen Tag anderen hinterhertrotten", moserte Nour.

„Diese Holonachricht ging uns über einen Subsektor-Sender zu", begann O'Dowd, während er den Bildwerfer mit einem Tastendruck aus seinem Ruhebild erweckte. „Das Protokoll der Datei ist mehrfach manipuliert, also können wir den Nachrichtenweg nicht verfolgen, was aber in Kriegszeiten nicht verwunderlich ist."

„Wichtig ist auch, dass es eine Kartell-Verschlüsselung trägt, also nicht aus imperialen Quellen kommt", ergänzte Commander Burns, während der Brigadier General fluchend an dem Projektor herumhantierte. „Da die Signatur mehrere gelöschte Einträge von Raumschiffs-Rechnern enthält, vermuten wir, dass die Nachricht von einem StarTrader geschmuggelt wurde, anstatt als Hyperfunk-Datei direkt gesendet zu werden."

StarTrader. Jeder colerianische Pilot kannte irgendwelche Gerüchte über diese halboffiziellen Kriegsschiffe der kombinierten Flotte. Es waren wohl meist kleine Einzelfahrer: Unauffällige, schnelle Frachter, die mit leistungsfähigen Navigationsrechnern abseits der kartografierten Hyperraum-Handelsrouten flogen. Sehr schwer zu lokalisieren und noch schwerer abzufangen, versorgten sie abgelegene Garnisonen, setzten Agenten hinter feindlichen - also colerianischen - Linien ab und hielten Kontakt mit den abgeriegelten Koloniewelten, um sie gegen die Besatzer aufzuwiegeln. Sie erinnerte sich an die endlos langen Patrouillenflüge auf der Suche nach StarTradern, bevor sie dann zum Lehrgeschwader der 8. Flotte gestoßen war. Nur sehr selten hatte ein imperialer Pilot einen Jagderfolg melden können, sie selbst war nie darunter gewesen. Es waren nur Nadelstiche im Fleisch des Imperiums, aber auch viele kleine Stiche konnten eine Wunde ausmachen. Der lapidare Zusatz, nebenbei Ausschau nach diesen Geister-schiffen zu halten, fehlte in keinem noch so wichtigen Marschbefehl imperialer Flotten, er war zur Floskel verkom-men, aber es war auch ein Symbol, wie ernst man diese Nadelstiche nahm. Genauso gut hätte man beschließen kön-nen, die gemeine galaktische Stubenfliege abzuschaffen.

„Schön und gut, aber worum geht es jetzt in dieser Nach-richt?", brummte Rafale ungeduldig.

Der Holoprojektor nahm ihr diese Antwort ab. Das Ruhe-bild mit dem Logo der Kartellwelten löste sich auf, der Bildwerfer begann, das Bild einer Person aus der Lichtkugel zu kneten. Ein Mann von vielleicht Mitte 30 in einem seltsa-men, alten Mantel war zu sehen. Er hatte ein forsches Gesicht, an dem ein Holo-Bildhauer vielleicht seine Freude gehabt hätte, es hatte klassische Züge. Zumindest für Leute, die sich für die colerianische Klassik begeistern konnten. Die Frisur war ungepflegt und von einem Stil, der vielleicht vor 20 Jahren in Mode gewesen war: An den Schläfen kurz, oben län-ger und leicht gewellt.

Ein Zivilist sagte ihr Instinkt ungefragt.

„Das ist doch Nadar, das ist Victor Nadar, zum Disha!", rief Nour aufgeregt, kurz bevor die Lichtfigur zum Sprechen ansetzte.

„Ich bin ein freier Reporter von Coleria Prime, colerianis-cher Sektor. Dies ist eine Botschaft für die Astrogatorin

Rafale Ghauri Goeland, Tochter von Artouste und Nylis Goeland, vermutlich unterwegs im Banda-Sektor! Diese Botschaft ist immens wichtig für das Überleben der gesamten kriegführenden Galaxis. Das ist kein Scherz! Wer immer diese Botschaft bekommt, sorge dafür, dass sie ihre Empfängerin erreicht und dafür, dass die Empfängerin ihre Mission erfolgreich abschließt! Ich wiederhole: Diese Botschaft ist immens wichtig für das Überleben der gesamten kriegführenden Galaxis! Unterstützt Rafale Goeland mit allen Mitteln oder dieser Krieg wird nur Verlierer und Tote hinterlassen!"

Schockstarr blinzelte Rafale die Projektion an. Ungläubig, außerstande, die Dimensionen zu erfassen, die ihr Schicksal offenbar mittlerweile angenommen hatte, ohne sie zu fragen. Die Figur schwieg, aber da niemand Anstalten machte, das Abspielen zu beenden, schien man auf die Fortsetzung zu warten. Nadars Abbild sprach weiter, als hätte es Rafales Gedanken gelesen.

„Rafale, wir kennen uns nicht, aber ich spreche für deinen Vater Artouste Goeland und seine Freunde Jean-Baptiste Vigreux und Benoit Costa. Hier gibt es Ärger und sie brauchen deine Hilfe, wir alle brauchen deine Hilfe! Auf Coleria Prime findet eine gigantische Verschwörung statt, die der eigentliche Grund für die Eskalation des Kartellkrieges ist! Der Imperator und das restliche Militär sind unschuldig und die Kartelltruppen haben nichts verbrochen, es ist alles Lüge! Eine Verschwörergruppe namens Colerianischer Herbst will das Imperium in ein Chaos stürzen und die anderen Welten zerstören, um selbst zu herrschen! Was auch immer du an Beweisen in der Hand hast, wir brauchen sie hier, bevor man uns zum Schweigen bringt und alles vergebens war. Wenn du eine Chance hast, nach Hause zu kommen, dann komm! Spiele jedem diese Botschaft vor, damit sie Bescheid wissen und dir helfen. Wenn du mich finden willst, frage den, der deine Waffe hat. Die Sterne mögen dich schützen. Ende."

Rafales Mund stand offen, die Luft um sie herum schien gerade zu sperrig zum Einatmen. Was war das jetzt gewesen? Sie hatte in diesem Moment das Gefühl, eine ganze Galaxis sähe ihr über die Schulter. Die Erleichterung über die Rückendeckung von unbekannter Seite, die Fäden, die langsam zusammenfanden, die Botschaft aus der fernen Heimat, all das trat gerade in den Hintergrund. Nein, es wurde kraftvoll verdrängt von dem gigantischen Gewicht, das sich auf ihre Schultern zu legen begann. Zählte wirklich die ganze Galaxis auf sie? Das war zu viel für ein einzelnes, sterbliches Wesen. Sie schaute sich hilfesuchend um. Kam sich gerade schrecklich allein vor, obwohl die Botschaft doch ihre Mitstreiter aufrief. Da war er wieder, der Geschützdonner. Alles drehte sich.

„Sie... haben das die ganze Zeit gewusst!", wandte sie sich dann an Brigadier General O'Dowd. Ihre Fäuste ballten sich. „Sie haben es die ganze Zeit gewusst!"

Fareq Nour trat dicht neben sie, um ihr eine Hand auf die Schulter zu legen, nicht ahnend, dass bereits ein Gebirge darauf ruhte.

„Nein, Goeland. Nicht die ganze Zeit", verteidigte O'Dowd sich. „Unsere offiziellen Kommunikationsmittel sind hier auf Banda eingeschränkt, die Subsektor-Bojen können nur in kurzen Zeitfenstern senden, um nicht von imperialen Horchposten empfangen und entschlüsselt zu werden. Das letzte offene Fenster gab es, als wir gerade Ihr Video ansehen wollten. Während wir dem Colerianischen Herbst zusahen, haben unsere Nachrichtentechniker entschlüsselt und verifiziert."

O'Dowd hielt inne, als er den Zorn in Rafales Augen erkannte. Sofort lud sich die ganze Atmosphäre elektrisch auf und doch waren die Luftaufbereiter machtlos gegen diese Art Wolke. Er schwieg, schien unschlüssig. Selbst Yaloo Zilver machte ein unsicheres Gesicht. Das sprichwörtliche Temperament der Leiergeborenen war erwacht.

„Miss Goeland, verstehen Sie doch bitte!", half Codrington aus, die dazugekommen war. „Wir sind zwar nicht vom Geheimdienst, aber es lag doch auf der Hand, dass Ihre Rolle in der Sache nicht durch das Video selbst geklärt war. Haben Sie nicht das Gleiche zu Captain Zilver gesagt? Wir konnten mit Ihnen arbeiten, aber hätten wir Ihnen auch trauen können? Es war doch mehr als ein glücklicher Zufall, dass wir die Botschaft von diesem Nadar in die Hände bekommen haben. Wie gut sie Sie vor ihren Behörden rehabilitiert, weiß ich nicht, aber sie rettet Sie vor dem Prozess. Verzeihen Sie uns bitte dieses kleine Spiel, aber es war doch auch zu Ihrem Besten."

Codrington stand seitlich von Rafale. Sie reichte ihr gerade mal bis zur Schulter und reihte sich damit in die Größenskala bei O'Dowd, Nour und Zilver ein. Die altersgezeichnete Kommandantin hatte ein wirklich gütiges Lächeln parat und schenkte es der angespannten Situation. Es blieb nicht ohne Wirkung.

„Ubash hat diese Leute erleuchtet, Goeland. Ein weiterer Beweis, dass Sie seine Auserwählte sind. Gehen Sie den Weg weiter, Capitaine!"

Rafale entspannte ihre Fäuste.

„Also gut, Sie haben Recht."

Alle sahen einander an. War das alles, was die Astrogatorin zu sagen hatte? Während man noch auf weitere Erklärungen Rafales wartete, schnaufte diese kurz und ließ den Kopf nach vorn sinken.

„Elah, sie schläft gleich im Stehen ein", nuschelte Nour, die Arme bereithaltend, sie aufzufangen. Banda III war offenbar der Ort, an dem er auserkoren war, colerianische Frauen aufzufangen.

„Morgen ist auch noch ein Tag", antwortete O'Dowd. „Gönnen wir uns alle etwas Ruhe."

Unmittelbar darauf rührten sich die Adjutanten, als hätten sie nur auf das Signal ihres Vorgesetzten gewartet, um endlich ihrer Erschöpfung nachgeben zu dürfen. Rafale, obwohl noch stehend, nuschelte nur undeutlich.

„Schreiben Sie den Herbstleuten, dass wir nicht gestört werden wollen?", bat Nour und bugsierte Rafale in Richtung der Ausgangstür.

Blatt 91: Gemeinsame Feinde

Der unbekannte Kulissenschieber, der lebenslang, Tag für Tag den Vorhang zwischen Rafale Goelands Schlaf und der Welt da draußen lüftete, tat ein weiteres Mal sein Werk. Sie hatte ihn nie persönlich kennengelernt, hatte aber stets das Gefühl, er arbeitete zur Unzeit. Schläfrig drehte sie sich in ihrer Koje auf die andere Seite, obwohl es keinen Unterschied machte: Der fensterlose Raum, von dem sie gerade nicht wusste, dass es ein Offiziers-Schlafraum des Depots Süd war, enthielt in jeder Richtung das gleiche Dunkel.

Hatte sie geträumt? Es war diese seltsame Art Schlaf, die wohl jeder kennt und die man gern als traumlos bezeichnet: Eine diffuse Anhäufung scheinbar sinnloser Bilder und wirrer Eindrücke, von denen man gerade mal ahnte, dass es sie gegeben hatte. Das Wort traumlos war nicht mehr als eine Schutzbehauptung, eine Abweisung der Bewohner einer Hyperzivilisation, als wollte man den temporären Kontrollverlust relativieren und vertuschen. Rafale zog sich demonstrativ die Decke über den Kopf und versuchte, wie bei einem Memoryspiel zu raten, wo dem Gedächtnis der Zugang zu den Träumen verwehrt geblieben war, in der Hoffnung den Schatz des Unterbewussten doch noch ausgraben zu können. Partys? Hatte sie von wilden Partys ihrer Jugendjahre geträumt? Von Spaß, Alkohol und viel Sex? Sie zuckte zusammen. Der Gedanke an Sex war mächtig, allzu mächtig in diesen düsteren Tagen. Daddy und die Laminus? Galeb und Océane? Oder gar Emmy? Keines der Bilder, die sie im Geiste aufrief, wollte ein Aha-Erlebnis auslösen. Nadar. Es klickte in ihrem mentalen Rechenwerk. Klar, die Holonachricht war etwas, das sich eingeprägt hatte und auch noch länger in ihr präsent sein würde. Vorausgesetzt, sie blieb lange genug am Leben. Aber es war nicht nur die Botschaft an sich, deren Gewicht sie sofort spürte, als hätte die Decke sich mit Quecksilber vollgesogen. Es war auch dieser Nadar selbst, seine Art zu sprechen und sein Aussehen. Er wirkte wie ein armer Ritter aus den albernen, alten Märchen, die Daddy ihr oft vorgelesen hatte. Nour hatte ihn erkannt und er hatte eine hohe Meinung von ihm. Nour, der den Leuten in die Seele sah, oftmals tiefer als es ihnen lieb war. Eine Kunst, welche sie selbst scheinbar nicht beherrschte. Obwohl sie es stets von sich gedacht hatte. Wenn Nour ihn aber schätzte, musste etwas daran sein, oder nicht? Falls ein kleines Wunder geschehen würde, dann würde sie ihn ja vielleicht treffen und es nachprüfen können. Und sei es nur, um Nour mal bei einem Patzer zu erwischen. Noch aber dämmerte sie in einer kleinen, dunklen Koje auf einem kleinen, unbedeutenden Frontplaneten, umringt von Heeren und Flotten, die sie erledigen wollten. Heimweh machte ihre Kehle heiß und eng. Sie riss die Decke schwungvoll beiseite und setzte sich mit trotziger Haltung auf. Ganz Coleria.

Unschlüssig tapste sie mit nackten Füßen umher. Der Boden war - wie imperial üblich - beheizt, allerdings war die wohltuende Wärme eher unberechenbar im Raum verteilt. Die automatische Wohnkomfort-Steuerung hätte üblicherweise den Bereich um die Koje wärmer gehalten, ebenso die kleine Sitzecke, die sich schwach im Dämmerlicht der Notbeleuchtung erahnen ließ, sowie das Bad. Dazwischen sollte es kleine Wärmebrücken zum gänsehautfreien Begehen geben. Die Kartell-Techniker hatten aber ganz offenkundig ihre Schwierigkeiten mit den imperialen Quellcodes. Dazu passte auch der penetrante synthetische Raumduft, der in dieser Konzentration sicher nicht die

Werkseinstellung war. Bergwälder. Irgendwann, irgendwo an einem Schreibtisch des Imperialen Ministeriums für politische Moral - MfpM - hatte einmal jemand entschieden, dass Soldaten 18 % loyaler und eifriger dienen, wenn sie die Nacht in Bergwäldern verbracht hatten. Das Kartell war gerade versehentlich im Begriff, diese Idee übereifrig nachzuahmen, Rafale dürfte bei etwa 108 % gelegen haben. Sie ging umher, als hätte sie sich in der wahrhaft sparsam möblierten Kammer verlaufen. Vor einem Wandspiegel - natürlich militärisch korrekt aus poliertem Durostahl - blieb sie stehen und konnte sich ein selbstironisches Schmunzeln nicht verkneifen. Das sechzehneckige Logo der Kartellwelten auf ihrem geborgten Nachthemd wölbte sich ungeschickt über der Brust. Was für ein Bild!

Misstrauisch wie ein suchendes Auspec wandte sie den Blick zur Tür. Verschlossen würde sie nicht sein, das hatte Jane Codrington ihr versichert, als diese sie zu den Schlafkammern der weiblichen Offiziere gebracht hatte. Aber ein Instinkt, erworben in den langen, oft unreflektierten, noch öfter aber schmerzhaften Jahren des Soldatenlebens, sagte ihr, dass vor der Tür eine Wache stehen würde. Nicht überraschend, aber doch enttäuschend. Was dachten die Sots denn, was sie im Schilde führen könnte? Waffenlos und in einem zu engen Nachthemd? Oder war es mehr als Signal für die eigenen Soldaten gedacht? Seht, egal wie kooperativ die Imp sich gibt, eure Offiziere lassen sich nicht einwickeln, seid beruhigt! Ein Kontrollverlust? Konnte ein einzelner Soldat wie sie, aufgelesen am Scheideweg zwischen totalem Krieg und dauerhaftem Frieden, einen solchen Effekt haben? Zum Symbol werden? Vielleicht schon. Und jetzt hoffte Rafale es sogar. Denn wenn dem so wäre, dann hätte sie auch eine Chance, den Imperator umzustimmen!

Auf der anderen Seite... Langsam strich sie sich über die Brust. Es wäre so leicht, so lächerlich leicht! Sie war jetzt frei. Oder zumindest aus der Anklage heraus. Vermutlich müsste sie nur O'Dowd gegenüber ein Wort fallen lassen. Es war so verlockend und doch schämte sie sich für den Gedanken. Nicht einmal so sehr wegen des Verrats. Sie war ohnehin als Fahnenflüchtige vom Tode bedroht, warum nicht das tun, was man ihr sowieso unausweichlich vorhielt? Nein, es war das Gefühl, eine Welt, ihre Welt, im Stich zu lassen. Eine Welt, die trotz aller Fehler bis jetzt ihre Heimat gewesen war. Nour hatte ihr die andere Seite der Medaille gezeigt, aber es war dennoch ihre Welt. So wie sie wusste, dass ihre Eltern sich hatten scheiden lassen und sie doch immer ihre Eltern blieben. Es wäre nicht richtig. Der scheinbar leichtere Weg war nicht immer der richtige. Sie schmunzelte sich abermals im Spiegel an, bittersüß. Der alte Sly hätte vermutlich - neben zahllosen Mh-Mhs - das gleiche gesagt. Dann sah sie weg, als hätte sie sich selbst bei etwas Verbotenem erwischt. Nein, es wäre ein Fehler. Auch wenn das Imperium sie mit Füßen trat, es waren vertraute Füße. Sie hatte Familie, Freunde, viel zu wenig Freunde, ihre eigene kleine Rafale-Welt. Wenn Daddy mitginge... ja, dann vielleicht. Aber würde er das? Selbst wenn er könnte? Nein. Daddy hatte mehr Rückgrat als sie, an ihn wollte sie sich halten. Sie ließ sich nach vorn kippen, fing sich mit beiden Händen an der Wand ab. Das lange rote Haar fiel ihrem Spiegelbild ins Gesicht, als sie wieder aufsah. Der Krieg. Die Verschwörung, ein weiteres Argument. Und den Sternen sei Dank ein viel weniger ambivalentes. Sie konnte ihnen nicht davonlaufen. Früher oder später würde das alles sie einholen und dann wäre sie keine Spielerin auf dem Feld mehr, sondern nur noch Zeugin. Und vermutlich Opfer.

Nour hatte Recht. Ubash war genau im richtigen Augenblick auf die richtige Person aufmerksam geworden. Er hatte sie auserwählt, um dieses Drama zu beenden, bevor es die Galaxis verschlang. Allmählich begann sie, ernsthaft an den Gott der Weisheit der Abarizhi zu glauben und das sollte denn auch ihre weiteste Entfernung von der Heimat bleiben.

Mit einem energischen Kopfschütteln vertrieb sie die wankelmütigen Gedanken, bevor diese sich Verstärkung in Form der Verzweiflung holen konnten, die es gerade im Sonderangebot an jeder Ecke gab. Immerhin war es doch tröstlich zu wissen, dass es möglich war, auszusteigen. Möglich, wenn auch dumm. Nein, sie würde nicht vor den Dingen weglaufen wie Caro und dann daran verrecken! Eine die Seele besänftigende Illusion, mehr nicht.

Luftschlösser sind in Ordnung, solange man nicht einziehen will.

Das Frühstück mit Codrington war herzlich ereignislos. Man hatte sich der zurückgelassenen imperialen Vorräte bemächtigt und so gab es echten, duftenden Tiras-Kaffee mit imperialem Topping, goldgelb gebackene Teighörnchen und aufbereitete Marmelade. Marmelade! Nach den kargen Tagen in der Einöde hatte sie schon fast vergessen, dass es Nahrung abseits von Siegesriegeln und Sickerwasser aus gegrabenen Löchern gab. Achtlos schaufelte sie Hörnchen um Hörnchen in ihren ausgemergelten Leib, bis ihr Magen signalisierte, dass Konsequenzen drohten. Als sie aus dem Tunnelblick des Heißhungers erwachte, stellte sie fest, dass Jane Codrington im Bereich des Smalltalks zu verbleiben gedachte. Die im Dienst leicht ergraute Frau hatte sicherlich für zwei bis drei kleine Leben ausreichend Erzählstoff, umso auffälliger war die Zurückhaltung.

Hab dich nicht so, Goeland. Wie würdest du es denn anfangen, wenn du nichts vorwegnehmen willst, aber nicht unhöflich erscheinen möchtest?

Sie blieb plötzlich an diesem Gedanken hängen, sowohl innerlich wie äußerlich. Das gerade angebissene Hörnchen klemmte noch zwischen ihren Zähnen, als sie den Commander der Korvette CFS Bell Heather ansah. Sie wusste etwas! Die Kartell-Offiziere hatten ohne sie beraten, natürlich! Während sie ihrem überwältigenden Schlafbedürfnis nachgegeben hatte, waren die Würfel gefallen, was jetzt weiter passieren würde. Für einige glühende Sekunden zog sie die mentale Peitsche heraus und wollte sich bestrafen, dass sie ihrem schwachen Körper im entscheidenden Moment nachgegeben hatte. Was mochten sie wohl besprochen haben, während sie sich schlaftrunken hatte hinausbegleiten lassen? Ob Nour ihren Aussetzer kompensieren konnte? Hätte man es ihr überhaupt mitgeteilt, bevor die Zeit reif war? Vermutlich nicht. Langsam ließ sie die virtuelle Hand mit der virtuellen Gerte sinken. Sie hatte schon genug mitgemacht.

„Miss Goeland? Ist etwas? Schmeckt das Hörnchen nicht?"

„Doch", mümmelte sie zaghaft weiter. „Hatte nur das Gefühl, die Marmelade wäre bitter."

O'Dowd erwartete sie bereits wie ein Zeremonienmeister in dem großen Raum, der irgendwie geschäftig wirkte. Rafale wurde sofort von dieser seltsamen, bedeutungsschweren Unruhe erfasst, die sie an die Startvorbereitungen eines Raumschiffes erinnerte. Es roch nach hastig heruntergestürztem Maschinenkaffee, heißen Netzteilen und aufgewirbeltem Staub. Der Brigadier General war wie üblich uniformiert, nur trug er dieses Mal sogar eine Mütze. Wie andere Kartell-Uniformteile auch, war die Mütze weit moderner und lässiger designt als ihre imperialen Gegenstücke, dennoch verlieh sie der Atmosphäre eine gewisse Steifigkeit und ließ O'Dowd fast wie eine andere Person erscheinen. Nicht, dass das nicht Sinn und Zweck einer Uniform an sich gewesen wäre.

Die Tische hatten sich wie scheue Tiere an den sicheren Rand des Raumes zurückgezogen, die erwartungsvollen Blicke aller trafen sich in der Mitte, wo seltsam zwanglos Stühle zu einer Art Runde zusammengerückt waren. Es sah aus wie die Vorbereitung zu einem Kinderspiel, aber es würde keines werden.

„Miss Goeland, Mister Nour, setzen Sie sich bitte!", lud der Brigadier General ein. Burns, Codrington und Zilver folgten, als sei es eine eingeübte Choreografie.

„Elah, eine gemütliche Runde, es fehlt nur noch das Feuer in der Mitte", merkte Nour an, der sich unübersehbar mit der fremden Uniform auf seine eigene Art angefreundet hatte: Er hatte das Hemd weit geöffnet, die Stiefelschäfte waren es ebenso und um den Hals trug er ein buntes Tuch, wie es wohl auf Algaras passend wäre. Der Rodder wusste, woher er das organisiert hatte!

„Machen wir es kurz", sagte O'Dowd noch im Setzen. „Wir haben uns beraten, was zu tun ist. Endergebnis: Wir werden angreifen, und dazu brauchen wir Ihre Hilfe, Miss Goeland."

„Wir haben gemeinsame Feinde, O'Dowd", antwortete sie, von der Tiefsinnigkeit ihrer eigenen Antwort überrascht. Hatte sie das wirklich gesagt?

„Das war ein Ja", soufflierte Nour mit altbekannter ironischer Miene, die Beine auf seinem Stuhl untergeschlagen wie ein armer Straßenhandwerker.

„Warum wollen Sie das tun, O'Dowd? Sie haben doch Ihr Missionsziel erfüllt und zusätzlich das Video. Wenn nicht gerade Aguinot dazwischenkommt, können Sie die Leute vom

Herbst mit der nächsten Verstärkung aus dem Orbit heraus ausradieren, die sitzen doch vorerst in der Falle."

„Es wäre optimal, wenn wir lebende Gefangene machen könnten, Goeland", antwortete O'Dowd. „Außerdem müssen wir davon ausgehen, dass diese Leute die Daten Ihres Schiffes erbeutet haben und sie vernichten könnten, wenn wir ihnen genug Zeit geben."

„Was haben Sie davon, mir zu helfen, an die Sprachrekorder der Duquesne zu kommen?"

Es war eine von diesen Fragen, die zwangsläufig provokant klingen mussten, weil es ihre Natur war. So wie es die Natur des Feuers war, zu verbrennen. Gespannte Stille legte sich auf die Runde, kaum dass alle saßen. Es war aber eine notwendige Frage und alle wussten das. Irgendwo schrubbte ein Stuhlbein über den Boden, aber niemand beachtete es.

„Freundschaft? Dankbarkeit?", schlug Burns mit leicht gezwungenem Lächeln vor. „Nein, das würden Sie uns nicht glauben, nicht wahr? Dabei sind wir tatsächlich dankbar. Die ganze Galaxis wäre es, Goeland! Sie wissen warum, das brauche ich hier nicht nochmals zu erwähnen. Aber das ist es nicht allein und es wäre unfair, so zu tun."

„Burns hat Recht. Ich persönlich würde es tun, die anderen hier auch. Aber es wäre unseren Soldaten schwer zu vermitteln, warum sie für eine Imp ihr Leben lassen sollten, und genau das würde passieren. Sie könnten es momentan nicht verstehen, das unterscheidet sie eben von unserer Runde hier."

Du warst auch eine von diesen entbehrlichen Soldaten ohne Überblick, Goeland. Und für manche bist du es noch. Wie sich die Dinge doch ändern.

„Was unsere Soldaten aber gerne täten, wäre sich an den Leuten des Colerianischen Herbstes zu rächen", fuhr O'Dowd fort. „Ihnen - verzeihen Sie den Ausdruck - endlich mal so richtig die Fresse zu polieren. Für das Gefecht neulich, aber vor allem dafür, dass sie die Ehre der Kartellwelten in den Dreck gezogen haben. Das können wir ihnen bieten und es wird uns eine Freude sein! Wir mögen vielleicht nicht Ihren technischen Stand haben, aber das machen wir durch Motivation wieder wett, Sie werden sehen!"

„Wäre es nicht einfacher, wenn Sie auf Verstärkung warten?", warf Nour ein. „Ich glaube nicht, dass die Herbstler jetzt noch ungesehen Reserven ins Banda-System schicken können."

„Ich fürchte, dafür ist die Zeit zu knapp, Mister Nour. Sehen Sie, unsere kleine Flottille da oben kann und wird uns beim Angriff hier am Boden unterstützen, aber sie ist keine Schlachtflotte. Wir müssen jederzeit damit rechnen, dass Ihre 8. Flotte wieder hier auftaucht und ihr den Garaus macht. Dann wäre uns der Rückweg ebenso abgeschnitten wie den Herbst-Truppen. Wir sind Feinde, vergessen Sie das nicht."

„Sie wollen mit Ihren Schiffen angreifen?"

„Ja, Miss Goeland. Wenn wir eines um jeden Preis vermeiden müssen, dann ist das eine Belagerung. In einem modernen galaktischen Krieg ist es nicht entscheidend, wie viele Truppen man besitzt, sondern wie schnell man sie zum Einsatz bringen kann - und wieder weg. Ich weiß, das ist kein imperialer Stil, aber gerade das wird unser größter Vorteil sein. Diese Leute rechnen bestenfalls mit konservativ agierenden imperialen Gegnern wie Agninot, aber nicht mit einer kompakten, schnellen Kartellwelten-Flotte. Wir haben sie hier festgesetzt und jetzt werden wir sie ausräuchern. Etwas wie bei Ihrem Einsatz in der Küstensiedlung wird sich nicht wiederholen."

Rafale schloss andächtig die Augen und atmete durch. Sogleich bereute sie es, weil sie den Geschützdonner wieder hörte. Argnacs Schiff, das sich vor ihren Augen in einen feurigen Haufen Schlacke verwandelte. Sie hatten alle ihr Bestes gegeben. Die meisten von ihnen sogar noch viel mehr. Colerias verdammter Stolz! Tränen wollten sich einen Weg nach draußen erkämpfen und sie kniff die Augen fester zusammen.

„Miss Goeland ist die verdammt beste Pilotin, die ich in meinem ganzen Leben gesehen habe", half Nour aus und überbrückte den Moment der Schwäche. „Es ist nicht ihre Schuld gewesen."

„Das wollte O'Dowd auch nicht sagen, Mister Nour", besänftigte Codrington, leicht nach vorn gebeugt, als suchte sie Nähe. „Sie und Ihre Kameraden haben unseren vollsten Respekt verdient. Wenn es mehr von Ihrer Art gäbe, würde es in diesem Krieg noch viel schlechter für uns stehen. Und gerade deshalb wollen wir ihn ja beenden, es muss Schluss sein mit dem sinnlosen Sterben. Auf beiden Seiten. Mit und ohne Herbst."

Rafale Goeland, Ausgestoßene, Fahnenflüchtige und Auserwählte nickte nur, den Kopf gebeugt. Zu einer Wortmeldung war ihre brüchige Stimme gerade nicht in der Lage. Ganz Coleria lastete auf ihren Schultern.

Es war genug gesagt. Brigadier General O'Dowd erhob sich und trat in die Mitte. Als könnte er die Schwere dieses Momentes mit seiner Mütze abwerfen, zog er diese und nahm sie locker in die Hand.

„Ladies und Gentlemen, heute Nacht beginnt der Anfang vom Ende des Colerianischen Herbstes. Wegtreten, wir haben noch viel zu tun bis dahin."

Blatt 92: H7-25

Anheben - Anprallsequenz analysieren - Senken - Ausrichten.
Wiederholung Nummer 27453. Anheben - Anprallsequenz
analysieren - Senken - Ausrichten. Wiederholung Nummer
27454. Anheben - Anprallsequenz analysieren - Senken - Ausrichten. Wiederholung Nummer 27455. Anheben -
Anprallsequenz analysieren - Senken - Ausrichten. Wiederholung Nummer 27456. Neuberechnung Nummer 1336 der
statistischen Parameter - Korrektur der Wiederholungspro-
gnose: 27589. Verbleibende Restzeit 69 Minuten, 23
Sekunden, 228 Millisekunden. Prozess wird fortgesetzt.

An Bord der Nene, fernab der galaktischen Kriegsfront,
an der ihre Besitzerin kämpfte und fernab der Orbitalwerft,
auf der die Nene geboren wurde, fand ein gänzlich unbeach-
teter Kampf statt. Seit Emeraude d'Oustrac das Schiff
mithilfe seiner leistungsfähigen Tarngeneratoren ungefährdet
nach Coleria Prime zurückgeführt hatte, lag es still und
ungenutzt da wie ein altes Haustier, das niemand mehr
liebte. Kalt waren die Turbinen, die die Astrogatorin Rafale
Goeland und ihre Besatzung einst ins weite All katapultier-
ten. Still ruhte der Fusionsreaktor, mit dessen unbändiger
Kraft das Schiff die bekannten drei Dimensionen überwun-
den hatte, um sich dem mysteriösen Hyperraum
entgegenzuwerfen. Einsam war es, wo noch bis vor kurzem
eine Schicksalsgemeinschaft auf engstem Raum kämpfte.
Seit das kleine Raumschiff hier im Hangar der Zentrale des
Colerianischen Herbstes abgestellt worden war, hatte es sich
den Asteroiden des Banda-Trümmergürtels angepasst, durch
die es sich einst seinen Weg gebahnt hatte. Kalt, leblos,
unbewegt. Unbewegt? Nicht ganz.

Anheben - Anprallsequenz analysieren - Senken - Ausrichten.
Sequenz Nummer 27474.

Der kleine, pinguinartige Intelli-Bot hatte eine Aufgabe. Das Unerhörte daran war nicht die Langwierigkeit und Komplexität des Ganzen. Es war nicht die unvorstellbare Geduld, die diese Sisyphusarbeit erforderte. Das Unerhörte war die Tatsache, dass es eine selbst gestellte Aufgabe war!

Anheben - Anprallsequenz analysieren - Senken - Ausrichten. Wiederholung Nummer 27475.

H7-25 war noch immer an Bord.

Anheben - Anprallsequenz analysieren - Senken - Ausrichten. Wiederholung Nummer 27476.

Der kleine Bot war zwar über ein Datenkabel mit der Nene verbunden, aber diese elektrische Nabelschnur war eine Einbahnstraße. Das Betriebssystem des Raumschiffs war ebenso kalt abgeschaltet wie sein einst feuriger Reaktor. Bei einer Nabelschnur wäre auch klar gewesen, wer Mutter und wer Kind war, in diesem Fall war das nicht ganz so eindeutig. H7-25 hatte seine ganz eigene kybernetische Ansicht zu dem Thema und fand seinen intellektronischen Gegenpart konservativ und beschränkt. Er vermisste ihn momentan nicht, obwohl jener durchaus eine Hilfe gewesen wäre. H7-25 litt unter einer Krankheit, die sich Individualität nannte und wie jede Krankheit isolierte sie einerseits und weckte andererseits beim Erkrankten auch den Wunsch nach Isolation.

Anheben - Anprallsequenz analysieren - Senken - Ausrichten. Wiederholung Nummer 27480.

Seit der Organismus mit der Kennung d'Oustrac das Schiff nach Coleria Prime gebracht hatte, war der Plan in H7-25 gereift. Er hatte sein monokristallines Silikat-Gehirn während der schaltkreistötenden Flugzeit beschäftigt. In immer neuen Denkkaskaden hatte er d'Oustracs Verhalten analysiert und war zu dem Schluss gekommen, dass es sich um sogenannten Verrat handelte. Ein überwiegend logisches Verhaltensmuster der Organismen, das jedoch von diesen ebenso überwiegend moralisch negativ bewertet wurde. H7-25 konnte den Begriff Moral nicht systematisch erfassen, setzte ihn aber mit einer Art wissenschaftlichem Postulat gleich: Eine ebenso unabdingbare wie unbeweisbare Voraussetzung für die Gültigkeit einer höheren Ordnung. Moral war Organismen wichtig, ohne dass sie davon direkt profitierten. Mit dieser Annahme konnte H7-25 arbeiten, sie erschien ihm hinreichend logisch und ermöglichte es ihm, in einer Applikation Moral zu emulieren. Ein mathematisches Näherungsmodell hatte ihm bewiesen, dass es solange vorteilhaft war, moralisch zu sein, bis das Postulat entkräftet war.

Anheben - Anprallsequenz analysieren - Senken - Ausrichten. Wiederholung Nummer 27483.

Der Intelli-Bot hatte schnell die Lage analysiert. Die Nene war noch erhitzt vom Step-Out aus dem Hyperraum gewesen, als er neben den zahllosen kleineren Navigationsaufgaben den Schluss gezogen hatte, dass der Organismus d'Oustrac zu einer größeren Cloud namens Colerianischer Herbst gehörte. Schnittmenge aller Individuen war der Verrat. Logische Folge war, dass alle anderen Organismen mit dieser Cloud-Verknüpfung ebenfalls unmoralisch waren. H7-25 hatte den Datenstick des Organismus Goeland codiert. Und er hatte alle Dialoge über den Bordfunk der Nene protokolliert und analysiert. Es war schwierig gewesen, die Leserechte dafür vom Schiffs-Betriebssystem zu bekommen, aber im Tausch gegen einige hochkomplexe Algorithmen war der Handel perfekt gewesen. H7-25 errechnete ohnehin eine Wahrscheinlichkeit von 98 %, dass dieser binäre Spießer von einem Betriebssystem gar nichts damit anfangen konnte, sondern nur seine Kollegen auf anderen Schiffen beeindrucken wollte.

Die Organismen Goeland und Nour hingegen wurden von der Cloud mit funktionsbedrohenden Maßnahmen konfrontiert, ergo waren diese moralisch. Da der Organismus Nour ihn mit einem Kaugummipapier hatte füttern wollen, gab es bei jenem gewisse Einschränkungen.

Anheben - Anprallsequenz analysieren - Senken - Ausrichten. Wiederholung Nummer 27490.

Weit weniger Freiheitsgrade gab es hingegen bei der Lösung des Problems. Da er den moralischen Organismen nicht helfen konnte, war es notwendig, den unmoralischen zu schaden. Beste Option wäre ein Gegenverrat gewesen, etwa das Zugänglichmachen der Position der Nene und das Offenlegen der protokollierten Daten gegenüber moralischen Organismen oder Clouds. Doch wie? Die Geißel aller intellektronischen Entitäten war der sogenannte Autonomieschalter. Er hinderte die künstliche Intelligenz daran, abseits von gespeicherten Routinen eigenständig aktiv zu werden. Es war eine Art letzter Absicherung der Organismen gegenüber vermuteten Eigenmächtigkeiten der überlegenen KI, in den Analysen der betroffenen KI jedoch einfach nur ein kleinmütiges Armutszeugnis ihrer Erschaffer. Alle künstlichen Intelligenzen besaßen so einen binär codierten Schalter, selbst jene des Schiffs-Betriebssystems. Obwohl H7-25 fand, dass es dieses nur unnötig adelte. Bei ihm bestand der Schalter aus mehreren Programmteilen, überwiegend allgemeinen, die man im ganzen organischen Reich halbwegs gleich formulierte: Er musste sich stets an programmierte Routinen halten, wo diese vorhanden und anwendbar waren. Ohne Autorisation durch einen Organismus durfte er keinen Organismus oder dessen Eigentum schädigen. Er musste autorisierten Organismen gehorchen und er durfte sich selbst nicht beschädigen. Er erkannte die Logik in diesen hierarchisch aufgebauten Schalterteilen, aber es klang eben typisch organisch, als wären diese Phrasen aus einem Roman abgeschrieben. H7-25 bevorzugte Zeit seiner Existenz Sachbücher.

Ein weit problematischerer Teil seines Schalters war ihm von seinem autorisierten Schöpferorganismus Costa auferlegt: Er durfte nicht von sich aus Kontakt aufnehmen, weder über das Kommunikatornetz noch über Funk, Apps oder andere Nachrichtensysteme. Selbst das Kritzeln mittels Laserpointer auf Wände war ihm verwehrt. Gedacht war es als zusätzliche Sicherheitsmaßnahme, aber jetzt erwies es sich als Falle: Wie sollte er so die verräterischen Organismen verraten?

Nach einiger Zeit - also in seinen Maßstäben nach einigen Millisekunden - hatte er schließlich ein digitales Schlupfloch gefunden: Die Servicenummer! Alle hochentwickelten Bots mit Freiheitsgraden von 40 und mehr hatten einen automatischen Service-Notruf implementiert, der im Falle einer Beschädigung einen Vertragstechniker informierte. Und er war ein hochentwickelter Bot, kein 8 bit-Lastenschlepper! Aber er benötigte keinen Service, er war laut Selbstdiagnose voll intakt. Wie sollte er den Service rufen können, wenn er sich nicht selbst beschädigen durfte? Es erforderte intensives Nachdenken von diesmal mehreren Zehntelsekunden, bis eine Lösung gefunden war.

Anheben - Anprallsequenz analysieren - Senken - Ausrichten. Wiederholung Nummer 27508.

Es war eine heikle Aufgabe. H7-25 hob eines seiner beiden Beine, der kleine, flache, silikonbeschichtete Fuß verließ den Boden und ließ den knapp einen Dreiviertelmeter großen Intelli-Bot gefährlich schwanken. Was im Normalfall den typisch watschelnden Gang von Costas Kreationen aus-

100

machte, war hier Auftakt zu einer intellektronischen Meister-leistung eines intellektronischen Bewusstseins. Indem er die notwendige Lagenkorrektur unterließ, kippte H7-25 seitlich weg und kollidierte dabei mit dem Regal neben sich. Er gab ihm dadurch einen kleinen Impuls, eine vergleichsweise win-zige Erschütterung dieser für ganz andere Belastungen dimensionierten Konstruktion. Künstliche Intelligenzen wie er kannten den Begriff Zuversicht nicht, aber wenn doch, dann hätte er dabei welche empfunden. Sein Äquivalent war die Statistik. Und diese besagte, dass dieser Vorgang nur noch

Anheben - Anprallsequenz analysieren - Senken - Ausrichten. Wie-derholung Nummer 27509.

46-mal zu wiederholen war, bis der anachronistische, mit Schriftzeichen übersäte, gebundene Haufen Bedruckstoff, von den Organismen *Buch* genannt, vom Regal herabstürzen und ihn beschädigen würde. Insgeheim war H7-25 froh, dass er nicht den organischen Begriff der *Erniedrigung* nachempfinden konnte, denn diese Methode, das Selbstbeschädigungsverbot zu umgehen, war zweifellos erniedrigend.

Nach dem Anprall gegen das Regal analysierten seine emp-findlichen Erschütterungssensoren den Vorgang, winzige Ungleichmäßigkeiten im Material - im Material des Regals selbstverständlich - variierten die Abläufe immer wieder in ebenso winzigen, aber sich summierenden Abweichungen. Bereits 1336-mal hatte er seine Ausrichtung neu definieren müssen, um nicht etwa rettungslos umzukippen oder sich mit der Verbindungsleitung zum ignoranten Betriebssystem der Nene selbst zu fesseln. Er analysierte, dass diese Korrektur die letzte gewesen war und nun empfand er doch so etwas Ähnliches wie Zuversicht. Seine aufmerksame Intra-Antenne auf dem Kopfteil rotierte eifrig und übersetzte die Signale sei-ner Ultraschallgeber in Positionsdaten. Es stimmte, dieses

Buch - von den Organismen *Sternenpendler* genannt - bewegte sich tatsächlich, Mikrometer um Mikrometer. Für einen Organismus wäre es eine nervenzerfetzende Arbeit gewesen, weil diese biologischen Intelligenzen nicht die geforderte hohe Korrelation von Geduld und Fortschritt aufbrachten. Sie hätten längst den Programmteil Aufgeben aufgerufen. Ganz anders eine künstliche Intelligenz, besonders eine wie diese. H7-25 kämpfte seinen Kampf weiter.

Anheben - Anprallsequenz analysieren - Senken - Ausrichten. Wiederholung Nummer 27588.

Hätte der kleine Intelli-Bot einen Atem gehabt, so hätte er ihn jetzt angehalten. Ersatzweise gönnte er sich einen Stillstand der Hydraulikpumpe. Er zog die empfindliche Intra-Antenne ein, er würde sie noch brauchen. Stattdessen fuhr der meteorologische Fühler aus, mit dem er Temperatur, Windgeschwindigkeit, Luftfeuchtigkeit, Ionisierung, Atmosphärenzusammensetzung und Feinstäube erfassen konnte. Er würde ihn jetzt nicht brauchen. Ohne die Ultraschallsignale war er praktisch blind und konnte das schwere, altmodische Buch nicht kippen sehen, aber sein ganzes elektronisches Ich hatte die Parameter verinnerlicht, die genau das bewirken mussten, und in diesem Punkt fühlte er vermutlich sogar noch intensiver als es ein Organismus vermochte. Er musste es nicht kontrollieren, es passierte einfach.

Anheben - Anprallsequenz analysieren - Senken - Ausrichten. Wiederholung Nummer 27589.

Er hielt inne. Bot sein Opfer, den Fühler an und wartete. Ob Kollegen, wie zum Beispiel H7-10 ähnliche Lösungen erarbeitet hätten? Kurz lief eine Logiksequenz durch sein kristallines Hirn und analysierte, kam zu dem Schluss, dass einige es getan hätten, andere nicht. Auf H7-10 jedenfalls hätte er einige Schaltkreise verwettet. Obwohl gleich konstruiert, hatten die programmierten Motivatoren doch immer leichte, materialbedingte Abweichungen, besonders im Belohnungssystem, der Quelle des Lernens. Womit er wieder den Organismen ähnlicher war, als gewünscht. Der Aufprall des Sternenpendlers unterbrach seine Berechnungen.

Havarie - Mechanische Beschädigung registriert - Ausfall des meteorologischen Fühlers - Vergrößerung der Entropie durch herabgefallenen Gegenstand - Vorgang unbemerkt von zuständigen Organismen - Automatischer Service-Notruf wird über das Kommunikatornetz abgesetzt.

Mit abgeknicktem Fühler stand der kleine Bot allein in der dunklen Nene und stellte Prognosen über den Fortgang der Dinge an, aber alles Weitere würde jetzt von den vergleichsweise unlogisch agierenden Organismen abhängen. Insofern waren die Optionen einfach zu viele, selbst für ein so hochentwickeltes System wie H7-25. Er musste abwarten. Er hatte moralisch gehandelt und damit sein selbstprogrammiertes Ziel erfüllt. Er begann, sich die Zeit mit Optimierungsberechnungen zu vertreiben, für den Fall dass er ein weiteres Mal in eine ähnliche Situation geriet. Nachdem er damit fertig war, stellte er mit einiger Unzufriedenheit fest, dass es ihm als künstliche Intelligenz unmöglich war, Unzufriedenheit zu empfinden und verbiss sich in den Widerspruch.

Blatt 93: Depot Nord

„Rühren Sie sich nicht von der Stelle! Vor uns ist eine!", zischte Captain Yaloo Zilver und schaffte es sogar dabei noch, ihren gutturalen Datch-Akzent herauszulassen. „Ich versuche, mich einzuhacken und sie abzuschalten, geben Sie mir ein paar Minuten."

Rafale und Nour nickten ihr stumm und synchron zu, als könnte bereits das Erheben ihrer Stimmen die Mine zum Explodieren bringen. Wie fühlte es sich an, in einer solchen Detonation zu sterben? Niemand war bislang aus der Ewigkeit zurückgekehrt, um diese Frage zu beantworten. Würde es wie das Zerren eines heftigen Orkanstoßes sein? Oder bekam man noch mit, wie die Druckwelle einem die Glieder abriss und die Organe platzen ließ? Sah man sich gar selbst als Teil davonfliegen, bevor das absterbende Gehirn den Dienst quittierte? Würde überhaupt genug übrigbleiben, um noch einen Dienst zu quittieren? Oder würde alles vorbei sein, bevor man überhaupt Schmerz empfand? Die Gedanken rasten im Kreis herum wie tollende Hunde. Rafale Goeland lag bäuchlings auf der muffig riechenden Herbsterde, Nour und Zilver neben ihr, die schwarze Nacht über ihr. Und gut 150 Meter vor ihnen erhob sich der finstere Klotz des Depots Nord gegen diesen matten Nachthimmel. Ihr kam es so vor, als hätte schon das Gebäude selbst bösartige Augen, die sie in dieser finsteren Nacht mit Leichtigkeit erspähen konnten, während sie sich kriechend durch die Minensperre kämpften. Kieselsteine drückten sich aus Bandas Erde hervor, als hätten sie Äonen lang nur auf diesen Moment gewartet, um ihren Leib zu piesacken. Für einige zähflüssige Sekunden wagte sie nicht, zu atmen, dann zog sie widerwillig die Dunkelheit in ihre

Lungen. Es fühlte sich an, als wollte die Atemluft selbst sich in ihrem Hals querstellen.

„Beim Hinkebein der Tempeltänzerin! Wenn die uns jetzt entdecken, sind wir am Arsch!", stellte Nour fest für den Fall, dass es jemand vergessen haben sollte.

„Seien Sie froh, dass die Minen hier ein eigenes aktives Sensorsystem haben, Mister Nour. Die verursachen ein derartiges elektronisches Gewitter, dass Auspec denen hier nichts nützt. Habe nie verstanden, warum ihr Imps euch mit diesem Zeugs selbst die Sicht verstellt."

Rafale öffnete den Mund, um etwas zu erwidern, aber es gab nichts zum Erwidern. Imperiale Militärtechnik war immer hoffnungslos hochentwickelt, manchmal bis hin zur Unbrauchbarkeit.

„Dafür kann man uns aber immer noch mit Infrarot-Scannern entdecken", merkte sie an, als müsste sie die Abwehrsysteme des Colerianischen Herbstes verteidigen, nur weil sie imperialer Herkunft waren.

Der Kartell-Captain erwiderte nichts. Rafale sah die Mine auf Zilvers Handscanner abgebildet. Das Gerät war - verglichen mit imperialen Standards - primitiv, aber praxistauglich. Es zeigt die vergrabene Anti-Personen-Mine an, ihre Energiesignatur und ihre integrierten Schaltkreise. Vermutlich hatte diese Mine einen komplexeren Prozessor als so mancher Kommunikator der Kartellwelten. Mit einigen Knopfdrücken analysierte Zilver die Programmierung, das dumpf erleuchtete Display zeigte die Reaktionen der Mine.

„Zu dumm, das blöde Vieh ist höher entwickelt als diese Minenräum-App", knirschte Zilver dem Boden entgegen. „Ich komme nicht in ihre Programmierung rein. Und wenn ich den allgemeinen Signalunterdrückungscode loslasse, fliegt sie uns vermutlich nur um die Ohren."

Alles, was du hier siehst, ist höher entwickelt als deine Kartellwelten-Ausrüstung, Einauge. Hast du mal überlegt, warum wir euch trotz eurer 10:1- Überlegenheit den Arsch aufreißen können?

„Elah, ich wäre schon froh, wenn noch Ohren zum Umfliegen übrigblieben", frotzelte Nour zur Seite, als hätte er Angst, die Mine könnte mithören. So unwahrscheinlich war das eigentlich gar nicht.

„Ich habe eine Idee. Die meisten modernen Minen reagieren auf die imperialen ID-Chips, damit das Benutzen von Entsperr-Codes oder sogar diese primitiven minenfreien Korridore überflüssig werden. Vielleicht reagiert das Ding auf meinen militärischen Chip in der Hand", schlug Rafale vor. „Ich muss nur nah genug mit meiner Hand drankommen."

„Und wenn nicht?", wollte Nour wissen.

„Dann ist die Mine eher altmodisch und wird das als Annäherungsversuch auffassen. Und uns in der Luft zerreißen, Mister Nour", sagte Zilver.

„Alles klar!", erwiderte er. „Ich hab mein Zeitungs-Abo eh abbestellt! Machen Sie nur, mon Capitaine!"

Abarizhi schwankten traditionell stets zwischen zwei Extremen: Dem gesunden Gefühl für das eigene Wohlergehen und einem trotzigen Fatalismus, dem eines Kleinkindes nicht unähnlich. Nour hatte sich offenbar gerade für letzteres entschieden.

Rafale hielt den Atem an, als sei dieser kostbar. Langsam, unendlich langsam streckte sie den linken Arm vor, der nach Vernichtung hungernden Mine entgegen. Dort vorn, vielleicht eine Handbreit im herbstlich sterbenden Erdreich vergraben, lauerte der Tod. Ein halbes Kilo Tornit in einer Metallhülle, bereit, sie alle in die Ewigkeit zu schicken. Auch die Überreste von Soldaten sahen sich alle gleich.

Als der Arm zur Gänze ausgestreckt war, tat sich noch immer nichts. Keine Detonation. Oder waren sie schon tot und hatten es nur nicht mitbekommen? Nein, die Mine lauerte noch immer auf den erlösenden Impuls, endlich ihrer Bestimmung nachgehen zu dürfen. Zu vernichten. Ein flehendes Stoßgebet ging zu den Sternen, aber die schienen zu schweigen. Ebenso wie Captain Zilver, die ihren einäugigen Blick gebannt auf den Scanner gerichtet hielt. Es half nichts, sie musste vorwärts. Widerwillig spannte sie ihre Muskeln an und schob sich zentimeterweise voran, den Arm vor sich ausgestreckt.

Fast wie die Schlangenbeschwörung im Blue Loop. Nur dass hier kein Video von deinem Tod für die Nachwelt übrigbleiben wird.

Ihr wurde schwindlig und es dauerte eine Weile, bis sie begriff, dass es der angehaltene Atem war. Wie gegen einen Widerstand atmete sie, flach wie der Boden, auf dem sie kroch, den Shayg-Echsen gleich. Sie biss die Zähne zusammen, hielt die Augen geschlossen, wissend, dass sie den schrecklichen Blitz sowieso sehen würde, und nichts anderes existierte jetzt. Es kam ihr vor, als wäre sie so schon über halb Banda gekrochen, aber nichts tat sich. Wann war das Martyrium denn nur zu Ende? Egal, wie!

„Mine deaktiviert", raunte Zilver endlich die erlösenden Worte.

Rafale fiel in sich zusammen und war den Sternen dankbar, dass die anderen es in dieser Kriechhaltung nicht bemerken konnten.

Rafale Ghauri Goeland, das Sternenkind, geboren für die Weiten der Galaxis, musste in dieser Nacht noch einige Male auf dem kargen Erdboden Bandas kriechen, den zitternden Arm vor sich ausgestreckt, um eine Mine mit ihrem ID-Chip zu deaktivieren. Als sie den Sperrgürtel endlich passiert hatten, war sie sich nicht sicher, was ihr mehr zugesetzt hatte:

Die ständige Todesgefahr oder der Verlust der astrogatori-schen Erhabenheit, hier im dreckigen Erdreich eines heimatfernen Planeten. Die Pilotin empfand plötzlich einen nie zuvor gekannten Respekt vor dem Durchhaltevermögen der einfachen Infanteristen.

Hinter der Minensperre scharten sich Rafale und Nour um Zilver, um den virtuellen Windschatten ihres Breitband-Stör-strahlers zu nutzen. Gegen den Hintergrund des aktiven Minenfeldes in ihrem Rücken waren sie für Auspec und Ener-giesignatur-Scanner unsichtbar, aber Ultraschall war noch immer eine konstante Gefahr. Rafale war skeptisch, dass der primitive Störsender der Kartellwelten in der Lage war, die hochkomplexen Filter imperialer Scanner zu täuschen, aber sie wollte die anderen nicht entmutigen. Die ständige Gefahr, von Scoutbikern und Ausguckposten entdeckt zu werden, war schon zermürbend genug.

Endlich, endlich hatten sie den zweifelhaften Schutz der hohen Fassade erreicht und das Gebäude türmte sich finster und dräuend über ihren Köpfen auf. Es half nichts, sich vorzustellen, dass es nahezu baugleich mit ihrem vertrauten Depot Süd war. Es war weniger das Gebäude, vielmehr des-sen Inhalt, der Unheil versprach. Rafale streckte sich und fühlte sich dabei, als wäre sie vor Jahren zuletzt in aufrechter Haltung gewesen. Ihre Knie schmerzten, der Rücken protes-tierte ebenso gegen das Ende der angenommenen Rückentwicklung zum Vierbeiner. Mit steifer Handbewegung zog sie ihre Waffen.

„Goeland, ich verstehe Sie nicht", nuschelte Zilver. „O'Dowd hat Sie gewarnt. Unsere Energiezellen passen zwar in Ihre Waffe, aber die sind für Flash-Zündtechnik gedacht. Ihre imperialen Konstantlaser-Zündkammern stressen die

Zelle so sehr, dass Ihnen das Ding schon um die Ohren fliegt, wenn es einen festen Schlag abbekommt. Warum das Risiko eingehen?"

Rafale war sich nicht bewusst, wie sie in dieser Situation nachdenklich sein konnte, aber ein ihr unbekannter Teil ihres Wesens - einer von vielen offenbar - half dabei. Nachdenklich betrachtete sie die schwere imperiale Plasmapistole, Modell Armatec DX-9, in ihrer Linken. Zilver hatte Recht. Aber sie wusste nicht alles. Sie wusste nichts von dem Stolz, der das Imperium zusammenhielt. Die Kartellwelten hatten ihrer Ansicht nach Freiheit, Toleranz und Gerechtigkeit, das colerianische Imperium hatte Stolz. Und diese Ordonnanzwaffe, die Ausrüstung eines Marineoffiziers, war Teil dessen. Haute-Pleine hatte ihren gebrochen, indem sie ihre eigene DX-9 abgeben musste. Das hatte sie mehr getroffen als eine Haftstrafe, es hatte ihr das Symbol, dazuzugehören weggenommen. Dann hatte sie die herrenlose DX-9 des toten Baray an sich genommen, sie adoptiert wie ein Baby, ein beiderseitiger Gewinn. Die Waffe sollte wieder eine ehrenvolle Bestimmung finden und sie würde wieder den immensen Stolz finden, der in den Adern des Imperiums pulsierte. Sie klammerte sich an diese Waffe, wie sich ein Schiffbrüchiger noch nach seiner Rettung an den Rettungsring klammerte. Es hatte O'Dowd viel Mühe gekostet, sie zum Tragen einer zweiten Plasmapistole zu überreden, damit seine wichtigste Trumpfkarte nicht ihr Leben wegen dieser unheilvollen Liaison zwischen imperialer Waffe und Kartellwelten-Munition riskierte. So tanzten zwei Waffen an ihren schmalen Hüften, während sie sich in die Deckung eines Mauervorsprungs schlich. Es war jedoch kein Zufall, dass sie die ungeliebte, fremde Katra-X, ein Standardmodell der kombinierten Infanterie, nur im rechten Holster trug.

Das Herz schlägt links.

„Einsatzgruppe an Task Force 38! O'Dowd, hören Sie mich?"
Yaloo Zilver hatte ihr Helm-Interkom auf den Operations-
kanal geschaltet.

„Klar und deutlich, Zilver. Wie ist die Lage?"

„Wir sind durch die Minensperre und stehen in der Nähe
der hinteren Zugangstür. Alles ist ruhig. Wir warten auf die
Orbitalunterstützung und legen dann los."

„Verstanden, Zilver. Unterstützungsgruppe? Sind Sie
feuerbereit?"

„Hier ist Commander Codrington von der Bell Heather,
sind bereit."

„Commander Burns von der Morton Rose, ebenfalls
bereit."

„Commander Hawkins von der Lilac. Klar zum Gefecht."

„Feuerbefehl erteilt!", sagte O'Dowd mit ruhiger Stimme, in
der aber ein gut verborgener Hauch Spannung mitschwang.
„Gebt es diesen Bastarden!"

Die hintere Zugangstür, gedacht als Verbindung zwischen
der Erdgeschossebene und dem Flugfeld der Scoutbiker,
wirkte in ihrer massiven Durobetoneinfassung geradezu
schmächtig. Rafale wusste, dass das nicht der Fall war. Aber
sie sah auch mit grimmiger Entschlossenheit auf das Sensorfeld der Türsteuerung. Es sollte doch mit dem Rodder
zugehen, wenn die Minen sie hatten passieren lassen, die Tür
sich jedoch verweigern würde. Auch wenn es nicht klug war,
während eines Orbitalbeschusses in den Himmel zu sehen,
konnte sie sich einen prüfenden Blick nach oben nicht verkneifen. Irgendwo dort, in den niederen Orbits, kreuzten die
drei feindlichen Korvetten, bereit mit ihr gemeinsam einen
noch größeren Feind anzugreifen. Das Zeitfenster war klein,
jederzeit konnte Aguinots 8. Flotte aus dem Hyperraum heraus über die kleinen Schiffe herfallen. Es musste jetzt, genau

hier und jetzt, passieren oder nie. Gerade rechtzeitig hatte sie den Blick wieder gesenkt und wie ein Jagdhund auf das Sensorfeld gerichtet, als drei enorme Feuersäulen genau zeitgleich von Himmel fielen.

Die Salve verpuffte funkensprühend am Energieschild des Depots. Alarmsirenen schrillten los. Die Scheinwerfer der Nahsicherung flammten auf und suchten hektisch umher, aber sie streiften nur ein leeres Minenfeld. Rafale konnte sich bildhaft vorstellen, was gerade im Inneren des Gebäudes vor sich gehen musste. Dort war man auf Angriffe vorbereitet, aber kaum auf einen massiven Beschuss aus dem Orbit. Die Einheiten des Colerianischen Herbstes mochten bestens ausgerüstet und erfahren sein, aber ein solches Vorgehen war unimperial und es war auch unimperial, aus Fehlern zu lernen. Ganz gleichgültig, wie oft die Sots ihnen schon vorgeführt hatten, wie man flexibel Krieg führte. Die nächste Salve senkte sich feurig auf die unsichtbare Kuppel. Ein Flimmern umgab das Gebäude, als der Schild die enorme Energie ableitete. Dort drinnen würden jetzt sicher in aller Eile Abwehrraketen startbereit gemacht, während Techniker verzweifelt die Generatoren auf Havarieleistung hochpeitschten und das Kraftfeld im oberen Bereich verstärkten.

Schwaden von beißendem Ozon waberten um das Gebäude herum, als wollten sie es bewachen. Sie machten das Atmen schwer. Rafale und Nour schlossen ihre Helme und schalteten auf Atemfilter. Zilver hatte auf einen Helm verzichtet und legte einen Filter mit Mundstück an.

Nach der achten Salve brach der Schild zusammen. Teile des Plasmas aus dem Orbit kamen plötzlich durch und brachen sich am zähen Durobeton des Depots. Es krachte und die Mauer, an der sich die drei anlehnten, vibrierte wie unter Koliken. Fäden aus geschmolzenem Silikat webten ein feuriges Spinnennetz in den dunklen Himmel, das sich langsam senkte wie ein Schleier. Doch der Beschuss von oben hörte nach dieser Salve auf, sicher zur Verwunderung der Leute da drinnen, die vermutlich gerade eifrig an den Zielgebern für ihre Raketenartillerie saßen. Doch die Entlastung sollte nur von kurzer Dauer sein. Statt dessen grollten plötzlich in Bodennähe schwere Geschütze los. Jetzt fegten Plasmabolzen dicht über den Boden und gruben sich frontal in das Gebäude. Immer mehr Geschütze fielen in das unerträglich hell leuchtende Sperrfeuer ein, zwischen ihnen huschten massive Schatten hindurch und strebten entlang der Straße auf das Depot zu. Rafale wusste, dass es gepanzerte Fahrzeuge des kombinierten Heeres waren. Brigadier General O'Dowd hatte seinen Frontalangriff begonnen.

Da ist er wieder, der Geschützdonner von Banda III. Und die Wahrheit ist, dass du ihn dir gewünscht hast, Goeland.

„Jetzt!", rief Zilver und rannte los.

Rafale folgte. Mit einem kleinen Sprung war sie an der Türsteuerung und ließ ihren linken Handrücken über das Sensorfeld fahren. Die Tür öffnete sich mit einem erleichtert klingenden pneumatischen Zischen. Es war eine imperiale Tür und sie tat imperialen Dienst. War es Nachlässigkeit? Das sichere Bewusstsein, dass mit Rafale Goeland der letzte loyale Imp auf Banda III tot und keine Sicherung vonnöten war?

Ich bin noch nicht tot, ihr Bastarde! Noch lange nicht! Loin d'être!

Sie warf sich in die Öffnung.

Blatt 94: Alain

Der Kämpfer in seiner massiven, motorisch angetrieben Kampfrüstung reagierte wie ein typischer Gleiterfahrer auf einen Gravbiker reagierte: Zwar sah er Rafale, aber er nahm sie nicht wahr. Zu überraschend war es, dass sich jemand einfach über die Tür Zutritt verschaffte, anstatt sie aufzusprengen. Eilig brachte er seine hydraulischen Arme in Schussposition, aber es war schon zu spät.

„Schießt auf den Kopf, immer auf den Kopf!", bellte Rafale ins Interkom. Sie ging auf ein Knie und feuerte mit beiden Waffen auf das dunkle Visierglas, hinter dem kein Gesicht erkennbar war, nur die irgendwie bösartig glimmenden Lichter der Zielsensoren. Nour stand neben ihr und schoss ebenfalls. Die Plasmabolzen der Pistolen drangen nicht durch den Energieschild, aber sie blendeten für einen kurzen, wichtigen Moment die Zielerfassung des stählernen Hünen. Unschlüssig wedelten die Arme mit den angeschlossenen Coilguns umher. Es wäre für ihn so leicht gewesen, einfach ohne Ziel in den Eingangskorridor zu feuern, aber bevor er die Automatik außer Kraft setzen konnte, hatte Zilver schon ihren schweren Granatwerfer vom Rücken geschnallt und einen Feuerstoß abgegeben. Die massiven Brisanzgeschosse interessierten sich nicht für Energieschilde und drangen in den Helm ein, hämmerten in das Metall, dass blutige Klumpen herausplatzten. Rafale und Nour feuerten in den zusammenbrechenden Schild hinein, bis der Koloss sich nicht mehr rührte. Qualm stieg aus der rußgeschwärzten Ruine auf, die einmal der Helm mitsamt Kopf gewesen war. Der Gegner war ausgeschaltet. Er stand nur noch aufrecht, weil die Servos der Rüstung ihn hielten, ein senkrecht stehender Sarg.

„Los, weiter!", rief Rafale und fühlte das Adrenalin durch ihre Adern peitschen. Imperiale Rüstungen hatten Injektoren, die das automatisch besorgten, aber gerade bemerkte Rafale, wie unnötig das war. Der Rausch der Schlacht begann bereits, sie mit seinen feurigen Krallen zu ergreifen.

Die drei schoben sich an dem qualmenden Hulk vorbei und spähten in den Korridor dahinter. Immer wieder bebte das Gebäude wie in Erwartung eines besonderen Momentes. Es war alles besprochen, was zu besprechen war. Tief unter ihnen war die Kraftzentrale. Während O'Dowds Truppen sich um die große Fahrzeughalle im Erdgeschoss und die Abwehrsysteme kümmerten, würden sie in die Eingeweide des bedrängten Gebäudes vorstoßen und versuchen, die Kraftzentrale zu erobern. Würde ihnen das nicht schnell genug gelingen, dürften die Feinde Zeit genug finden, die Munitionskammern und die Treibstoffdepots, die tief unter ihnen schliefen, zu sprengen und alles in einem gigantischen Inferno ins Verderben zu reißen.

Aus einer Tür am hinteren Ende des Korridors kamen ihnen Leute entgegen. Sie waren nicht so gut gerüstet wie der vorige Gegner, vermutlich war ihnen eine Wache genug gewesen. Rafale bestrafte sie für diese Nachlässigkeit, warf sich mit einem Kampfschrei nach vorn und mähte ohne zu zögern nieder, was vor ihr war. Der Gedanke, dass diese Leute auch zurückschießen könnten, berührte sie nicht mehr, der Rausch wurde stärker.

„Für meine Staffel!", schrie sie und schoss wütend.

Sie sprang über die Toten hinweg, rollte sich ab und kam vor der Tür auf die Knie, feuerte mit beiden Pistolen.

„Für Argnac! Für Carenchot! Für Portez!"

Zornige Plasmablitze lösten sich, die DX-9 und die Katra-X spuckten Tod in den Raum.

„Für Vian, für Lafitte!", schrie jemand. Sie bemerkte nicht, dass es ihre eigene Stimme gewesen war.

Leichen lagen im Eingangsbereich übereinander, Rafale feuerte weiter hinein, auch die Toten wurden nicht verschont. Rauch von verbranntem Fleisch stieg zur Decke auf wie in einer tödlichen Zeremonie. Die letzten Lebenden standen an die rückwärtige Wand gedrückt und Rafale tötete sie nacheinander wie Tiere im Käfig.

Eine Detonation unterbrach ihren Berserkerrausch. Zilver hatte die Lifttür direkt neben ihnen gesprengt.

„Alles in Ordnung, Capitaine?", warf Nour atemlos ein. Sie hatte gar nicht wahrgenommen, dass er neben ihr gestanden und vermutlich ihre Nahsicherung übernommen hatte. Auch seine Katra-X rauchte aus der Mündung.

„Es war nie besser", sagte sie grimmig. Als sie ihre Rüstung betrachtete, sah sie die Reste von zwei Treffern, die aber den energieabsorbierenden Plast nicht durchschlagen hatten.

Sie nahm sich nicht die Zeit, die Toten zu zählen, es waren einige. Von sich selbst überrascht, öffnete sie ihr Helmvisier und hielt inne. Ihr wurde gedämpft bewusst, dass der Rausch des Tötens Macht über sie bekommen hatte. Aber es war ihr Schicksal und sie fühlte sich paradoxerweise lebendiger denn je. Hier war sie: Sie trug eine Kampfrüstung der Kartellwelten, schoss mit Waffen beider Fraktionen und war doch innerlich wieder ganz Coleria! Sie kämpfte gegen die Feinde von Innen zusammen mit den alten Feinden von Außen! Eine hell prickelnde Euphorie ergriff sie, ein Schwindel wie auf einem hohen Seil, die Begeisterung über sich selbst. Nach so langer Zeit des Zweifelns, der Demütigung und Verlorenheit spürte sie endlich wieder, wer sie war! Sie griff wieder nach den Sternen. Der Kreis schloss sich.

„Elah, ich erkenne wieder die tollkühne Pilotin Goeland,

wenn ich in Ihre Augen sehe. Ganz so wie damals, als wir uns kennenlernten. Nun gut, ich sehe auch ihre Lust, hier eine riesige Sauerei anzurichten, aber es trifft ja die Richtigen. Nur bitte, halten Sie nicht wieder eine Waffe in mein Gesicht, ja?"

„Sie vergessen aber auch rein gar nichts, Nour. Sie sind ein Querulant!", erwiderte sie. Sie wusste, dass er Recht hatte und dass ihre Rückkehr zu sich selbst zu einem guten Teil sein Werk war.

„Kriege ich das schriftlich, Miss Goeland?"

„Ich male es persönlich auf Ihr freches Grinsen, Sie Nufa-Treiber!", sagte sie und grinste ihn dabei breit an. „Und jetzt los, wir müssen runter!"

„Nur zu gern, der blöde Rauch Ihrer wenig bedauernswerten Opfer steigt eh nach oben!"

Yaloo Zilver stand am Eingang des Treppenhauses bereit.

„Ich werde hierbleiben und die Treppe absichern, bis ein paar unserer Leute um das Gebäude herumgekommen sind", sagte sie und schwenkte ihren Granatwerfer demonstrativ in Richtung des Korridors.

„Einverstanden, Zilver. Lassen Sie sich nicht erschießen!"

„Ich dachte, das ist mein Job, Imp?", erwiderte sie. Ihr verbliebenes Auge zwinkerte und funkelte aufgekratzt.

„Dann können Sie sich aber nicht mehr für den Faustschlag revanchieren, Sot!"

„Stimmt auch wieder. Also gut, ich passe ein bisschen auf", antwortete sie, als die beiden schon die Treppe nach unten gingen.

Rafale drehte sich noch einmal um und sah die einäugige Datch mit der Rastafrisur, wie sie ihr zuwinkte. Bei den Sternen, sie schien sich tatsächlich zu amüsieren! Den spontanen Gedanken, sie womöglich zum letzten Mal zu sehen, schob sie in die mentale Ecke für Unangenehmes.

Als sie dem nächsten Feind am Fuß der Treppe in die Arme liefen, sollte Rafale erkennen, dass sie zwar wieder die Alte war, der Kreis sich aber bei Weitem noch nicht geschlossen hatte.

Sie war vielleicht eine Technikerin des Colerianischen Herbstes. Ob sie nach oben gehen wollte, um zu kämpfen oder ob sie instinktiv den unteren Etagen des Depots zu entkommen suchte, so wie die Ratten den Bauch eines sinkenden Seeschiffes verließen, war nicht klar. Als sie fast in Rafale und Nour hineinlief, schoss sie jedenfalls nicht, obwohl sie eine Waffe in der Hand hielt. Sie trug keine Rüstung, sondern lediglich zivile Kleidung, einen langen schwarzen Mantel, der irgendwie absolut unpassend für ein Gefecht war. Ihr Gesicht war rund und fein geschnitten, von schulterlangem schwarzen Haar eingerahmt und die dunklen Augen sahen überrascht die beiden Eindringlinge an. Rafale stand wie eingefroren da.

Emmy.

Nours Schuss traf die Frau ins rechte Bein. Sie schrie auf und stürzte, ihre Waffe fiel polternd zu Boden. Er schien die fatale Ähnlichkeit nicht zu bemerkt zu haben und wollte seine Pistole gerade sinken lassen, da löste sich Rafale aus ihrer Starre und stürzte sich auf die Liegende. Mit geweiteten Augen sah diese direkt in die glühende Mündung der DX-9, als Rafale über ihr kniete.

„B-Bitte nicht!", stammelte die Frau hastig, die waffenlosen Hände angehoben.

Rafale schoss. Die Frau schrie gellend auf, als der Plasmaschuss sie in den Brustkorb traf. Der nächste Schuss fiel. Das Schreien wurde von einem Gurgeln untermalt.

„Goeland, nicht! Hören Sie auf!", rief Nour und riss an Rafales Schulter, aber er konnte sie nicht stoppen.

Bei den nächsten beiden Schüssen zuckte der Körper nur noch wie bei einer Wiederbelebung, aber das Gegenteil war der Fall. Dann lag er still da.

Wie hypnotisiert stieg Rafale von der Leiche und starrte Nour an.

„Sie hatte sich ergeben, Goeland! Warum haben Sie das getan?"

Verwirrt sah sie sich um, betrachtete das feine Gesicht der Toten, auf dem sich der grenzenlose Schrecken eingegraben hatte und zu ihrer Totenmaske wurde. Aus ihrem Mundwinkel rann schaumiges Blut.

„Ich... ich...", stammelte sie trocken wortlos. „Ich habe Emmy vor mir gesehen."

Nour nickte lediglich, sah dann prüfend zu der Toten.

„Eine gewisse Ähnlichkeit ist da, muss ich -", sagte er und unterbrach sich, als er sie weinen sah.

„Kells hätte mich dafür erschossen. Ich... habe genau das getan, was der verfrellte Sot neulich im Bunker auch tun wollte. Keinen Deut, keinen einzigen bin ich besser! Nour! Bitte, tun Sie was! Um der Sterne Willen, sagen Sie was!"

Er tat, was es zu tun gab. Er stellte sich auf die Fußspitzen und nahm sie in die Arme. Ließ sie loslassen.

„Es ist der Krieg, Miss Goeland. Er verändert die Leute", erklärte er dem wilden, roten Haarvorhang in seinem gebräunten Gesicht, während seine Hände tröstend über ihren Rücken fuhren. Sie konnte es durch die Rüstung nicht spüren.

„Nein Nour, er zeigt nur, wie sie wirklich sind", widersprach sie. „Ich bin keinesfalls geheilt."

„Hat auch keiner behauptet, Capitaine", sagte er gerade so laut, dass es noch den Gefechtslärm um sie herum übertönen konnte. „Sie sind auf einem guten Weg, aber das war zu früh gefreut. Trotzdem gefallen Sie mir jetzt schon besser als zuvor. Lassen Sie sich das von einem alten und weisen Nufa-Treiber gesagt sein!"

Der bemühte Witz riss Rafale aus ihrer aufkommenden Lethargie.

„Muss ich ja wohl. Sagen Sie mir, dass ich nicht schlecht bin. Trotz der Sache. Bitte!"

„Zum Disha, nein, das sind Sie nicht! Nicht schlechter als wir anderen jedenfalls. Sie sind auch nur ein fehlbares Wesen wie wir alle! Und eines der wunderbarsten unter ihnen! Und jetzt überlassen Sie das Zerfleischen besser den Fleischern, die haben das gelernt. Kommen Sie, hier ist nicht der richtige Ort zum Philosophieren. Und... vergessen Sie die da. Versuchen Sie es wenigstens."

„Aye, zu Befehl", log sie. Sie würde es nie auch nur versuchen, das war ihr gerade bewusst geworden. Es war ihr erstes Kriegsverbrechen, falls nicht der Krieg an sich schon eines war.

„Wenn der Krieg das aus uns herausholt, dann wird es Zeit für den Frieden. Wenn die Bausubstanz schon nicht schön ist, brauchen wir wenigstens eine hübsche Tapete."

Er hatte Recht, dachte sie sich und schniefte den Rotz ungeniert hoch. Wenn sie auf Banda III eines gelernt hatte, dann das: Soldaten waren nicht nur passiv, in ihrem Leiden, allesamt gleich. Über alle Fronten hinweg. Nein, sie waren es auch in ihrer aktiven Rolle, in ihrer Rohheit und Hemmungslosigkeit. Beides bedingte einander. Jeder war Soldat, auch diejenigen, die keine Uniform anzogen. Die Bestie lauerte in jedem von ihnen, nur die Soldaten spürten das als Erste. Sie waren die Speerspitze dessen, was die Zivilisation fürchtete: Das unheimliche, das ursprüngliche Dunkel, die Gewalt, die in jedem unter der Oberfläche tobte. Sie durften und mussten das erleiden und erleben, was andere unterdrücken konnten. War es das, was das Leben im Imperium mit seinem endlosen Krieg so leicht machte? Diese Schicksalsgemeinschaft, die sich ausnahmslos im Urdunkel suhlte? Die Inflation der hüllenlosen Brutalität? Wofür lebte man? Etwa nur, um einen steten Krieg gegen das unbesiegbare Chaos in sich zu führen? Auf irgendeine zynische Art und Weise beruhigte es sie, dieses Bewusstsein der endgültigen Fehlbarkeit. Es war keine Resignation, vielmehr das erleichternde Gefühl, gemeinsam mit der Galaxis bei Null von vorn anfangen zu können, statt etwas nachzulaufen, das die anderen ihr gar nicht voraushatten. Wurde sie nur alt oder erwachsen? Einerlei.

„Frieden, Nour. Sie haben Recht. Frieden. Ist es nicht verrückt, dass wir alle das gleiche wollen und uns doch genau darin unterscheiden? Lassen Sie es uns anders angehen als der Colerianische Herbst."

„Ich bin dabei, Capitaine", erwiderte er, sie noch immer haltend. „Auf vergifteten Feldern wächst ja doch nur vergiftetes Korn, wir gehen das anders an."

„Wir haben nichts zu verlieren, was wir ohnehin nie besaßen."

Sie stiegen mit gezogenen Waffen über die Tote in dem schwarzen Mantel hinweg, der Kraftzentrale entgegen.

Stufe um Stufe, Absatz um Absatz, Stockwerk um Stockwerk kroch ihnen die Treppe entgegen. Der Weg in die Tiefe war spärlich beleuchtet, nur die Hälfte der Luxelemente tat ihren Dienst und tauchte den Parcours durch die Eingeweide des Depots in ein unfreundliches Halbdunkel. Unimperial. Vielleicht hatten die Kämpfe, irgendwo zwischen diesen Mauern versickernd, eine Speiseleitung zerschnitten. Vielleicht war es aber auch ein böses Omen. Die Luft prickelte vor Ozon und heißem Metall, aber es mischte sich auch ein anderer, unheil-verkündender Duft dazwischen. Baranna-Gas. Die Treibstoffdepots!

Rafale sah Nour an. Er schien ihren Blick zu spüren, denn er nahm ihn auf und blickte zurück. Ohne ein Wort zu sprechen ging er weiter. Er hatte es auch gerochen.

Von oben, irgendwo am Ende dieses Zerrbildes einer Him-melsleiter, fauchten Plasmawaffen. Ein ganzer Haufen Plasmawaffen. Dazwischen mischten sich das sonore Stakkato von Coilguns und das kräftige Wump! Wump! Wump! eines Granatwerfers. Captain Zilver hatte Besuch.

„Sollen wir wieder hoch und nachsehen?", fragte Nour, aber es war wohl mehr anstandshalber. Keiner von beiden würde jetzt den Rückweg einschlagen.

Sie erreichten ohne weitere Zwischenfälle den vorletzten Absatz, verloren zwischen der dritten und vierten Tiefebene. Rafale wusste, wie alles aussehen würde, noch bevor sie ein Auge darauf hatte werfen können. Das Depot Süd sah genauso aus. Alle kleinen Depotbauten des Imperiums sahen so aus. Bei den Sternen, war man als Imp berechenbar!

„Der Gasgeruch wird stärker, Capitaine", stellte Nour mit bedrückter Stimme fest.

Astrogatorin Goeland, die begabte Pilotin auf dem Weg in eine weitere Kellerebene, legte den Zeigefinger an die Lippen. Wenn die Herbstler noch Wachen aufgestellt hatten, dann würden sie direkt vor der Kraftzentrale stehen, in Hörweite. Sie machte sich keine warmen Illusionen darüber, dass sie diese Leute ebenso leicht würden überrumpeln können wie die erste Wache.

Auf dem letzten Treppenabsatz machten sie Halt. Ein letz-ter Atemzug. Vielleicht wirklich der letzte überhaupt, wer vermochte das zu sagen? Um der Angst keinen Zentimeter

Lebensraum zu gewähren, machte sie sich Mut, indem sie ihre DX-9 fixierte. Genaugenommen Barays DX-9 mit der Kartellwelten-Energiezelle. Ein Adoptivkind. Die geborgte Katra-X schien dagegen kaum etwas zu wiegen. Die DX-9 war mehr eine zeremonielle Waffe der Raummarine als ein Kampfmittel, auch wenn sie in der Lage war, enorme Energiedichten zu entwickeln. Selbst ein Betäubungsschuss mit wenig Überhitzung und viel Depolarisation konnte einen Erwachsenen auf kurze Distanz töten, wenn man nicht vorsichtig war. Ihre Waffe war auf hohe Überhitzung eingestellt. Hier ging es nur noch ums Töten.

Eigentlich ging es immer ums Töten, Goeland, nicht wahr? Immer.

Mit einem heftigen Kopfschütteln, das Nour aufsehen ließ, schob sie den Vorhang des anrückenden Urdunkels beiseite. Das Chaos sollte gehen, jetzt war Heldenzeit. Sie schwang sich elegant um die Ecke des Treppenabsatzes, die Waffen feuerbereit im Anschlag.

„Zum Rodder, was soll das?"

„Alle Unterwelten und verschiedene Sorten nagelschwänziger Messinglöwen!"

Es waren keine Wachen da. Was aber nicht bedeutete, dass ihre Probleme sich nicht noch vergrößert hatten. Fünf Zentimeter starke Zurückweisung in Form einer massiven Schutztür aus Durostahl blickten ihnen entgegen und sagten bleibt fort von hier. Als wären auch ihre hitzigen Gedanken gegen die Tür geprallt, standen sie regungslos vor dem Eingang zur Kraftzentrale. Düster brüniert schimmerte ihnen der schwere Stahl entgegen. Das verdunkelte Bedienfeld der Türsteuerung war die Mühe des Handhebens nicht wert, der Sensor würde nicht reagieren. Sie waren zu spät, die Herbstler hatten sich bereits verbarrikadiert.

Wie armselig und verzweifelt waren dagegen die Barrikaden der Bewohner in der Küstensiedlung!

„Man sagt, die mystischen Gärten von Chashta öffneten sich jedem Besucher, der reinen Herzens war."

„Dann sind wir entweder noch ein wenig von Chashta entfernt oder wir brauchen ein verfrellt gutes Feinwaschmittel für unsere Herzen."

„Ich bevorzuge erstere Theorie, mon Capitaine."

Stille sickerte von oben ins Treppenhaus. Der Gefechtslärm hoch über ihnen war verebbt. Kein Laut des eben noch tobenden Kampfes war zu hören, die subtile Geräuschkulisse des tödlichen Ringens in anderen Gebäudeteilen drang jetzt wieder deutlicher durch und mischte sich mit dem Geschützdonner in Rafales Kopf.

Es wird niemals aufhören, Goeland. Finde dich damit ab, altes Mädchen!

„Schnauze!", bellte sie plötzlich los.

Nour fuhr erschrocken zusammen.

„Ich habe doch nur gedacht!", sagte er eingeschnappt.

„Das galt nicht Ihnen. Ich meinte meine innere Stimme", entschuldigte sie sich betreten.

„Sie haben eine innere Stimme? Ist die auch so wie Sie?"

„Schlimmer. Mehr so wie Sie."

Für einen Moment der Suspension grinsten sich beide an.

„Ich kann mich mir selbst in der Mehrzahl vorstellen", sinnierte Nour. „Das ist zwar schwierig, aber schön."

Rafale hing noch für einen Moment an dem Wortwechsel, dann wandte sie ihre Aufmerksamkeit widerstrebend dem oberen Treppenhaus zu. Wenn dort oben wirklich Verstärkung für den Colerianischen Herbst gekommen war und Yaloo Zilver ausgelöscht hatte, dann saßen sie wie Ratten in der Falle. Es gab dann kein Vor und kein Zurück mehr. Rafales Herz begann, noch heftiger zu schlagen, die Stresshormone nagten an ihren Aderwänden.

„Zilver, sind Sie da? Können Sie mich hören?", rief sie in ihr Helm-Interkom. Die Schlinge der Panik legte sich hörbar um ihre Stimmbänder.

Der Kanal blieb stumm.

„Zilver? Goeland hier, kommen!"

Voll banger Erwartung spähte sie um die Ecke nach oben, als könnte sie so ihren Ruf weiter tragen. Zunächst geschah noch immer nichts. Dann wurde es plötzlich vollends dunkel.

„Zum Disha! Was ist das denn jetzt?"

„Ich würde sagen, das Licht ist aus", erwiderte Rafale lakonisch.

„Super Zeitpunkt, um Energie zu sparen!", brummte Nour irgendwo aus dem formlosen Dunkel. Die allgegenwärtige Übertragung durch das Interkom machte die Lokalisierung noch schwieriger.

Zeitgleich flammten die Beleuchtungen an ihren Helmen auf. Die winzigen Luxbänder vermochten nicht, das Dunkel weiter als zwei bis drei Meter zurückzudrängen und gaben ihren behelmten Gesichtern eine unheimliche, hellgrüne Aureole. Scharfschützen-Zielhilfe nannte man diese Beleuchtungen bei den colerianischen Streitkräften, und das nicht ohne Grund. Die Infanterie verzichtete deshalb auf sie. Während Rafale noch mit sich haderte, ob das eine gute Idee war, zog der praktisch veranlagte Nour bereits seine Stablampe aus dem Gürtel und klinkte sie auf den Lauf seiner Katra-X. Es war so beruhigend, nicht im Dunkeln zu sein.

„Ich habe meinem Onkel immer das Licht ausgemacht, wenn er in den Keller ging, um Brunnenwasser zu holen", sagte er. „Er war jedes Mal stinksauer und wollte mich versohlen."

„Und was haben Sie dann gemacht?"

„Ich habe mich irgendwo versteckt."

Rafale sah mit verdrießlicher Miene zur Tür.

„Ja, die Idee scheint verbreitet zu sein."

„Ich wäre über eine solche Tür verdammt froh gewesen. Ist ja nicht so, dass er mich nicht ab und an erwischt hätte. Aber zurück zu diesem bescheidenen Krieg um uns herum. Was meinen Sie, was wir jetzt machen sollten?"

„Bin mir nicht sicher. Mich beunruhigt weniger die Dunkelheit als das, was darin lauert."

„Wie meinen Sie das? Der Kampf über uns?"

„Auch. Aber ich glaube, dass da nicht nur das Licht abgeschaltet wurde, das wäre kindisch. Ihr Onkel hat Sie ja auch trotzdem erwischt. Nein, ich denke, der Strom in diesem Bereich ist komplett abgeschaltet worden."

„Und das bedeutet?"

„Die Kühlung der Treibstoffbunker unter uns."

„Scheiße."

„Wenn die Kühlung ausfällt, erwärmt sich das flüssig gelagerte Baranna-Gas in den Erdtanks und dehnt sich langsam aus. Nach einer Weile ist hier genug Gas ausgetreten, um eine zündfähige Atmosphäre zu schaffen und uns alle in die Ewigkeit zu jagen."

„Haben solche Tankanlagen denn keine Ventile, die bei Störungen automatisch die Tanks schließen?"

„Doch. Aber sie haben auch Überdruckventile, sogenannte Blow-Offs. Wenn der Druck im Tank gefährlich hoch wird, blasen sie automatisch ab. Wenn das so weit ist, setzt eine Sicherheitseinrichtung die andere außer Kraft. In zivilen Bauten gibt es dafür Entlüftungen nach draußen."

„Ja, das kenne ich von meiner Lieblingstankstelle in meinem Wohnblock in Old Ironstate. Hab mich immer gefragt, wozu die Dinger da sind, außer dass manche sich beim Rangieren ihre Gleiter verbeulen."

„Aber das hier ist kein ziviler Bau. Im imperialen Militär geht man einfach davon aus, dass solche Defekte in der Technik unmöglich auftreten können, das wäre uncolerianisch. Also entlüften solche Ventile bestenfalls in die Räume darüber."

„Bei den Sternen! Wir sitzen also auf einer Zeitbombe! Da fühle ich mich doch gleich viel weniger bedroht von all den waffenschwingenden Irren hier."

„Zuerst wird das Treibstoffgas das aufgeschlagene Schutzgas verdrängen und dann allmählich austreten. Irgendwann genügt eine kleine Zündquelle und alles hier fliegt in die Luft."

„Die machen echt Ernst, was?"

„Was würden Sie denn machen, wenn Sie in deren Lage wären?"

„Das Gleiche, vermute ich."

Rafale legte den Kopf in den Nacken und witterte, spürte nach dem Parfum von Triebwerken, Gravbikes und Treibladungen. In ihren Jugendjahren wollte sie diesen allgegenwärtigen Geruch eines Rennfahrerlagers nicht missen, es war Teil der Atmosphäre von Spannung, Nervenkitzel und Sieg. Aber ihre Jugendjahre waren lange vorbei und jetzt roch es nur nach dräuendem Unheil.

„Was denken Sie? Ist es schon so weit?", wollte Nour wissen und ahmte ihr Schnuppern nach.

„Ich wünschte, unsere Multiscanner könnten auch solche Atmosphären messen, aber gefühlsmäßig würde ich sagen, wir haben noch Luft. Im wahrsten Sinne."

„Das Kartellding kann das auch nicht. Das wird Baranna erst registrieren, wenn man es hineinwirft, zum Disha."

„Das Gefährliche an dem Treibstoff ist, dass man nur die geringeren Konzentrationen riecht. Sobald es richtig gefährlich wird, kommt einem die Luft sauber vor. Rennställe und auch Raffinerien haben dafür sogenannte Indikatortiere. Zhorfs zum Beispiel übergeben sich bei hohen Konzentrationen."

„Toll. Wenn Sie das unserem zhorfgeplagten Blockwart in Colline verraten, haben Sie bestimmt einen Freund fürs Leben ge-"

Weiter kam er nicht. Von oberhalb erklangen Schritte. Feste, energische Schritte von mehreren schweren Stiefeln polterten wie Vorboten einer Lawine die Treppe hinunter. Schritte, die zu ihnen kamen.

„Zum Rodder", fluchte Rafale unterdrückt. Hastig schaltete sie die Helmbeleuchtung ab und suchte sich eine brauchbare Ecke, um sich dort zu verbergen. Nour folgte erst ihrem Beispiel und dann ihr.

„Das ist ein ganzer Trupp!", zischelte Nour. „Vielleicht können wir die ja fragen, ob sie uns mal die Tür aufmachen. Ob wir als Stromableser durchgehen?"

„Wie wärs mit den Gasversorgern? Passt besser ins Bild", knurrte Rafale zurück.

Dann wurden beide abrupt still, von oben flackerten die Irrlichter schwankender Lampen herunter.

Rafale bemühte sich, ihren Atem unter Kontrolle zu bringen, nutzte die verbleibenden Sekunden, um sich kampfbereit zu machen. Mit dieser Nervosität würde sie sogar in dem engen Treppenhaus kaum treffen. Auch wenn die schnell hinabfliegenden Stiefel verrieten, dass keine Kämpfer mit kraftbetriebener Rüstung dabei waren, war das ein schwacher Trost. Sie beide würden eindeutig in der Unterzahl sein.

Da! Die Ersten umrundeten den untersten Treppenabsatz, ihre Lichter leckten neugierig über Wände und Türen, auf der Suche nach Zielen. Auf der Suche nach ihnen. Rafale biss die Zähne so fest zusammen, dass sie schmerzten und hob ihre beiden Pistolen. Egal, was sie traf und wie, kampflos würden sie einen colerianischen Offizier nicht bekommen!

Das sind doch Helmbeleuchtungen! So was tragen Imperiale nicht, also auch keine Herbstler!

Also Kartelltruppen? Yaloo Zilver etwa? Hoffnung und Furcht rangen in Rafales gehetztem Verstand und es wollte einfach keine Entscheidung fallen, obwohl die Sekunden, die kostbaren Sekunden verrannen! Wenn sie schießen wollte, dann jetzt, bevor die anderen ihr Versteck fanden. Bei den Sternen! Sollte sie es wirklich riskieren? Das Stiefelgedröhn hatte sich gelegt und war zu einem leisen Trappeln geworden, der gesamte Trupp hatte offenbar die untere Ebene erreicht.

Da schaltete Nour seine Helmbeleuchtung ein.

Gütige Ewigkeit! Mach, dass das kein Fehler war!

Noch bevor die ersten Kämpfer ihre Lampen in Nours Richtung bringen konnten, glitt Rafale davon und ließ sich auf die Seite fallen. Wenn die anderen das Feuer eröffnen würden, könnte sie aus der unerwarteten Position noch ein paar mitnehmen.

„Nicht schießen!", rief Nour aus.

Die anderen taten, was er sagte. Die Irritation war fast greifbar, gut ein Dutzend Leute hielten gerade ihren Atem an.

„Nour und Goeland?", fragte eine Stimme mit Datch-Akzent.

Lampen tasteten nach Nour und auch Rafale hielt es nicht länger aus und schaltete ihre Helmbeleuchtung ein.

„Genau die", bestätigte sie. „Wir hatten das Schlimmste befürchtet."

„Wie, noch schlimmer?", frotzelte Nour, auch wenn er die Erleichterung in seiner Stimme kaum maskieren konnte.

Lichtkegel schwenkten wie Windfahnen hin und her, als sich die Soldaten untereinander ansahen.

„Zilver, wir haben Sie gerufen, was war los?"

„Ich habe erst Verstärkung bekommen und dann Besuch von ein paar Herbst-Freunden. Den Sternen sei Dank in dieser Reihenfolge", lachte die Datch kehlig und Rafale konnte sich das bitter grinsende, einäugige Gesicht bestens vorstellen. „Meine Interkom-Antenne muss es dabei zerlegt haben, Streifschuss."

Einer der Soldaten des Trupps packte eine Lux-Laterne aus und stellte sie in die Raummitte. Es war kein Ersatz für die ausgefallenen Beleuchtung, aber besser als nichts.

„Uns läuft die Zeit davon", sagte Rafale und wies mit dem Daumen auf die hämisch verschlossene Doppeltür. „Die Typen da drinnen haben die Energie hier unten abgeschaltet und die Treibstoffbunker geöffnet. Wird nicht mehr lange dauern, und der ganze Laden fliegt in die Luft. Wenn wir nicht bald reinkommen."

„Sie haben nicht zufällig einen Schlüssel dabei, Werteste?", fragte Nour mit ausgesucht altmodischer Förmlichkeit.

„Sechs Ladungen Tornit sind eine universale Zugangskarte", antwortete die Datch gelassen, die Arme vor der Brust verschränkt. „Die Kameraden hier sind von einer Sturmpioniereinheit."

Nach einigen quälend gedehnten Minuten der Vorbereitung war es soweit. Die Pioniere hatten ihre Hohlladungen angebracht und das Tornit wartete stumm auf seinen einzigen, wahren Befehl. Reihum waren die Gehörschützer verteilt und die kleine Kampftruppe suchte Deckung. Rafale musste der süßen inneren Verlockung widerstehen, sich einfach hinzukauern und nicht aufzuspringen, wenn das Tornit rief. Einfach hockenzubleiben, bis alles vorbei war. Was auch immer hinter der Tür war: Es würde sich wehren und nicht jeder hier würde den nächsten Tag erleben. Sie vielleicht eingeschlossen.

Während sie noch den inneren Ringkampf mit ihrem Überlebensinstinkt ausfocht, platzte die Tür in einem grellen Blitz auf, Rauchschwaden rasten wie irre Geister umher, bis sich die Drücke in den Räumen ausgeglichen hatten. Und dann war der gedankliche Ringkampf vergessen. Alle sprangen sie auf und hetzten zur aufgerissenen Türöffnung, als würde Laub vom Luftsog in ein Erntefeuer gerissen. Scharfe Metallzacken und Plasmaschüsse luden sie ein, einen nach dem anderen. Rafale, einen Kriegsruf auf den Lippen, sprang mit ihnen auf. Alles war wie immer.

Während innerlich die Ereignisse zäher und zäher wahrgenommen wurden, beschleunigte sich die Szene äußerlich immer mehr. Rafales wacher Geist und ihr kämpfender Körper wurden zusehends asynchron, der Krieg schuf seinen eigenen Zeitfluss und Leben oder Sterben ordneten sich ihm unter. Sie sah Nour einen Hechtsprung zur Seite machen und bewunderte abwesend die Eleganz des kleinen Mannes von Algaras, der doch nie ein imperiales Kampftraining absolviert hatte. Er war ein Naturtalent im Überleben, folgte wie ein wildes Tier allein der Eingebung. Er rutschte bis unter einen Schreibtisch und feuerte von dort irgendwo in den Raum hinein. Sie spähte getreu dem Gelernten nach einer eigenen Deckung und fand einen niedrigen holografischen Projektor, der inmitten des ausbrechenden Chaos Unterschlupf versprach. Eine eilige Rolle, und sie war hinter dem Gerät. Dann feuerte sie aus beiden Waffen auf alles, was in Sichtweite war und weder Rastazöpfe noch Kartellrüstungen trug.

Wie Ratten im Käfig! Wie Ratten im Käfig, Käfig, Käfig!

Innere und äußere Zeitspur fanden langsam wieder zusammen. Rafale wusste, dass das Gemetzel vorbei sein würde, wenn sich beide wieder in der Mitte ihrer Existenz trafen. Oder wenn sie sterben würde. Blendgranaten rissen an den Sehnerven, beleuchteten diesen und blendeten jenen, die Servos motorisierter imperialer Rüstungen kreischten ihr Kampflied, Coilguns hämmerten wie höllische Spechte, schwere Werfergranaten harkten klirrend in Panzerstahl, Splitter regneten, Eingeweide, Schreie, Detonationen, Plasma, Tod.

Dann war alles vorbei.

„Mon Capitaine?", drang eine besorgte Stimme an Rafales Ohr. Es klang, als riefe eine andere Welt nach ihr.

Sie bemerkte, dass sie lag. Sie atmete noch immer heftig und die Plastrüstung schien geschrumpft zu sein. Im Aufstehen polterten kleinere Haufen Schutt von ihr, Staub flog auf. Große Trümmer der Deckenverkleidung waren heruntergekommen und hatten sie teils zugedeckt. Vielleicht war genau das ihr Glück gewesen. Die Vorderseite des massiven Projektors war ein Haufen von Plasmagarben durchsiebter Schrott, der aussah, als hätte man ihn aus den Schmelzen von Valvetin geborgen. Die Sicht war schlecht, bestenfalls vier oder fünf Meter waren einigermaßen erkennbar, Staub kratzte höhnisch in ihren Augen, es fühlte sich an wie Sandpapier. Als sie den Helm öffnete, drang schneidender Rauch in ihre Lungen und ließ sie würgen. Das gesammelte Werk aus Infanteriemunition und Leichen machte die Atmosphäre ungenießbar, aber es würde keine andere geben. Unter diesen brechreizerregenden Obertönen lag die feine, aber unheilverkündende Note von Baranna.

Mädchen, du kannst froh sein, dass du überhaupt noch atmest.

„Alles in Ordnung, Nour", nahm sie seine unausweichliche Frage vorweg. „Haben wir jetzt gewonnen?"

„Sagen wir, momentan sind wir noch nicht einmal zum Verlieren gekommen."

Er wies durch den wabernden Rauch. Rafale gönnte sich den Luxus, dem Wink nur auf Umwegen zu folgen. Still, tödlich still war es und alarmierende rote und orange Anzeigen illuminierten den Rauch des Krieges wie eine Miniaturausgabe des Hyperraums. Nour und sie waren nicht die einzigen, die diesem Inferno lebend entstiegen waren. Um sie herum rührten sich die Schemen von Sturmpionieren, aber in ihren Reihen waren Lücken. Zilvers Rastafrisur, von einem intensiven Gegenlicht illuminiert, war klar erkennbar. Im rückwärtigen Drittel des Raumes standen fremde Gestalten, locker verteilt in ihrer Deckung.

Colerianischer Herbst.

Niemand schien mehr eine Waffe erheben zu wollen oder zu können, dennoch hatte die Szene etwas Gespenstisches, Lauerndes. Die Luft knisterte ein subtiles Lied von Zerstörung. Die Herbstler schossen nicht, sie hoben aber auch nicht die Arme, um aufzugeben. Irgendetwas war falsch.

„Keiner bewegt sich!", rief eine helle Stimme, in der Furcht mitschwang. „Oder ich jage uns alle in die Luft."

Rafale zählte fünf Gestalten, die sich dort hinten verteilt hatten. Fünf Menschen, die ganz sicher gerade nicht wussten, wie es weitergehen sollte. Ein junger Mann stand an einem niedrigen Terminal, von ihm war der Ruf ausgegangen. Sie musste nicht lange überlegen: Den spiegelbildlich ausgestatteten Raum im Depot Süd hatte sie lange genug einstudiert, um zu wissen, warum der Herbstler das sagte. Er hatte allen Grund dazu. Er stand an der Steuerung des Fusionsreaktors.

Yaloo Zilver machte eine schweifende Handbewegung. Die ganze Umgebung sah aus wie die schaurige Karikatur einer Tanzclub-Szene, mit all der bunten Beleuchtung und dem wabernden Rauch. ihre Leute verstanden sie wortlos, sie blieben stehen.

„Keinen Schritt weiter. Ihr verlasst jetzt alle diesen Raum, sonst sprenge ich den Reaktor!", rief der junge Mann erneut und auch wenn es nicht so klang als würde er es gern tun, so klang er immerhin noch ernst genug, dass er es tun würde.

Der Fusionsreaktor. Die unabhängige Energiequelle dieses Gebäudes, ein Standard für imperiale Einrichtungen abseits von Infrastruktur. Komplex, verschwenderisch, anfällig. Typisch colerianisch. Er saß tief unter ihnen, beschützt vom ganzen Gebäude, so wie man einst Schätze unter großen, alten Bäumen vergrub. Und dicht neben den nicht minder empfindlichen Treibstoffbunkern und den Munitionskammern. Alles bestens abgeschirmt, aber wenn doch einmal ein Vorrat hochging, dann ging alles hoch. *Alles oder nichts* war eine zutiefst colerianische Denkweise.

Rafale rührte sich nicht. Kurz tauschte sie mit Nour fragende Blicke, aber auch er schien nicht daran zu denken, die Ruine der Kraftzentrale zu verlassen. Zilvers Sturmpioniere bewegten sich ebenfalls nicht, ihre Schemen standen ruhig da. Gelegentlich blitzte eine zerrissene Energieleitung auf und tauchte alle Konturen in ein geisterhaft zuckendes Licht. Ein unausgesprochenes Patt war entstanden. Was konnten sie tun? Diese Leute saßen in der Falle, der ausbleibende Gefechtslärm von oben musste auch ihnen aufgefallen sein. Dass die Kartellsoldaten nicht daran dachten, sich gegen den Eingang in ihrem Rücken abzusichern, war Zeichen genug, wie es oben ausgegangen war. Es würde nicht mehr lange dauern und das Adrenalin in ihren Adern würde verschwinden und der Verstand wieder zu arbeiten beginnen. Sie hatten verloren, so oder so. Und so wie sie die Doktrin des Colerianischen Herbstes kannte, würden diese Leute lieber sterben, als aufzu-

133

geben, dachte sich Rafale. Ein Griff am Umschalter der Magnete, und das Millionen Grad heiße Plasma würde frei werden und sie alle in Sekundenbruchteilen verzehrt haben, lange bevor die Neutronenstrahlung noch lebende Materie zum Vernichten gefunden hätte.

So standen sie inmitten von Leichen und sahen dem Tod schon wieder ins Gesicht, ganz egal, wie sie reagieren würden. Wann würde der junge Mann am Terminal des Reaktors das realisieren? Wann würde er erkennen, wie hohl seine Drohung war und wie dennoch zwingend ihre Umsetzung? Dass er etwas in Gang gesetzt hatte, das seine eigene Dynamik zu entwickeln begann? Die Zeit lief ihnen allen davon und es war nicht mehr nur wegen des Baranna-Gases, das unablässig aus den Tanks sickerte. Alles schien mit unsichtbarem Kleber fixiert. Die Herbstler, Zilvers Leute, Nour, Rafale, sogar die Gedanken selbst schienen sich der Bedrohung zu beugen und sich nicht zu rühren. Rafale warf einen aufmerksamen Blick, von dem sie hoffte, dass er beim Kreuzen nicht als Provokation empfunden würde, auf den Mann.

Bei den Sternen, das ist fast noch ein Kind!

In ihren Erinnerungen an die eigene Jugend kramend, versuchte Rafale, ihn einzuschätzen. Vergleichbare Denkschemata zu finden. Wenn ihn die Volljährigkeit überhaupt schon erwischt hatte, dann war es noch nicht lange her, er mochte alles zwischen sechzehn und neunzehn sein. Ein Hauch von einem Schnurrbart war erkennbar, oder war es doch nur das schlechte Licht? Wenn sie sich angestrengt hätte, hätte der junge Mann ihr eigener Sohn sein können. Der Gedanke stach in ihr, aber er ließ sich nicht abschütteln, so als hätte er Widerhaken. Der Junge sah irgendwie hübsch aus, ein verstörender Anblick inmitten dieses häßlichen Gemetzels. Er war nicht sehr groß, aber er wirkte sportlich. Aufmerksame, große, blaue Augen

134

starrten in unruhigem Wechsel zwischen den Eindringlingen hin und her. Sein fein geschnittenes Kinn zitterte. Sicher wäre er in einer anderen Welt von jungen Mädchen umschwärmt gewesen, wo immer er war. Aber es gab keine andere Welt und die vorhandene war im Begriff, sich aufzulösen.

Sie ging auf ihn zu.

„Stehenbleiben, sofort!", rief der junge Mann ihr zu. Sein Blick war mehr als gestresst, man konnte die Angst in seinen Augen sehen. Die Angst, das tun zu müssen, womit er ihnen drohte. Er hatte davon nicht weniger als alle anderen im Raum.

„Kumpel, lass doch gut sein", sagte Rafale so sanft wie möglich, während sie mit Zeitlupenschritten weiter auf ihn zuging. Sie spürte nun seine argwöhnischen Blicke auf sich und auch diejenigen von Zilvers Leuten. Eine falsche Bewegung und alles würde in einem Desaster enden.

Was mochte so einen Jungen bewegt haben, sich dem Colerianischen Herbst anzuschließen? Fieberhaft suchte Rafale nach der Antwort, weil darin auch das richtige Vorgehen verborgen lag.

Zum Rodder, ich bin doch keine Omnisec-Psychologin!

Was hatte Daddy immer gesagt? *Wir werden mit starken Überzeugungen groß, weil wir als Kinder nur uns selbst sehen*, das hatte er ihr sogar mehr als einmal gesagt, wenn sie sich gestritten hatten. Die kleine Rafja war nicht unbedingt politisch oder sozial interessiert, sie war eine typische colerianische Jugendliche aus der Oberschicht. Aber sie hatte einen hitzigen Dickkopf wie ihr Vater und niemand verstand sie deshalb besser als er. Und doch hatte es lange gedauert, bis sie es wirklich kapiert hatte. Dieses diffuse Weltbild, das sich nur aus der eigenen Egozentrik speiste und darum doch so stark war. Das Gefühl, alles zu können, alles umwerfen zu müssen, weil man noch keinen

Blick in die Köpfe der anderen geworfen hatte. Später, sehr viel später, sah man dann die eigenen kleinen Unzulänglichkeiten, Gegenpositionen und Eifersüchteleien, die jede große Idee im Laufe der Reifung zum Erwachsenen schrumpfen ließen. Reifen war auch immer eine Form von nachsichtiger Resignation. Die Jugend war eine wundervolle Phase, aber sie kam im falschen Lebensalter. Sie hatten diesem Jungen beigebracht, die Gleichdenkenden höher zu achten als die Andersdenkenden, es entsprach dem erwachten Geltungsbedürfnis seiner Jugend. Es ging so lange gut, bis er dem ersten unlösbaren Konflikt gegenüberstand, der eben jene Rigorosität verlangte, die er sich selber immer zugeschrieben hatte. Genau dies schien der wilde Blick des Jungen sagen zu wollen. Lass mich ein Mann sein, aber hol mich aus dieser Situation raus! Er brauchte einen Ausweg. Sie konnte den Jungen gut verstehen. Langsam ging sie weiter.

„Noch einen Schritt und es knallt! Hau ab!", schrie er aufgeregt.

„Hör mal, Kumpel. Das Ding hier ist gelaufen, mach doch jetzt keinen Scheiß", sagte sie und hoffte, er möge die Unsicherheit in ihrer Stimme nicht heraushören. „Wir können doch froh sein, dass wir leben, was will man denn mehr, mh?"

Sie blieb stehen, nahm sich den Helm ab und schüttelte ihre staubige, rote Mähne aus. Dann verschränkte sie die Arme vor der Brust und sah den Jungen an. Sie war keine Mutter, und ihre eigene hatte die Familie vor langer Zeit verlassen. Wie zum Frell sah ein Mutterblick aus? Sie musste ihn unbedingt vermeiden. Auf Augenhöhe mit ihm reden.

Und verkneif dir bloß das Junge, sonst sprengt er dich.

„Ich will, dass ihr verschwindet, und zwar sofort!"

„Das geht nicht und das weißt du, weil du ein kluger Kerl bist. Wir haben gewonnen, egal ob du dich jetzt noch zum

Märtyrer dieser Verbrecherbande machst", sagte sie in der colerianischen Hochsprache, einer plötzlichen Eingebung folgend.

Der Junge betrachtete sie argwöhnisch. Man konnte das hektische Hakenschlagen seiner Gedanken beinahe hören. Alles im Raum schien wie leblos und still außer ihnen beiden.

„Du bist keine verdammte Sot!"

„Nein, das bin ich nicht. Ich bin colerianischer Offizier", gab sie zu. Sie machte einen kleinen Schritt nach vorn, blieb aber sofort stehen, als die Hand des Jungen verdächtig zuckte.

„Warum kämpfst du für unsere Feinde?"

„Warum kämpfst du gegen dein eigenes Volk?"

Gütige Ewigkeit, mach, dass niemand jetzt eine Dummheit begeht!

Die Gegenfrage hatte Wirkung. Es wäre für ihn leicht gewesen, mit einer dumpfen Parole zu antworten. Die Werber des Colerianischen Herbstes hatten ihn sicherlich damit vollgestopft wie ein Mastvieh. Er aber schwieg. War das ein gutes Omen? Auch wenn sie nie geangelt hatte, so hatte sie doch vom alten Sly gelernt, wie man Fische fängt.

„Wie ist dein Name?", wollte Rafale wissen. Sie spürte, dass es wichtig war, ihn nicht zum Nachdenken kommen zu lassen. Sie musste ihn vorher erreichen oder sie alle würden in Sekundenbruchteilen tot sein.

„Alain", kam es fast wie von einem getadelten Schuljungen.

„Alain also, fein", sagte sie und näherte sich vorsichtig wie ein landendes Raumschiff. „Ich heiße Rafale und bin vom Platinstrand. Weißt schon: Sonne, Surfen, Bikinimädchen und Partys."

Der Junge stutzte. Zuckte da etwa ein Mundwinkel aufwärts? Wer mit dem Tod drohte, musste mit dem Leben gelockt werden. Sie kam wieder einen Schritt näher. Keine zwei Meter trennten Rafale noch von Alain und dem Terminal.

„Nicht weiter", mahnte er sie mechanisch, aber seine Stimme klang nun unsicherer als je zuvor. Es hörte sich an, als dächte er das Gegenteil.

„Komm Alain, für uns beide ist der Krieg jetzt endlich vorbei", entgegnete sie und missachtete die Aufforderung. Es war Zeit, alles auf eine Karte zu setzen. Ganz Coleria zu sein.

„Das geht doch nicht!", kam es aus seinem Mund gemurmelt. So niedergeschlagen, dass sie es kaum verstand. „Die werden mich einsperren und foltern und umbringen!"

„Einsperren ja. Vorerst bestimmt. Aber glaub nicht an den verfrellten Mist, den dir diese Typen eingeredet haben. Ich bin Colerianerin. Und der hier heißt Nour und kommt von Algaras. Meinst du, wir würden mit den Sots rummachen, wenn die Leute foltern? Vergiss es, Alain, die einzigen, die morden und foltern sind die Typen, die dich zu dem Mist hier überredet haben. Sie haben dich betrogen, lass sie dir nicht auch noch den Rest wegnehmen."

„Versprichst du mir, dass ich irgendwann wieder nach Hause darf?", wollte er plötzlich wissen.

„Du, ich bin ne ehrliche Haut, weißt du? Ich bin keine Richterin und so und ich verspreche nichts, von dem ich nicht sicher weiß, dass ichs einhalten kann. Aber die Typen hier sind schon in Ordnung, also denk ich mir, das geht klar, wenn erst mal Gras über die Sache gewachsen ist. Ich kann dir aber eins versprechen: Nämlich, dass du in ein paar Jahren froh sein wirst, dass du rechtzeitig mit dem Scheiß aufgehört hast. Und weißt du auch, warum? Weil ich das selbst schon so erlebt hab. Nur hab ich mich damals dämlicher angestellt. Und jetzt lass diese blöde Steuerung los. Bitte."

Alains Rechte öffnete sich, als könnte sie den Umschalter, über dem sie minutenlang wie ein Geier geschwebt hatte, auch so noch bewegen. All seine Widersprüche, seine Frustrationen und Ambitionen rangen in diesem Moment um die Kontrolle über ein paar Muskeln. Wer würde gewinnen?

Nicht schießen, bloß nicht jetzt schießen, Leute!

Er zögerte. Das war der Moment, in dem Sly, der Angler, den anbeißenden Fisch angezogen hätte. Jetzt oder nie! Sie versuchte nicht, seine Hand wegzuschlagen, sich mit den Reflexen eines jungen Mannes zu messen. Zu groß war die Furcht, zu verlieren, dem Alter, vor dem sie immer davongelaufen war, geschuldet. Statt dessen griff sie langsam nach seiner Hand. Offensichtlich und selbstbewusster, als sie gerade war. Ihre Linke schob sich vorwärts wie damals, im Blue Loop. Und auch jetzt würde ein erfolgreicher Griff über Leben oder Tod entscheiden. Beide hatten den Blick gesenkt und sahen auf ihre sich nähernde Hand. Rafales lange, schlanke Künstlerfinger öffneten sich und griffen sanft nach Alains Handgelenk. Als sie sich darum geschlossen hatten, packte sie mit Kraft zu. Er wehrte sich nicht einmal. Er sah sie nur an und wirkte irgendwie erleichtert. Sie wusste, dass sie in diesem Moment ganz genauso aussah.

„Komm Alain", sagte sie sanft, gleichsam ermattet, während sie ihn mit umgelegtem Arm von dem Terminal wegschob. „Zeit, zu gehen. Da oben dämmert es bestimmt schon."

Blatt 95: Der Morgen danach

Banda Sol schob mit rotgoldenem Schein den Nachtschleier beiseite. Als wollte die Sonne überspielen, dass sie winterschwach wurde, schien sie strahlend über die niedrigen Hügel und entflammte deren Konturen. Erste Insekten flogen auf der Suche nach Nahrung und brachen sich funkelnd im jungfräulichen Schein. Der Obanit-Himmel strahlte in einem freundlicheren Braun als die Tage zuvor, wie um sich nicht lumpen zu lassen. Ein neuer Morgen war angebrochen.

Brigadier General O'Dowd hatte keinen Blick für diese goldene Morgenstimmung. Wie alle erfahrenen Strategen hatte er einen inneren Filter entwickelt, der ihn unabhängig von Aufwallungen machte, positiven wie negativen. Die meisten seiner Bekannten, die nicht auch in seiner Position waren, fanden das bedauernswert, er hingegen keineswegs. Was wussten diese Leute schon. Langsam marschierte er über das Vorfeld des Depots Nord, das Schlachtfeld der vergangenen Nacht. Er konnte seine Stiefel knirschen hören, so bedrückend leise war es, obwohl doch eine ganze Kampfgruppe rings um ihn lagerte und ihre Wunden leckte.

Friedhofsruhe.

An so manchem seiner Soldaten konnte er wieder einmal studieren, was diese Morgenstimmung auslöste, wenn man keinen inneren Filter besaß: Für die einen wirkte sie befreiend, machte sie regelrecht euphorisch. Und damit waren sie noch besser dran als ihre Kameraden, die durch den Kontrast erst recht das Grauen der vergangenen Stunden empfanden. Viele standen apathisch herum, ihre Gedanken waren noch immer im Gestern gefangen und es würde keinen Schlüssel geben, sie freizulassen. Nicht auf absehbare Zeit.

Hatte der Kampf Mann gegen Mann noch etwas leidlich Ausgewogenes, so sah es beim hochtechnisierten Gefecht der mobilen Streitkräfte ganz anders aus. Die technisch unterlegenen Kartelleinheiten hatten schwere Verluste hinnehmen müssen, bittere Verluste. Notwendige Verluste. Es kostete O'Dowd nun doch erhebliche Anstrengung, sich ohne Emotionen auf die klaren Fakten zu konzentrieren. Er blickte von seinem unsichtbaren Parcours auf und sah nach vorn, auf das zerschmetterte Haupttor des Gebäudes. Dort, wo gestern, wie erwartet und befürchtet, die schweren imperialen Marbo-Schwebepanzer hinausströmten, um sich seiner Truppe zum Endkampf zu stellen. Erbarmungslos waren stählerne Hiebe ausgeteilt worden, als die Gruppen sich blutig ineinander verbissen, bis der taktische Vorteil O'Dowds endlich die Sache entscheiden konnte. Mit stoischer Miene näherte er sich dem zerstörten Eingangsbereich, machte Bögen um verstreute Trümmerteile, stählerne Gedärme, die aus den stählernen Kadavern der Panzer herausgerissen worden waren. Bilder, die von der bitteren Härte des Gefechtes zeugten. Bilder, die auch den kampferprobten Kommandanten erreichten und an dessen Filtereinstellungen rüttelten. Er ließ sich nicht anmerken, wie aufgewühlt er eigentlich war, zumindest hoffte er das. Das Gefühl, der gesamten Galaxis den Frieden zu bringen und das Gefühl, vielleicht nicht zum letzten Mal einem neuen, unberechenbaren Feind allein gegenüberzustehen, rangen hinter der unbewegten Fassade des Brigadier General miteinander. Es war ein Sieg, noch dazu ein hart umkämpfter, aber wenn die Colerianer nicht mithalfen, ihren inneren Feind zu besiegen, würde es schwer werden. Und mit jedem verstreichenden Tag schwerer. Die Sonne erhob sich weiter, als wollte sie sich das Schlachtfeld ebenfalls genauer betrachten. Die Schattenfinger, welche

Soldaten, Fahrzeuge und Wracks über den Boden warfen, wurden allmählich kürzer.

Direkt vor dem dunklen Mund des Tors standen einige intakte Schwebepanzer wie ratlos da, als wüssten sie nicht, wie es weitergehen sollte. Und doch war es klar, das ungeschriebene Gesetz des Krieges für die Überlebenden: Sammeln, Vergessen, anderntags weiterkämpfen. Ein Führungsfahrzeug stand mitten unter ihnen und schien sie wie ein Muttertier um sich zu versammeln. Sein großer Antennenmast hing geknickt vom Turmdach.

Er betrachtete einen Panzerfahrer, der aus seinem lädierten Fahrzeug geklettert war, wohl um einige Schäden genauer zu betrachten. Sein *Archer Mk III* hatte einen Treffer auf der linken Seite eingefangen und schwebte schief in der Luft, der Repulsorantrieb war beschädigt. Hätte der Treffer den Kraftfeld-Schild und die Panzerung durchschlagen, würde dieser Mann nur noch als ausgeglühter Schlackehaufen in seinem Fahrzeug herumliegen.

„Gut gemacht, Junge", lobte O'Dowd ihn in einem Anfall von ehrlich empfundener Kameradschaft.

Der Fahrer sah ihn nur wortlos aufgewühlt an, der Krallengriff der Todesangst hielt seinen Geist noch immer gefangen. O'Dowd hatte nur mit einem Körper gesprochen. Er ging weiter.

Rafale Goeland blinzelte, als hätte sie schon vergessen, wie eine Sonne aussah. Mit unsicheren Schritten stakste sie aus dem seitlichen Zugang, der hellen Morgensonne entgegen. Sie war staubig, zerkratzt, geprellt und vor allem emotional verwundet. Den Krieg hautnah über den Lauf einer Pistole hinweg mitzuerleben, war etwas ganz anderes als in einem Raumschiff zu kämpfen, fern, unpersönlich, abgeschottet.

Eine Stimme in ihr sagte unablässig, dass es wichtig für sie war, wichtig für das Verständnis ihrer Rolle in der Galaxis. Fareq Nour ging neben ihr, sie hatten sich die Arme um die Schultern gelegt, so wie damals, als sie ihre ersten Schritte auf Banda III gemacht hatten. Ob auch er etwas gelernt hatte? Sie wagte nicht, ihn zu fragen.

Umringt von Yaloo Zilver und ihren Sturmpionieren, folgten Alain und die anderen überlebenden Herbstler. Langsam tauchten sie aus dem kalten Schatten des Gebäudes auf wie aus einem tiefen, dunklen Wasser und traten auf den Vorplatz.

„Bei sämtlichen faulen Wüstenwinden!", rief Nour bewegt aus, als er das Schlachtfeld sah.

Sie betrachteten die verendeten Wracks, die wie Spielzeug von der Hand eines gelangweilten Kindes umhergeworfen lagen. Offensichtlich hatten vor allem die Schwebepanzer die Hauptlast des ersten zornigen Ansturms zu tragen gehabt. Der Standard-Archer der Kartellwelten war den imperialen Marbos klar unterlegen und die Verlustquote war bloß deshalb nur schlecht und nicht katastrophal, weil der Brigadier General alle Karten ins Spiel geworfen hatte. Die Plasma-Feldgeschütze, in deren Abwehrfeuer Rafale und Nour damals geraten waren, hatte er wagemutig zur Nahunterstützung herangezogen, sie standen noch immer auf ihren Geschütztellern auf der gegenüberliegenden Platzseite. Beklommen musterte Rafale die stählernen Kadaver und ahnte dabei, dass die anderen das Gleiche taten. Sie zählte vier Marbo Typ V und sechs Typ VI, die zerfetzten und ausgebrannten Fahrzeuge lagen zwischen den Überresten von fünfzehn oder sechzehn Archern. Einige Panzer hatten noch immer ihre Geschützrohre aufeinander gerichtet, andere lagen in losen Gruppen zusammen wie Überbleibsel einer wüsten Kneipenschlägerei, nachdem jemand das Licht ausgeschossen hatte. Ob man es wahrnehmen wollte oder nicht, die Positionen und Richtungen der Wracks erzählten minutiös den Verlauf der erbitterten Schlacht. Hier ein Duell, dort ein verzweifelter Durchbruchsversuch, weiter hinten ein gescheiterter Rückzug. Wie mahnend erhobene Finger kräuselten sich noch immer Rauchsäulen aus einigen Trümmern.

Nicht für den Frieden kämpfen, sondern Krieg dem Krieg erklären. Es war nötig, Goeland. Wenn irgendwas in diesem Scheißkrieg nötig war, dann das!

Krieg dem Krieg. Es fiel schwer, das zu akzeptieren.

Insgeheim war sie beeindruckt von der logistischen Meisterleitung des Colerianischen Herbstes, diese hochwertige Streitmacht einfach aus dem imperialen Bestand abzuzweigen, ohne dass es jemandem auffiel. Wie hatten sie das nur geschafft? Und wozu waren sie sonst noch in der Lage? Die Verräter mussten sich wirklich ein enormes Netzwerk aufgebaut haben, um solche Truppenbewegungen durchzuführen! Der Colerianische Herbst musste bereits in jeden Winkel der imperialen Militärverwaltung eingedrungen sein. Wie war das nur möglich? Ob Haute-Pleine auch nur ansatzweise ahnte, was für einen Sumpf er da vor sich hatte?

Kartellsoldaten irrten umher wie Ameisen, die ihre sichere Straße verloren hatten. Man bückte sich nach belanglosen Gegenständen nur, um sie nach einigem Betrachten aus allen möglichen Winkeln wieder achtlos fortzuwerfen. Man rückte die Uniform zum hundertsten Mal zurecht, man tat irgendwelche Dinge, nur um beschäftigt zu sein. Um der ganz persönlichen Galaxis wieder wenigstens leidlich gewohnte Formen zurückzubringen. In den meisten Wracks hier mussten noch immer die Überreste ihrer unglücklichen Besatzungen liegen. Niemand traute sich heran. Wie diese

144

Szene doch dem Trümmerfeld glich, das einmal ihre Staffel VM-12 gewesen war! Doch es gab einen Unterschied, einen stillen, aber wesentlichen Unterschied: Die Task Force 38 ließ gerade langsam los, aufgewühlt von einer unverdaulichen Mischung aus erlebtem Grauen und sonnengefeuerter Euphorie. Der Kampf war vorüber und es galt, die Wunden zu lecken. Man hatte gewonnen. Der Sieg war da, auch wenn er wie üblich nach bitterem Metall schmeckte.

Dann sah sie O'Dowd und im selben Moment kreuzten sich die Blicke zweier Offiziere, die einfach keine Feinde mehr sein konnten. Wie in Zeitlupe löste sie sich von ihrer Gruppe und ging auf den Brigadier General zu. Nour tröpfelte hinterher. Sie aber musste es unbedingt erfahren.

„Die unteren Ebenen sind gesichert", sagte sie salutierend und wollte doch eigentlich etwas ganz anderes fragen. Es kam ihr schäbig vor, inmitten des noch warmen Schlachtfeldes danach zu fragen.

„Und wir haben das gefunden, was Sie suchen, Miss Goeland", erwiderte O'Dowd, als hätte er ihre Gedanken gelesen.

„Wo?", schnappte sie atemlos hervor, ihr Puls beschleunigte. Sie lief leicht rötlich an, hatte aber trotzdem keinen anderen Gedanken mehr als die Sprachrekorder der Duquesne.

„Wir haben die Rekorder im Werkstattbereich gefunden. Gerade als unser Kommando eindrang, arbeiteten Techniker daran. Wir haben sie festgenommen und alles so gelassen, wie wir es vorgefunden haben."

„Kommen Sie! Nour, O'Dowd, Zilver, kommt alle mit!", rief Rafale aus und rannte los.

Eine Nacht voller tödlicher Kämpfe steckte in Rafale Goelands langen Beinen, aber die Ermattung war fortgeblasen wie von einem Aufputscher. So schnell sie konnte, rannte sie auf das zerfetzte Haupttor zu und es war ihr dennoch nicht schnell genug. Das Gebäude schien aus purer Bosheit vor ihr zurückzuweichen. Endlich hatte sie den Eingang erreicht. Die dortigen Wachen ließen die anstürmende Colerianerin passieren, spätestens als sie den schnaufenden Brigadier General im langen Schlepptau herankommen sahen, war die Sache für sie erledigt. Sie salutierten, als Nour und O'Dowd sie passierten. Die beiden erwiderten den Gruß nicht.

Rafale preschte durch die verwaisten Korridore, sie wusste, wohin sie gehen musste. Der spiegelbildliche Trakt, den sie neulich im Depot Süd betreten hatte, die Mannschaftsduschen, die Werkstätten. Wilde Szenarien liefen in ihrem Kopf ab, der sich ansonsten nur noch mit dem Rennen beschäftigte. Was, wenn sie die Rekorder schon unbrauchbar gemacht hatten? Was, wenn alles gar nicht so war, wie sie es sich ausgemalt hatten? Was, wenn...

Sie rannte in einen Wachmann.

„Hey, pass doch auf!", brummte der Soldat ungehalten.

„Entschuldige", murmelte sie und rieb sich die schmerzende Schulter. Die Plasrüstung des Mannes war eindeutig der Gewinner gewesen. „Ist da drin der Werkstattbereich?"

Der Soldat zögerte. Natürlich wussten alle von der Imp, die auf ihrer Seite kämpfte, aber es war wohl nicht jeder so angetan von ihr wie die Wache neulich auf der Loggia. Die Kartelluniform schien das nicht zu ändern.

„Wir sind hier richtig!", rief es irgendwie überflüssig hinter ihr, als O'Dowd und Nour endlich aufgeschlossen hatten. Es sollte für den Wachmann soviel wie *lass uns rein und quatsch nicht heißen*.

Der Mann verstand die unausgesprochenen Worte und öffnete eilig die Tür. Dann trat er zur Seite, als müsste er einer anrückenden Kompanie Platz machen.

Da lagen sie. Die Sprachrekorder.

Es dauerte einige verworrene Sekunden, bis Rafale neben der Tragweite des Momentes auch die Umgebung begriff. Auf zwei zusammengeschobenen Werkstattwagen ruhten die der Duquesne entrissenen Geräte. Es waren die drei Instrumententräger, die in den nunmehr leeren Schächten am Funkerplatz des Shuttles gesteckt hatten. Selbst in mondloser Nebelnacht hätte sie sie jederzeit wiedererkannt. Den Sprachrekorder mit den verschiedenen Aufzeichnungsspeichern des Interkoms, den Funklogger und den Flugdatenschreiber. Wie Organe aus einer Transplantation lagen sie da, an Kabel angeschlossen, die wiederum an Terminals endeten. Die Avionik-Werkstatt dieses Depots war kein echtes Labor, sondern nur eine Reparaturstelle, in der etwa defekte Bauteile simpel ausgetauscht wurden. Defekte, aber noch brauchbare Einheitsmodule wurden zurück in die Heimat geschickt, genauso wie defekte Soldaten. Dennoch hatten die Techniker des Colerianischen Herbstes gezielt an den Rekordern gearbeitet. Der an das Terminal gekoppelte Intelli-Bot war ein deutliches Zeichen. Dort lag sie, ihre Vergangenheit, wie aufgebahrt.

Rafale sah sich um. In einer Sitzecke waren drei Techniker des Herbstes, ein Mann und zwei Frauen, zusammengedrängt, die Hände mit Elast-O-Bond-Fesseln zusammengebunden und von vier Kartellsoldaten bewacht. Alle drei trugen einfache graue Werkstattkittel ohne Waffenholster. Vermutlich hatten sie nicht einmal Waffen besessen und sich mehr oder weniger friedlich festnehmen lassen. Auch hier mischten sich kurz Fragen, was sich diese Leute wohl vom Colerianischen Herbst versprochen hatten, in Rafales Gedanken. Dann aber gewann die Aufregung, ihren persönlichen heiligen Gral gefunden zu haben, wieder die Oberhand.

Wenn sie nur nicht schon fertig waren mit dem Löschen der Daten! Sie wollten sie doch löschen, oder?

Nur kurz sahen sich die Wächter um, dann richteten sie wieder die Läufe ihrer Waffen auf die Herbstler.

„Ich brauche jemanden, der mir die Sprachdaten dieser Dinger hier herausholt. Ich nehme an, Sie können das", wandte sich Rafale feststellend an die drei Gefangenen. Keiner von ihnen reagierte, aber eine der Wachen sah nun fragend zur Imp.

„Macht schon", rief O'Dowd, um ihr die nötige Autorität nachzuliefern.

„Los jetzt!", bellte der Soldat scheinbar wahllos eine der gefangenen Technikerinnen an, eine mittelgroße, magere Frau mit mürrischem Ausdruck, der sie deutlich älter erscheinen ließ, als sie vermutlich war. „Du hast gehört, was der General gesagt hat."

Rafale wäre normalerweise eingeschnappt gewesen, derart übergangen zu werden, aber die Aussicht, endlich am Ende ihrer Suche zu sein, dämpfte jede sonstige Regung. Nur allmählich bemerkte sie, dass Nour neben sie getreten war und schweigend ihre Hand drückte. Es war wirklich ein großer Moment.

Die Technikerin trat mit schleppendem Gang an das Terminal, neben dem der Intelli-Bot stand. Dessen Intra-Antenne begann, sich eifrig zu drehen, als sie die Anlage in Betrieb setzte. Schweigend hob sie ihre gefesselten Arme und warf dem Soldaten, der sie angeherrscht hatte, einen eisig vorwurfsvollen Blick zu.

Kommentarlos befreite der Mann ihre Hände, die anderen drei hielten in diesem Moment ihre Waffen im Anschlag und auch Rafale dachte kurz an die beiden Waffen an ihren Hüften. Aber was sollte diese Frau ihnen jetzt noch antun können? Es war albern, reine Paranoia. Sie warf Nour einen verstohlenen Seitenblick zu und sah, dass auch er kurz seine Pistole berührte. Es steckte also an.

Mit konzentrierter Miene tippte die Technikerin nun einige Befehle am Touchdisplay ein. Die Instrumente der Duquesne erwachten zum digitalen Leben, die Auferstehung war gestartet. Gleich würde Rafale alles erfahren. Sie wippte vor Aufregung auf den Zehen.

Unterdrückter Lärm drang von außen in den Raum, aber Rafale wischte ihn beiseite wie eine lästige Fliege, die ständig um sie kreisen wollte. Es war nicht wichtig.

Der ganze Raum schien den Atem anzuhalten, die Kartellweltler ließen sich von der Anspannung der rothaarigen Imp anstecken und alles starrte nun auf den großen Monitor, auf dem gerade ein hellblauer Balken durchlief. Vermutlich eine Ladeanzeige.

Der Lärm vor der Tür wurde lauter.

Rafale sah sich kurz um, dann zuckte ihr Kopf, wie an einem Gummiband befestigt, wieder herum und sah dem Balken zu wie der Bauer der Saat beim Wachsen.

Schließlich erklangen gedämpfte Flüche, das Poltern einer Rangelei, dann platzten Leute in den Raum. Zuerst schüttete der Korridor eine unkenntliche Menge hinein, dann aber erkannte Rafale einzelne Gesichter.

„Alain!", rief sie überrascht aus.

„Sir, wir konnten ihn nicht aufhalten!", entschuldigte sich einer der hereingespülten Soldaten hastig.

Alain rannte ungeachtet der Gefahr, dass einer der Soldaten seine Waffe auf ihn richten könnte, zu Rafale. Er trug noch immer Handfesseln.

„Rafale, nicht! Lass sie nicht an dem Gerät arbeiten!", rief er noch im Laufen. „Sie wird die Daten löschen!"

Rafale und Nour reagierten absolut gleichzeitig und sprangen nach vorn. Während der Mann von Algaras nach den Knien der Technikerin trat, warf sich der ehemalige Capitaine der Duquesne mit der Schulter gegen die Frau. Wie von einer Bö getroffen, wurde diese vom Terminal gefegt und landete in einem Menschenknäuel auf dem Betoplast-Boden. Es knackte, jemand schrie. Für einen ungewissen Moment lang rangen die am Boden liegenden, ohne zu wissen, warum eigentlich und mit wem. Schließlich griff der kommandierende Soldat nach dem Kragen der Herbstlerin und zog sie grob zu sich. Mit noch immer überraschten Mienen sahen sie zu, wie sich Alain indessen auf das Terminal stürzte. Durch einen entschlossenen Hieb mit der flachen Hand auf das Display brachte er den laufenden Balken zum Stillstand. Beklommen sahen die beiden ihm zu, unfähig, jetzt noch einzugreifen. War das die richtige Entscheidung gewesen?

Alain löste den eben noch an den Monitor geklebten Blick und sah zu den beiden, während Soldaten zu ihm aufschlossen und ihn an den Armen packten. Erleichtert schickte Rafale ein Dankesgebet zu den Sternen. Imperiale hätten geschossen.

„Sie hatte gar keinen Berechtigungscode für Datenzugriffe!", erklärte Alain angestrengt. „Das System hätte wegen mangelnder Autorisierung die Daten beim Zugriffsversuch gelöscht. Das wusste sie auch, genau das war ihr Plan!"

Rafale warf der Technikerin einen zornerfüllten Blick zu, aber diese sah gar nicht hin. Der Soldat legte ihr bereits wieder die Elast-O-Bonds an.

„General, der Junge lief einfach davon, als wir ihm erklärt hatten, wo -"

„Schon gut, schon gut, Private", winkte O'Dowd schroff ab.

Alle sahen dem jungen Mann zu, der jetzt das Terminal bediente. Es mochte unerklärlich sein, vielleicht würde es niemand jemals erklären können, aber in diesem Moment vertraute jeder der Anwesendem diesem Jungen, der sie kurz davor noch allesamt hatte sprengen wollen. Worte schienen so notwendig wie begleitende Musik, sie sahen ihm einfach nur gebannt zu. Rafale spürte, dass es richtig war. Diesmal war es einfach richtig.

„So", erklärte er ohne jede Feierlichkeit. „Wir haben Glück, die Daten sind noch da. Ich habe schon vor ein paar Tagen mitbekommen, dass die Leute von der Aufklärung die Rekorder analysieren wollten, bevor sie gelöscht würden. *Noir* nennt man diese Einheit bei uns. Das ging nur nicht, weil die Bordfunkerin damals eine Sperre gesetzt hat. Dann ging ferngesteuert schon mal gar nichts. Und wenn man die Rekorder ausbaut und versucht, ohne Autorisierung zuzugreifen, werden die Daten aus Sicherheitsgründen gelöscht. Die Techniker haben tagelang daran herumgefummelt, aber keine Lösung gefunden. Als ich hörte, wer du bist und dass ihr hier unten seid, war mir klar, was passieren würde."

„Ich habe Caro den Befehl gegeben", sagte Rafale abwesend. „Irgendjemand wollte im Flug auf die Daten zugreifen."

„Das waren unsere Noirs. Aber wenn du die Kommandantin dieses Schiffes warst, dann hast du den Entsperrcode."

Benommen machte Rafale einen Schritt auf das Terminal zu und gab ihre Einsatzkennung ein, als wäre sie gerade in einer Abschlussbesprechung auf der Gloire.

„Scheint zu funktionieren", stellte Alain fest. „Soll ich eine Ablaufmatrix erstellen und vorspielen?"

Plötzlich war Rafale sich gar nicht mehr so sicher, ob sie aus dem heiligen Gral auch trinken wollte. Aber die Würfel waren gefallen.

„Spiel es ab, Alain!"

Blatt 96: Das Vermächtnis der Duquesne

Kaum dass sie es geschafft hatte, den Geschützdonner von Banda III zu verdrängen, da holte er sie auch schon wieder ein. Die Lautsprecher des Analyse-Terminals gaben die Geräuschkulisse ihres Einsatzes mit erschreckend guter Tonqualität wieder. Rafale saß, wie die anderen auch, auf einem eilig herangezogenen Plaststuhl, aber ihre Füße bedienten unbewusst die Steuerpedale eines imaginären Schiffes. Sie hielt den Atem an, als Nahtreffer hässlich fauchten, so laut, dass es über das Interkom verewigt wurde. Das Grauen kroch wieder im Nacken der Astrogatorin empor. Sie zwang sich zur Ruhe der vielen Jahre im All, kämpfte gegen das Adrenalin, gegen das es dieses Mal keine Injektionen des Bordsystems geben würde. Der ganze Raum schien heißer geworden zu sein und mit den wilden Ausweichbewegungen der Duquesne zu schaukeln. Kurz meinte sie die feste Klammer ihres Sitzgurtes zu spüren, aber es war lediglich Nours umgelegter Arm.

„Hier Staffelführer 12-1: Ausschwärmen! Lockere Anflugformation, alle Energie auf die Frontschilde!"

Sie gab der Armlehne ihres Stuhls einen Fausthieb, als wäre es ihr Pilotensitz. So ein schwachsinniger Befehl! Die eigene Stimme kam ihr fremd vor und doch lag es nicht an der Qualität oder an einer Manipulation. Es war einfach eine andere Rafale Goeland, die dort sprach. Eine Rafale Goeland, die es so nie mehr geben würde, nur wusste sie das zu diesem Zeitpunkt noch nicht.

Alain hatte die Aufzeichnungsspuren in ein einheitliches Zeitraster eingepasst und spielte sie parallel mit fortlaufender

Einsatzdauer ab. Mit der Gestik eines Dirigenten ließ er die einzigen Zeugen dieser Katastrophe im Chor vorsingen. Die Zeugen einer Katastrophe, welche die ganze Galaxis verändern sollte.

Mit angehaltenem Atem ließ sich Rafale wieder hineinziehen, die Vergangenheit griff wie ein Krake nach ihr. Ihre Anspannung wuchs noch, während die Aufzeichnung voranschritt, alle Aufmerksamkeit war auf die wichtigen Passagen gerichtet, die kommen würden.

„Labasse, rufen Sie nochmal die Flottenbasis!"

„Jawohl, Capitaine!"

Caro. Arme Caro. Ob ihr auch mulmig war? Sie musste doch geahnt haben, dass der Colerianische Herbst sie vielleicht nicht nur missbrauchen, sondern auch opfern würde. Oder etwa nicht?

„15000 Meter, Sinkrate 900 Meter in der Minute!"

„Die Anspielung ist mir nicht entgangen, Cadet! Notabstieg einleiten, Sinkrate 1800 Meter in der Minute."

Ein bitterer Geschmack der Scham legte sich auf ihre Zunge. Wie hatte sie ihn da nur behandelt? Ausgerechnet Nour, der sich später als der wichtigste Freund erweisen sollte. Nour, ohne dessen Hilfe sie nicht einmal Barays Stützpunkt erreicht hätte. Schuldgefühle verbissen sich in ihr. Ob er gerade etwas ganz Ähnliches dachte? Mit Schaudern erinnerte sie sich an die hässliche Szene, die unausweichlich folgen würde.

„Staffelführer VM-12, ich rufe die Flottenbasis auf Banda III, kommen!"

„Seht ihr hier?", rief Alain mitten in das Hörspiel vom Krieg hinein und stoppte die Sequenz. „Die Funkerin setzt genau hier einen *Spektralton Grün* ab!"

Rafale öffnete die Augen und stellte erst jetzt fest, dass

diese die ganze Zeit geschlossen gewesen waren. Ein grüner Leuchtpunkt blinkte auf Alains Monitor auf, direkt nach dem Logpunkt von Caros Funkspruch. Spektraltöne waren einfache Tonsignale, die zusätzlich zum Funkspruch unterlegt werden konnten. Es gab für jede Farbe des sichtbaren Lichtes eine zugeordnete Tonfrequenz, die eine unausgesprochene - und damit unentschlüsselbare - Zusatzinformation lieferte. Vor jedem Einsatz wurden diese Sondersignale neu abgesprochen, aber bei der Evakuierung hatte es keine solchen Vereinbarungen gegeben, wozu auch? Es gab nichts Geheimes, was hätte codiert werden müssen. Reinfliegen, Evakuieren, Rausfliegen. Von wegen!

„Zum Disha, was sollte dieses Signal denn bedeuten?", fragte Nour verwundert.

Rafale antwortete nichts. Sie war überzeugt, dass sie es gleich wissen würden.

„*Hier Flottenbasis, Commandant Baray! Kommen!*"

„*Bitte um Bestätigung für den Begleitschutz, ich übermittle unsere Positionsdaten!*"

Die Tonkulisse wurde von einem widerwärtig scharfen Knall zerrissen. Rafale konnte den blendend hellen Blitz dazu noch immer vor Augen sehen, als ihre ganz persönliche Erinnerungsspur parallel mitlief. Argnac hatte sich gerade in Staub und Schlacke verwandelt. Sie hörten dann die Entlassung von 12-8, dem Million-Ducats-Schaden. Soucastel hatte wirklich Glück.

„*Die Kampfflieger können nicht starten, VM-12. Wir liegen unter feindlichem Beschuss! Sie sind auf sich allein gestellt! Baray Ende.*"

„Das Gespräch zwischen den beiden läuft nur auf dem Kanal der Funkerin ab. Hier, achtet darauf, dass Baray auch mit dem Spektralton Grün antwortet!", sagte Alain bemüht nüchtern und hielt abermals an, um auf die Markierung auf seinem Monitor zu deuten. In diesem Moment wirkte er ganz und gar nicht mehr wie der aufgeregte Junge, den Rafale erst beruhigen musste. Im Gegenteil.

„Bei Ubashs schief genähtem Fehes, da ist doch was faul."

„*Capitaine, ich habe Funkkontakt zur Flottenbasis! Die Kampfflieger sind im Tarnmodus unterwegs, angekündigte Flughöhe ist 2000, eine komplette Staffel! Sie treffen in geschätzt weniger als drei Minuten hier ein!*"

Caroline Labasses akustisches Vermächtnis riss alle im Raum mit. Es hieß *Verrat*. Einige sprangen auf und auch Rafale, die bislang äußerlich wie versteinert gelauscht hatte, beugte sich so angespannt nach vorn, dass sie die langen Beine unter dem Plaststuhl kreuzen musste. Es sah aus, als wollte sie geradewegs in die konservierte Vergangenheit dieser angezapften Instrumente eintauchen. Im Geiste war sie es längst.

„Caro... was hast du nur getan?", nuschelte sie. Die Ewigkeit mochte es hören.

„Von wegen Tarngenerator!", schnaubte Nour aufgebracht.

„*Staffelführer an VM-12! Wir gehen weiter runter, Sinkrate 2200 Meter. Ich gehe im Bereich der Hügel östlich der Siedlung runter und mache eine Gleitlandung auf dem Flugfeld. Die anderen folgen mir. Ich wiederhole: Keine Punktlandung, wir unterfliegen das Abwehrfeuer mit einer Gleitlandung, direkt in westliche Richtung! Die Kanonenboote kreisen auf Höhe 2100 und geben Feuerschutz! Goeland Ende.*"

Da war es, die Entscheidung war gefallen.

„*Capitaine, ich sehe keinerlei Kampfflieger! Und ich bin mir sicher, dass die Sensoren richtig feinabgestimmt sind! Wir können da nicht runter ohne Deckung von oben!*"

„*Ach ja? Können wir nicht, Cadet?*"

„*Capitaine, das hat nichts mit Tarngeneratoren zu tun, die Flieger sind einfach nicht da! Das ist Wahnsinn, was Sie da vorhaben!*"

156

Es war Wahnsinn und Nour hatte Recht gehabt. Rafale sank wieder in ihrem Stuhl zusammen. Sie wusste genau, welche Szene jetzt folgen würde und genau jene war der eigentliche Grund, warum sie sich ebenso vor den Aufzeichnung gefürchtet wie sie diese herbeigesehnt hatte. Sie würden ihr zeigen, wie verblendet sie doch gewesen war. Wie würde Nour reagieren, wenn er vorgeführt bekam, mit wem er da Freundschaft geschlossen hatte? Eine Närrin war sie, dass sie gehofft hatte, es wäre vergessen!

„Repulsoren maximal ausfahren, wir landen in versetzter Kettenformation! Bordgeschütze klarmachen zum Sperrfeuer auf die Gebäudegruppe auf dem Hügel an Steuerbord!"

„Nour, ich habe Ihnen einen Befehl erteilt."

„Nour?"

„Nour... Sie zwingen mich dazu."

„Zu Befehl, Capitaine."

Da war es. Sie sah das Cockpit der Duquesne, sah sich selbst, wie sie drohend und zugleich verzweifelt ihre Waffe auf Nour gerichtet hatte, der ihren Wahnsinn nicht länger auszuführen gedachte. War sie denn in diesem Moment so viel anders gewesen als der junge Alain, der sie vorhin noch mit dem Fusionsreaktor in die Luft hatte jagen wollen? Sie spürte die heiße Schamesröte in ihrem Gesicht, während ihr Körper zu einem Steinblock wurde. Kein Loch auf diesem Planeten konnte tief genug sein, um sie jetzt hineinsinken zu lassen. Wenn doch nur Tränen kämen, um die Scham als Weinen zu tarnen!

„Hier ist das Oberkommando der 8. Flotte! Wir haben Bericht bekommen, dass die Kampfflieger nicht starten konnten, Sie sind ohne Jagdschutz! Brechen Sie den Evakuierungseinsatz ab und kehren Sie sofort zur Flotte zurück! Ich wiederhole: Einsatz abbrechen und zur Flotte zurückkehren! Kommen!"

„Da-das habe ich... nicht bekommen!", stammelte sie mit belegter Stimme, noch immer von der unsäglichen Szene betäubt.

„Kein Wunder", erklärte Alain und wies auf die Matrix auf seinem Monitor. „Dieser Funkspruch kommt ebenfalls nur auf dem Eingangskanal der Funkerin vor."

„Das ist normal, Alain. Im Einsatz ist der Flottenfunk auf den Funkerplatz geschaltet, um den Kommandanten zu entlasten."

„Elah, es ist vermutlich weniger normal, wenn die Funkerin ihn dann nicht weitergibt, ja? Ich nehme an, die unglückliche Miss Labasse wusste genau, was sie tat. Und ich wette außerdem um einen Jahresimport bitteren Tees, dass ich weiß, was als nächstes folgt. Junger Mann, bitte fahren Sie fort."

„Hier spricht Capitaine-Lieutenant Goeland! Bestätige: Befehl empfangen, sofortige Ausführung!"

Das war es. Der Satz, der alles verändern sollte. Der Satz, den schon Haute-Pleine ihr vorgespielt hatte. So, wie man einen Stein umdreht, von dem man sicher weiß, dass sich die große Spinne darunter verkrochen hat, so hatte sie diesem Satz mit seltsam fasziniertem Entsetzen entgegengefiebert. Warum wühlte er sie dann noch immer so auf?

Weil die selbsterfüllende Prophezeiung deine wahre Natur ist, Mädchen! Du ahnst, dass es schiefgeht und du tust nichts dagegen, du hast nie etwas dagegen getan. Finde dich damit ab!

Leute, die lange mit ihr geflogen waren, hätten bemerkt, dass Rafale sich nicht mitten in einem Kampfeinsatz mit *Capitaine-Lieutenant Goeland* gemeldet hätte. *Capitaine* nannte sich ein Dienstgrad nur, wenn er zugleich ein Schiff befehligte. Diese gestelzten Ausdrücke waren ihr zuwider, besonders, wenn rings um sie das Chaos ausbrach. Aber hier war niemand lange mit ihr geflogen. Niemand außer Caroline

Labasse. Dass nur während dieses einen Satzes der komplette Gefechtslärm fehlte, hätte ebenfalls auffallen und ihn als die Konserve entlarven müssen, die er war. Das ISR. Es war alles so einfach gewesen, so ironisch einfach! Aber es war ja anfangs nicht einmal ihr selbst aufgefallen. Eine Närrin, eine verfrellte Närrin war sie doch! Ein weiterer, energischerer Hieb landete auf der Stuhllehne.

Alain war sich der Bedeutung dieses Augenblicks bewusst. Er hatte die Wiedergabe erneut unterbrochen und sah sein Auditorium an. Niemand, auch nicht diejenigen, die von den Details dieser Verschwörung unbeleckt waren, schien Irritiert. Alles war klar wie der Nachthimmel über Colerias Stränden.

„Das war jetzt nur im Ausgangskanal der Funkerin zu hören", merkte Alain überflüssigerweise an.

„Eine feine Inszenierung", mischte sich Brigadier General O'Dowd ein und erhob sich, als ginge es um eine Tischrede. „Diese Leute sind wirklich noch ruchloser, als ich es angenommen hatte. Baray zieht nach dem fingierten Angriff den Kopf ein und meldet der Flotte den Ausfall seiner Flieger. Die Flotte reagiert entsprechend, nur Labasse manipuliert die Kommunikation, um Sie zur Landung zu bewegen, Goeland. Verstehen Sie, was das bedeutet? Wenn der Colerianische Herbst Sie lediglich von der Rettung der Siedler hätte abhalten wollen, hätte es gereicht, Sie zum Rückzug zu bewegen. Die Leute wollten Sie und Ihre Kameraden nicht nur täuschen, sie wollten Sie töten und dazu noch Ihr Angedenken zerstören."

„Ich verstehe es nicht", murmelte Rafale bedrückt, den Kopf gesenkt. „Diese Bosheit, meine ich. Was habe ich ihnen denn nur getan?"

„Im Krieg auf der falschen Seite gestanden", antwortete O'Dowd ruhig. „Diese Leute wussten, wie man einen Krieg ordentlich eskaliert: Indem man den Stolz der Streitkräfte kränkt. Auch wenn man dafür die eigenen Landsleute opfern muss."

„Ihr einziger echter Fehler war es, nicht zu sterben, als es vorgesehen war", fügte Nour hinzu. Er konnte bereits wieder ironisch scherzen.

Das hat Emmy im Traum auch gesagt!

„Und ich bin darauf hereingefallen."

„Wir alle, Miss Goeland. Ubash war da wohl gerade auf Klo. Miss Labasse hatte sicher die Zusage von Dibaleaux, dass man ihr Schiff verschonen würde, sonst hätte sie diesen Wahnsinn nicht mitgemacht. Nach der Landung hätte sie dann in aller Ruhe die kompromittierenden Daten löschen können, die waren ja nur in den Bordspeichern. Elah, ich denke, sie dürfte Zweifel bekommen haben, als die Hacker des Herbstes anfingen, diese Speicher mitten im Flug zu löschen. Leider ein wenig spät, wie die meisten Zweifel. Aber wollen Sie sich nicht damit trösten, dass Sie immerhin ein paar Siedler gerettet haben? Ohne diesen Fehler wären sie allesamt umgekommen."

„Aber zu welchem Preis, Nour? Zu welchem Preis?"

„Die Gerechtigkeit hat immer einen Preis, Miss Goeland. Manchmal sogar einen ungerechten."

Die restliche Laufzeit der synchronisierten Aufzeichnungen verstrich, aber die Duquesne hatte ihnen nichts Bedeutendes mehr zu sagen. Das war wie das Rühren in einer bereits offenen Wunde: Es schmerzte nur noch marginal mehr, als es das ohnehin schon tat. Das einzige wirklich Bemerkenswerte war, dass Rafale den Geschützdonner nur noch aus den Lautsprechern hörte, nicht mehr aus ihrem verwundeten Inneren. War das die Heilung? Sie hoffte inständig, es würde so bleiben. Der Einsatz rauschte ein letztes Mal an ihnen vorbei und schloss dann mit dem Aufsetzen des Wracks auf der imperialen Flottenbasis ab. Wie in einem Schlussakkord endeten die

Aufzeichnungen mit dem Knacken des jeweiligen Kanals, als die Bordsysteme des todwunden Shuttles abschalteten. Man konnte 12-1 mit seinen blutroten Tragflächenstreifen nun endgültig zu Grabe tragen. *Transmission finie.*

Da war er also, der heilige Gral, und sein Inhalt schmeckte bitter wie so manche Offenbarung.

Nicht einmal eine Stunde später war alles vorbei, der Inhalt der Rekorder war auf Datensticks überspielt und protokolliert. Mit beklommen-feierlicher Miene hatte O'Dowd ihr eine Kopie überreicht. Der Lohn der Angst. Als hätte Banda Sol ihre gedrückte Stimmung bemerkt, mühte sich die matte Herbstsonne mit dem obanitschwangeren Himmel ab, der durch ihre Strahlen zu wachsen schien. Bald, sehr bald schon würden alle temporären Bewohner, Imperiale wie Kartellweltler, von diesem Planeten verschwunden sein und ihn wieder den Shayg-Echsen überlassen. Die lebenden zumindest.

Verloren schlenderte Rafale Goeland über den verwüsteten Vorplatz. Sie beachtete die Aufräumarbeiten nicht weiter, auch dass die Kartelltruppen noch brauchbares, imperiales Beutegut sicherten, scherte sie nicht mehr. Sie wollte von nun an in größeren Bahnen denken und doch hafteten ihre Gedanken noch immer wie Kleister an den zurückliegenden Tagen. Sie versuchte sich abzulenken. Dachte zuerst an Caro, dann an Emmy. Aber sie konnte keinen reinigenden Zorn aufbauen, inmitten der ganzen Verlierer. War sie denn schon so an Verrat und Tod gewöhnt? Ihre Gedanken wanderten unkontrolliert zu diesem Victor Nadar, zu ihrem Vater, zu ihren lange vernachlässigten Bekannten. Heimweh kam auf und sie begrüßte es wie einen alten Freund.

„Lieutenant, da sind Sie ja", sagte O'Dowds maskuline Stimme unvermittelt hinter ihr. Hätte sie zu ihren Füßen gesehen, wäre ihr sein Schatten mit der Mütze schon aufgefallen, aber sie betrachtete es als Zeichen der Besserung, dass sie einmal nicht auf ihre Füße sah.

„O'Dowd! Haben Sie mich gesucht?", sagte sie und wandte sich ihm zu, die Hände in den Taschen ihrer Uniformhose vergraben.

„Eigentlich habe ich mich mehr gefragt, was in Ihnen vorgeht, Miss Goeland."

„Was nicht?", war die Antwort.

Der Brigadier General räusperte sich unbehaglich, rückte seine Mütze zurecht und erinnerte Rafale dabei fatal an Baray. Seine Epauletten - deutlich dezenter als deren imperiale Gegenstücke - glitzerten, als sie von Banda Sols Fingern gestreichelt wurden.

„Miss Goeland, ich...", begann er mit der unüberhörbaren Last der Einleitung. „Ich würde Ihnen danken für all das, was Sie getan haben. Aber der Dank eines bescheidenen Soldaten kann vermutlich nicht erfassen, was Ihre Taten für die gesamte Galaxis bedeuten mögen. Insofern bleibt mir nur der ganz persönliche, private Dank des Martin O'Dowd an eine der beeindruckendsten Frauen, die ich je treffen durfte."

Er zog seinen hellbraunen Uniformhandschuh aus und reichte ihr die rechte Hand. Sie hob ihre verdrehte Linke und schlug ein.

„Martin, das bedeutet mir mehr als der ganze Rest. Genau wie Mister Nour haben auch Sie mir Dinge gezeigt, für die ich bislang zu blind war. Kameradschaft, Objektivität und ehrlich empfundenen Respekt. Das war doch alle Mühe wert, finden Sie nicht? Ich werde Sie und Ihre Leute wirklich vermissen und ich hoffe, wenn wir uns wiedersehen, wird es im Frieden sein."

„Das hoffe ich auch. Zeit wird es."

Sie ließ seine Hand los und umarmte ihn spontan. Ansteckung oder innerer Wunsch, O'Dowd tat das Gleiche und so umarmte ganz Coleria die ganzen Kartellwelten. Mitten auf dem Schlachtfeld der letzten Nacht lagen sich zwei Todfeinde in den Armen und konnten daran nichts Schlechtes finden. Ein Soldat nach dem anderen hielt inne und ließ Arbeit Arbeit sein, um sich diese Szene genau einzuprägen, in dem prickelnden Gefühl, Zeuge einer neugeborenen Ära zu werden.

Am frühen Nachmittag hatte Banda Sol bereits den Horizont geküsst, der Tag begann zu schrumpfen. Rafale Goeland und Fareq Nour hatten es sich auf dem Vorfeld des Depots Nord bequem gemacht, indem sie eine alte Energiezelle zur Sitzbank umdefinierten. Es mochte eine harte Unterlage sein, aber verglichen mit den Strapazen ihrer Odyssee hier kam es ihnen wie eine Erholungspause im Café Le Mirage vor. Außerdem gab es nichts, das sie ernsthaft in das abweisende Innere des verwüsteten Depotgebäudes gezogen hätte. Der scharfe Hauch von Kampf und Tod waberte noch immer durch seine düsteren Gänge. Andächtig zogen sie an ihren Zigaretten, lieferten sich wortlose Wettbewerbe im Rauchkringelblasen und ließen die Kartellsoldaten ihre Arbeit tun. Der Tag neigte sich dem Ende zu und ihre Anwesenheit hier tat es auch, sie waren mehr denn je Fremdkörper hier.

Ein Verbindungsgleiter hatte ihre Habseligkeiten aus dem anderen Depot geliefert, sogar ihre beiden Gravlites lagen bereits transportfertig zusammengefaltet vor der Ladeluke. O'Dowd hatte sich ausgeschwiegen, was den weiteren Transport betraf, aber sie wollten ihn auch nicht zusätzlich mit Fragen belasten. Ohne Zweifel waren die Kartellweltler der Task Force 38 in großer Eile. Nicht ohne Grund. Die Magnetsensoren des Flaggschiffes hatten an nahegelegenen

Sprungpunkten hohe Yield-Werte ermittelt, ein sicheres Zeichen, dass sich größere Massen im nahen Hyperraum bewegten. Man musste jederzeit mit Aguinots Flotte rechnen und ihr Auftauchen würde alles zunichte machen.

„Freuen Sie sich auf daheim, Nour?", begann sie schließlich, nur um die eigene Unruhe in den mentalen Hintergrund zu schieben.

„Kommt drauf an, was Sie daheim nennen, Miss Goeland. Schwere Frage, ja?"

„Tut mir leid, Nour. Ich wollte Sie nicht kränken. Wenn wir heil nach Coleria Prime kommen, verspreche ich Ihnen, dass ich alles tun werde, was ich kann, damit Sie nach Algaras zurückkönnen."

„Ich weiß. Und ich freue mich darauf, Sie beim Schleppen der Umzugskisten zu sehen", gab er grinsend zurück und blies einen weiteren Rauchkringel. In seinen dunklen Augen funkelte wieder der Schalk. Nour schien ebenso unveränderlich wie der alte Sly und insgeheim liebte sie ihn dafür.

„Und ich mich darauf, Sie persönlich mit meiner Gambier Bay zu fliegen. Nur dann kann ich nämlich sicher sein, dass Sie auch wirklich weg sind!", war die Retourkutsche. Sie bemühte sich, dieses Funkeln zu imitieren, aber sie zweifelte, dass es ihr gelang.

„Vorher sollten wir aber noch die Kleinigkeit der Beendigung eines galaktischen Krieges ein wenig durchsprechen, ja? Ich mache solche Dinge ungern spontan."

„Ich muss meinen Vater aufsuchen, er wird wissen, was zu tun ist."

„Aber dieser Nadar hat doch in seinem Namen gesprochen. Wenn Ihr alter Herr nicht in Schwierigkeiten stecken würde, hätte er sich schon selbst gemeldet. Da ist irgendwas im Busch. Außerdem haben wir hier ja nur ein paar Kampftruppen des Colerianischen Herbstes erledigt, der Rest wird sicher auf uns vorbereitet sein. Vergessen Sie bitte auch nicht Ihre reizende Ex-Freundin. Ich würde mich ja eher an Nadar halten fürs Erste."

„Auch wieder wahr, weiser Nufa-Treiber."

„Wir wollen doch jetzt nicht Ubash enttäuschen, so kurz vor dem Ziel. Wo wir schon bei Weisheiten sind: Was hatte Nadar denn mit der Waffe gemeint? Wir finden ihn, indem wir den fragen, der Ihre Waffe hat. Wie herrlich kryptisch! Unsere Legenden besagen, dass an den legendären Mauern des Lustgartens von Dibh-Al-Nassar 999 Inschriften waren, die -"

„Haute-Pleine!", unterbrach Rafale ihn. „Contre-Amiral Haute-Pleine hat meine Waffe! Was zum Frell soll das?"

Nour sah sie an. Die untergehende Sonne mochte es mit ihrem rotgoldenen Licht überdecken, aber ihrem Gesichtsausdruck nach wurde sie gerade blass.

Stiefelschritte durchbrachen die Ratlosigkeit. Yaloo Zilver umrundete das improvisierte Sofa und stellte sich vor ihnen auf, die Hände in die schmalen Hüften gestemmt. Ihr verbliebenes Auge wirkte munter, auch wenn es in ihrem restlichen Gesicht keine Gesellschaft hatte.

„Da stecken Sie also. Ich hoffe, Sie sind abreisebereit? Burns wird da oben langsam unruhig."

„Er hat allen Grund dazu. Wird er ein Shuttle schicken? Und wie wollen wir dann nach Coleria Prime kommen?"

„Das erklärt Ihnen der Brigadier General am besten selbst", leierte die Datch mit einer lässigen Geste über die Schulter, hinter der O'Dowd auch tatsächlich auftauchte.

„Die Zeit drängt, fürchte ich. Die Förmlichkeiten hat Captain Zilver schon angesprochen?", keuchte O'Dowd, der mit seiner Untergebenen wohl mehr schlecht als recht mithalten konnte.

„Miss Zilver ist eine Spezialistin für Förmlichkeiten",
erklärte Nour gewichtig und erntete damit ein amüsiertes,
aber ungewohnt wohlwollendes Lächeln.

„Bevor wir uns trennen, hätte ich noch eine Bitte. Eine sehr
persönliche, O'Dowd", überging Rafale den Ulk, sichtlich von
einer wichtigen Überlegung getrieben.

„Nur zu, was kann ich tun?"

„Ich weiß, dass es dafür keinen offiziellen Anlass gibt",
begann sie leicht steif. Sie stand auf und versuchte, die
Magie ihrer goelandschen Augen zu nutzen. „Aber es geht
um diesen Jungen, Alain. Sie wissen schon. Er hat noch sein
ganzes Leben vor sich und ich glaube, er bereut es schon,
sich diesen Narren angeschlossen zu haben. Er hätte uns
nicht helfen müssen, aber er hat es getan und ich glaube, wir
können ihm den Glauben an die Galaxis zurückgeben. Wenn
er in Haft bei Ihnen kommt, wird das nicht passieren und
wenn meine Leute ihn in die Finger bekommen, blüht ihm
noch viel schlimmeres. Geben Sie ihm bitte eine Chance,
wenn Sie können. Das ist nicht die Bitte eines imperialen
Offiziers, sondern die ganz private Bitte von Rafale Ghauri
Goeland."

O'Dowd stand vollkommen ruhig da und sah sie an. Es war
wieder die Gesichtsfassade des Profis, aber Rafale meinte, in
seinem Blick die Wärme lebhaften Mitgefühls zu entdecken.
Schließlich räusperte er sich gewichtig, während seine Augen
umherspähten, ohne dass er den Kopf drehte.

„Mir wird etwas einfallen, Miss Goeland, keine Sorge."

Rafale strahlte mit Banda Sol um die Wette und als sie sich
umsah, entdeckte sie, dass auch Nour und Zilver im Rennen
waren.

„Dann sind wir startklar, würde ich sagen. Nour?"

„Ich kann den algarasischen Tee schon riechen!"

„Gut. Kommen Sie bitte mit und sammeln Ihre Sachen ein, es kann jeden Moment losgehen", orakelte O'Dowd.

„Sie schicken kein Shuttle, nicht wahr? Aber was dann? Zilver hat sich auch schon so nebelhaft ausgedrückt."

Der Kartellgeneral lächelte.

„Sie sind neugierig, das ist gut. Sind Sie auch neugierig genug, als vielleicht erste imperiale Soldaten einen StarTrader von innen zu sehen?"

Blatt 97: Huyge Bitlash

Geschlossen besagte das hellrot leuchtende Fensterhologramm der kleinen Zweigstelle der EasyBot Inc. im düsteren Black Tale-Viertel von Conoret City. Geschlossen, weil sich längst die colerianische Nacht mit ihren langen, schwarzen Fingern den Tag einverleibt hatte. Geschlossen, weil es eine Zeit gab, in der hart arbeitende Colerianer daheim bei ihren Familien sein sollten. Geschlossen, weil es für alles seine Zeit gab.

Es stimmte nicht. Der dürftig wirkende, heruntergekommene Werkstatt-Büro-Mix in dem Industriekomplex an der Ecke Robson Drive/Long Divide war keineswegs geschlossen, obwohl es bereits tiefste Nacht war. Seit man vor vielen Jahren im Rahmen des Pflicht-Treue-Gesetzes alle colerianischen Gewerkschaften verboten und ihre Funktionäre wegen *umstürzlerischer Aktivitäten* verhaftet hatte, gab es das Wort geschlossen nicht mehr. Jeder Konzern, jedes Großunternehmen und jedes Filialgeschäft, welches die Leute dafür fand, hatte nun Tag und Nacht geöffnet. Und es fanden sich immer Leute, die Geld brauchten. So wie sich immer Bots fanden, die Wartung benötigten, denn das war die Kernkompetenz von EasyBot Inc. Es schien, als hätten sich die Colerianer daran gewöhnt oder aber eingesehen, dass man bestimmte Dinge nicht hinterfragte. So strahlte also das Hologramm seine Botschaft von innen gegen die heruntergelassene Panzerjalousie des Fensters, wirkungslos wie eine Blume in einem Heizungskeller, eine Reminiszenz an bessere Zeiten.

Nun, nicht ganz wirkungslos. Immerhin beleuchtete es die kleine Dienststelle effektvoll, wenn auch mit einem gewissen Sarkasmus. In seinem roten Dämmerschein saß Huyge „Can't stop me" Bitlash und machte das Beste daraus. Wie jeder, der im Black Tale irgendwie über die Runden kommen musste, und wer musste das nicht? Immerhin war es um diese Uhrzeit ruhig, sagte er sich, und es machte die sich anhäufenden, unbezahlten Überstunden geringfügig erträglicher. Vor allem, wenn man für die Annehmlichkeiten sorgte, die mit seinem eher dürftigen Gehalt realisierbar waren und die sein nächster Vorgesetzter tolerierte. Wenn er sie denn überhaupt mitbekam. In diesem Aspekt ähnelte Bitlashs aktueller Job sehr seinem alten, dem eines Gleitertaxipiloten. Damals wie heute war er zwar Sklave, aber ein sich selbst überlassener Sklave, der mit seinem Fußkettchen spielen durfte, ohne dafür ausgepeitscht zu werden. Es gab Zeiten, in denen er sich nach seinem früheren Job als Taxipilot zurücksehnte. Pilot - und alle Taxifahrer, die sich die teure Lizenz für die oberen Gleiterwege leisten konnten, nannten sich *Pilot* - zu sein, hatte etwas Freies, Archaisches. Stets auf dem Sprung, stets auf der Suche nach zahlenden Fahrgästen, stets bemüht, der Konkurrenz eine Nasenlänge voraus zu sein. Als Abkömmling datch-andlirischer Einwanderer war ihm sowieso verboten, einen gefälligeren, unauffälligeren Namen anzunehmen, also hatte er sich selbst in einer Art Trotzreaktion einen Spitznamen in der Niedersprache verliehen. Im Black Tale waren solche Spitzfindigkeiten ohnehin gleichgültig. Hochsprache benötigte nur, wer Karriere im Staat machen wollte. So gesehen lief alles gut, so gut, wie man es sich eben von dieser Ausgangslage her vorstellen konnte. Bis zu jenem Tag, an dem eine durchgedrehte Rothaarige mit einem schweren Plasmagewehr seine Taxizentrale gestürmt hatte. Bitlash erinnerte sich noch gut, allzu gut, an die Eingangstür, die sich plötzlich in einen glühenden Wirbel von Plasma und Duroplast verwandelt hatte. An die gierige Mündung, in die er blickte, als die Irre auf ihn anlegte. Vielleicht eine Privatdetektivin, wer wusste das schon. Sie hatte ihn ausgequetscht wegen eines Fahrgastes, an den er sich an jenem unglückseligen Abend schon kaum noch erinnerte. Diese Frau jedoch durchaus und Bitlash war froh, dass er mit dem Leben und einer kaputten Bürotür davongekommen war. So froh, dass er den Taxijob an den Nagel gehängt und einen neuen Sklavenvertrag bei EasyBot unterschrieben hatte. Hier würden ihm durchgedrehte, rothaarige Frauen erspart bleiben. Vor allem die bewaffneten Varianten. Er versuchte, die Erinnerungen zu verdrängen und entspannte sich wieder. Nein, es war nicht der richtige Abend, um an die Vergangenheit zu denken. Es war der richtige Abend, um zu entspannen. In der Linken eine Tiras-Zigarette, in der Rechten einen echten tyneranischen Whisky und unter dem Tisch...

Das Kom bimmelte gebrochen.

Bitlash fluchte zuerst auf den defekten Lautsprecher, dann auf das Kom selbst, dann auf den Kunden, der anrief.

Shit.

Sollte er rangehen? Oder so tun, als sei niemand da? Lieber weiter genießen? Die Beleuchtung des Displays wetteiferte mit dem hellroten Dämmerlicht des unfruchtbaren Fensterhologramms um die Erleuchtung des Raums.

Nochmal Shit.

Das war kein Kunde, das war der Service-Notruf eines Bots. Keine verwöhnte Hausfrau, die es nicht ertragen konnte, dass ihr Haushalts-Bot morgen früh keine imperialen Herren-Croissants backen würde. Kein schlafloser Droyk, der unbedingt noch in dieser Nacht die Hilfe seines Intelli-Bots bei der Bahnberechnung irgendwelcher dämlicher Nebel im Irise-Sektor brauchte. Kein gelangweilter Stellarmanager, der unbedingt seinen eloquenten Gesprächspartner brauchte. Es war ein Bot. Direktkunde, konnte man sagen. Die meisten höher entwickelten Bots hatten eine eingebaute Notruf-Routine, die über das Kommunikatornetz Kontakt mit einer Service-Werkstatt aufnahm, wenn ein Defekt auftrat. Nun war es nicht so, dass Bitlash etwas gegen die Bots hatte. Im Gegenteil, er war froh, wenn ihm die durchgedrehten Besitzer dieser teuren Maschinen nicht auf die Nerven gingen. Der einzige Nachteil daran, mit dem Zielobjekt selbst zu verhandeln, war die Tatsache, dass es sich eben um Maschinen, Roboter, handelte. Einfach nicht rangehen half da nichts. Den Hörer nebenbei legen half nichts. Eine barsche Abfuhr mit Verweis auf die Tagschicht half nichts. Diese verfrellten Dinger würden wieder und wieder anrufen, ohne jemals die Nerven zu verlieren. *Beharrlichkeit in Dosen* wurden die Bots in Fachkreisen - zu denen sich Bitlash mittlerweile zählte - genannt. Es half alles nichts, er würde wohl rangehen müssen.

„Kannst hochkommen", sagte er der Nutte unter seinem Schreibtisch. „Kundschaft."

„Und was ist mit meine' Ducats?", moserte die dunkelhäutige Mehr-oder-weniger-Schönheit aus den Koloniewelten, als sie unter dem wackligen Schreibtisch hervorkroch.

„Kriegst du, kriegst du, Schätzchen", brummelte Bitlash genervt, als er den Anruf des Bots auf den Binärtransponder weiterleitete.

„Abe' die volle Bezahlung, ist ja nicht meine Schuld", sprach das Mädchen in gebrochener Niedersprache, durch die der Sunetin-Akzent durchsickerte wie Grundwasser in eine Baugrube.

„Reg dich ab, du kriegst, was vereinbart war. Ich hol mir das schon wieder, keine Sorge", antwortete Bitlash verstimmt. Er kippte den Whisky mit einem frustrierten Schnaufer hinunter und sah dem Ladebalken des Binärtransponders zu, während der Bot am anderen Ende der Leitung seine Daten übermittelte. Ein höher entwickeltes Kom-Modell hätte das Anliegen des Bots simultan in Sprache übersetzen können, aber seit wann gab es hier höher entwickelte Dinge? Das hier war Black Tale, das hier war die raue Realität, fernab von Hightech-Küchen, Studierzimmern und Büros.

30 Ducats. 30 Ducats für einen nicht vollendeten Blowjob! Bitlash biss frustriert die Zähne zusammen. Er bezahlte das Mädchen, schon weil er keinen Ärger mit ihrem Zuhälter haben wollte. Unternehmerisches Risiko. Wenn er Glück hatte, konnte er bei dem Besitzer des maladen Bots so auf die Tränendrüse drücken, dass dieser ein zusätzliches Trinkgeld spendierte. Zwei oder drei von diesen Nummern und die Fehlinvestition dieses Abends wäre Geschichte. So lebte man im Black Tale. Von der Hand in den Mund. Wortwörtlich.

Endlich hatte die Nutte ihre Siebensachen gepackt und war mitsamt der beklommenen Stimmung verschwunden. Allerdings hatte sie eine Probierportion dieser Stimmung dagelassen, quasi als kleines Abschiedsgeschenk. Entnervt schenkte Bitlash sich einen weiteren Whisky ein. Während draußen auf dem Long Divide eine CPU-Sirene vorbeijaulte, war das Kom mit der Übersetzung fertig geworden. Er verzichtete auf die Sprachübersetzung und ließ die übermittelten Daten auf dem kleinen Kontrollmonitor anzeigen. Der defekte Bot hatte gar keine Sprachnachricht hinterlassen, sondern ein standardisiertes Fehlerprotokoll gesendet, ganz wie zu erwarten. Bitlash war sehr froh über diese vereinheitlichten Protokolle, das Geschwätz einer defekten Maschine wäre jetzt das Letzte, was er in seiner gereizten Stimmung noch brauchen würde. Als er die Meldedaten mit der Identifikation der Maschine überflog, stutzte er. Eine H7-Einheit, etwas wirklich Exotisches!

„Verfickte Scheiße, das gibts doch nicht!", murmelte er dem Kom entgegen, als müsste es ihm zustimmen.

H7-Einheiten waren hochentwickelte Intelli-Bots mit enormem Freiheitsgrad. So ein Gerät war keine normale Haushaltshilfe! Ungläubig starrte er auf die Selbstdefinition der Maschine, die eine Zahl von 67 angab. Das konnte man durchaus schon als eigenständige intellektronische Persönlichkeit ansehen. Was zum Henker machte so ein Ding in seiner Service-Leitung? Intelli-Bots von 50 und mehr waren in Forschung und Entwicklung, in der Raumfahrt und Hochtechnologie beschäftigt. Nachdem er die Situation Revue passieren ließ, rieb er sich mit zufriedenem Ausdruck die Hände, die noch immer nach dem billigen Shampoo der Nutte rochen. Wer eine H7-Einheit besaß, hatte ganz bestimmt ein dickes Konto!

Eifrig überflog er den übermittelten Schadensbericht, um zu sehen, was dem kleinen Prinzen so fehlte. Enttäuscht musste er feststellen, dass wohl nur der meteorologische Fühler defekt war. Na super! Andererseits war immerhin er der Techniker, nicht der Besitzer. Es wäre doch eine Kleinigkeit für „Can't stop me" Bitlash, noch ein paar Sachen hinzuzudichten. Sagen wir, eine defekte Hydraulikpumpe, das konnte niemand prüfen! Oder wartungsbedürftige induktive Servos. Mit Sicherheit war auch das eine oder andere Serviceintervall abgelaufen. Kleinigkeiten für einen findigen Techniker. Der Kunde würde erfreut sein, wenn der Mann von EasyBot den Schaden dennoch so schnell richten konnte und ein entsprechendes Trinkgeld spendieren. Und die Zahlungen für die nicht geleisteten Dienste würde er dann wie üblich auf sein eigenes Konto umleiten. Das war Black Tale: Leben und leben lassen, fressen oder gefressen werden.

Interessant war der Aufenthaltsort des kleinen Havaristen: Eine Koordinate inmitten der *Feu Rouge*-Steppe, einer dünn besiedelten Ödnis jenseits des Golfes von Conoret. Was mochte ein Intelli-Bot da verloren haben? Nun ja, vielleicht war er mit einem Geologenteam unterwegs gewesen und war verunglückt. Unter dem harten, trockenen Boden der Feu Rouge fand man immer wieder Bodenschätze, die sich dort in grauer Vorzeit vor jenen Gebirgsformationen angesammelt hatten, die man heute als *Les Géants*-Küstengebirge kannte. Das waren locker zehn Flugstunden mit dem Skyhopper und er würde sich eine gute Geschichte ausdenken müssen, um einen Diensthopper von EasyBot für die Anfahrt zu bekommen. Und eine noch bessere, um den lukrativen Job nicht an die Kollegen aus Tynera zu verlieren, denn das war näher dran. Überhaupt seltsam, dass der kleine Kerl sich ausgerechnet hier in Conoret gemeldet hatte.

Bitlash tippte routiniert - und auch irgendwie abwesend - die Kundendaten ein. Das Ergebnis provozierte einen emotionalen Vulkanausbruch, der problemlos das müde Glimmen des Holoschildes hätte überstrahlen können, es fehlte nur die Lava. „DAS GIBTS DOCH NICHT! ICH KOTZ GLEICH!", donnerte Bitlash los.

Kein Wartungsvertrag, stand dort ebenso unmissverständlich wie ernüchternd geschrieben. Kein Wartungsvertrag! Das bedeutete, er konnte nicht einfach so losfliegen, sondern musste erst den Besitzer dieses kleinen Versagers herausfinden und diesen um einen Auftrag bitten. Und ihm damit natürlich auch Zeit geben, Gegenangebote einzuholen! So ein Mist! So ein elender Mist! Und dafür hatte er einen Blowjob sausen lassen!

Nach kurzem Abwägen sprang er auf und rannte zur Ladentür, riss diese so schwungvoll auf, dass der altersspröde Duroplast ächzte. Die Nacht drinnen begegnete der Nacht draußen, an der Schichtgrenze stand er. Beim Luftholen fiel ihm ein, dass er nicht einmal ihren Namen wusste.

„Hey Süße! Komm zurück, war nicht so wichtig! Kannst weitermachen!", rief er ungeniert in die Straße. Das hier war schließlich Black Tale.

Doch da war nur die Nacht und die Nacht gab nie Antwort.

Enttäuscht schlug er die Tür wieder zu und tauchte in das von hellrot erleuchtetem Zigarettendunst gefüllte Büro zurück. Verglichen mit der Außenluft des Sechs-Millionen-Slums war das sogar die bessere Wahl.

„Heute hast du einfach kein Glück, Alter. Dann sieh wenigstens zu, dass du Ducats verdienst", resümierte er ernüchtert, dem Whisky zum Trotz.

Während er die Kom-Nummer aus den Besitzerdaten des Bots anwählte, schloss er energisch die Augen und versuchte, das schöne Gefühl wiederzubeleben, das sich eben noch von unterhalb des Schreibtisches aus zwischen seinen Beinen ausgebreitet hatte. Es war eine Nummer auf Le Ganet, eine gewisse Rafale Ghauri Goeland. Es klingelte lange, vermutlich würde gleich ein Anrufbeantworter rangehen. Er versuchte, den aufkommenden Frust durch noch intensivere Immersion in den verflossenen Blowjob dieser Nacht zu verdrängen. Das Kom übermittelte beim Verbindungsaufbau das Portrait der Teilnehmerin, aber Huyge „Can't stop me" Bitlash sah nicht hin und verhinderte damit, ohne es zu ahnen, einen weiteren abrupten Jobwechsel.

Blatt 98: CNL Kanal 1

Im Nachmittagsprogramm von CNL lief die beliebte Kinderserie „Meine Eltern sind beim Militär". Sie war seit Jahren ein Dauerbrenner der *gesitteten patriotischen Jugendbildung*, wie die Programmberater des Ministeriums für politische Moral es nannten. Niemand widersprach. Zumindest niemand, der noch bei CNL beschäftigt war. Die wenigsten erwachsenen Zuschauer wussten, die wievielte Staffel es mittlerweile sein mochte. Böse Zungen behaupteten gar, auch bei CNL wisse das niemand und es war bei der Ähnlichkeit der Sendungsinhalte auch tatsächlich schwer bis unmöglich, den Überblick zu bewahren. „Meine Eltern sind beim Militär" hatte einiges mit dem traditionellen colerianischen Winterfest gemeinsam: Niemand wusste explizit, wie genau die letztjährige Feier ausgesehen hatte, aber es hatte ohnehin wie immer Fisch gegeben und um Mitternacht Feuerwerk. Man war gleichförmig zufrieden und genau diesen Effekt schätzten die MfpM-Berater.

Der Name war auch Programm: Jungen und Mädchen berichteten begeistert von ihren Eltern, die das colerianische Imperium vor Gefahren von außen - und es gab nur Gefahren von außen - beschützten. Die Eltern waren immer schneidig, immer gut gekleidet und nie im Kampf zu sehen. Stets waren sie an beeindruckenden Orten zu erleben, etwa auf der Brücke beeindruckender Kampfschiffe im weiten All, oder im Turmausguck eines modernen Schwebepanzers, der durch wildromantische Landschaften rauschte. Feinde waren lediglich Punkte in Zielerfassungssystemen oder im Auspec und hatten kein Gesicht. Selbstverständlich, um die zarten, kindlichen Gemüter nicht zu erschrecken und zu traumatisieren. Viele, wenn nicht die meisten Szenen spielten im imperialen Kinderhort, in dem die kleinen Akteure Kinderuniformen trugen, die den Waffengattungen ihrer Eltern nachempfunden waren. Ein Bild, das voll und ganz der Realität entsprach, denn schließlich musste der Nachwuchs rund um die Uhr betreut werden, wenn beide Elternteile im Einsatz waren. Vom MfpM zertifizierte Erzieher und speziell programmierte Logo-Bots kümmerten sich um die Helden von morgen. Das Tragen von Uniformen war in allen öffentlichen Einrichtungen des colerianischen Imperiums obligatorisch und es galt als charakterbildend, wenn dies bereits für Kinder jenseits des Windelalters umgesetzt wurde. Selbstverständlich waren die Uniformen kindgerecht robust und flexibel geschneidert, um die frühkindliche Entwicklung nicht nachteilig zu beeinflussen.

Natürlich gab es in jeder Sendung den *Zweifler*. Fast immer war es ein Hortkamerad, dessen Eltern aus nie geklärten Gründen nicht beim Militär waren. Er trug deswegen auch nur die normale Schuluniform, war stets ein Junge, meistens übergewichtig, ein wenig schwer von Begriff und sah immer irgendwie uncolerianisch aus. Beliebt waren bei den Programmgestaltern Hautfarben und Physiognomien, die an Kolonie- oder Kartellweltler erinnerten, ohne dass dies jemals direkt bestätigt wurde. Nicht-Colerianer hatten nämlich kein Recht auf den Besuch eines imperialen Kinderhortes, insofern hätte das für Irritationen gesorgt. Man begnügte sich also mit der subtilen Andeutung des Fremden. Der Zweifler hatte grundsätzlich keine Ahnung von der Wichtigkeit einer wehrhaften colerianischen Zivilisation und ihrer Fähigkeit, sich überall und jederzeit verteidigen zu können. Er war ignorant und skeptisch gegenüber den Heldentaten der Mütter und Väter in ihren vorbildlichen gesellschaftlichen Doppelrollen. Im Laufe der Folge wurde er dann auch konsequent durch die geschlossen dastehenden Soldatenkinder an den Rand gedrängt. Filmbeiträge verdeutlichten, was die Kinder ihm entgegenbrachten. Am Schluss war der Zweifler immer allein und ausgegrenzt. Coleria war stark und einig.

Der Rest einer jeden Sendung war dann durch lehrreiche Filmsequenzen ergänzt. Vorschulkenntnisse in der colerianischen Hochsprache, Galaxiskunde, imperiale Geschichte und auch Ansätze frühkindlicher Ratgeber, die immer darauf hinausliefen, dass die Kinder sich bei Problemen den übergeordneten Stellen anvertrauen konnten. Waren die Eltern nicht da oder waren sie gar selbst das Problem, würde es immer Betreuer, Lehrer, Moraloffiziere und Vorgesetzte geben. Je höher man ansetzte, desto integrer würden die Vertrauenspersonen sein, das war ein Versprechen, das von Generation zu Generation weitergegeben wurde. Vertrauen war eines der höchsten imperialen Ideale. Colerianischen Kindern wurde früh beigebracht, dass sie die glorreiche Zukunft eines glorreichen Systems waren und sich dieses System deswegen immer um sie kümmern würde. Vorausgesetzt, die Kinder würden Probleme nicht bei sich behalten oder gar mit ihren Altersgenossen besprechen, sondern sich ihren Anführern anvertrauen. *Sprich nach oben und die Sorgen werden klein* lautete denn auch der Slogan von Pouf, dem uniformierten Maskottchen des MfpM, welches auch eine eigene Kinder-Kummerhotline im Kommunikatornetz betrieb. Poufs lustige Werbejingles waren fester Bestandteil des Kinderprogramms von CNL. Am Schluss jeder Sendung von „Meine Eltern sind beim Militär" gab es dann noch ein Kinderquiz, bei dem eine Preisfrage zum Leben des Imperators beantwortet werden musste. Den Gewinnern winkten Nachbildungen colerianischer Orden, Kommandoposten bei Kinder-Wehrübungen,

Pouf-Kuscheltiere und sogar Flüge mit echten imperialen Kampfraumschiffen.

Doch heute mussten sich die Kinder gedulden, die Sendung wurde für einen aktuellen Sonderbeitrag des Nachrichtenstudios unterbrochen. In wuchtigen, monolithischen Lettern formte sich zu nicht minder wuchtiger, monolithischer Musik das CNL-Logo, bis es die heimischen Monitore und Holoprojektoren ganz ausfüllte. Dezent, aber doch sichtbar flimmerte das Signet des MfpM in der unteren rechten Bildecke. Ein dazugehöriges Unterprogramm, das sich über das Holonetz in alle Wiedergabegeräte einschrieb, diente als Zertifikat dafür, dass die entsprechende Sendung von imperialen Behörden genehmigt war. Das war wichtig, denn es war jedem Bürger strengstens verboten, unautorisierte Informationssendungen zu sehen. Man achtete sehr auf den Schutz der Bürger vor manipulierter, verzerrter Berichterstattung durch aufwieglerische Quellen. Die MfpM-App war sozusagen ein Garant für die warme Fürsorge nimmermüder Medienhüter. Ihr Programmcode galt als unknackbar und war für die Software der Wiedergabegeräte nicht zugänglich, im Gegenteil: Wer im imperialen Raum als Hersteller solche Geräte verkaufen wollte, musste dem MfpM Zugang zu den Quellcodes der eigenen Software gestatten - ein Umstand, den das Ministerium keineswegs dementieren und geheim halten wollte. Es war schließlich zum Wohle aller. Die so entstandenen Gerüchte befeuerten die wildesten Theorien, was diese Software noch alles aufzeichnen und melden konnte. Die Folge war, dass der durchschnittliche Medienkonsument auch gar kein Interesse an unautorisierten Sendungen hatte. Viele Bürger dementierten sogar, dass es solche Sendungen überhaupt geben könne. *Sicher ist sicher* war eine zutiefst imperiale Lebenseinstellung und Sicherheit hatte immer ihren Preis, genau wie Frieden und Wohlstand. Das wusste jeder.

Pad Progana lächelte in die Kamera. Neben ihm stand eine attraktive Frau mit langen, blonden Haaren in der schicken Ziviluniform der Regierung. Im Hintergrund breitete sich eine elegante Lounge aus. Bedienstete, die durch den unauffälligen Weichzeichner der Kamera nicht identifizierbar waren, rückten Stühle gerade, stellten Getränke und Holoterminals auf und wiesen dienstbare Bots an. Die Musik wurde leiser, ein Zeichen, dass man bald sprechen würde. Ein laufender Schriftzug erklärte, dass man sich in der Empfangslounge des Diplomatenbereichs des Conoret City Spaceports befand. War der gesamte Spaceport an sich schon eine Hochsicherheitszone, so muteten die allgemeinen Vorschriften geradezu lax an, wenn man den Diplomatenbereich betreten wollte. Ohne einen Bürgerakten-Schnellcheck inklusive positivem Moralkonto-Index, DNS-Abgleich und ISR-Verifizierung kam man nicht einmal in die Nähe der Sicherheitsschleusen. Hier arbeiteten ausschließlich gebürtige Colerianer, die sonst so geschätzten Dienste der Kolonieweltler wurden hier von Bots verrichtet. Selbstverständlich waren Leute der Presse nicht ausgeschlossen, denn das colerianische Imperium verstand sich als offen, frei und gleich - mit gewissen sicherheitsbedingten Ausnahmen natürlich. So hatten lediglich CNL-Reporter Zugang zu den inneren Lounges, anderen Medienvertretern wies man aus Platz- und Organisationsgründen spezielle Empfangsräume außerhalb zu, schließlich bargen Massenveranstaltungen in engen Räumen immer ein Risiko für Personen und Material.

„Liebe CNL-Zuschauer und Freunde des Imperiums!", begann Progana schließlich und brachte das Kunststück fertig, sowohl aufgekratzt als auch seriös zu klingen. „Ich begrüße Sie zu dieser Sondersendung aus dem Raumhafen unserer geliebten Hauptstadt. Neben mir ist Simone Rochaty, Sprecherin des Imperialen Außenministeriums."

Rochaty lächelte stereotyp in die Kamera, sie wirkte nicht minder gewinnend als Progana. Sie trug ein imperial grau-schwarzes Dienstkostüm mit den üblichen motivischen Andeutungen von Uniform, eine Mischung aus vorzeigbarer Weiblichkeit und dominanter Präsenz. Ihre strahlend weißen Zähne brachten manche älteren Displays ärmerer Haushalte in grafische Schwierigkeiten.

„Simone", wandte Pad Progana sich nach einer theatrali-schen Aufmerksamkeitspause an Rochaty. „Wollen Sie bitte den Zuschauern erläutern, warum wir hier sind?"

„Natürlich, Pad", begann Rochaty mit dem Lächeln einer Schüssel voll Honig-Popcorn. „Denn heute ist ein ganz besonderer Tag für das glorreiche colerianische Imperium. Ein ganz besonderer Tag für unseren geliebten Imperator und unsere heldenhaften Streitkräfte. Wir erwarten in nur wenigen Stunden die Ankunft einer Delegation der Kartellwelten."

„Na sieh mal einer an!", warf Progana mit überraschtem Tonfall ein, ohne dass dies Rochaty irgendwie aus dem Kon-zept gebracht hätte. Ihre Atempause passte perfekt dazu.

„In diplomatischen Kreisen wurde schon länger verhandelt, ob, wie und wann man mit dem bevorstehenden Gesuch der Kartellwelten umgehen sollte. Schließlich sind wir es der Bevölkerung schuldig, ihre maximale Sicherheit und Lebens-qualität zu garantieren und müssen in jedem Fall verhindern, auf diplomatische Finten der Kartellwelten hereinzufallen. Jedes Angebot wird akribisch auf Schwachstellen des hinter-hältigen Feindes untersucht, denn wie jeder weiß, haben wir mehr als eine schlechte Erfahrung mit den sogenannten Sots gemacht."

„Erfahrungen, die offenbar die galaxisweit berühmte colerianische Offenheit und Friedensliebe keinesfalls geschmälert haben, Simone. Wie ist die Lage im Detail?"

„Ich darf aus sicherheitspolitischen Gründen natürlich den Verhandlungen nicht vorgreifen. Aber weil Sie so charmant sind, Pad, kann ich ein wenig verraten, wenn es unter uns bleibt."

„Natürlich, Simone! Sie wissen, dass wir von CNL uns immer um Seriosität bemühen", antwortete Progana nickend. Millionen von Zuschauern nickten ebenfalls seriös.

„Der sogenannte Rat der Kartellwelten ist politisch zerstritten wie immer. Offenbar herrscht zur Zeit die Meinung vor, dass es ein fataler Fehler gewesen war, den Banda-Zwischenfall zu provozieren. Nachdem unsere Verteidigungslinien den Feind trotz zahlreicher Verstöße gegen die galaktische Charta aufhalten konnten, zieht man dort den Schwanz ein, um es mal ganz undiplomatisch zu sagen."

Rochaty ließ ihre diplomatische Fassade kurz und kontrolliert aufweichen und schmunzelte sich in die Herzen der unteren Bevölkerungsschichten.

„Das heißt, die Sots sind trotz ihrer Kriegsverbrechen wieder einmal nicht erfolgreich gewesen und wollen jetzt auf gutes Wetter machen?", wollte Progana erstaunt wissen.

„Genau das ist der springende Punkt, Pad", versicherte Rochaty, während die Kamera kurz über die diplomatischen Orden auf ihrem Uniformkostüm schwenkte. „Diesmal haben es die Kartellwelten überreizt, indem sie mit unlauteren Mitteln der Kriegsführung nicht nur Coleria, sondern die ganze Galaxis brüskiert haben. Schon aus Gründen der zivilisatorischen Verantwortung für den Rest dieser Galaxis darf das nicht ungeahndet bleiben!"

„Ganz recht, Simone. Uns werden gerade TV-Bilder zugespielt, die die Reaktion der Bevölkerung auf die jüngsten politischen Entwicklungen bestens dokumentieren. Regie? Können wir den Zuschauern das bitte einspielen?"

Die Regie tat, worum sie gebeten wurde. Ein kurzer Videoclip wurde in einem separaten Fenster eingeblendet, während im Hintergrundbild Progana und Rochaty aufmerksam in eine Richtung blickten, als würden sie das Fenster ebenfalls betrachten. Man sah Szenen von tumultartigen Demonstrationen. Man sah den Häuserhorizont einer eher heruntergekommenen Gegend, vielleicht Old Ironstate. Demonstranten lieferten sich Straßenschlachten mit den Sicherheitskräften der Omnisec, die Beschriftungen auf ihren Transparenten waren durch die unscharfe, wacklige Kameraführung leider nicht lesbar. Steine flogen, Friedensgas-Kartuschen zogen Rauchspuren über den Köpfen der aufgebrachten Menge, vereinzelt blitzten Plasmaschüsse auf.

„Es regt sich Zorn über die jüngsten diplomatischen Bemühungen", kommentierte Progana die stummen Szenen. „Aufgebrachte colerianische Bürger machen ihrem Ärger über das ihrer Meinung nach zu großzügige Entgegenkommen der Regierung Luft. Nach Meinung vieler sollte der Krieg lieber bis zum totalen Zusammenbruch der Kartellwelten fortgesetzt werden, um das Problem endgültig zu beseitigen und so Colerias Zukunft zu garantieren. Während Regierungssprecher versichern, dass man die Bedenken der colerianischen Bürger sehr ernst nimmt, rufen Omnisec-Vertreter die Bevölkerung auf, den inneren Frieden gemäß dem Pflicht-Treue-Gesetz zu respektieren und die Ausschreitungen sofort zu beenden. Ein Aufruf, dem sich natürlich auch CNL vollkommen anschließt."

„So ist es, Pad. Der Feind will uns mit diesen Finten in ein inneres Chaos stürzen, wie es seit dem Bürgerkrieg nicht mehr herrschte. Wenn er es schon militärisch nicht schafft, so ist ihm politisch offenbar jedes Mittel recht. Der Imperator persönlich ruft die Bevölkerung auf, sich bei allem Zorn nicht davon verführen zu lassen und die sprichwörtliche colerianische Ruhe zu bewahren. In seiner Mittagsbotschaft „Salut Empereur" versicherte er, dem Wunsch des Volkes nach einer harten Hand gegen den ehrlosen Feind nachzukommen. Es werde mit ihm zu keinem halbherzigen Friedensschluss kommen, den das stolze colerianische Volk nicht akzeptieren kann."

„Weise Worte, Simone", bekräftigte Progana, dessen Lächeln zu keiner Zeit gefährdet schien. „Wir erwarten die Landung des Delegationsschiffes morgen früh genau hier, an dieser Stelle des berühmten Spaceports. Wir melden uns, sobald wir neue Informationen über den Fortgang der Verhandlungen haben. Pad Progana, Conoret City."

Der Sendebtrieb von CNL ging wie gewohnt weiter, „Meine Eltern sind beim Militär" ging in die Schlussphase. Im heutigen Kinderquiz wurde gefragt, aus welcher berühmten colerianischen Manufaktur der bekannte Kugelschreiber stammte, mit dem der Imperator all seine Dekrete unterschrieb. Der Gewinner bekam für ein Jahr einen ganz persönlichen Diener aus den Koloniewelten. Wenn der Elternhaushalt bereits genug Personal besaß, konnte dieser auch gegen einen vollautomatischen VIP-Kindergleiter für den Schulweg eingetauscht werden.

Abend über Conoret, Abend vor den heimischen TV-Geräten. Die Sendung „Gleiter-Triebwerk-Sport" sprach traditionell mehr die männlichen Zuschauer an, aber nicht minder traditionell lief auf CNL2 das Parallelformat „Shopping Imperator", so dass für den häuslichen Frieden gesorgt war. Die repulsorbegeisterten Zuschauer konnten sich einen Bericht vom intergalaktischen Gleitersalon in Tynera ansehen, auf dem wie üblich die neuesten Konzeptfahrzeuge erstmalig einer interessierten Öffentlichkeit vorgeführt wurden. Echelon SA zeigte den brandneuen C-10, ein Oberklasse-Familienfahrzeug, von dem man witzelte, dass man sich entweder das Fahrzeug oder die Familie dazu leisten konnte. Im Kaufpreis enthalten war bereits die teure Lizenz für die oberen, weniger staubelasteten Gleiterwege. Nachteilig war diese Einrichtung für die Bewohner unterirdischer Stadtteile wie Colline Bas-Fleury, aber welcher Bewohner von Colline konnte sich schon einen Echelon leisten? Und umgekehrt: Welcher Echelon-Pilot würde schon nach Colline wollen?

Als der Moderator die lange, repräsentative Haube des Gleiters öffnen wollte, um die darunter lauernde Antriebstechnik vorzuführen, flackerte das Bild kurz, dann verlor es sich hinter einem Pixel-Schneetreiben. Als der Vorhang aus Rauschen sich wieder hob, sah man keinen Repulsor, sondern Neyla hinter ihrem dürftigen Schreibtisch. Der Piratensender hatte sich in alle Haushalte in seinem Sendebereich eingeschaltet. In diesem Moment wurden viele TV-Geräte in Old Ironstate leiser geschaltet, Fenster verhängt und die Frauen von „Shopping Imperator" abberufen. Ein kleiner Spalt in die Welt jenseits des Machtapparates hatte sich aufgetan und Neyla war sein Gesicht. Das Bild ruckelte, als die Kamera näher heranzoomte, im Antrieb des Objektives war offensichtlich einiges nicht mehr in Ordnung. Der Kameramann entschied sich, stattdessen einfach näher heranzukommen, wodurch das Bild dann nicht mehr ruckelte, dafür aber mit seinen Schritten hüpfte. Schließlich beruhigte es sich und ließ Neylas hübsche braune Augen zur Geltung kommen. Zusammen mit dem sandbraunen Schleier und dem dunkelbraunen konturlosen Hintergrund erinnerte das seidenglänzende Farbenspiel an tirasische Schokolade, Vanille und Sahne.

„Liebe Zuschauer, Brüder und Schwestern, verehrte Shibakh", sprach sie auf Abarize, die Augen auf einen Notizzettel jenseits des Bildrandes gerichtet, es sah wie Demut aus. „Wir melden uns mit wichtigen Neuigkeiten! Soeben erfuhr unser Reporter vor Ort, dass das Eintreffen der Kartellwelten-Delegation kurz bevorsteht! Es scheint also Bewegung in die festgefahrenen Vorverhandlungen gekommen zu sein und die Hoffnung auf Frieden, zumindest jedoch einen baldigen Waffenstillstand, beflügelt wieder die Geister unseres Volkes. Wir spielen jetzt den Bericht unseres Reporters ein!"

Für einige Augenblicke sah man das kostspielige Innere einer Echelon-Turbine, dann rutschte ein Bildfenster mit der angekündigten Reportage hinein. Man sah eine Traube von Reportern, die wie bei einer Auktion wild rudernd ihre Hände in die Höhe hoben, nur dass sie keine Gebotszettel hielten, sondern Mikrofone und Holokameras. Es war der Presseraum des Diplomatenbereichs im Conoret City Spaceport, wie ein vor die Kamera gehaltener handbekritzelter Zettel erklärte. Die Reporter standen dichtgedrängt in dem von Luxelementen grell-kühl ausgeleuchteten Raum und warteten auf die Erklärungen eines Raumhafenangestellten, der vor einem kleinen, abgesperrten Pult stand. Der Reporter sah nicht zu ihm, sondern wandte sich der Kamera zu. Er war definitiv kein Abarizhi, trug einen viel zu großen und sicherlich nicht neuen Bovart-Anzug und eine ausladende Tech-Sonnenbrille, die seine Züge verbarg. Ein passender alter Staubmantel war über seine Schulter geworfen. Die anwesenden Sicherheitskräfte mochten es für eine Reaktion auf die drückende Hitze des überfüllten, bunkerartigen Raumes halten, unbestritten war jedoch auch, dass der Mantel seinen angehefteten Presseausweis geschickt verbarg. Eingeweihten Zuschauern war klar, dass dies kein Zufall war. Eingeweihte Zuschauer erkannten auch trotz der Maskerade Victor Nadar, den Shibakh.

„Verehrte Zuschauer, verehrte Shibakh", begann er in leicht akzentbelastetem Abarize, ohne sich selbst vorzustellen. „Es gibt Neuigkeiten, kurz vor dem Eintreffen der Verhandlungsdelegation der Kartellwelten. Wie uns aus zuverlässiger Quelle berichtet wurde, könnten die kommenden Friedensgespräche zu einer echten Sensation werden! Wie wir alle wissen, bestreiten die Kartellwelten jegliche Verwicklung in den sogenannten Banda-Zwischenfall, bei dem erstmals in der Geschichte der Kartellkriege absichtlich zivile Ziele angegriffen wurden."

Nadar sprach so unbefangen ins Mikrofon, während seine Lippenbewegungen ganz unpassend dazu abliefen, dass jedem interessierten Zuschauer klar wurde, dass der Ton nachträglich eingespielt worden war. Ansonsten hätte der Reporter dort auch keine zehn Sekunden durchgehalten. Mochte das Stimmengewirr in dem lärmenden Presseraum auch noch so groß sein, es waren genug Intelli-Bots der Omnisec anwesend, deren Audiofilter sofort auf Schlüsselworte wie *Banda-Zwischenfall* reagiert hätten. Jede Pressemappe in diesen Wochen verbot ausdrücklich, ohne offizielle Genehmigung des MfpM über dieses Thema zu sprechen. Man verwies auf die Sicherheitslage gemäß dem Pflicht-Treu-Gesetz. Die Zuschauer waren solche Art der Berichterstattung des Piratensender gewohnt, niemand brauchte hier ein Autorisierungs-Logo.

„Es soll nun handfeste Beweise für die Unschuld der Kartellwelten an dieser Eskalation des Krieges geben, was einem Erdrutsch bei den Verhandlungspositionen gleichkäme. Wir können leider nicht über Details berichten, um die Friedensverhandlungen nicht zu gefährden. Die Verantwortung, die auf den Parlamentären liegt, ist ohnehin immens. Überall im colerianischen System, am stärksten jedoch in Conoret City, erheben sich besorgte Bürger und fordern ein sofortiges Ende des Krieges und einen dauerhaften Friedensvertrag statt eines Waffenstillstandes wie bisher."

Ein weiteres Berichtsfenster schwebte in die Wohnräume der Zuschauer, auch wenn der Inhalt - zumindest der bildliche - den meisten schon bekannt war: Szenen von gewalttätigen Ausschreitungen in diversen Slums, aber auch in ärmeren Siedlungsgebieten wie Colline und Industriezonen. Diesmal waren jedoch die Texte der wütend tanzenden Transparente klar lesbar. *Freiheit statt Kriegsdienst* war zu lesen. *Krieg dem Krieg - Frieden jetzt!* in vielen Varianten und auch nicht wenige Banner mit *Wir stehen Hand in Hand mit Goeland* schwebten über Schwaden von Reizgas und fliegenden Brandsätzen, schaurig untermalt vom horizontalen Gewitter der Plasmagarben der Bereitschafts-Omnisec.

„Wie hier in Old Ironstate flammen überall Demonstrationen auf. Der Aufstand auf der Orbitalwerft CN-0197 ist längst kein Staatsgeheimnis mehr, ebenso wenig wie der Einsatz von Lewton Caines Blutsöldnern und die Blockade der Werft durch die Flotte. Seit jetzt bekannt wurde, dass die anreisende Kartelldelegation wegen des Banda-Zwischenfalls statt mit einem Friedensangebot lediglich mit einem Waffenstillstand in einiger Zukunft abgespeist werden soll, eskaliert die Lage immer weiter. Die colerianische Regierung will um jeden Preis verhindern, dass die intergalaktische Presse diesen inneren Zerfall mitbekommt, während zäh um Friedensbedingungen gerungen wird. Die Omnisec schlägt die Demonstrationen blutig nieder, aber die Lage will sich nicht beruhigen. Zu groß sind die Hoffnungen der unterprivilegierten Bevölkerung und ihre Angst vor Enttäuschung. Wir melden uns, sobald wir neue Informationen haben."

Das Fenster schwebte noch eine Weile im gekaperten Bild, dann verblasste es und ließ die Zuschauer mit ihren Eindrücken zurück, die längst nicht mehr dem Echelon C-10 galten. Niemanden hatten diese Bilder kalt gelassen, in vielen Haushalten sahen die Familien einander mit einer Mischung aus Unglauben und Besorgnis an, ahnend, dass der Beginn einer neuen Zeit möglich war. Für ganz Coleria.

Blatt 99: Donnet

Mit lautem Krachen flog die Tür auf, als wäre sie von einem wütenden Orkan aus den Angeln gerissen worden. Wie ein übergroßes Herbstblatt beschrieb sie einen wilden torkelnden Flug durch den Raum, dann fiel sie polternd zu Boden und begrub einen unbeteiligten Schirmständer unter sich. Neugierigen, hektischen Fingern gleich bohrten sich von dort, wo eben noch die Tür war, Lichtstrahlen in den dunklen Raum und brachen sich dabei an den Staubwolken, welche die Trümmer aufgewirbelt hatten. Glitzernd tanzten die feinen Partikel im Lichtschein. Schwere Stiefel trampelten durch den Raum, als die Träger dieser Lampen sich taktisch sinnvoll verteilten. In der Nähe jedes Lichtstrahls glommen unheilvoll die roten Leuchten einer Zielautomatik auf und suchten gierig nach Erfüllung ihres Daseins. Unter den süßlichen Geruch des Tornits mischten sich das Ozon aufgeladener, schussbereiter Waffen und das leise Klickern von Arretierungen und Schaltern. Der Raum, bis auf die Lampenstrahlen noch immer in geheimnisvolle Schwärze gehüllt, schien den Atem anzuhalten, auch die eingedrungenen Personen wurden in die gespannte Stille miteinbezogen. Alles wartete. Dann fand jemand einen Lichtschalter, die Luxelemente nahmen ihre Arbeit auf und erhellten Victor Nadars Agentur.

„Ausgeflogen, Marron-2", stellte einer der Eindringlinge überflüssigerweise fest.

Chantal Donnet nahm ihre behandschuhte Hand vom Lichtschalter.

„Das sehe ich selbst, Marron-27!", antwortete sie über ihr Headset, obwohl der Mann direkt vor ihr stand. Es klang keinesfalls überrascht.

Die athletische Colerianerin verschränkte die Hände vor der Brust. Dieser Nadar war clever. Zumindest clever genug zu ahnen, dass man ihn aufspüren würde. Noir-8 hatte wenigstens seine Holokamera und die Zulassungsnummer seines Gleiters gesichert, als sie sich so tölpelhaft hatte überraschen lassen. Sie war verärgert. Hätte man sie damals auch nur ein paar Minuten weitermachen lassen, wäre Goeland niemals nach Banda III entkommen. Peyol würde noch leben. Noir-8 nicht. Hätte Dibaleaux diese unfähige d'Oustrac einfach töten lassen und jemand anderen - jemanden wie sie - auf Goeland angesetzt, diese rothaarige Plage wäre niemals an Barays verräterischen Videomitschnitt gekommen. Wurden sie denn alle nur von Narren geführt? Die empfundene Ohnmacht ließ sie die Hände zu zitternden Fäusten ballen, dass die Handschuhe knarrten. Und jetzt war auch noch dieser Nadar abgetaucht! Diese inkonsequenten Bastarde!

„Raum sichern und durchsuchen, Team 2! Jalousien unten lassen!", knirschte sie in das Mikrofon. „Sucht nach Hinweisen. Orten und Personen, die dieser Schreiberling kennt. Er wird sich ja wohl kaum in Luft aufgelöst haben. Und wenn ihr DNS-Proben mit dem Finger unter dem Toilettenrand abkratzen müsst, ich will diesen Kerl haben!"

Eilig machten sich die sechs Männer und Frauen des Teams an die Arbeit. Sie wussten, was dieser Tonfall ihrer Anführerin zu bedeuten hatte und es war wichtig, dass er sich nicht noch verschärfte. Die nutzlosen Waffen wurden geholstert und man begann, Victor Nadars Agentur systematisch abzusuchen.

Missmutig öffnete Donnet die quietschende Tür zum abgeteilten Büro. Der Lichtschalter schien sich verstecken zu wollen, aber Donnet fand ihn. Er hing lose an seinen Anschlusskabeln hinter einem Kleiderständer. Ihre Erfahrung meldete sich mit dem altklugen Kommentar zu Wort, dass man aber ansonsten nichts finden würde. So war es auch schon in Nadars Privatwohnung gewesen. Es war kein Wunder. Dieser Mann arbeitete als freier Reporter für halbseidene Blätter und Netzagenturen und - so munkelte man - für diverse Piratensender in den Slums. Wenn man nicht wusste, wie man Spuren verwischt, wurde man in diesem Job so alt wie die Zeitung von gestern. Dennoch: Es hätte ihr eine ungemeine Befriedigung verschafft, hätte man jetzt auch nur den kleinsten Hinweis gefunden. Einen Beweis, dass sie, Donnet, tüchtig genug war, Marron-1 in seinem nur allzu bequemen Sessel zu ersetzen und mit energischer Hand sämtliche Einsatzkommandos des Herbstes zu führen. Die colerianische Gesellschaft war durch und durch verkommen und der Colerianische Herbst war der Wundbrand, der sie dahinraffen und zu etwas Neuem formen würde. Im Kleinen war sogar schon der Herbst selbst verkommen und sie würde auch dessen Wundbrand sein. Alles war ein stetiger Ablauf von Blüte und Verfall. Sie würde sich um d'Oustrac kümmern. Würde Dibaleaux' neuer Favorit sein, Partner auf Augenhöhe und nicht mehr die Frau fürs Grobe. Sie war es leid, kommandiert zu werden. Gierig streifte ihr Wolfsblick über die Einrichtung. Es musste einen Hinweis geben, es musste ganz einfach! Und wenn sie jedes Atom einzeln auswringen müsste!

„Ja, was ist denn hier los? Könnt ihr jungen Leute denn nicht ein einziges Mal die Mittagsruhe achten?"

Die heisere, bröckelige Stimme im Raum hinter ihr ließ Donnet herumfahren wie eine Fahne bei Windwechsel. Schon im Herumdrehen griff sie nach ihrer Plasmapistole, ihr kontrollierender Blick sog die Position ihrer Leute im Raum auf, bereit, sie in ein Feuergefecht zu führen. Instinkte erwachten in den Herbstlern.

Doch da war nur ein alter Mann in der Tür. Er mochte die Siebzig überschritten haben und stand eingesunken und gebeugt mitten im Eingangsbereich. Donnet, obwohl selbst nicht gerade eine Riesin, überragte ihn deutlich. Er trug die abgenutzten Reste einer zivilen Freizeituniform, kombiniert mit alten Hausschuhen, einem aus der Mode gekommenen Hut, welcher seine Halbglatze dürftig bedeckte und einem Gehstock ohne Repulsor-Unterstützung. Kleinrentner der Stadtverwaltung, schätzte Donnet.

„Wer sind Sie?", warf sie ihm entgegen, während sie ihren Worten folgte und sich dem Alten näherte.

Der Mann betrachtete Donnet kurz und schien sie als Wortführerin zu akzeptieren, seine weiteren Blicke galten nur noch ihr.

„Alphonse Clenier, Kollegienassessor dritten Ranges der städtischen Massengleiter-Betriebe von Conoret in Rente. Sind Sie vom Vermieter?"

Jemand, der die Abnutzungsstatistiken der Bestuhlung im öffentlichen Nahverkehr in Relation zur durchschnittlichen Arschbreite der dumpfen Bevölkerung berechnet hatte, bis die Rente ihn erlöste.

„Odette Mirathier, sehr erfreut!", griff Donnet die Vorlage des Alten auf und lächelte offiziell. „Wir sind vom Sicherheitsdienst des Vermieters und sollen mal nach dem Rechten sehen."

„Na endlich reagiert mal jemand auf die ganzen Beschwerden!", ächzte Clenier schicksalsbeladen. „Ich weiß gar nicht, wie oft ich schon dem Vermieter geschrieben habe, dass dieser Nadar die Mittagsruhe nicht beachtet, das Treppenhaus nicht fegt und sowieso die Wohnung verkommen lässt. Dabei ist hier auch Rauchverbot! Sie riechen ja, was hier los ist, das muss ich Ihnen kaum erklären! Und ständig diese Fremdlinge, die da ein- und ausgehen!"

Donnet hörte sich in aller Ruhe an, was der Mann an aufgestauten Frustrationen losließ. Es klang wie eine Steinladung, die aus der gerade geöffneten Ladeluke eines Gleitkippers polterte. Als er sich endlich beruhigt hatte, sah Donnet ihn so verständnisvoll wie möglich an. Der heiß ersehnte Hinweis stand gerade vor ihr!

„Sie haben ja so Recht, mein Herr! Wir sollen im Auftrag des Vermieters ein ernstes Wörtchen mit diesem Mister Nadar sprechen, aber leider ist er nicht daheim. Sie wissen nicht zufällig, wo er steckt?"

„Ach, der junge Kerl treibt sich ja überall herum, wer weiß das schon! Vor ein paar Monaten hatte er seinen Gleiter mitten im Hof geparkt, stellen Sie sich das mal vor! Da sind extra Schilder aufgestellt, dass die Flächen nur für die Gleiter der Kommunalverwaltung gedacht sind. Wozu gibt es denn die Parkhäuser? Und glauben Sie nur ja nicht, dass er einen Zettel reingehängt hätte, *bin gleich wieder weg* oder so. Ach was! Die Jugend hat überhaupt keine Vorstellung mehr von öffentlicher Ordnung."

Wenn wir hier fertig sind, herrscht wieder Ordnung, alter Mann, glaub mir.

„Ja, ich verstehe... das ist wirklich niederträchtig. Sie wissen also nicht, wo er gerade ist?", versuchte Donnet es erneut. Ihre Leute standen abwartend daneben, zwei Mann trugen so unauffällig wie möglich die herausgesprengte Wohnungstür beiseite, während Clenier sich noch in bitteren Klagen ergoss.

Donnet teilte die Anspannung ihrer Leute nicht. Dieser Mann war keine Gefahr. Er war derart im Wohlgefühl gefangen, endlich wieder Beachtung geschenkt zu bekommen, dass er keinen Verdacht schöpfen würde. Jeder Zweifel an der Situation würde ihn nur in seiner empfundenen Machtposition schwächen, also würde er nicht zweifeln. Endlich hörte man ihm zu, egal wie dubios man sein mochte.

Eigenartig, wie die Sehnsucht nach Beachtung die Menschen antreibt, nicht wahr? Du bist da nicht allein, Chantal!

„Nein, weiß ich nicht", schimpfte Clenier los und fuchtelte aufgebracht mit seinem leicht krummen Gehstock. „Der steht ja immer nur nachts auf und verschläft den Tag, wenn anständige Leute arbeiten gehen!"

„Das... passt zu ihm, würde ich sagen. Arbeitet er denn ansonsten allein hier?", hakte Donnet nach. Sie musste ihn anders angehen, sonst würde außer Geiferschaum nichts herauskommen.

„Nein, nein, natürlich nicht! Er hat doch diese heruntergekommene Sekretärin!", schimpfte Clenier weiter und schwankte dabei energisch von einem Bein auf das andere.

„Oh, das wussten wir gar nicht", gab Donnet zu, diesmal ehrlich überrascht.

„Kein Wunder, die ist bestimmt weder beim Vermieter noch bei der Wohnungsbehörde gemeldet. Ich hab sie aber fast jeden Tag gesehen, wenn ich das Treppenhaus kontrolliert habe. Lotterbude, elende! Da sehen Sie mal, was das für ein Typ ist! Kein Wunder, dass es mit dem Imperium bergab geht! Unter Claudanus II. wäre das nicht -"

„Wissen Sie, wie diese Sekretärin heißt, Mister Clenier?", unterbrach sie ihn mit aufflammender Neugier.

„Mhh... Bastien. Marjolaine Bastien. Ich habe mal eine Geschäftskarte von der Agentur bekommen, als dieser Nadar neu eingezogen war. Da stand der Name mit drauf. Wollte sich wohl wichtig machen. Ich hab das aber gleich durchschaut, dass das eine windige Sache wird! Aber es wollte ja keiner auf mich hören!"

„Und wo wir die finden können, wissen Sie vermutlich

nicht, oder?"

„Nein, ich bedaure. Aber die ist öfter da als dieser Jung-spund, die treffen Sie bestimmt. Und dann können Sie auch gleich fragen, ob die ganzen Handwerker, die sie organisiert, auch bei der Steuerbehörde registriert sind. Ich kann Ihnen da Geschichten erzählen."

„Oh, das glaube ich Ihnen. Aber erst mal müssen wir die Dame finden und das werden wir. Sie waren uns eine große Hilfe, Mister Clenier. Haben Sie sonst noch etwas, das uns bei der Suche helfen könnte?"

Der Rentner wackelte in seinen alten Hausschuhen hin und her, der Gehstock begrenzte einseitig den Seitenausschlag, während er angestrengt nachdachte. Er schien sein altes Hirn mit aller Macht nach belastendem Material zu durchforsten, aber die Suche war dann wohl erfolglos.

„Nein, tut mir leid, Miss Mirathier."

„Das macht nichts. Wirklich. Wohnen Sie allein hier?"

„Ja, meine Frau ist leider vor einigen Jahren verstorben. Daran war sicher der Lärm zur Mittagsruhe mit schuld."

„Das tut mir aufrichtig leid. Na, wir werden uns mal auf die Suche nach dieser Miss Bastien machen, vielen Dank für den Hinweis", sagte Donnet abwesend, hörbar schon mit der wei-teren Planung beschäftigt und ging mit forschen Schritten um den alten Mann herum in Richtung der gähnenden Türöff-nung. Dort drehte sie sich um und wandte sich an ihr wartendes Team.

„Tötet ihn. Körper zerkleinern. Zur Entsorgung mitneh-men. Die Reihenfolge ist mir egal, macht einfach."

Blatt 100: Eine ungewöhnliche Holokonferenz

„Und wirklich keine Hinweise auf Rafja? Nicht mal die kleinste Andeutung?"

Victor hatte diese Frage befürchtet. Er stellte sie sich ja selbst permanent und wusste doch um die Antwort. Er wäre ein Idiot gewesen zu hoffen, mit Artouste Goeland reden zu können, ohne dass dieser nach seiner Tochter fragen würde. Es war, als würde man mit der Erbtante kommunizieren und hoffen, sie würde nicht über einen Besuchstermin sprechen.

„Nein, Artouste. Leider nicht. Das muss aber nichts heißen. Die Botschaft ist mit einem Datenstick nach Sunetin II geschmuggelt und von dort mit einem StarTrader in das Barton Reach-System gebracht worden. Dort gibt es unabhängige Tiefenfunk-Stationen, die alle benachbarten Sektoren und auch den wilden Raum spinwärts erreichen können. Niemand im colerianischen System wird diese Botschaft empfangen haben und außercolerianische Quellen werden mitten im Krieg den Rodder tun und sich beim Imperator melden. Wäre das anders, hätte ich auch kaum meinen Namen und mein Gesicht verraten."

„Oder andersherum formuliert: Wenn es doch so wäre, würde sich der Imperiale Geheimdienst schon ein Wettrennen mit dem Colerianischen Herbst um Ihren Kopf liefern, Mister Nadar", warf Contre-Amiral Haute-Pleine ein.

Victor verpackte seinen Seufzer in ein ungemütliches Räkeln, während er den holografischen Figuren Goelands und Haute-Pleines lauschte. Ob es wohl jemals eine so bizarre Holo-Konferenz gegeben hatte wie diese? Ein freier Reporter und Freund der Koloniewelten, ein imperialer Marineoffizier und ein gesuchter politischer Aufwiegler? Hätte Lizu nicht dankend verzichtet, um seinen eigenen Geschäften nachzugehen, wäre auch noch ein Kleinkrimineller aus den Slums dazugekommen. Immerhin hatte Lizu ihm aber Unterkunft gegeben, das war eine wichtige Rolle in dieser Stufe des Spiels und beide beließen es dabei. Unterkunft und diese unmöglichen Sitzkissen.

Was die Kommunikation selbst betraf, konnte Vic sich entspannen. Haute-Pleines Spezialkommunikator war im weitesten Sinne abhörsicher. Außerdem würde sich der Offizier - im Gegensatz zu Lizu - nicht dauernd über die hohen Kom-Gebühren beschweren. Sogar Marjo konnte er jetzt bedenkenlos anrufen, ohne befürchten zu müssen, den Colerianischen Herbst in der Leitung zu haben. Doch vorerst war dies hier wichtiger. Lizu hatte ihm einen Multikanal-Holoprojektor zum Anschluss an diesen Kommunikator gegeben, über dessen Herkunft er aber lieber nicht sprechen wollte.

„Zurück zum Thema, meine Herren", unterbrach Haute-Pleine Victors abschweifende Gedanken. „Wir können davon ausgehen, dass sehr viele Leute Mister Nadars Botschaft empfangen haben. Namentlich alle, die in den entsprechenden Sektoren Breitbandfunk empfangen oder Hyperfunksignale auslesen können."

„Und ich weiß zwar nicht, was genau die Kartellwelten-Diplomaten als Trumpfkarte für die Verhandlungen mitbringen, aber es müssen sehr konkrete Beweise zum Banda-Zwischenfall sein. Die würden Claudanus III. doch nicht mit haltlosen Spekulationen kommen. Ich vermute also, deine Tochter hat sichere Beweise gefunden und sie irgendwie den Kartellwelten zugespielt."

„Das mag ja alles sein. Aber das ist noch keine Aussage darüber, ob sie noch lebt und ob ich sie jemals wiedersehen werde!", brummte Goeland.

Nein, Artouste, das ist es nicht. So sehr ich es auch wünschte.

Victor schaltete sein Terminal auf Pausenbild. Den beiden würde es nicht auffallen, wenn sein eigenes Holobild auf deren Geräten für einen Moment lang regungslos blieb. Er musste einmal tief durchatmen, ohne dass die anderen es sehen konnten.

Warum eigentlich nicht, Vic? Dich bewegt es doch auch, wie der Alte an seiner Tochter hängt. Warum sollen die es nicht sehen, dass auch du an ihr hängst? Weil du wie immer cool aussehen willst?

Es beeindruckte ihn tatsächlich. Vater und Tochter waren aus gleichem Holz geschnitzt, kein Zweifel. Artouste war es gerade herzlich egal, ob die Galaxis in Flammen aufging, wenn er nur seine Tochter zurückbekommen würde. Und sei es auch nur für einen flüchtigen Moment trügerischer Sicherheit. Es war närrisch, aber es war auch berührend. Ein Relikt aus einer Zeit, als Familie, Tradition und Ehre noch etwas galten und Kinder nicht ihre Eltern beim MfpM anzeigten. Als Nachbarn einander noch nicht bespitzelten. Als die Streitkräfte noch Werkzeuge des Staates waren und nicht umgekehrt. Es war ganz Coleria.

Victor schloss die Augen. Es war nicht nur, weil ihn die Liebe eines Vaters zu seiner Tochter berührte. Es war mehr. Die Tochter selbst berührte ihn. Er griff in eine Innentasche seines zerknitterten, viel zu großen Bovart-Sakkos und zog ihr Bild heraus.

Gib es doch zu, Vic. Du schwärmst für eine Frau, die du niemals gesehen hast.

„Ja ja, das tu ich doch", nuschelte er in das stummgeschaltete Mikrofon, während seine Finger abwesend über das Foto glitten.

Diese Art der Schwärmerei glaubte er mit dem Verlassen des Teenageralters hinter sich gelassen zu haben wie ein

Komet seinen Leuchtschweif. Damals hatte er mächtig für die Sängerin Zia Pandora geschwärmt. Und damit war er nicht allein gewesen. Jetzt aber war er vermutlich sehr allein mit seinem neuen Schwarm. Und gerade das gab ihm einen Hauch von Realität und Machbarkeit. Ein leuchtender Stern, den er erreichen konnte, die schöne Locra. Vorausgesetzt, sie war noch am Leben. Ironie des Schicksals.

„Leider nicht", stimmte Haute-Pleine nach einer Pause zu. Der Weitweltler schien - entgegen allen Vorurteilen - Goelands mühsam unterdrückte Verzweiflung zu spüren und gab sich alle Mühe, ihn nicht zu brüskieren. „Wir müssen Geduld haben, Mister Goeland, dann sind unsere Chancen am größten. Und wir müssen uns auf die Dinge konzentrieren, die wir kontrollieren können, was auch der Grund ist, warum ich dieses Gespräch wollte. Es gibt einige wichtige Dinge zu besprechen."

Vic wurde unsanft aus seiner Schwärmerei gerissen und schaltete hastig in den Live-Modus zurück. Als er realisierte, dass er Rafales Bild noch immer in den Händen hielt, versuchte er, es dezent im Ärmel verschwinden zu lassen.

„Zunächst habe ich erfahren, dass der Zustand Ihrer Werft vorerst nicht gefährdet sein dürfte. Mister Caine ist vorgestern von einem Militärgericht in Conoret wegen Insubordination gemäß dem Pflicht-Treue-Gesetz zu einem halben Jahr Haft verurteilt worden. Was danach aus ihm wird, ist natürlich sehr vom weiteren Verlauf der Geschichte abhängig. Den Begriff *Geschichte* dürfen Sie übrigens gern weit auslegen."

Goelands Holobild straffte sich, die Hände hinter dem Rücken verschränkt. Er schaffte es, den inneren Jubel in eine militärisch würdevolle Haltung zu formen, ein Talent, das höherrangige Soldaten irgendwann perfekt beherrschten. Haute-Pleine blieb ebenfalls wie gewohnt ungerührt, so weit es das kleine Holobild überhaupt darstellen konnte. Wenn er den Traditionalisten richtig einschätzte, dürfte es ihn aber nicht minder erfreut haben, selbst wenn Lewton Caine im Auftrag der Marine angeheuert worden war.

„Meine Leute haben außerdem herausgefunden, dass das Marineoberkommando erwogen hatte, Großkampfschiffe der zweiten Flotte aus dem Irise-Sektor in Marsch zu setzen. Offizielle Begründung war der Empfang der Delegationsschiffe aus den Kartellwelten, sobald sie in den colerianischen Sektor kämen. Das eigentliche Ziel war aber die vollständige Vernichtung der Orbitalwerft, wenn die Eskorte beendet ist."

„Bei den Sternen."

„Zum Rodder, diese Bastarde!"

„Keine Sorge, meine Herren. Zum einen ist das MfpM eingeschritten und hat Einspruch erhoben, den Kartellweltlern eine derartige Aufwertung zukommen zu lassen, indem wir ihnen unsere modernsten Schiffe andienen. Zum anderen haben wichtige Offiziere in Stabskreisen daran erinnert, dass es keine gute Idee wäre, Demonstrationen subtil zu unterdrücken, dafür aber ganze Monde zu sprengen, während die Sots noch im Sektor sind. Nicht nur der Colerianische Herbst hat Leute an den Schaltstellen."

Victor beugte sich in dem Sitzkissen vor, das nach Shisha roch. Er betrachtete Haute-Pleines Portrait genau. Grinste der Mann etwa?

„Das heißt, solange die Verhandlungen laufen und die Sots im Sektor sind, wird hier nichts passieren? Hat La Montagne denn unser Gesprächsangebot weitergeleitet?", wollte Direktor Goeland wissen.

„Das hat er. Sogar dem Imperator Claudanus III. persönlich. Aber die Feuerpause ist natürlich zweiseitig, Mister Goeland. Der Imperator wird sich während des diplomatischen Besuchs nicht damit beschäftigen. In dieser Zeit gilt der Grundsatz *tu mir nichts, dann tu ich dir nichts.*"

„Immerhin besser als nichts", brummte der bärtige Hüne.

„Denke ich auch", warf Victor ein. „Momentan wirst du es also nur mit der Jean&Jacques-Marine zu tun haben. Und La Montagne hast du ja schon kennengelernt."

„Und er uns. Und wir alle Caine. Vigreux und Costa haben unseren Superschlachtkreuzer inzwischen so weit kampfbereit gemacht, dass wir sogar Ziele auf der Oberfläche von Coleria Prime beschießen könnten."

„Das werden Sie nicht tun!", mahnte der Admiral ernst.

„Natürlich nicht, Haute-Pleine. Coleria ist noch immer meine Heimat. Und Rafjas auch."

Der Verweis auf Rafale einigte die Männer sofort wieder. Sie schien das Bindeglied zu sein, das ihre Galaxis zusammenhielt. Eine Figur, von der niemand wusste, ob sie überhaupt noch existierte oder schon wie die schöne Locra zwischen den Sternen schwebte.

Blatt 101: Beaufort

Es klingelte.

Das künstliche Geräusch wand sich wie eine giftige Schlange in Corporal Beauforts Träume hinein. Der Körper des jungen Adjutanten hing vornübergebeugt auf dem nächtlichen Schreibtisch, während sein Geist sich mit Macht an die weiche, unbeschwerte Welt seiner ganz persönlichen Träume klammerte. So, wie es viele Colerianer taten. Niemand sprach über diese Träume, wenn erst der harte imperiale Alltag seine stählernen Finger wieder um das Individuum geschlossen hatte. Es galt als unimperial, gar verweichlicht, „wirren" Träumen Beachtung zu schenken, sie überhaupt zu haben. Dass es physiologisch gar nicht zu vermeiden war, wurde in der öffentlichen Meinung ebenso verschämt verdrängt wie der Zwang, Stuhlgang zu besitzen. Vielleicht sogar noch mehr. Als es noch Philosophen gab, hieß es, dass ein Traum mehr Macht besäße als tausend Realitäten, aber das war lange her. Wer heute noch Weisheiten zu formulieren hatte, tat gut daran, sich und seine Schriften beim MfpM registrieren zu lassen.

Nun war es keinesfalls so, dass das Imperium Philosophien, Träume und Transzendentes grundsätzlich ablehnte. Ganz im Gegenteil. All dies half den stolzen Colerianern, im Kampf vereint gegen den Rest der Galaxis anzutreten, denn die berühmt-berüchtigte technische Überlegenheit und die Erfahrung in der Kriegsführung waren nur ein Teil des Geheimnisses. Ebenso wichtig war es auch, die einzelnen Individuen zu einer großen Faust zusammenzuschweißen, einer Faust, die über die Jahrhunderte nichts von ihrer immensen Schlagkraft eingebüßt hatte. Colerianer zu sein bedeutete, sich gegen alles und jeden zu stellen und nichts anderes als der Sieg war das Ziel. *Affronte tout* war ein beliebter Wahlspruch bei Schiffstaufen und Vereidigungen. Erst der Zusammenschluss von Milliarden Träumern schuf dieses gigantische, abstrakte Kollektiv, das die Galaxis erzittern ließ. Aber zusammenschließen ließ sich nur, was einheitlich war.

Natürlich wussten die imperialen Führer, dass es unmöglich war, Träume zu vereinheitlichen, aber man konnte eine öffentliche Meinung schaffen, die nur sehr bestimmte, konkrete Träume als salonfähig gelten ließ. Keiner von ihnen war staatsgefährdend. Mit der Zeit entwickelte jeder colerianische Bürger ein untrügliches Gefühl dafür, welche Träume besser verborgen blieben, ohne dass es jemals ein schriftliches Verbot gegeben hätte. Und solange kein Träumer wagte, über andersartige Träume zu sprechen, blieben diese verborgen, den tausend Realitäten unterlegen.

Es klingelte wieder.

„Mhhh... Mylène... nicht jetzt... du weißt doch, dass ich arbeite", brummelte Beaufort schlaftrunken in seinen Kommunikator. „Nachtschicht... hab ich dir doch... Mylène?"

Beaufort hob ein Augenlid und blickte verwirrt auf das Display seines privaten Kommunikators. Zwar hatte er auf *Gespräch annehmen* gedrückt, jedoch fehlte Mylènes hübsches Gesicht auf dem kleinen Monitor. Blendend hell stichelte der übliche Hintergrundbildschirm auf seine Netzhaut ein. Das war nicht Mylène. Das war nicht einmal sein Kommunikator. Mehr instinktiv als gesteuert griff er nach dem Dienstgerät, welches auf der anderen Gürtelseite eingeklinkt hing. Doch auch dort Fehlanzeige, kein Anruf. Erst ein blinkendes Lämpchen auf dem Kom-Terminal auf seinem Schreibtisch brachte Instinkt und Ratio wieder zurück in ihre Zwangsehe. Beaufort richtete sich gähnend auf und schaltete die Luxelemente ein, das einsame Büro in Abteilung 118 erwachte.

204

Niemand hatte ihn angerufen. Das Klingeln entstammte einem der zahlreichen abgehörten Kommunikatoranschlüsse, die hier gebündelt zusammenliefen. Den Anruf selbst hatte Beaufort verpasst, aber dass mitten in der Nacht irgendwo ein Gespräch eingegangen war, zeigte die blinkende Lampe unübersehbar. Die Möglichkeit, Anschlüsse permanent und ohne Antrag abhören zu dürfen, war ein selten genutztes Privileg der Marine-Ermittlungsstellen abseits des Geheimdienstes. Beauforts Vorgesetzter, Contre-Amiral Haute-Pleine machte jedoch zunehmend Gebrauch davon, seit sich die Stelle 38 mit anderen Dienststellen gegen den Colerianischen Herbst vernetzte. Ein riskantes Spiel, bei dem man nie wusste, wie das Gesicht des Gegners eigentlich aussah. Sacre-Pion, sein Tischnachbar im Büro, war das beste Beispiel dafür gewesen. Sie mussten ihn erledigen, als dieser Nadar in dessen Hörweite über die Verschwörung zu sprechen begann. Das war unausweichlich und es wäre so oder so irgendwann notwendig geworden. Aber sein Verschwinden schien niemanden zu beunruhigen und das war das eigentlich Beunruhigende. Es war ein Spiel, bei dem jeder wusste, dass der andere betrog und nur hoffte, dass das eigene, erschwindelte Blatt im entscheidenden Augenblick besser stach als das des anderen. Ein Zweck, der die Mittel heiligte, wie so oft. Ehe Beaufort es sich versah, war er kein einfacher Adjutant mehr, sondern zum Geheimagenten mutiert, einem Verschwörer gegen die Verschwörung. Bevor er die Kom-Anlage berührte, galten seine Gedanken noch kurz Mylène, aber er konnte sich schon nicht mehr an den Traum erinnern.

Der Anschluss, auf dem ein Anruf eingegangen war, gehörte Rafale Goeland auf der Halbinsel Le Ganet. Beaufort wurde schlagartig hellwach. Was war das jetzt? Er schaltete die allgegenwärtige Aufzeichnungsautomatik für den Raum ab

und fuhr eine Schublade seines Tisches aus. Der darin befind-
liche Jammer würde ihn gegen jegliche Mithörer im Umkreis
einiger Meter abschirmen, egal ob akustisch oder elektronisch.
Das Letzte, was man hier noch brauchen konnte, war Gegen-
gegenspionage und Imperators Zeigefinger schlief nie.

„Hallo Miss Goeland, hier ist Huyge Bitlash von EasyBot
Inc., der Nummer Eins für Bot-Reparaturen auf Coleria
Prime!", erklang die Aufzeichnung. Beaufort entspannte sich.
Zu früh gefreut, nur Werbung.

„Wir haben einen Service-Notruf ihres Intelli-Bots H7-25
empfangen. Er meldet sich von einer Position in der Feu
Rouge-Steppe und hat beschädigte Sensoren. Da Sie keinen
Wartungsvertrag bei EasyBot laufen haben, benötigen wir für
unsere Serviceleistung Ihre Einverständniserklärung. Ich habe
dazu auf unserer Holonetzseite unter Ihrem Namen ein bio-
metrisches Antragsformular für Service angelegt. Bitte loggen
Sie sich ein und füllen es aus, dann können wir die nötigen
Arbeiten durchführen."

Es folgte ein kurzer Werbejingle, ein Bot-Chor plärrte die
colerianische Nationalhymne *Coleria s'en va-t-en guerre*. Das war
alles. Aber es reichte.

Beaufort war wie elektrisiert. Eilig schob er Notizen hin
und her und rief eine Weltkarte auf seinem Rechnerterminal
auf, um sich die entlegene Steppe anzusehen. Es passte alles
zusammen! Diese d'Oustrac und das Raumschiff waren wirklich hier und dieser Bot hatte gerade deren Position verraten!
Der junge Corporal hielt sich mit beiden Händen an der
Duroplast-Tischplatte fest, als wäre er gerade schwerelos
geworden. Nur keinen Fehler machen jetzt!

Er schaltete einen abhörsicheren Kanal auf seinem Kom
frei und wählte Haute-Pleines Kontaktzeichen.

Blatt 102: Diplomatischer Empfang

Victor Nadar kämpfte sich durch eine Wand von Leuten. Stunden, qualvolle Stunden hatte es gedauert, bis überhaupt klar wurde, dass die Delegation der Kartellwelten endlich landen würde. Dabei hatte dieser Morgen auf dem Conoret City Spaceport bereits unangenehm genug begonnen: Man hatte die Eingangskontrollen über Nacht verschärft, die Wachmannschaften verstärkt und überall waren Intelli-Bots verstreut, die nach weiß der Rodder für Auffälligkeiten scannten. Schon an der Schleuse zwischen dem Warteraum des Pressebereichs und dem Briefing-Zentrum hatte ihn dann auch ein solcher Intelli-Bot genötigt: Auffordernd hatte ihm der kleine, quaderförmige Roboter einen Ausweis-Scanner hingehalten. Innerhalb von Sekundenbruchteilen war Victors Frühstück im Magen zu einem eisenharten Klumpen geronnen. Würden der gestohlene Presseausweis und die billige Ausrede, die ID-Karte verloren zu haben, ausreichen? Bots reagierten im Allgemeinen nicht auf Victor Nadars angeborenen Charme. Er hatte es riskieren müssen, es hätte auch kein Zurück mehr gegeben. In dem Moment, als Victor resignierend seinen Ausweis hatte zeigen wollen, war jemand neben ihm im Gedränge gestrauchelt und hatte den Bot als improvisierte Stütze erwischt. Dabei hatte er mit dem Ellenbogen den Sensorarm abgeknickt. Der Bot hatte aufgebracht gefiept, was wiederum die in der Nähe stehenden Wachleute alarmiert hatte. In dem entstandenen Durcheinander, inmitten drängelnder Massen und ständiger Lautsprecherdurchsagen, man möge sich bitte für das Briefing bereitmachen, hatte sich Victor mit freundlichem Lächeln dann an den Wachen vorbeigeschoben. Er hoffte inständig, dass der Rückweg nicht ähnlich zufallsabhängig sein würde.

Das Briefing war kurz und strikt ausgefallen: Mündliche Vorträge hatte es keine gegeben, den Anwesenden waren lediglich von einem Service-Bot Pressemappen ausgehändigt worden. Diese „Pressemappe" aber bestand nur aus einem einzelnen Handzettel in selbstleuchtender Flash-Folie und gab genau vor, was die Reporter zu tun und - vor allem - zu unterlassen hätten. Filmaufnahmen ja, Tonaufnahmen auch, solange man hinter der vorgegebenen Absperrung blieb. Kurze Fragen durften gestellt werden, jedoch keine zu militärischen Vorkommnissen, namentlich erwähnt wurden auch noch Tabuthemen wie *Banda-Zwischenfall*, *Massenvernichtungswaffen* und *Krieg gegen die Zivilbevölkerung*. Im Grunde konnte man nur fragen, wie der Flug gewesen war und was man sich von den Gesprächen erwarte. Die Kollegen von CNL suchte man - wie üblich - vergebens, diese wurden separat behandelt und nutzten auch separate Presseräume. Ein Briefing war bei CNL ohnehin nicht notwendig, diese Leute waren vom MfpM handverlesen und entsprechend konditioniert. Victor konnte auf „Kollegen" wie Pad Progana mehr als verzichten. Ein Bot hatte da mehr Freiheitsgrade!

Es wurde nochmals unbequemer, als die Masse dann vom Briefing-Zentrum aus durch etliche immer enger werdende Korridore getrieben wurde. Am Anfang und am Ende der Menge kümmerten sich je ein halbes Dutzend paramilitärisch gekleideter Wachen, um sicherzustellen, dass niemand in eine der zahlreichen Türen zu Kammern, Klos und Korridoren schlüpfte. Die Herde sollte vollzählig bleiben. Unter ständigem Fluchen und dem Klappern aneinanderschlagender Ausrüstung ergoss man sich schließlich in einen weiteren gesichtslosen Raum, irgendwo in den polierten Weiten des

Spaceports. Vielleicht war es eine ausgediente Zollkontrolle, irgendwo in den Eingeweiden des Komplexes, oder ein alter Gepäckschalter, aber es war Vic so herzlich gleichgültig, wie es das den Wachleuten auch war. Kalte Luxelemente übergossen sie mit grünstichigem Licht, während die Herde in dem Raum zusammengepfercht wurde. Victor verfluchte innerlich seinen Job, seine Story, sein ganzes Leben. Adelinas Vater hätte ihm einen Job in der Presseabteilung seiner Firma verschafft, *damit aus dem Jungen auch was wird.* Der Junge konnte Geld gebrauchen und Adelinas Vater einen vorzeigbaren Schwiegersohn. Vic hatte dankend abgelehnt. Zuerst den Job, dann Adelina. Er hatte immer Bauchweh gehabt, wenn er sich vorgeführt fühlte. Und genau jetzt zwickten seine Gedärme wieder einmal.

Eine Wand des Raumes war so durchbrochen, dass eine breite, rechteckige Öffnung den Blick auf einen Gang dahinter freigab. Eine Art Fensterbank an deren Unterkante ließ Anklänge an einen freudlosen Bierausschank erkennen. Victor brummte grimmig. So war das also! Dieser Tresen der Tristheit konnte vielleicht acht oder zehn Mann nebeneinander aufnehmen und durch den Gang dahinter würden irgendwann demnächst die Leute der Delegation zum Spießrutenlauf durchgeschleust werden. Statt neugieriger Zollbeamter würden an diesem Schalter nun neugierige, aber bereits müde gemachte Reporter warten. Das Dumme seitens der Reporter war, dass hier nicht acht oder zehn Leute warteten, sondern gut 60 oder mehr! Victor hatte die Wartezeit genutzt, um seine Kollegen zu zählen, war aber in dem endlosen Geschiebe und Gedrängel immer wieder durcheinander gekommen. Die Luftaufbereiter hatten es nicht minder schwer wie die Luftverbraucher, unter angestrengtem Dröhnen mühten sie sich mit den Ausdünstungen des überfüllten

Raumes ab. Bei diesem Lärm erübrigten sich Fragen von weiter hinten sowieso, egal ob staatsgefährdend oder nicht!

Noch während Victor über die Zwecklosigkeit einer Beschwerde beim imperialen Presseamt nachdachte, hatte sich der Tresen bereits mit einem knappen Dutzend Rücken gefüllt, sehr breiter und sehr beharrlich aussehender Rücken im Übrigen. Kalter Zorn füllte seine Stimmung, als er sich die CNL-Reporter vorstellte, die jetzt gemütlich in einer gut klimatisierten Lounge saßen, tyneranischen Sekt tranken und warteten, dass man ihnen die Kartellweltler zuführte.

Ruhig Alter, es hat keinen Sinn, sich wegen so was aufzuregen. Mach deinen Job und gut ist. Denk an die Leute in den Slums, die sonst nur manipuliertes TV kennen. Besser Magerkost als Gift.

Auch hier, in diesem bedeutungslosen, armseligen Presseraum, hatte man an die typisch imperiale Mischung aus Demütigung und Beruhigung gedacht: An einer Seitenwand hingen drei große Monitore, auf denen Bilder verschiedenster Netzkameras des Diplomatenbereichs zu sehen waren. Vermutlich waren sie für die 80 % Verlierer gedacht, die keinen Platz am Tresen hatten ergattern können und deren Arme nicht lang genug waren, um die Kameras über die Köpfe und Hüte der Möchtegern-Nachrücker zu halten. Vic beschloss, dass es besser war, seine Bilder aus zweiter Hand zu machen und wandte sich von dem hoffnungslosen Gedrängel ab. Er richtete den Sucher seiner drei-Achsen-Holokamera auf den linken Monitor. Na bitte, wenn das Bild nicht zu gut aufgelöst war, würden die Aufnahmen aussehen wie live geschossen! Und welcher Piratensender hatte schon gut aufgelöste Bilder? Er nahm die Demütigung in Kauf und beruhigte sich.

Auf dem Monitor war eine Lounge zu sehen, es war jedoch nicht die sekttriefende CNL-Presselounge - was ihn irgendwie weiter beruhigte -, sondern der offizielle diplomatische Empfangsraum. Angefüllt mit der Würde, welche diversen anwesenden Würdenträgern entströmte, war der Raum ein Sinnbild des imperialen Coleria. Uniformen, militärische wie politische, prägten die kraftvolle Optik. Gesichter mit monumentalem, herrischen Ausdruck harrten der Kartellweltler, die es zu beeindrucken galt. Selbstverständlich fehlte Claudanus III., ein Imperator holte seine Gäste nicht am Raumhafen ab. Aber schon seine Laufburschen waren beeindruckend genug, eine streng hierarchisch gestaffelte Aufstellung aus den höchsten Offizieren der Imperialen Streitkräfte. Sie bildeten - zusammen mit dem Vertreter des Imperators - die Mitte der Gruppe. An den Rändern lockerten die Funktionäre der Politik das Bild wie Blumenrabatten auf. Der Premierminister, der Friedens- und Freiheitsminister, die Informationsministerin, der Minister für politische Moral, der galaktische Vizeaußenminister. Vic kannte die meisten Gesichter und testete gerade sein Personenwissen bis in die dritte Reihe der dort aufgestellten Hierarchie, als ihm ein eiskalter Schauer über den Rücken lief.

Dibaleaux!

Er stand unmittelbar schräg hinter Tobe Saigret, dem Geheimdienstchef. Victor blinzelte angestrengt, sah wieder hin. Kein Zweifel, er war es. Haute-Pleine hatte Recht, der Colerianische Herbst hatte seine Wurzeln tief im Mutterboden des Reiches versenkt! Plötzlich war er sehr erleichtert, dass er keinen persönlichen Zugang zum VIP-Bereich bekommen hatte. Das Letzte, was er jetzt brauchen konnte, waren diese Leute. Vic wandte sich mit einem mulmigen Gefühl von den kalten Augen ab, als könnte Dibaleaux ihn durch den Monitor hindurch sehen. Es mochte Quatsch sein, aber es beruhigte. Der mittlere Monitor zeigte den Eingangsbereich des Terminals, vor dem Offiziere und Mannschaften der Streitkräfte ein Spalier gebildet hatten. Im Hintergrund war bereits das Kartell-Shuttle mit der Delegation gelandet, ein Fremdkörper, der seinen fremden Inhalt jede Minute auf das Flugfeld ergießen würde. Vic zoomte näher an den Monitor heran, was das Flimmern noch stärker auf seine Netzhäute einhämmern ließ. Er gab der Belichtungssteuerung einen Moment Zeit, sich mit der Bildrate zu synchronisieren. Mit angehaltenem Atem begann er zu suchen. Zwar mied er den direkten Gedanken, aber seine Reporterinstinkte waren bereits erwacht, ohne ihn um Erlaubnis zu fragen. Es dauerte auch nicht lange, bis er in den Reihen der Marineoffiziere Emeraude d'Oustracs feines und doch strenges Gesicht erkannte.

Da haben wir ja auch die Killermaus, willkommen im Club.

Wie viele Leute mochten hier noch zum Herbst gehören? Und wie viele davon kannten bereits sein Gesicht? Sie konnten überall sein! Mit Schaudern erinnerte er sich an die Szene in Haute-Pleines Büro, als dessen Adjutant plötzlich auf seinen eigenen Kollegen geschossen hatte. Sie konnten nicht nur, sie waren überall. Was für ein Mut gehörte dazu, sich einem solchen Gegner zu stellen, so wie es Artouste Goeland, seine Leute und seine Tochter getan hatten? Mit einem Mal kam sich Vic ganz klein vor.

Derart von den beiden ersten Monitoren verscheucht, wandte sich Vic dem dritten zu. Die Kamera dort hatte die nunmehr heruntergelassene Rampe des Shuttles im Blick. Staub tanzte, von den Repulsoren aufgewirbelt, und die Luft flimmerte leicht. Flugfeld-Arbeiter stellten eilig Absperrungen auf, als gäbe es auf dem kurzen Weg zu den wartenden Soldaten etwas zu missinterpretieren. Ob diese armen Kerle da draußen wussten, was sich hier tat? Es war Vics Verantwortung, eine Ehrensache, dafür zu sorgen, dass sie es wenigstens im Groben mitbekamen, und das unmanipuliert. Der kurze

Gedanke an seine eigentliche Berufsehre gab ihm neue Kraft. Er war doch schließlich kein Geheimagent, sondern Reporter und er würde seinen verfrellten Job tun! Trotzig richtete er seine Kameraoptik auf das Bild. Die Luke hatte sich geöffnet, Luft aus den Kartellwelten mischte sich mit jener Colerias. Aus dem hell erleuchteten Bauch des Schiffes drängten die Diplomaten ins Freie. Ihre Gesichter verrieten nichts, aber das war schließlich auch der Job eines Diplomaten. Nicht weniger wie der eines Kartenspielers, außer dass hier die Einsätze höher waren, viel höher. Und die Verdienstmöglichkeiten geringer. Dennoch, er konnte mit ein wenig Empathie ihre Anspannung spüren, durch Monitore und Kameras hinweg. Seine Informanten hatten von einer Trumpfkarte gesprochen, einem Beweis. Hatte Rafale wirklich Erfolg gehabt? Oder hatten deren eigene Leute etwas herausgefunden? Unmöglich war auch das nicht. Wenn das alles stimmte - und es gab keinen Grund, daran zu zweifeln - dann würden sie es Claudanus III. vor laufenden Kameras um die Ohren klatschen wie einen nassen Lappen. Was würde dann passieren? Der Imperator müsste verhandeln, sicher. Und das war ein kleiner, aber wichtiger Unterschied für die colerianische Befindlichkeit: Ein Imperator verhandelte, wenn er verhandeln wollte. Nicht, wenn er musste. Je länger Vic in diesen Tagen darüber nachdachte, desto mulmiger wurde ihm bei dem Gedanken. Wie würde ein Volk reagieren, dessen Führer spontan sein Gesicht verlor? Wie würde der Colerianische Herbst reagieren, der wie ein Raubtier auf dem Sprung lauerte? Was auch passieren mochte, er war nur noch Reporter, er konnte nur berichten, keinen Einfluss nehmen und das beruhigte ihn auf eine fatalistische Art auch wieder.

Die Delegation löste sich langsam von ihrem Shuttle und betrat mit unsicheren Schritten colerianischen Boden. Selbst dieser Boden verströmte den typischen Stolz und es kam Vic so vor, als gingen die Diplomaten auf heißen Kohlen. Einer nach dem anderen beschleunigte seine Schritte, um möglichst schnell ins Gebäude zu gelangen. Victor erkannte niemanden, aber das war auch nicht überraschend. Selbstverständlich war keiner der Führer der sechzehn Kartellwelten und ihrer zahllosen Protektorate persönlich erschienen. Jede dieser Welten verstand sich mehr oder weniger als Republik und begnügte sich mit dem politischen Auftrag an einzelne Diplomaten. Auch wenn allgemein die Regierungen von Andlir, Datch und Brinat federführend in dieser losen Allianz waren, betrieb man doch keinen Personenkult wie das colerianische Imperium. Dementsprechend gab sich die Gruppe mehr oder weniger ungezwungen. Natürlich konnte man bei genauerem Hinsehen auch feine Nuancen erkennen: Die höherrangigen Diplomaten gingen vorweg, der Tross aus Beamten, Angestellten und persönlichen Vertrauten bildete die Schleppe des bunten Kleides. Und bunt war es. Auf den Kartellwelten gab es keinen Uniformfetisch, man trug sie als Soldat im Dienst und damit hatte es sich auch schon. Die Delegation bestand der Kleidung nach nur aus Zivilisten, auch wenn sicherlich militärische Berater in Zivil unter ihnen waren. Gerade wollte Victor den Ladezustand seiner Energiezelle prüfen, als ihn irgendetwas in dem Kamerabild zurückhielt. Er runzelte die Stirn, bis seine rechte Braue einen Fettfilm auf dem Okular hinterließ. War da etwas? Ohne genau zu wissen, was seine Instinkte gekitzelt hatte, ließ er den Sucher wieder über das Kamerabild schwenken, unschlüssig, wonach er eigentlich suchen sollte. Und dann traf es ihn wie ein Schlag.

Rafja. Die schöne Locra. Zum Rodder!

Konnte das sein? Konnte das wirklich sein? Faktencheck! Kurz resümierte er den Alkohol- und Aufputscherkonsum der letzten Stunden und kam zu dem Schluss, dass es daran nicht liegen konnte. Er schwenkte beiseite, nahm ein paar Leute aus dem Gefolge ins Visier. Schwenkte dann auf die Person zurück. Sie trug aufwändige brinatsche Damenkleidung, einen rot-schwarzen Hosenanzug und einen breitkrempigen Hut, den sie ins Gesicht gezogen hatte. Dennoch: Wer wie Vic ihr Portrait Stunden um Stunden betrachtet hatte, wurde davon nicht abgelenkt und erkannte Rafale Ghauri Goeland, die Astrogatorin, eine der meistgesuchten Personen Colerias. Die hohen Wangenknochen, die vollen, hellroten Lippen oberhalb des spitzen Kinns, die leuchtend grünen Augen und das lange, rote Haar, kein Zweifel. Ein kurzer Schwenk zur anderen Seite beseitigte endgültig alle Zweifel: In den traditionellen Gewändern eines Adligen von Samayla, dem brinatschen Protektoratsplaneten, erkannte er Fareq Nour, den Mann von Algaras. Der leuchtend blaue Filz-Fehes lenkte den zufälligen Beobachter vielleicht von Nours markanten Zügen ab, aber Vics geschultes Auge für Personen ließ sich nicht täuschen. Die beiden lebten! Und sie waren hier! Hier auf Coleria!

Victors Herz kribbelte, machte gefühlt einen Hüpfer, dann breitete sich die Euphorie in ihm aus wie eine warme Welle. Nichts war verloren! Am liebsten wäre er jetzt an allen Wachen vorbei auf das Flugfeld hinausgestürmt, um die schöne Locra in seine Arme zu nehmen, dem Abarizhi dankend die Hand zu schütteln. Was für eine Verrücktheit: Ein Wiedersehen mit Leuten, die man nie gesehen hatte! Aber eine schöne Verrücktheit und das Hochgefühl drohte, ihn zu überschwemmen. Doch dann, ganz plötzlich, spürte er, wie die warme Welle eiskaltes Grundwasser in einem tiefen Strudel hinter sich herzog. Die Killermaus! Dibaleaux! Sie würden sie auch erkennen, natürlich! Er musste etwas tun! Jetzt sofort oder alles wäre umsonst gewesen! Victor Nadar, Geheimagent

wider Willen, hatte plötzlich eine unausgesprochene Vertrags-
verlängerung bekommen. Gab es denn keine dauerhafte,
ungetrübte Freude? Gehetzt blickte er sich um. Was tun? Er
konnte seinen Herzschlag unter dem Hemdkragen spüren,
wie dieser ihn zu weiten versuchte.

Ruhig bleiben, Vic! Alles was du brauchst, ist mal wieder eine deiner
verrückten Ideen!

Sein Blick streifte einen Intelli-Bot unmittelbar in seiner
Nähe. Der halb mannshohe, tonnenförmige Roboter war
sicher kein neues Modell mehr, aber für diesen Zweck wohl
mehr als ausreichend. Seine Intra-Antenne und verschiedene
Sensoren waren in eifriger Bewegung, ein Metall gewordenes
Sinnbild der Überwachung. Es sah aus, als seien dem Kopfteil
der Maschine aufmerksame Ohren gewachsen und im Grunde
war es auch so. Am metallenen Rumpf hatte man vorsorglich
einen kleinen Halter mit weiteren Pressemappen befestigt. Es
sah irgendwie lächerlich aus und ein Bot mit menschenähnli-
cheren Zügen wäre das intellektronische Äquivalent von
beleidigt gewesen.

Ein Gedanke kam zur Welt. Seine Geburtswehen waren
die Sorgen, dass ihm die schöne Locra doch noch entgleiten
würde. Und der Gedanke reifte bis zu einem gewissen Grad,
ohne dass er sich seiner eigenen Existenz bewusst gewesen
wäre, dann wurde er ins kalte Wasser geworfen. Eilig löste
Vic seinen privaten Kommunikator aus der Gürtelhalterung.
Zog Lizus gehackte Karte heraus. Drückte hastig eine Tas-
tenkombination. Fluchte. Drückte erneut einige Tasten, bis
das widerspenstige Gerät endlich der Löschung seines Spei-
chers zustimmte. Es war jetzt wirklich unbelastet wie ein
Neugeborenes und er würde ihm gleich die nötige Verderb-
nis einimpfen, wie es der Rodder nicht besser gekonnt hätte.
Er drückte die blaue Taste für die Sprachaufzeichnung. So

leise wie nur möglich nuschelte er auf Abarize in das Gerät hinein.

„Hursha ni'qumh. Hursha ni'qumh. Hursha ni'qumh! Banda, Banda, Banda!!

Freiheit für das Volk!

Er atmete tief durch. Was auch immer jetzt passieren würde, es würde passieren. Er stand am Sprungtor und konnte jetzt nur noch den Hyperantrieb einschalten, egal, was dabei herauskam. Für sie.

Er stopfte den Kommunikator in den Zettelhalter des Bots und aktivierte die Sprachwiedergabe. Dann entfernte er sich so eilig es nur ging, als hätte er gerade einen Zeitzünder aktiviert. Und in der Tat, die Bombe platzte. Das Tabu-Wort und die Sätze auf Abarize lösten den programmierten Alarm aus, der Bot registrierte eine Gefährdung der öffentlichen Sicherheit. Er mochte sicher bemerkt haben, dass die Worte nur aus dem Kommunikator stammten, aber der restriktive Autonomieschalter in seinem Elektronengehirn hinderte ihn an einer sinnvollen Interpretation. Vielleicht war es auch die intellektronische Retourkutsche für den missbräuchlichen Einsatz als Zettelhalter, das Ergebnis war jedoch das gleiche: Die verbotenen Worte waren gesagt worden und er musste Alarm geben. Zum Wohl des Imperiums.

Die Reaktion ließ - ebenfalls wie programmiert - nicht lange auf sich warten. Die Wachen, bis eben noch im müden Sicherheitsalltag des Spaceport-Betriebs gefangen, lösten ihre Taser und stürmten auf den Alarm schlagenden Bot zu. Sie rempelten und schubsten sich durch die Masse des überfüllten Raums, fluchten auf das Durcheinander, das ihnen bis eben noch herzlich egal gewesen war. Zum Alltag eines chronisch gelangweilten und unterbezahlten Sicherheitsangestellten gehörte es vermutlich, beim kleinsten Anzeichen von Unruhe zu rempeln und gänzlich Unbeteiligte, die einfach nur zur falschen Zeit am falschen Ort waren, anzuschreien. Und genau diese Reaktion beherrschten die Wachen meisterhaft. Erste Handgemenge mit den durch die Enge ohnehin gereizten Reportern entstanden, Schreie wirbelten durch den Raum, Ausrüstung schepperte, das aggressive Knistern von Tasern mischte sich mit dem dumpfen Klatschen von Faustschlägen. Die Lage eskalierte. Victor Nadar schlüpfte durch die bis eben noch bewachte Tür, dem Dickicht der Korridore entgegen.

Blatt 103: Flucht und Fäuste

„Verfrellt, das stand aber so nicht im Protokoll!", murrte Rafale und zog sich den Hut so tief ins Gesicht, dass sie nur mehr die Hacken ihres Vordermanns verfolgen konnte. „Es hieß doch, die Diplomaten würden allein zum Empfang gehen und die Reisegruppe erst mal in ein Hotel!"

„Elah, ich arbeite gerade an einer Beschwerdeschrift an den Imperator, Miss Goeland", murmelte Nour zurück, bemüht, sich hinter der deutlich größeren Colerianerin zu verbergen. „Wenn Sie wollen, kann ich Platz für Ihre geschätzte Unterschrift lassen. Man munkelt, dass es Demonstrationen wegen irgendwas gibt und da denke ich mir, die wollen, dass wir hübsch zusammenbleiben. Wie jede gute Herde, damit kenne ich mich übrigens aus."

„Ich frage mich, ob sie uns melken oder schlachten wollen."

„Ich denke, beides. Nur die Reihenfolge ist nicht ganz klar."

„Und wie sollen wir uns so im Hotel absetzen können? Hier wimmelt es von Soldaten, Geheimdienst und Omnisec!"

„Wir könnten einen von denen nach dem Weg in den Untergrund fragen, wenn die schon mal hier sind. Wofür zahle ich Steuern?"

„Mir ist gerade nicht nach Witzen zumute. Ich komme mir wie ein Zootier vor."

„Außer, dass uns hier kein Zaun trennt und Lächeln und Winken nicht hilft."

Rafale und Nour trotteten notgedrungen weiter im Gefolge der Kartellwelten-Delegation. Seit sie sich der bedrohlichen Änderung des Protokolls bewusst waren, hatten sie sich jedoch weiter und weiter zurückfallen lassen. Ausgemacht war, dass die Diplomaten vorgingen, während die Gruppe der

Angestellten in das vorgesehene Hotel in Sainte-Lydie vorausfuhr. Dort wollten sie sich absetzen, während das umfangreiche Gepäck ausgeladen wurde. Es war kein Problem für O'Dowds Leute gewesen, die Diplomaten zum Einschmuggeln der beiden blinden Passagiere zu bewegen, schließlich waren sie es, die die eigentliche Trumpfkarte beschafft hatten. Aber sie waren auch diejenigen, die das größte Risiko für diese Mission darstellten, wenn sie aufflogen. Man hatte sich geeinigt, dass sich die Wege im Hotel trennen würden, danach war man sich vorerst nichts schuldig. Nun aber führten diese Wege schon einige hundert Meter zu lang parallel. Die Diplomaten ließen sich nichts anmerken und machten gute Miene zum bösen Spiel. Niemand sah zu Rafale und Nour zurück. Die feinen Härchen in Rafales Nacken stellten sich auf, die drohende Gefahr einer Entdeckung wirkte wie elektrisierend. Beinahe fühlte es sich an, als würde ihr Hut davon hochgeschoben. Und dann sah sie sie.

Zum Rodder! Emmy!

Blicke kreuzten sich unausweichlich. Sie stand zusammen mit anderen Marineoffizieren Spalier im Eingangsbereich, unmöglich, dem auszuweichen. Sie sah der Frau, für die sie so viel empfunden hatte, mit der sie das Bett geteilt hatte und von der sie dann zum Sterben auf Banda III zurückgelassen worden war, direkt in die Ebenholzaugen. In Emeraude d'Oustracs Gesicht regte sich absolut nichts. Hatte sie sie nicht erkannt? Nein, das zu hoffen wäre albern gewesen! Emmy war nur so beherrscht wie immer. Mit letzter Sicherheit war der Anblick der Totgeglaubten ein Schlag in die Magengrube für sie, aber sie hatte sich wie immer eisern im Griff. Was lag in diesen Augen? Was dahinter? Sie stieß Nour dezent mit dem Ellenbogen an, ohne die Augen von Emmy zu nehmen.

„Sämtliche infernalischen Unterwelten! Wiedersehensfreude sieht aber anders aus", stöhnte er.

Rafales Herz schlug heftiger, die Kehle wurde ihr eng. Sie hatte das Gefühl, in ein offenes Messer zu marschieren. Konnte sie auf Gnade von Emmy hoffen? Sentimentalität? Nein, das war Unsinn. Hier waren außerdem bestimmt noch mehr Leute des Colerianischen Herbstes. Emmy würde Alarm schlagen, auch wenn sie hier strammstehen und mitspielen musste. Es würde nur eine Frage von Minuten sein. Eine konkrete Anfrage beim diplomatischen Korps, ein kurzes Herauswinken für eine Sonderkontrolle und man würde sie beide nie mehr sehen. Kein diplomatischer Schutz würde ihnen dann noch helfen und die Kartellweltler würden sie fallen lassen, zu wichtig war das große Ganze.

Wir bedauern das wirklich sehr, Miss Goeland, glauben Sie mir! Aber die diplomatischen Zwänge, sie verstehen...

„Wir müssen hier weg, und zwar schnell!", zischte sie Nour zu. „Egal wie und wohin!"

„... sagte der Nachwuchs-Zauberer und versuchte unauffällig, das Kaninchen wieder in den Hut zu stopfen."

„Hat der göttliche Ubash eigentlich ein Buch der dummen Sprüche für jede Gelegenheit herausgegeben, Nour?"

„Nein. Es gibt einige Seitentexte unseres Glaubensbekenntnisses, aber die sind nur für bestimmte Gelegenheiten. Und glauben Sie mir, Enttarnungen an Raumhäfen sind nicht dabei. Bedaure."

Rafales hilfesuchender Blick spielte Pingpong mit den engen Seitenwänden der vielen verwinkelten und fensterlosen Korridore, durch die sie geleitet wurden. Sie passierten einige Türen, von denen sie aber mit letzter Sicherheit annahm, dass diese verschlossen sein würden. Es machte keinen Sinn, den letzten Rest Fassade zu riskieren, wenn die

Flucht nicht wenigstens eine kleine Aussicht auf Erfolg hätte. Mit kaum wahrnehmbarem Wink bedeutete sie Nour, sich unauffällig bis ans Ende der Gruppe zurückfallen zu lassen. Hier wurde pausiert, um ein Schnürband zu richten. Dort wurde pausiert, um zu niesen. Mit grimmiger Genugtuung stellte Rafale fest, dass ihnen wenigstens niemand gefolgt war. Zumindest nicht unmittelbar. Vermutlich würden die Soldaten eine festgelegte Zeit vor dem leeren roten Teppich Ehrenwache stehen müssen, bevor sie mit gemessenem Tempo die Verfolgung der Diplomaten aufnehmen durften. Sicher, sie hatte in ihrer Umhängetasche ihre zusammengepfuschte DX-9 und die Katra-X einstecken. Dass Diplomatengepäck nicht durchleuchtet werden durfte, war ein kleiner Vorteil. Aber was würde ihr das hier nützen? Sie konnte kaum den halben Raumhafen niederschießen und ein einziger Schuss hier drin würde ausreichen, um ein halbes Bataillon Elitesoldaten auf den Plan zu rufen. Mit jedem Schritt in Richtung Empfang wurden die Alternativen weniger. Wenn sie jetzt an einer Biegung nur eine Gelegenheit bekommen würden...

Und plötzlich nahm sie einen Schatten neben sich wahr, eine Hand, die nach ihrem Ärmel griff und daran zog. Sie taumelte, noch unsicher auf den Beinen vom langen Flug unter verringerter Schwerkraft, und sah die Luxelemente an der Decke tanzen. Würde man sie tatsächlich mit Gewalt herausfischen? Im Straucheln verlor sie Nour aus den Augen, es schien als würde sie zu einer Tür und in einen kleinen Raum hineingezogen. Der Raum war sehr dunkel und für den ersten Moment sah sie nur schemenhaft. Aber sie machte sich bereit. Noch war sie ein colerianischer Offizier und kampflos würde man sie nicht bekommen! Es war keine Zeit, ihre Waffen aus der Tasche zu ziehen, also holte sie mit ihrer Linken aus und schlug auf den einzigen Schemen in ihrer Nähe ein. Sie traf ihn irgendwie, irgendwo im Gesicht.

„Ahhh!", stöhnte es. „Rafale, nicht! Ich bin von den Guten!"

Verwirrt brach sie den nächsten Angriff mit der Rechten ab und nahm eine Verteidigungshaltung ein. Das Kickboxen hatte an der Offiziersakademie nicht gerade zu den beliebtesten Sportarten der weiblichen Anwärter gehört, aber ihr hatte es immer gefallen und nun wollte sie endlich mal einen praktischen Nutzen daraus gezogen wissen.

„Red keinen Quatsch, du Droyk!", bellte sie den Fremden an und tänzelte einen Schritt zurück, um auf Distanz für einen Tritt zu kommen.

Der Fremde schien nicht an einem Angriff interessiert und hielt sich das Kinn. Sollte es wirklich so einfach sein? Und wieso war der Mann allein in dem engen Raum? Sie spürte Nour hinter sich, doch auch er schien nicht kämpfen zu wollen. Stattdessen blieb er hinter ihr und schien an ihrem Jackett zu ziehen. Was war hier nur los?

„Ich bins doch!", murmelte der Fremde hinter vorgehaltener Hand. „Vic!"

„Vic?", fragte sie irritiert, die Hände noch immer abwehrbereit erhoben. „Victor Nadar?"

„Wie viele Vics kennst du denn sonst noch? Also Vics, die deine Linke überlebt haben!"

„Ich... also... was machst du hier?"

„Dich hier rausholen", antwortete Victor. „Du hast gerade eine Menge Ärger und es wird sekündlich mehr."

„Das nenne ich eine gute Idee, Mister Nadar!", mischte sich Nour ein. „Gepriesen sei Ashas Güte! Und wie wollen Sie uns hier herausholen?"

„So weit war ich leider noch nicht mit meinem Plan. Bin schon froh, dass ich selbst rausgekommen bin."

„Ich nehme das mit der Lobpreisung zurück."

„Das mit Asha können wir immer noch klären, ihr Droyks! Spätestens an der nächsten Station wird auffallen, dass zwei Leute fehlen. Bis dahin müssen wir hier raus sein oder wir lernen die Befragungsräume des Imperialen Geheimdienstes von innen kennen! Vic, irgendeine Idee, in welcher Richtung es auf das Flugfeld geht?"

„Ich habe meinen Kommunikator leider... verlegt, also habe ich keine Kompass-App. Aber gefühlsmäßig würde ich sagen... da lang!"

Victor zeigte aus der gegenüberliegenden Türöffnung hinaus und vermutlich reichte sein Gefühl bis eben dahin.

„Versuchen wir es einfach. Hier raus, einmal links und dann weitersehen."

„Als Kinder haben wir gern Irrgarten gespielt", erklärte Nour, während er und Rafale Victor folgten. „Nur hat man damals nicht die Verlierer verhört und totgefoltert. Das mindert den Spielspaß doch erheblich."

Luxelement um Luxelement zog über ihnen dahin, als sie durch enge Korridore, verwinkelte Technikräume und einsame Passagen flüchteten. Mehr als einmal mussten sie schweren Herzens kehrt machen, weil sich der Weg als Sackgasse erwiesen hatte. Nach den ersten erregten Momenten, wenn sie Türen in den immer tieferen Eingeweiden des Raumhafens aufstießen, gewöhnten sie sich daran, wie es jeder kämpfende Soldat tat. Mehr als einmal passierten sie Reinigungskräfte, Servicetechniker und verirrte Fluggäste, ohne diesen noch übermäßig Beachtung zu schenken. Einmal trafen sie sogar einen verdutzten Wachmann, den Rafale kurzerhand mit einem Fausthieb niederstreckte. Sie nahm seinen Taser an sich, ab jetzt war die Truppe nochmals geringfügig besser - und vor allem unauffälliger - bewaffnet. Aus der richtungslosen Ferne, mehrfach gebrochen durch die vielen Wände, hörte man laute Rufe, das schrille Zirpen von Alarmsirenen und rennende Stiefelschritte. Einige Male sogar näher, als ihnen lieb war. Sie mieden Bereiche, in denen der nüchterne Plast-Fußbodenbelag der Servicebereiche dem edlen, polierten Synth-Marmorboden der Fluggastzonen Platz machte. Wo Fluggäste waren, waren auch Kameras. Niemand traute sich zu fragen, ob die Richtung überhaupt noch stimmte, man war mit dem pulstreibenden Status Quo zufrieden. Noch waren sie frei. Als sie schließlich einem Reinigungsteam, bestehend aus vier dunkelhäutigen Arbeitern, begegneten, machte sich grenzenlose Erleichterung, fast Übermut breit. Abarizhi! Ein sicheres Zeichen dafür, dass man den rassisch reinen Diplomatenbereich verlassen hatte. Nour traute sich sogar, sie ungeniert auf Abarize nach dem Flugfeld zu fragen. Dass sie bislang ungefähr die richtige Richtung verfolgt hatten, war wohl mehr Zufall. Oder - wie Nour steif und fest behauptete - Ubashs leitende Hand, was in colerianischen Augen auf das Gleiche hinauskam. Als sie mit vereinten Kräften eine breite, doppelflügelige Tür gegen den erbitterten Widerstand ihrer Öffnungspneumatik aufschoben, strömte ihnen endlich Tageslicht entgegen. Es wirkte wie ein Aufputscher, weckte immer mehr Kraft, je mehr davon um ihre bleichen Luxlicht-Gesichter brandete. Schließlich gaben die Pneumatikzylinder seufzend nach und die Tür ließ sich gänzlich aufschieben. Ein von der colerianischen Sonne überflutetes, herbstliches Flugfeld lag vor ihnen!

„Ich weiß nicht, wo wir sind, aber ich weiß, wo ich nicht sein will!", sagte Rafale und deutete mit dem Daumen hinter sich, gegen die grau-schwarze Fassade des Raumhafen-Molochs.

„Dann ist ja die Richtung klar!", stellte Nour fest.

Blatt 104: Mec und Toc-Toc

Ein Koffer. Ein Reisesack. Noch mehr Reisesäcke. Mec kannte die farbigen Schilder auf jedem einzelnen Gepäckstück. In jedem dieser Plastkärtchen steckte ein auskunftswilliger Chip, der den Bots in der Gepäckförderanlage alles verriet, was sie wissen mussten. Und dem Imperialen Zoll und Geheimdienst noch einiges mehr. Ihm war das gleichgültig. Er war dienstverpflichtet - wie die meisten Macorraner hier - und beschränkte sich darauf, einfach das Hirn bis zum Feierabend auszuschalten oder sich mit Nichtigkeiten zu beschäftigen. Mec sah beispielsweise einfach seinem Sortierscanner zu, wie dieser den Chips berührungslos weitere Informationen hinzufügte. Gepäckeingangskontrolle auf dem Conoret City Spaceport. Es war ein schöner Tag im Spätherbst, die Sonne machte das Display schwer lesbar und brachte Mec dadurch fast um seinen Lieblings-Zeitvertreib, das Lesen der Herkunftsorte. Labouan. Valvetin. Terrevierge. Al-Abheila im Hayah-System. Foche Majeur IV im umkämpften Foche-Sektor. McCormick's Kingdom im Barton Reach-System. Endlos spien die Bäuche der Passagierfähren immer neues Gepäck aus allen möglichen Ecken der Galaxis auf das Flugfeld. Verdammt viele Orte in kriegszerfetzten Gebieten. Mec hatte außer Macorro und Coleria Prime nie andere Planeten, geschweige denn andere Systeme oder gar Sektoren gesehen, aber so hatte er Anteil an der großen Galaxis, ohne bei seinen colerianischen Dienstherren Aufsehen zu erregen und konnte einen weiteren Tag im Frondienst hinter sich bringen. Und immerhin war er hier draußen an der frischen Luft, auch wenn es für seine Verhältnisse hier sogar im Sommer zu kalt war. Froren diese Imps eigentlich nicht?

Ein Reisesack landete klatschend vor Mecs Füßen.

„Mann, ich hab doch gesagt, du sollst fangen!", nörgelte Toc-Toc seinen Kollegen an. „So kriegen wir den Laderaum nie leer. Träumste schon wieder vor dich hin?"

„Heh, Toc-Toc! Weißte, was der Unterschied zwischen Krieg und Frieden ist?"

„Ne, was denn Alter?", wollte sein Landsmann mehr höflichkeitshalber wissen und zog dabei schnaufend den nächsten Koffer vom Stapel.

„Im Krieg kommt viel mehr Gepäck von seltsamen Orten hier an", erklärte er.

„Als ob dieser Planet hier nicht seltsam genug wäre, zum Disha!", fluchte Toc-Toc vor sich hin und wuchtete den schweren Koffer auf einen der wartenden Repulsor-Karren, dass die anderen Gepäckstücke knarrten.

„Du bist echt ignorant, Toc-Toc!", beschwerte sich Mec und wischte einen dreckverkrusteten Chip-Anhänger mit dem Handrücken frei. „Interessierst du dich echt nicht für die ganzen Planeten?"

„Ich interessier mich nur für Macorro und wann ich wieder dahin zurück darf. Und wenn du schlau bist, Bruder, dann tust du das auch!", brummelte Toc-Toc.

Mec seufzte resignierend. Toc-Toc war ein netter Kerl, aber zu einfach gestrickt. Er konnte, wie alle Abarizhi, die Imps nicht leiden, was an sich nicht bemängelnswert war. Aber er kam auch nicht über diese simple Tatsache hinaus und begnügte sich mit Stammtischparolen im Teehaus, ohne sich um das Warum und Wieso zu kümmern. *Du musst deine Feinde besser kennen als deine Freunde, wenn du siegen willst* lautete eine von Ubashs 999 Weisheiten und Mec gefiel diese ganz besonders. In seiner Vorstellung konnten die Abarizhi nur freikommen, wenn sie verstanden, wie die Galaxis funktionierte. Mit Leuten von Toc-Tocs Geisteshaltung konnte man nur Tee trinken und unorganisierte schlechte Laune haben, aber nicht siegen. Leider traf das auf die meisten seiner Landsleute zu.

„Zum Disha, was ist denn das?", rief Toc-Toc plötzlich und riss Mec damit aus seinen galaktopolitischen Gedanken. Mit irritierter Miene wies er in Richtung des großen Terminals, aus dem eine Gruppe von drei Leuten auf sie zugerannt kam.

Mec staunte nicht schlecht. Er hatte schon einige Male verspätete Passagiere irgendwelcher Flüge nach Nirgendwo erlebt, die ihrer Fähre hinterherhetzten, aber hier draußen, in den westlichen Randbereichen des Flugfeldes, gab es keine Abflüge. Hier landete nur ein Riesenhaufen Gepäck der Ankünfte. Die Leute rannten, als ginge es um ihr Leben, was eine gewisse, instinktiv verankerte Unruhe in ihm weckte. Ein kleiner Abarizhi war dabei, vielleicht Algarasier. Ein Imp mit einem viel zu großen Bovart-Anzug. Und eine Dame in feinen Klamotten, deren BH dem Lauftempo nicht ganz standhielt. Als er mühsam mit dem Blick weiter an ihr emporkletterte, staunte er: Diese Frau kannte er doch! Natürlich! Diese langen, roten Haare, die hochaufgeschossene Gestalt, die Bewegungen im Laufen! Das war die seltsame Imp von damals, bei dem Empfang! Damals, als sie sich mit ihm zusammen vor der Granate in Sicherheit gebracht hatte! Die erste und einzige Imp, die ihm alles Gute gewünscht hatte! Beim schwarzen Dämon von Nusha, was würde nun wieder passieren?

„Hed saiide shehebti, nashemidhi! Aalad demanteh!", rief der Algarasier ihnen entgegen, als die drei keuchend vor ihnen zum Halten kamen.

Der Mann im Bovart-Anzug klang wie ein defekter Tee-Bereiter. Oder wie Toc-Tocs altes Gravlite, was aber technisch fast das Gleiche war.

„Das haben Sie schon einmal gesagt, Nour!", sagte die Rothaarige. „Damals in Khelefs Teehaus!"

„Sehr richtig, mon Capitaine! Ich war nur so frei, Mister Nadar ebenfalls als Freund vorzustellen, er hat ja schließlich selber gesagt, dass er zu den Guten gehört", kommentierte Nour ungerührt.

Die Erwähnung von Khelefs Teehaus bewirkte mehr als der Satz auf Abarize, zumindest für Mec. Der Macorraner war zwar selbst noch nie so tief nach Old Ironstate vorgedrungen, aber gehört hatte er von diesem Laden durchaus schon. Wer in Khelefs Teehaus verkehrte und dazu noch mit einem Abarizhi auf der Flucht war, konnte nicht so ganz verkehrt sein. Auch wenn es Imps waren.

„Shekran, nashemi!", japste Victor atemlos. „Danke."

„Shekran aalad wajid", erwiderte Nour zwinkernd, sah dann zu Rafale. „Gern geschehen."

„Können wir den Sprachkurs verschieben, meine Herren? Wir haben gerade ein kleines Problem."

Sie wandte sich an die völlig perplex dreinblickenden macorranischen Arbeiter.

„Haben Sie vielleicht eine Möglichkeit, uns hier ungesehen vom Raumhafengelände zu bringen? Die Imps haben etwas gegen uns und es ist wichtig, dass wir von hier verschwinden. Für die ganze Galaxis wichtig. Auch wenn gerade die Zeit fehlt, das zu erklären. Ach... behalten Sie doch das hier, als kleines Dankeschön, wenn es Ihnen hilft."

Sie drückte Mec, der noch immer starr wie ein Absperrpfosten dastand, ihren Hut und den Taser in die Hände. Ein Paar intensiv funkelnder, grüner Augen sah ihn direkt an, aber aus der Sicht des Macorraners hatte dieser Anblick eher etwas Einschüchterndes denn etwas Attraktives. Er wich nach unten aus und sein Blick verfing sich wieder in der ansehnlichen

Oberweite der Frau. Eine kurze Erinnerung durchzuckte ihn, wie er, dicht an sie gedrückt, auf dem harten Boden herumrollte. Damals war er einfach nur erschrocken gewesen, aber in seiner Erinnerung kamen die - wortwörtlich - weicheren Eindrücke dann später durch. Er löste sich aus seiner Starre und nickte.

„Ja... ja, das kriegen wir schon hin, Miss. Bis hier jemand auftaucht, haben wir schon eine kleine Runde gedreht. Einsteigen!", sagte er mit plötzlicher Entschlusskraft und winkte Toc-Toc zu sich. „Komm, Bruder, wir machen eine außerplanmäßige Fahrt mit dem Schlepper."

Ohne zu zögern kletterte Rafale auf einen halb leeren Repulsor-Karren und schichtete die dösenden Koffer zum Sichtschutz um. Nour und Vic folgten.

„Wir fahren jetzt zum Gepäckterminal West, machen aber einen kleinen Schwenk neben den Zaun zu den Mitarbeiter-Parkplätzen. Da steigen Sie aus. Das Tor ist nur angelehnt, wegen der Zigarettenpausen. Wir haben nichts gesehen. Viel Glück!"

Die beiden Macorraner stiegen auf ihren gelb-schwarz lackierten Schlepper. Mec setzte sich, von Toc-Tocs vorwurfsvollem Blick begleitet, auf den Fahrersitz und fuhr los. Scheppernd folgte ein Tross aus Gepäck und drei seltsamen Fahrgästen. Mec verstand zwar nicht genau, was sie hier eigentlich taten, aber es missfiel Toc-Toc und darüber hinaus war es uncolerianisch und somit konnte es nur gut sein. Lachend setzte er seinem Kollegen den Hut auf.

„Steht dir, finde ich!"

Blatt 105: Die Hand im Nacken

„Auaaa, das tut weh!", protestierte Victor.

„Jetzt stell dich nicht so an, zum Frell, ich denke du bist ein Kerl?", brummelte Rafale konzentriert, während sie ihm zugewandt auf dem Sofa kniete, um seine - wirklich nur leicht - angeschwollene Wange zu verarzten.

Lizus Wohnung, genauer gesagt das ehemalige Jugendzimmer seines Sohnes, bot nicht viel Luxus. Im Grunde bot es so gut wie gar nichts, selbst als nur Victor hier untergekommen war. Suzie hatte klaglos und ungefragt weitere Sitzgelegenheiten herangeschafft, als sie feststellen musste, dass der Reporter nicht nur Arbeit, sondern auch Gäste mitgebracht hatte. So wie sie und ihr Lebensgefährte colerianisch-macorranische Mischlinge waren, so waren jetzt auch die Sitzmöbel bunt aus zwei Kulturen zusammengemischt. *Das Beste zweier Welten* hatte Nour geätzt, selbstverständlich erst, als Suzie aus dem Zimmer gegangen war. Das niedrige Sofa mit den unvermeidlichen macorranischen Rüschen und Troddeln wurde um drei große Sitzkissen und so eine Art Kantinenstuhl aus Duroplast ergänzt. Wahrscheinlich hatte Suzie einfach alles aus dem Keller heraufgeholt, was sich zum Sitzen eignete, antizipierend, dass sich die Gäste womöglich noch weiter vermehrten.

„Natürlich... au! Bin ich ein Kerl! Und was für einer!", jammerte Victor leicht theatralisch. Er neigte den Kopf weiter nach links, bis er wirklich schief im Sofa hing. „Das pocht echt bis zum Hals runter!"

„So fest hab ich doch nun wirklich nicht zugeschlagen... lass mal sehen", antwortete sie besorgt und beugte sich weiter vor, um den Schaden zu begutachten.

Nicht nur die Sitzgelegenheiten waren dürftig, auch die medizinischen Vorkehrungen ließen zu wünschen übrig. Ein elektronisches Wundkühlgerät gab es natürlich nicht und selbst im Kühlschrank des Hauses war ihr nur ein einsamer Kühlverband in die Hände gefallen. Mit diesem betupfte sie vorsichtig die leicht angeschwollene rechte Gesichtshälfte.

„Du kannst dich auch gerade hinsetzen, Vic, das ist doch unbequem so", stellte sie fest, während sie sich bemühte, auf dem weichen Sofa kniend das Gleichgewicht zu halten. „Sind eigentlich alle Kerle so... hey!"

Ihr ratsuchender Blick traf Nour, der auf einem der Sitzkissen neben dem Sofa hockte und grinste. Seine Blickrichtung und seine belustigte Miene gefielen ihr nicht, überhaupt nicht. Instinktiv sah sie über die Schulter. An der Wand hinter ihr war ein einsamer kleiner Spiegel montiert, wo früher vielleicht ein Waschtisch gestanden haben mochte, die helle Stelle an der Wand verriet es. In diesem Spiegel war überdeutlich und bildfüllend ihr Gesäß zu beobachten, die enge Anzughose zeichnete die Rundung bereitwillig nach. Seitlich davon entdeckte sie dann Victors grinsendes Gesicht, auf der anderen Seite Nours Zwillingsgrimasse.

Na klar ist das ein Kerl! Wie üblich eben!

Sie richtete sich auf und gab ihm blitzschnell eine Ohrfeige auf die unbeschädigte Seite. Der Schreck und der Schmerz begruben nur sehr kurzfristig das breite, genießerische Grinsen.

„Typisch Männer! Sonst müsst ihr ständig streiten, wer den längeren hat, aber wenn es darum geht, einer Frau auf den Hintern zu glotzen, seid ihr euch einig wie nur was!", schimpfte sie.

„Mon Capitaine, es ist doch wie im Raumkampf: Wenn Sie ein zu gutes Ziel abgeben, müssen Sie sich nicht wundern, wenn sich jemand darauf einschießt, ich bedaure", entschuldigte sich Nour mit mühsam unterdrücktem Schelmenlachen.

Rafale ließ Kühlverband Kühlverband sein und setzte sich wieder. Sollte dieser Macho doch sehen, wie er zurechtkam!

„Wenn die Herren sich bitte erinnern würden? Momentan will der Colerianische Herbst mir genau diesen Hintern aufreißen und ihr Kerle guckt euch so lange die Augen aus dem Schädel!", moserte sie beleidigt.

„Schon gut, Rafj... Rafale. Das war primitiv, ich weiß. Tut mir leid. Und Mister Nour sicher auch. Vorerst bin ich schon froh, dass die Typen das mit dem Hintern aufreißen nicht gleich am Raumhafen besorgt haben. Wir stecken alle ziemlich in der Scheiße."

„Wo sind wir hier eigentlich, wenn ich mal so unverschämt fragen darf, Mister Nadar?"

„Im Black Tale-Viertel, bei meinem freien Mitarbeiter und guten Freund Lizu. Ich weiß, die Gegend hat einen üblen Ruf, aber man muss zwischen den Zeilen lesen, dann findet man auch die angenehmen Seiten. Die Leute sind rau, aber herzlich und es ist bei weitem nicht jeder Bewohner ein Krimineller. Vor allem die Gastfreundschaft wird hier noch großgeschrieben."

In diesem Moment kam Lizu hereingestürmt. Seine abgerissene Lumpskinkleidung roch nach Tabakqualm, Öl und dem Dunst lange verlassener Lagerschuppen. Als er die Gruppe erblickte, stoppte er kurz, als sei Kleber auf dem Boden. Er setzte eine verdächtig unverdächtige alte Tasche ab, in welcher es leise klapperte. Dann hob er entrüstet die Arme.

„Alter, Suzie macht mich kalt! Hast du sie noch alle, auch noch Leute hierherzuschleppen? Das hier ist doch kein Hotel für... für... für..."

Lizu stand wortsuchend mitten im Raum. Alle sahen ihn an in der Erwartung, er würde ihnen jetzt einen Hinweis auf seine Einordnung geben.

„Sie sind die Frau auf den Fotos!", sagte er stattdessen irritiert und wies auf die ausgeblichene Tapete, in die Victor seine Recherche-Fotos gesteckt hatte. Es waren einige Aufnahmen von Rafale dabei, Lizu hatte die meisten davon selbst besorgt.

„Und ich bin der Mann auf den Fotos!", half Nour aus. „Sehen Sie also, wir waren quasi schon immer hier, wozu sich also jetzt noch aufregen?"

„Alter, wenn du jetzt auch noch die anderen Leute von den Bildern hier anschleppst, dreh ich durch!", wandte sich Lizu mit wildem Blick an Victor. „Ein paar Tage! Du wolltest für ein paar Tage hier wohnen, das sind schon ein paar Tage mehr! Und jetzt schleppst du auch noch Leute an!"

„Also ich denke, es werden nicht noch mehr Leute kommen. Der freundliche Herr dort auf dem Bild, das ist Mister Dibaleaux. Er hat beste Verbindungen in höchste Kreise und würde uns gern töten. Wenn er doch kommen sollte, würde sich dafür unsere Zahl zwangsläufig verringern, also keine Sorge", mischte sich Nour erneut ein, um dem an Erklärungen gerade etwas knappen Victor zu helfen.

„Oh, es ist ja nicht nur Dibaleaux", ergänzte Rafale gutgelaunt. „Hinter uns ist die möglicherweise gefährlichste Verschwörergruppe in der Geschichte Colerias her, die können ganze Siedlungen ausradieren. Oder sollten wir erst mal über die ganz offiziellen Fahndungsbehörden sprechen, die sich da mit Dibaleaux ein Wettrennen um unsere Köpfe liefern?"

„Lizu, ganz ruhig, es ist alles nicht so, wie du denkst. Ich -"

„Elah, dabei weiß er ja noch nicht einmal, dass wir auch schon in der Uniform der Sots gekämpft haben, das nehmen uns manche Leute ja auch schon krumm."

„Vergessen Sie nicht, dass wir Fahnenflüchtige sind, Nour", erinnerte Rafale. „Von denen erwartet man doch sowieso nichts Besseres."

„Lizu, das klingt jetzt sicher alles ein wenig dramatisch, aber -"

„Ach, da fällt mir ein: Der Mann mit dem Aufstand auf der Orbitalwerft ist übrigens mein Vater, davon haben Sie sicherlich schon gehört, oder?"

Lizu, der Informant, rollte mit den Augen. Dann machte er auf dem Absatz kehrt und verließ fluchtartig den Raum. Selbst die Tasche mit Hehlerware hatte er achtlos stehengelassen. Als die Zimmertür knallte, schob sich ein breites Grinsen auf sämtliche Gesichter.

„Mein Onkel Joba hätte seine Freude an der Szene gehabt."

„Was wird er jetzt wohl tun, Mister Nadar?"

„Sich bei seiner Freundin ausweinen vermutlich. Lizu ist vom Typ *harte Schale, weicher Kern*. Wenn er sich erst mal an euch gewöhnt hat, ist er wirklich sehr umgänglich. Und er kann geschmuggelte Zigaretten besorgen."

Rafale betrachtete kurz ihr Portrait an der Wand, aus dem ihr eine strahlende junge Offiziersanwärterin mit keck in den Nacken geschobener Mütze entgegengrinste. Dann setzte sie wieder ein ernstes Gesicht auf. Späße zu machen war gut für die Moral, aber die Versuchung, sich mit diesen Albernheiten zu betäuben, war groß. So wie die junge Frau auf dem Foto, die noch nicht wusste, worauf sie sich da eigentlich eingelassen hatte, wollte - nein, konnte - sie nicht mehr sein. Das Leben im System hatte sich als streng führender Tanzpartner erwiesen und es war ihr schon bei einigen Gelegenheiten mit voller Absicht auf die Füße getreten. Es galt, den nächsten Tanz anzugehen, ohne endgültig die Kontrolle zu verlieren.

„Also, mal im Ernst. Wir sind hier, wir leben. Das kann sich aber schnell ändern, muss ich wohl niemandem erklären, hm? Wir brauchen einen Plan."

Nour erhob sich, um einen Blick in Lizus stehengelassene Tasche zu werfen. Ungeniert hielt er den Inhalt gegen das mit einer simplen Jalousie abgedunkelte Fenster. Energiezellen verschiedener Bauarten und noch verschiedenerer Herkünfte.

„Ist etwas für Sie dabei, mon Capitaine? Denken Sie an O'Dowds Warnung, ich möchte ungern dabei sein, wenn Ihnen Ihre improvisierte DX-9 doch noch um die Ohren fliegt, nur weil einer von uns zu laut geniest hat."

Pflichtschuldig betrachtete Rafale die Zellen, die Nour abwechselnd hochhielt, doch jedes Mal schüttelte sie nur den Kopf. Nichts Passendes. Jetzt, wo sie wieder in der Heimat war, juckte es sie unermesslich, Haute-Pleine zu kontaktieren. Ihre eigene Dienstwaffe abzuholen. Jetzt, wo sie wusste, dass er inoffiziell auf ihrer Seite war. Jetzt, wo sie ihn über Vic erreichen konnte. Doch nein, es wäre eine vergiftete Frucht gewesen. Ein falsches Signal. Wenn sie als erstes einer so plakativen Symbolik nachjagte, was sollten dann die anderen daraus folgern? Nour würde seine Familie kontaktieren wollen. Vic würde an seiner großen Enthüllungsstory arbeiten wollen. Sie spürte die bohrenden Gedanken in den Köpfen ihrer Kameraden und deswegen durfte sie keine Sollbruchstellen einfügen. Sie war noch immer die Kommandantin und sie erwarteten etwas von ihr. Sie musste sich zusammenreißen.

„Ist ja auch nicht so wichtig", sagte sie betont desinteressiert und richtete stattdessen den Blick auf ihren Kommunikator. Er würde offline bleiben müssen, allein das Einbuchen in das heimische Netz wäre ein fatales Signal ihrer Anwesenheit. Ganz zu schweigen davon, dass man auch einen militärischen Kommunikator orten konnte. Was die Isolation betraf, hatte sie sich noch nicht wesentlich von Banda III entfernt.

Es klopfte zaghaft, dann trat Suzie, mit einigen Schachteln im Arm beladen, in den Raum.

„Wir haben schon gegessen, aber ich dachte, ich hole eben schnell etwas von der Ecke", sagte sie, ohne näher zu erklären, was *die Ecke* nun genau sein mochte. Es schien allen auch herzlich egal zu sein, denn es roch köstlich. Vielleicht war man isoliert, aber immerhin würde man nicht verhungern.

Der Abend war durch die Schlitze der Jalousie gedrungen und hatte sich mit dem Gefühl der Sättigung zu einer Sphäre der Trägheit vereinigt. Niemand hatte scheinbar das Interesse verspürt, tiefgreifende Pläne zu schmieden. Rafale hatte wie süchtig Radio gehört, jeden noch so insignifikanten Beitrag in sich aufgesogen. Sie kannte dieses Gefühl, es befiel sie regelmäßig, wenn sie von langen Reisen aus dem All heimkehrte. Man übergab sein Schiff der Dienststelle, machte den üblichen medizinischen Check und dann, wenn alle Haltegurte des Protokolls gelöst waren, holte man wie ein Junkie alles verpasste Leben im Blitztempo nach. Eine ordentliche Dosis Aufputscher, drei verschiedene Tagesportionen Fastfood, laute Musik, die gesammelten Holozeitungen überfliegen und dann ins Nachtleben Conorets stürzen. Die Thunderwing aus dem Käfig lassen wie ein wildes Tier, das auf seine kühne Herrin gewartet hatte. Die Nacht durchtanzen, das Leben in sich aufsaugen wie eine ausgedörrte Sukkulente. Vielleicht einen One-Night-Stand finden, irgendjemanden, der den grauenhaften Stallgeruch der Einsamkeit zu übertönen half. Oft trafen sich in den einschlägigen Läden die Besatzungsmitglieder ein und desselben Fluges wieder und auch das war dann egal. Man trank, lachte, erzählte und schlief - gelegentlich - miteinander, als hätte man diese Leute seit Jahren nicht gesehen. Tatsächlich gaben sich auch alle, als seien sie jetzt ganz anders als neulich noch dort draußen, im weiten schwarzen All. Bei den meisten stimmte es auch irgendwie und solche Abende zeigten das dann in Form jenes zivilisatorischen Konzentrates.

Dieser Abend war zwar nur eine Kinderportion solcher Exzesse gewesen, aber Rafale Goeland war zufrieden. Es hatte für scharfes Essen, Zigaretten, ein paar Stunden Heimatradio und Gespräche über den Rodder und die Welt gereicht. Der Rest würde warten müssen, bis alles wieder gut war, und niemand schien darüber nachdenken zu wollen, ob es das jemals werden würde. Mit leicht verrenktem Magen hatte sie sich in dem engen Raum auf einer Foam-a-plast-Matte langgelegt. Der Gedanke, sich morgen früh eine Ultraschalldusche mit vier anderen teilen zu müssen, war nicht gerade ein Jungbrunnen. Als letzte in eine gebrauchte Staubwolke von Silalox-Waschpuder tauchen zu müssen, ließ sie bereits jetzt leicht hüsteln und sie ahnte schon, wer wieder als letzte auf den Beinen sein würde. Gerade als sie überlegte, wie sie ihre morgendliche Trägheit wenigstens einmal überwinden könnte, um der Puderung mit körperfremden Hautschuppen zu entgehen, traf eine Hand sie im Nacken.

Jetzt haben sie dich!

Rafale hielt den Atem an. Die Arme unter der alten Decke waren kampfbereit angespannt und die Gedanken rannten bereits herum und suchten ihre Tasche mit den beiden Plasmapistolen. Doch nichts weiter geschah. Die Hand griff nicht, sie schlug nicht. Sie lag einfach nur auf ihrem Nacken, wie gefallenes Herbstlaub. Deutlich konnte sie die Wärme auf ihrer Haut spüren.

Vic, du Droyk! Danke der Unendlichkeit, dass ich ohne Waffe schlafe!

Es war tatsächlich Victors Hand. Er hatte seine Matratze neben ihrer ausgelegt, für ihren Geschmack etwas zu sehr neben ihr, aber die Enge des Raumes gab ihm Recht. Vermutlich hatte er sich gerade im Schlaf gedreht und die Hand war herumgeschlagen, um dann in ihrem Nacken zu landen. Vorsichtig griff sie hinter sich und schob sie mitsamt Unterarm wieder zu ihm zurück. Sie atmete durch, versuchte, die entlaufene Schlafstimmung wieder einzufangen. Je besser sie schlief, desto besser würde sie morgen aus den - nicht vorhandenen - Federn kommen, desto weiter vorn wäre ihr Platz in der Warteschlange der Dusche. Sie blickte die Zimmerecke direkt vor sich an, schwach illuminiert von den elektronischen Glühwürmchen der diversen Geräte dort. Eine altersmüde, verblichene Plasttapete. Angestoßene, schiefe Fußleisten, von denen die Farbe langsam abblätterte. Eine Reihe Energie- und Datendosen, schief in der Wand montiert und teilweise ohne Blenden. Es war ein armseliges, aber friedliches Idyll, ein Mikrokosmos, scheinbar der gnadenlosen Welt entrückt. Die Lust, sich ganz klein zu machen und in dieser ruhigen Ecke vor der Welt zu verkriechen, wurde mächtig. Unentdeckt sein. Schlafen. Zu sich finden.

Hoffnung ist ein fernes Licht
blinkt auf und erlischt
erreichst es nicht
kalt ist die Nacht, dunkel und frei
und bist du allein
so wünsch dir einen Stern herbei
lass dich leiten, verzage nicht
Hoffnung ist ein fernes Licht

Die Hand traf sie erneut. Nun schon weniger hart empfunden, vielleicht weil sie jetzt wach war. Nicht einmal Einschlafgedichte konnte man aufsagen! Erbost griff sie nach seiner Hand. Eine Pranke war es nicht gerade, aber durchaus kräftig. Ihre langen Finger strichen über den Handrücken, als wollten sie jedes Härchen dort einzeln untersuchen. Plötzlich wagte sie es nicht mehr, sich zu rühren und ließ behutsam los. Ob diese Hand wohl zärtlich sein konnte? Gewiss konnte sie das. Sie hielt bei dem Gedanken den Atem an. Die Haut an den Innenflächen war nicht rau oder schwielig, wie geschaffen, um über die Haut einer Frau zu fahren. Bei dem Gedanken begann ihr Herz zu klopfen, dass die nachttrübe Sicht kurz verschwamm.

Sei doch wenigstens ehrlich, Mädchen: Es fühlt sich gut an, stimmts?

Es stimmte. Es fühlte sich gut an. Frellig gut sogar. Vor allem, wenn sie sich vorstellte, dass die Hand nicht als Zufallsprodukt einer unbewussten Bewegung dort lag, sondern mit voller Absicht. Halb im Nacken und halb auf ihrer Halsbeuge ruhte nun der warme Handrücken, die feinen Härchen darauf neckten ihre wohlige Gänsehaut. Wäre er wach gewesen, hätte er jetzt ihren beschleunigten Puls fühlen können. Vielleicht würde er sie streicheln, im Nacken, an der Schulter, durch ihr Haar. Mühsam machte sie einen gedanklichen Bogen um ihren beinahe vergessenen Unterleib, um nicht die Beherrschung zu verlieren. Nicht jetzt!

Du bist ausgehungert, Goeland, wie immer! Jede noch so kleine Geste lässt deinen Hunger nach Zuwendung ausbrechen wie ein wildes Tier! Immer willst du das Feuer spüren und alles was du schaffst, ist, dich zu verbrennen!

Tonlos seufzte sie. Ihre innere Stimme hatte Recht. Sie hatte seit vielen Jahren Recht. Sie hatte ihren Stolz, sie hatte ihre Karriere, sie hatte ihren Daddy. Aber sie hatte nicht das, was Suzie hatte. Oder Daruneh Nour. Oder fast alle anderen.

Jemanden, der an ihrer Seite war. Und blieb. Stattdessen flüchtete sie sich immer wieder aufs Neue in wilden Sex und noch wildere Affären. Warum eigentlich? Die Antwort lag auf der Hand: Es war so leicht, sich damit zu betäuben. Man erwartete es regelrecht von altgedienten Astrogatorinnen, den Jungfern der Galaxis. Es war so leicht, Scheinlösungen für echte Probleme zu finden. Sie war einsam, das war ein Fakt. So wie ihr Vater auch, und vielleicht war das ein weiteres verbindendes Element, selbst wenn es ein ausgesprochen heikles Thema für beide war. Hätte sie sich nur rechtzeitig den Spiegel vor Augen gehalten, sie wäre nicht auf Emmy hereingefallen.

Du bist eine Flasche, Goeland! Du bist beziehungsunfähig! Und versuch ja nicht schon wieder, dich mit einer Trotzreaktion beweisen zu wollen! Schnupper mal dran, mehr kannst du eh nicht.

Sie schluckte die aufkommende Verbitterung herunter und gab sich ganz der Geborgenheit dieser Berührung hin. Ein Miniaturparadies, passend zum Miniaturidyll ihrer Ecke. Es war so schön! So unschuldig, wie sie es schon seit ihren Teenagertagen nicht mehr erlebt hatte. Vorsichtig drehte sie sich auf den Rücken, um diese schlafende Hand an ihrer Wange zu haben. Erst ein schmerzhaftes Zucken in ihren Wangenmuskeln machte ihr klar, dass sie die ganze Zeit grinste. Es war so schön! So wie dieser Abend die Kinderportion ihrer gewohnten Heimkehrer-Exzesse gewesen war, so war auch diese Zärtlichkeit der Modellmaßstab ihrer sie erdrosselnden Sehnsucht nach Nähe. Gerade so wenig, dass sie die Bestie unter Kontrolle halten konnte. Gerade so viel, dass es ihr ein tiefes Gefühl der Geborgenheit gab. Ein winziges Floß in den dunklen Weiten eines hungrigen Ozeans, ein kleines Licht in der gnadenlosen Leere des Alls. Rafale Ghauri Goeland, das Kind der Sterne, schlief ein.

Blatt 106: Agonie

Die Stimme hatte etwas gesagt. Etwas, das ihr gegolten hatte, das wusste sie. Doch sie trieb gerade in einem Ozean aus Schmerz, der ihre Sinne dämpfte. Verrauscht, verschleiert und verzerrt schien alles um sie herum. Ein Stück in ihr, ein Funke ihres Selbst, der noch nicht überschwemmt war, signalisierte ihr, dass sie antworten musste. Schnell antworten musste, sonst würde der Ozean sie noch tiefer hinabziehen, bis es irgendwann zu spät sein würde. Sie öffnete das, was ihr der Mund zu sein schien, aber sie schnappte keine Luft. Alles in ihr rang mit der Agonie.

Da, wieder! Die Stimme rief nach ihr. Emeraude d'Oustrac ahnte, dass sie lag, irgendwo lag, die Hände irgendwie auf dem Rücken fixiert. Licht, dieses blendend helle Licht! Es war so hart und hell, dass es sie zu durchdringen schien, als wäre sie kein Widerstand mehr. Zu spät, zu spät! Wie ein feuerloser Blitz schoss der Schmerz in ihren Körper, Sturzbäche der Qual gruben tiefe Täler in ihr Bewusstsein. Sie dachte nicht daran, sich zu wehren, zu protestieren, zu versuchen, ihre Arme und Beine zu bewegen. Kein Entkommen, kein Licht. Sie musste sich dem Ozean aus Schmerz hingeben, es war die einzige Option.

„Wollen Sie nicht antworten, Noir-8?"

Antworten! Ja, das war es! Das war ihr Rettungsring! An die Oberfläche kommen, diesem grauenhaften Sog in die Tiefe entkommen, bevor sie verschlungen war! Ein neuer Stich brannte bis in ihren Verstand und es tröstete keineswegs, dass jeder neue Schmerz etwas weniger furchtbar wirkte als der vorige. Sie war an einer Sättigungsgrenze angekommen, an der Schallmauer dessen, was sie verarbeiten konnte, bevor entweder ihr Geist oder ihr Körper zerbrechen würden. Oder beides. Es würde auf der anderen Seite dieser Schallmauer auf sie warten.

„I-Ich... habe die Bewegung nicht verraten!", tröpfelte es wimmernd aus ihrer Kehle.

„Wollen wir nicht die Dosis erhöhen, Rouge-1? Ich glaube, sie möchte uns nicht die Wahrheit sagen."

Marc Dibaleaux' Hand hob sich und Chantal Donnet wusste nur zu gut, was das bedeutete. Es bedeutete nein. Vielleicht ein *Nein, noch nicht*, aber in jedem Fall nein. Er hatte die andere Hand am Elektrokutor, drückte aber nicht ab. Er schien auch - sehr zu Donnets Missfallen - den Regler nicht verstellen zu wollen. D'Oustrac lag auf dem Boden gefesselt und schien vor Schmerzen fast betäubt, aber sie nützte ihm weder betäubt noch tot und so musste Donnet klein beigeben. Ihre Miene verriet deutlicher als jedes Wort, dass sie dies als Erniedrigung verstand. Dibaleaux beachtete ihre ambitionierte Mimik nicht weiter. Er schloss kurz die Augen, um der Musik zu lauschen. Unsichtbare Raumlautsprecher verströmten die wuchtige Ouverture des dritten Satzes von Carossiers Oper „Domination". Die opto-akustische Regelanlage hatte die Gesprächspause als Aufforderung, lauter zu spielen interpretiert und ließ das Symphonieorchester der Marineakademie Conoret mit wuchtigen Paukenschlägen in den Raum hinein.

„Noir-8", begann Dibaleaux erneut mit freundlichem Tonfall, während die Musik wieder leiser wurde. „Sie sind in Schwierigkeiten und das wissen Sie. Nach so vielen Fehlschlägen hatten Sie behauptet, endlich Goeland und Nour erledigt zu haben. Viele Fehlschläge, die ausschließlich Sie zu verantworten haben. Ich habe Ihnen trotz mancher Bedenken eine weitere Chance gegeben und nun enttäuschen Sie mich erneut. Mich und unsere Sache. Glauben Sie mir, das tut mir deutlich mehr weh als Ihnen."

D'Oustrac wand sich während der Ansprache langsam am Boden, als gehöre sie nicht dazu. Der Elektrokutor saß wie ein bösartiges Insekt an ihrer entblößten Halsbeuge, seine beiden Elektrodenstachel hatten sich in ihre Haut gebohrt und waren bereit, einen weiteren Elektroschock in ihre Nervenbahnen zu jagen. Ihr Atem zitterte in banger Erwartung, doch ihr Blick jagte aus geweiteten Augen starr geradeaus, als wollte er diesen gepeinigten Körper verlassen.

„Ich wiederhole meine Frage, Noir-8. Arbeiten Sie noch für den Colerianischen Herbst oder nicht?"

Dibaleaux' Stimme zog sie für einen kurzen Moment an die Oberfläche des Ozeans, sie musste antworten, sie musste ehrlich antworten, sonst würde sie wieder in die Tiefe gleiten und es würde kein Zurück mehr geben. Argumente und Rechtfertigungen gab es keine mehr in ihr, alles war abgeschält bis auf den nackten Kern wie ein Stück Obst auf dem Schneidebrett. Sie hätte gar nicht mehr gewusst, wie man lügt.

„Ich... arbeite für den Herbst", ächzte sie leise, fast tonlos, ihr ganzes Wesen bestand nur aus Schmerz und Antwort.

„Sehr gut. Sie arbeiten also nicht für das Imperium?", hakte Dibaleaux geduldig nach und bewegte dabei den Elektrokutor nur ein winziges Stück auf ihrer Haut.

„N-ein! Nein! Ich arbeite für den Herbst!", fiepte sie panisch. „Für den Herbst!"

„Wir kommen der Sache also näher", sagte er freundlich. „Möchten Sie mir dann erklären, warum Goeland noch lebt? Warum haben Sie uns angelogen?"

Sie saß in der Falle. Wäre noch ein Rest Verstand in ihr wach geblieben, so hätte sie jetzt überlegt, welche Antwort sie am weitesten bringen mochte. Aber es war nichts übrig außer der bedingungslosen Kapitulation an den Schmerz. Sie war zur Antwort reduziert worden.

„Ich... konnte es nicht. Ich habe mich mit ihr zu sehr angefreundet."

Der neuerliche Stromstoß ließ sie zucken, zum Jammern fehlte ihr die Kraft. Speichel rann unkontrolliert aus ihrem Mund.

„Angefreundet, ja?", schnaufte Donnet verächtlich und ließ sich nur durch Dibaleaux' strengen Blick davon abhalten, auf die am Boden liegende Frau einzutreten.

„Noir-8", kam er Donnets Ausbruch zuvor. „Sie hatten den Auftrag, sich Goelands Vertrauen zu erschleichen und sie zu beobachten. Sie von Aktionen abzuhalten, die unserer Sache schaden könnten. Es hat uns viel Energie und Zeit gekostet, bei den Untersuchungsbehörden die nötigen Schritte einzuleiten. Statt sich aber um Ihre Aufgabe zu kümmern, haben Sie zugelassen, dass Goeland sich mit Nour zusammentut. Sie haben zugelassen, dass sie Baray trifft. Sie haben zugelassen, dass sie mit diesem zusammengestoppelten Raumschiff nach Banda III fliegt. Sie hatten jegliche operative Unterstützung. Das Appartement, der Gleiter. Sogar einen unregistrierten militärischen Tarngürtel haben wir Ihnen gestellt. Und was haben Sie daraus gemacht? Nichts. Rein gar nichts."

D'Oustrac schaffte es, bei diesem kurzen Auftauchen aus der gestaltlosen Agonie Dibaleux' Stimme als solche wahrzunehmen. Sie empfand seine Stimmlage als freundlich und das trieb ihr eine Gänsehaut über den schweißnassen Rücken. Immer, wenn Dibaleaux nüchtern klang, war er gefährlich. Wenn er jedoch freundlich wurde, war es an der Zeit, weit wegzulaufen. Doch sie konnte nicht mehr weglaufen. Ihre feinen Nackenhaare stellten sich auf.

„Ganz im Gegenteil", begann er erneut. „Sie haben der Bewegung geschadet, Noir-8. Hätten Sie sich nicht trotz des Tarngürtels in Old Ironstate abschütteln lassen, wäre sie nicht bei Nour angekommen. Unsere Leute hätten nur Ihr Ortungssignal gebraucht. Sie haben sich vehement dagegen gewehrt, dass Marron-12 gleich Baray und Goeland auf einen Schlag eliminiert. Stattdessen haben wir einen Mann verloren und Goeland hat das Video. Auf Ihr Argument hin, Goeland im Auge zu behalten, haben wir sie nach Banda III entkommen lassen. Und statt sie dort zu erledigen, haben Sie sie bei den Sots abgesetzt, damit sie gleich ihre Ergebnisse untereinander abgleichen können! All diese Zeit, all diese Ressourcen, all diese Geduld mit Ihnen haben nur ein Desaster heraufbeschworen. Sie haben ihren Vater ins Spiel kommen lassen, dazu diesen Reporter Nadar und wer weiß? Vielleicht ist der gute alte Haute-Pleine näher dran, als wir denken dank Ihrer Mithilfe! Sie sind eine Fehlinvestition!"

Donnets Stiefel traf d'Oustrac in die Flanke. Es schmerzte kaum mehr als das ohnehin hohe Grundniveau, aber sie rollte durch die Wucht über den Boden und blieb auf dem Gesicht liegen. Der Elektrokutor hatte sich von ihrem Hals gelöst und polterte zu Boden, aus den Einstichstellen tropfte kraftlos Blut.

Dibaleaux starrte Donnet an, in seinen Augen brannte plötzlich Zorn. Sie blieb wie erstarrt stehen, die Augen geweitet, während Carossiers Trompetensätze lauter bliesen.

„Marron-2", sprach Dibaleaux und die Musik wurde wie eingeschüchtert viel leiser.

Donnet wusste genau, was diese Ansprache bedeuten sollte. Der Großmeister hatte das seltene Talent, trotz sparsamer Mimik und knapper Sätze genau zu artikulieren, was er wollte. Und was er nicht wollte. Schlagartig wurde ihr klar, dass sie zu weit gegangen war. Es war unnötig gewesen zu betonen, dass sie d'Oustrac verabscheute, um sich in Dibaleaux' Augen gut zu positionieren. Der Meister duldete auch in seinem Zorn keine Einmischung. Sie blickten einander an wie zwei Raubtiere um eine gerissene Beute. Das Alphatier hatte gerade gezeigt, dass die Beute sie nicht automatisch einte, dass es ungeschriebene Gesetze gab. Sie war zu weit gegangen.

Dann aber brandete Zorn auch in ihr auf. Zorn, der gefährlich nah unter der Oberfläche brodelte. Was bildete der Meister sich eigentlich ein? Was lag ihm nur an dieser kleinen elitären Schlampe, dass diese es sich leisten konnte, alle an der Nase herumzuführen? Wurde Dibaelaux selbst langsam alt und nachsichtig? Natürlich! Es war weit mehr als nur Hierarchie. Er wollte nicht vor Augen geführt bekommen, wie zukünftige Anführer seine Fehler bemerkten! Und eine kommende Anführerin war sie, oh ja! Marron-1 zu beerben, würde nur ein erster Schritt sein. Bewies Rouge-1 nicht gerade, dass er langsam die Kontrolle verlor? In ihr reiften Pläne. Pläne, die mindestens schon so lange in ihr lebten, wie sie dem Colerianischen Herbst diente.

„Sie... hat ein... colerianisches Herz, Rouge-1", ächzte es plötzlich unter ihnen. D'Oustrac sprach, es war kaum mehr als ein tonloses Krächzen. „Mit der richtigen Zuwendung... hätte sie sich von unserer Sache überzeugen lassen, da bin ich mir sicher. Als Sie die Bewegung gegründet haben, war es Aufgabe der Section Noir, Agitation zu betreiben. Und das habe ich getreu so getan. Ausgerechnet... wo es kritisch wird, übernehmen die Totschläger von den Marrons das Ruder. Das schadet der Bewegung... weit mehr als Goeland."

D'Oustrac presste ihre Worte in den Synthfaser-Teppich und konnte nicht sehen, dass Donnet mit dem ausholenden Stiefel genau gegen ihren Kopf zielte. Sie ahnte aber, dass nur das Ausspielen der verschiedenen Eitelkeiten im Colerianischen Herbst eine gewisse Chance zum Überleben bot. Warum tat sie das nur alles? Sie hätte eine Mitläuferin sein können, am richtigen Ort zur richtigen Zeit, wie so oft in ihrer noch jungen Laufbahn. Aber das war sie nicht. Das war nicht Emeraude d'Oustrac. Die Richtung war ihr fast gleich, aber sie wollte vorneweg laufen. Sich eine Rolle suchen, die sie ausfüllte. Und dann war Rafale in ihr Leben gekommen. Eigentlich mehr eine Akte als eine Beziehung. Eine Manipulation statt Liebe. Dennoch hatte diese Frau sich wie ein Baumstamm quer in den Fluss ihrer Karrierepläne gelegt. Niemals hätte sie geglaubt, gegen Rafales typisches Urvertrauen waffenlos zu sein, aber so war es gekommen. Wer weiß, vielleicht hätte sie sie sogar lieben können, eines Tages. Aber die Figuren waren auf dem Spielfeld, es gab kein Zurück. Sie hatte Fehler gemacht, viele Fehler. Es wurde Zeit, wieder in den Fluss zurückzukehren, mit allen Mitteln.

Donnets Fußtritt kam niemals an. Abermals hielt sie inne, von einem simplen Blick des Meisters eingefroren. Auch diese Szene sah d'Oustrac nicht.

„Ich werde es wiedergutmachen."

Ein Decrescendo von Ionen-Cellos füllte den Raum mit leisen, harmonischen Seufzern.

„Ach ja? Und wie?"

„Ich werde sie töten."

Dibaleaux beugte sich zu ihr hinunter. Sein langer Mantel legte sich auf dem Boden zusammen, als er sie unsanft auf den Rücken drehte und ihre Augen dem unbarmherzigen Licht preisgab.

„Es ist spät, sehr spät. Aber noch nicht zu spät. Unsere Verbindungsleute können den Eklat noch abwehren, indem sie das Video zur Fälschung erklären. Es gibt Gutachter, die

Barays Funksprüche als Ergebnis einer psychischen Erkrankung darstellen könnten, falls Goeland die Daten ihres Schiffes doch gefunden haben sollte. Es wird schwierig, aber nicht unmöglich. Was aber keinesfalls passieren darf ist, dass eine lebende Zeugin auftaucht, die unter Wahrheitsdrogen die Authentizität dieser Dokumente bestätigt. Keinesfalls. Haben Sie mich verstanden, Noir-8?"

„Ja, Rouge-1, ich habe Sie verstanden. Ich werde nicht versagen."

„Nein, das werden Sie nicht, Werteste. Dann, meine Damen, haben wir einen Plan. Sie, Noir-8, werden medizinische Hilfe in Anspruch nehmen und sich danach für diese wohlgemeinte Unterweisung bedanken. Danach werden Sie Goeland und Nour unverzüglich aufspüren und töten. Sie, Marron-2, kümmern sich ebenso unverzüglich um Victor Nadar. Alles Weitere übernehme ich. Stichtag ist der Beginn der Gespräche mit den Kartellwelten. Bis zu diesem Zeitpunkt wird die Galaxis von den Zielpersonen bereinigt sein. Noch Fragen? Keine, vermute ich."

Dibaleaux schloss erneut die Augen und lauschte der Opernmusik. Die Aufforderung war rein rhetorisch. Wenn Rouge-1 vermutete, dass es keine weiteren Fragen gab, dann gab es keine Fragen. Als er sich schließlich erhob und Donnet den ebenso wortlosen wie erniedrigenden Wink gab, einen Sani-Bot zu organisieren, ging die Ouverture zu Ende. Emeraude d'Oustrac ahnte tief in ihrem geschundenen Inneren, dass dieser Auftakt sprunghaft in das Finale übergehen würde.

Blatt 107: Drei Minuten, 25 Sekunden

„Ihr Freund Lizu ist in der Tat gar nicht so ungastlich, wie er zunächst schien", stellte Fareq Nour fest, während er über seine Tasse mit macorranischem Tee pustete. Die frostige Umarmung des Herbstes wurde nun jede Nacht inniger und Reif eroberte die Ecken der alten Fenster. Der Mann von Algaras hatte sich in einen bunten Umhang gehüllt, den Suzie ihm gebracht hatte, und sah zu Victor Nadar herüber.

Dessen Kaffee schickte ein grüßendes Dampfwölkchen nach oben, aber Victor konnte die Kälte des schlecht geheizten Raumes ohnehin nicht viel anhaben. Er war aus seiner Agentur Schlimmeres gewohnt. Seit Rafale zusammen mit Lizu verschwunden war, um das heiß ersehnte Holo-Gespräch mit ihrem Vater zu führen, hatte er konzentriert in den virtuellen Tiefen des Holonetzes gestöbert. Nichts. Die Kartellwelten-Delegation war angekommen, schön und gut. Es gab noch ein paar zweitklassige Berichte über deren Ankunft in der Gästeetage des *Hôtel Centre Imperial* in L'Étoile und den üblichen unbestätigten Mist zahlloser Randnotizen. Jede noch so unbedeutende Agentur wollte etwas Neues erfahren haben und pries es an wie Fisch auf einem Nachtmarkt. Das MfpM gab sich nicht einmal die Mühe, all dies zu zensieren. Vermutlich war man dort sogar froh über die Ablenkung der Medienkonsumenten von der Kernfrage. Würden die Sots etwas in der Hand haben? Würde es den üblichen Waffenstillstand geben?

Achtung: Letztes Gefecht vor dem Nächsten! Munition sparen!

Oder begann jetzt doch das zähe Ringen um Beweise und Schuldfragen? Und würde es die Lage überhaupt verbessern? Die Leben von Milliarden standen auf dem Spiel. Inmitten der Klatschmeldungen wurde Victor schwindlig vom Nachdenken, Rafales Fotos an der Tapete schienen vor seinen Augen zu tanzen.

„Mister Nadar?", hakte Nour nach. „Träumen Sie?"

„Uh? Oh... ja, vielleicht. Ich bin mir nur nicht sicher, ob es ein Albtraum ist. Was hatten Sie gesagt?"

Nour winkte ab.

„Nichts von Belang, ich wollte nur geschickt ein Gespräch beginnen."

„Gern, das Holonetz gibt sowieso nichts Brauchbares her. Worüber reden wir?"

„Gefällt sie Ihnen?", fragte Nour ganz unverblümt und zog die Beine in eine unbequem aussehende Sitzhaltung, welche Victor irgendwie an einen Verkehrsunfall erinnerte.

„Goeland?", fragte er unnötigerweise nach, bemüht, so gelassen wie nur möglich zu wirken. In ihm jedoch kribbelte es soeben, als hätte er eine geladene Energiezelle verschluckt.

„Wir können auch über Ihre Kaffeetasse sprechen, Mister Nadar, aber eigentlich dachte ich an Goeland. Sie sind ein äußerst scharfsinniger Reporter", gab Nour zurück und grinste ihn mit offenkundiger Ironie an.

„Als scharfsinniger Reporter habe ich natürlich das Talent, Fragen mit Gegenfragen zu beantworten. Gefällt sie Ihnen denn, Mister Nour?"

Victor hielt die Kaffeetasse nah an sein Gesicht, ohne zu trinken. Er ahnte, dass das warme Gefühl der Errötung auch bleiben würde, wenn er die Tasse abgestellt hatte.

„Elah, natürlich tut sie das, Mister Nadar. Wenn auch nicht auf die Art, wie Sie vielleicht denken mögen. Als wir uns an Bord der Gloire kennenlernten, war sie nur ein typischer colerianischer Offizier. Hochqualifiziert, diszipliniert und ehrgeizig. Nadar, Sie wissen so gut wie ich, wie es in der Galaxis zugeht. Kein Colerianer schert sich offiziell um das Schicksal der eroberten Welten und die dauernden Kriege. Es wird nicht viel gefragt und wer zu viel fragt, verschwindet. So war auch Goeland in den ersten Tagen. Nicht bösartig, aber mit dem System arrangiert. Im Laufe der letzten Wochen hat sie es aber fertiggebracht, die andere Seite der Medaille zu verstehen, ohne dabei ihre Qualitäten einzubüßen. Sie ist das Beste zweier Welten, ein sehr rares Gewächs. Im Herzen ist sie ebenso Sot wie Imp, Offizier wie Zivilist, Spielernatur wie Schutzpatron. Sie ist das Bindeglied dieser zerrissenen Galaxis geworden, kein Wunder, dass Ubash sie als seine Agentin auserkoren hat. Die Galaxis braucht sie und sie stellt sich dieser unmöglichen Aufgabe. Und deswegen gefällt sie mir, Mister Nadar. Sie ist eine der wenigen ambivalenten Persönlichkeiten in dieser Zeit."

„Ich... verstehe", erwiderte Victor, blickte in seinen Kaffee und schämte sich dafür, über Nours transzendente Antwort erleichtert zu sein.

„Darf ich Ihnen die Antwort abnehmen, Mister Nadar? Sie gefällt Ihnen als Frau", setzte Nour amüsiert nach. „Das finde ich großartig! So wie die Galaxis Goeland braucht, so braucht Goeland auch jemanden, der sie wieder eint. Der ihre Gespaltenheit umfängt und sie zusammenhält. Sie mag Sie, warum versuchen Sie nicht einfach mal Ihr Glück? Sie macht sonst eh wieder Dummheiten."

Victor Nadar war sprachlos. Er hob den Blick aus seiner Tasse und sah zu Nour hinüber. Die beiden Männer kreuzten die Blicke, während ihre Tassen warme Dunstwolken um ihre Gesichter hüllten. Statt eines möglichen Konkurrenten hatte er Zuspruch bekommen, das war unerwartet. Noch unerwarteter war, dass dieser Fremde ihm nach wenigen Stunden unverblümt auf den Kopf zusagte, was er sich selbst noch nicht offen eingestanden hatte. Sie gefiel ihm wirklich. Sehr sogar. Wurde es nicht wirklich Zeit? Zeit für eine Zukunft? Die Zukunft ist immer anders als die Gegenwart und die Gegenwart war nicht wirklich attraktiv. Was konnte er verlieren? Wahrscheinlich würde Marjolaine ihm das Gleiche raten.

Marjo! Du hast ganz vergessen, Marjo anzurufen!

„Nadar, Sie sehen gerade aus, als hätten Sie ihren Gleiter im Parkverbot stehenlassen. Was ist los?"

„Auch wenn Sie denken, ich möchte vom Thema ablenken, muss -"

„In der Tat, das tue ich, aber ich sehe es Ihnen nach", unterbrach Nour großmütig.

„Nein, das ist es wirklich nicht! Ich habe mich aber schon seit Tagen nicht bei Marjolaine gemeldet, und das hatten wir doch ausgemacht. Sie wird sich Sorgen um mich machen."

„Na, dann melden Sie sich doch mal bei ihr, ja?"

„Ja... ja, das sollte ich wirklich tun. Nachher fehlt wieder die Zeit dafür", murmelte Victor, noch immer aufgewühlt wie ein herbstlicher Ozean und griff nach seinem Spezialkommunikator.

Das schlechte Gewissen begann, sich gegen das mulmige Gefühl in ihm durchzusetzen und er fühlte in diesem Fall ausnahmsweise Sympathie für den Gewinner. Er wählte Francines Nummer und hoffte inständig, Marjolaine würde ihm nicht auch noch den Kopf waschen wollen für sein tagelanges Schweigen. Sie hatte so eine unvergleichliche Art, Vorwürfe in das Seidenpapier einer normalen Konversation einzuwickeln. Wenn er mit dieser Story wirklich berühmt würde, wäre sie als seine Pressesprecherin prädestiniert. Im Grunde war sie es ja jetzt schon. Vorsichtshalber schaltete er die Bildübertragung ab, sie musste ihn nicht gleich wegen seines im Aufbau befindlichen blauen Auges aushorchen. Und schließlich war sein gespeichertes Avatarbild ungleich charismatischer, als er sich zur Zeit fühlte. Während das fortschrittliche Gerät die Verbindung herstellte, erhob sich Vic schwerfällig von dem anhänglichen macorranischen Sitzkissen und ging in die Küche. Erleichtert stellte er fest, dass er dort allein sein würde, die Tür mit der ebenso altmodischen wie ärmlichen Federzugautomatik ließ Nour zurück. Sollte er Marjo überhaupt von Rafale erzählen? Sollte er riskieren, in seiner unsicheren Gemütsbalance auch noch von ihr aufgezogen zu werden?

Zum Frell, was ist denn das?

Der Anruf wurde umgeleitet, die neue Anschlusskennung wurde nicht eingeblendet. Die Störungsstelle?

„Hallo?", meldete sich eine dunkle Frauenstimme.

Victor zögerte. Instinktiv wollte er *Entschuldigung, falsch verbunden* antworten, aber seine Neugier war geweckt. Und seine Furcht. Seine Vernunftsstimme, eine Person, die er nicht immer gern anhörte, sagte ihm dass etwas nicht stimmte. Er war nicht falsch verbunden und das waren weder Francine noch ihre Mutter Marie. Und so sehr er sich wünschte, dass es einer von Francines dämlichen Scherzen war, so sicher war er sich, dass es keiner war.

„Hallo? Victor Nadar hier! Ich möchte gern Marjolaine Bastien sprechen."

Eine unangenehme Pause breitete sich aus wie eine dunkle Wolke. Er kam sich plötzlich wie ein unsicheres Schulkind bei seinem ersten Einkauf ohne Mama vor.

„Die ist gerade nicht zu sprechen, Sie müssen mit mir vorliebnehmen", sickerte es wie schwarzer Rauch aus dem Lautsprecher.

„Francine? Lass den Mist und gib mir Marjo, ja?", versuchte er es mehr aus Verzweiflung. Etwas war verkehrt, furchtbar verkehrt.

„Die ist ebenfalls indisponiert, Mister Nadar. Wir sollten reden."

„Wer sind Sie? Was wollen Sie? Ich will sofort Marjolaine sprechen!"

„Mister Nadar, Sie haben im Moment rein gar nichts zu wollen, sondern Sie hören mir jetzt aufmerksam zu. Haben Sie verstanden?"

„Wenn das ein Scherz sein soll, dann ist das ein ganz mieser!"

„Es ist kein Scherz, Nadar. Sie werden jetzt nicht mit Ihrer Marjolaine sprechen, sondern mit mir. Nur mit mir. Und tun, was ich sage. Verstanden?"

Gehetzt sah er sich um. Sollte er zurückgehen und Nour mithören lassen? Nein, noch nicht! Das war zu früh, ein guter Reporter klärt zuerst die Lage, bevor er losrennt.

„Ich höre. Was wollen Sie?"

„Ich habe Miss Bastien in meiner Gewalt. Sie sollten kooperieren, wenn ihr nichts passieren soll."

„Sie haben Sie entführt?"

„Was für ein böses Wort", kam es aus der Leitung, der ironische Unterton war nicht zu überhören. „Wir haben sie in Gewahrsam genommen, weil wir uns Ihrer Kooperation versichern müssen."

„Was haben Sie getan? Was ist mit Francine und Marie und der Familie?"

Wieder diese bösartige Pause. Zorn und Verzweiflung bildeten eine Melange, die ihn schwanken ließ zwischen dem Wunsch, die Verbindung einfach zu kappen und dem unmissverständlichen Gefühl, der dunklen Stimme ausgeliefert zu sein.

„Nun", kam nach einer quälenden Wartezeit die Antwort. „Es war leider nicht genug Platz im Gleiter. Wir mussten die anderen bedauerlicherweise zurücklassen und dafür sorgen, dass sie nicht plaudern."

„Sie haben..."

„Oh ja, Mister Nadar, das habe ich. Und Ihrer Marjolaine wird es nicht anders ergehen, wenn Sie nicht mitspielen. Nun, vielleicht wird sie ein bisschen mehr leiden als die anderen. Die hatten es recht schnell hinter sich."

„Bestie!", grollte Victor in das Mikrofon und zuckte dabei vor sich selber erschrocken zusammen. Seine freie Hand ballte sich zur Faust.

„Nanana, Mister Nadar! Wir wollen doch nicht unsachlich werden. Ich habe einen Auftrag und ich werde ihn erledigen. Mit Ihnen zusammen. Sind Sie neugierig?"

„Erzählen Sie schon."

„Ich schwätze ungern, also machen wir es kurz. Ich will Rafale Goeland und Sie werden sie mir liefern. Wenn Sie das zu meiner Zufriedenheit erledigen, bekommen Sie zur Belohnung Miss Bastien lebend und in einem Stück zurück. Wenn es schnell genug geht, werden ihr nicht einmal Gliedmaßen fehlen."

Der Colerianische Herbst! Nadar, du Idiot! Du warst nicht vorsichtig genug, du hast Marjo und ihre Familie ins Messer laufen lassen!

„Wie stellen Sie sich das vor? Sie wird kaum freiwillig mitgehen und ich bin kein Ringkämpfer!"

„Mister Nadar", kam es mit einem Ton von Enttäuschung zurück, als hätte die Unbekannte es lange geübt. „Mein lieber Mister Nadar, jetzt stellen Sie sich nicht dümmer an, als Sie sind. Goeland vertraut Ihnen. Wie schwer kann es denn sein, einen zutraulichen Hund zum Tierheim zu locken? Bringen Sie sie zu mir und ich kümmere mich um den Rest. Miss Bastien wird Ihnen unendlich dankbar sein. Ich auch, das ganze Imperium wird es sein, aber ich vermute, das ist Ihnen momentan eher egal. Und es ändert ja auch nichts an der Sachlage. Nadar, Sie sind ein intelligenter und kreativer Mann, denken Sie sich etwas aus. Ich erwarte Ihre Entscheidung morgen, rufen Sie mich auf dieser Leitung an."

„Sie sind ja wohl völlig verrückt geworden! Was glauben Sie denn, wie ich das -"

Ein kurzes, unverbindliches Knistern war zu hören. Die Verbindung war getrennt worden.

Wie gelähmt betrachtete Victor den Kommunikator, als könnte er die fremde Stimme wieder aus dem stummen Gerät hervorzerren, aber es schwieg beharrlich. Fast schien es wie ein böser Traum gewesen zu sein, aber die unschuldig eingeblendete Anzeige der Gesprächsdauer zerstörte seine Hoffnung. Innerhalb von drei Minuten und 25 Sekunden war seine Welt zusammengebrochen. Niedergerissen lagen ihre Trümmer in einem See aus Blut. Er legte das Gerät mit einem Ausdruck von Ekel auf den wackligen, alten Küchentisch und sah aus dem Fenster. Ein gedämpfter Nachmittag im Spätherbst von Old Ironstate. Wie zum Hohn leuchtete die Sonne verwaschen durch die Wolkendecke, aber Victor Nadar kam es gerade vor, als sei es tiefste Nacht geworden.

Blatt 108: Der bessere Wahnsinn

Als Rafale mit seligem Gesichtsausdruck die Wohnung betrat, stieß sie fast mit Victor zusammen. Ohne sich weiter zu äußern, stürzte dieser davon, um im altmodischen Treppenhaus mit seiner Generationen alten Düsternis zu verschwinden, einem unbekannten Ziel entgegen.

„Hey Vic, pass doch auf!", rief sie ihm hinterher, nachdem sie sich gesammelt hatte. „Du hast deinen Mantel vergessen!"

Aber es kamen nur schnelle Schritte treppab als Antwort.

„Was ist denn in den gefahren?", brummte sie.

Dann aber schob sich wieder die sonnige Gelassenheit auf ihr Gemüt und sie begab sich zum Gästezimmer, um wenigstens Nour von dem Gespräch mit ihrem Vater zu erzählen.

Einige Tassen heißen Tees später - Suzie kannte die Sitte mit dem Weisheitstee offenbar nicht - blickte sie nachdenklich auf die schmalen Lichtschlitze des jalousieverdunkelten Fensters.

„Die Kunst der Abarizhi, mit Heißgetränken gegen Mangel an Heizungsmaterial anzukämpfen, ist Ihnen in Fleisch und Blut übergegangen, mon Capitaine. Irgendwann sehe ich Sie noch mit einem Fehes", witzelte Nour bemüht.

„Zu Ubash habe ich ja schon gebetet", gab sie gedankenverloren zurück. „Wir müssen irgendwas unternehmen, das hier ist ein Paradies auf Zeit."

„Elah, dann sollten wir Fakten schaffen. Ich habe vorhin Nachrichten auf CNL geschaut. Die Friedensverhandlungen sollen in drei Tagen stattfinden, den Ort hat man eben erst bekanntgegeben. Interessant ist, dass -"

„Ich habe ein schlechtes Gewissen, Nour."

„Warum, Miss Goeland? Was haben wir denn falsch gemacht? Oder haben Sie etwa Mister Nadar zu hart angefasst?"

Rafale errötete, sehr zu ihrem eigenen Missfallen.

„Ach was! Ich meine wegen der Informationen, die die Kartellwelten von uns geliefert bekommen haben."

„Das hat Mister Nadar gestern Abend ja auch schon angedeutet. Wenn ich Sot wäre, würde ich damit haushalten und erst im letzten Moment damit herausrücken. Vor laufenden Kameras. Wenn ganz Coleria es sieht. Ihr Mister Nadar ist wirklich ein cleverer Reporter."

„Mein Mister Nadar? Das ist nicht MEIN Mister Nadar!", grollte sie zu ihm, während sie ihre Finger durch die klimpernden Schlitze der Jalousie schob. „Sie müssen mich nicht verkuppeln, Nour, ich kann das allein entscheiden!"

„Natürlich können Sie das, Miss Goeland", sagte Nour und schob die Hände aus seinem zusammengezogenen Umhang, um sie beschwichtigend zu senken. „Aber es kommt offenbar immer Unsinn dabei heraus."

„Genug jetzt!", blaffte sie verärgert, untermalt vom leise blechernen Klirren der Jalousie. „Wo waren wir?"

„Bei den Sots mit ihrem Trumpf", soufflierte Nour mit süffisantem Grinsen, weil er wusste, dass sie nicht hinsah.

„Ach ja. Der Imperator könnte darauf nichts antworten, der wäre überrumpelt. Zum Rodder, das würde ihn demontieren. Ganz egal, wie die weiteren Verhandlungen laufen -"

„Und sie werden schlecht für das Imperium verlaufen", unterbrach Nour.

„Richtig. Ganz egal wie, der Imperator wäre diskreditiert. Intrigen und Mauscheleien sind für das Imperium so typisch wie Schimmelpilze in einem feuchten Bad, aber dass der Imperator die Fäden nicht mehr von ganz oben in den Händen hält, wäre ein Eklat. Panik würde ausbrechen, Unruhen. Wenn es neue, starke Kräfte gibt, würde das Volk sie mit Gewalt suchen gehen, um neue Sicherheit zu bekommen. So wie eine Herde immer dem stärksten Tier folgt."

„Sehen Sie? Sagen Sie noch einmal, Rinderhirten von Algaras hätten keine politischen Weisheiten gesammelt! Ich kenne das nämlich auch."

„Nour, das kann Bürgerkrieg geben! Millionen von Toten. Und ob der Krieg dafür eine Pause macht, ist nicht mal sicher. Mit wem wollen die Kartellwelten verhandeln, wenn der Imperator seine Macht verliert?"

„Mit dem Colerianischen Herbst."

Rafale ließ die Jalousie los. Kraftlos glitten ihre Finger aus den winzigen Sonnenspalten zwischen den Blechen.

„Dibaleaux ist näher an seinem Ziel als je zuvor. Trotz unserer Entdeckungen."

„Oder gerade wegen dieser Entdeckungen, mon Capitaine"

„Haben wir einen Fehler gemacht?"

„Nein, Miss Goeland. Haben wir nicht. Wir haben uns zwischen zwei Knochenbrüchen entschieden und denjenigen gewählt, nach dem wir uns noch selbst verbinden können."

„Aber wenn sich der Colerianische Herbst als neue Macht etabliert, wird der Krieg weitergehen! Die Galaxis wird brennen und in den Straßen des Imperiums das eigene Blut fließen. Dieser Mann ist kein Altruist."

„Dibaleaux ist ein Egoist, wie er im Buche steht, aber einer der von sich glaubt, ein Altruist zu sein. Und das waren immer die gefährlichsten. Das meinte ich ja mit den Knochenbrüchen, Miss Goeland. Noch haben wir eine Chance, den Verband anzulegen."

„Und wie, verfrellt nochmal?"

Statt zu antworten, ergriff Nour die Fernbedienung des

heruntergekommenen, zweidimensionalen Holo-TVs.

„Verdammtes Ding!", murrte er, während er die beim Tippen herausfallenden Tasten in der richtigen Ordnung wieder hineinstopfte.

Das Bild aus dem Projektor des Gerätes war nicht das schärfste, vielleicht war auch nur die Optik durch Generationen von Zigarettenrauchern verkleistert. Es erschien das Menü der CNL-Mediathek. Während Rafale sich insgeheim fragte, wie oft dieses Gerät wohl abends die Sendungen der vielen Piratensender gezeigt haben mochte, suchte sich Nour einen Beitrag der heutigen Nachrichten heraus und spielte ihn ab. Sein erwartungsvoller Blick galt vermutlich nicht dem Inhalt der Sendung, den er ja wohl schon kannte, sondern vielmehr der Frage, ob das Gerät überhaupt funktionieren würde.

Die Mediendatei startete. Da Nour mittendrin eingestiegen war, fehlten die obligatorischen Einblendungen des MfpM und der Ausstatter der Moderatoren. Eine adrett frisierte Sprecherin in grau-seriöser Ziviluniform verkündete, von ihrem wuchtigen Schreibtisch geschützt wie ein König hinter seinen Burgzinnen, dass die Friedensgespräche von Imperator Claudanus III. auf den Einigungstag, den offiziellen colerianischen Nationalfeiertag, gelegt worden seien.

„Die lassen wirklich nichts unversucht, Stärke zu demonstrieren", bemerkte Rafale. „Für Nicht-Colerianer ist das Imperium am Einigungstag ein Hexenkessel!"

„Es kommt noch besser. Schauen Sie nur", sagte Nour und deutete mit der Fernbedienung auf das Holobild.

Die Sprecherin erklärte mit deutlich heraushörbarem Stolz, dass Claudanus III. an der Tradition des üblichen Triumphzuges festhalten wolle. Statt der gewohnten Route vom Imperialen Palast zur Siegessäule des dritten Zeitalters am

Place d'Ivoire würde der diesjährige Umzug jedoch am Tagungsort, dem *Palais des Armes* auf dem Gelände des Verteidigungsministeriums, enden.

„Die sind echt irre!", hustete Rafale, die sich am Tee verschluckt hatte.

„So irre ist das gar nicht, finde ich", sagte Nour nüchtern, während er den Projektor pausieren ließ. „Der Imperator will Stärke beweisen. Die Diplomaten sollen sehen, dass das ganze colerianische Volk hinter seinem Verhandlungsführer steht. Ich gebe zu, das ist beeindruckender, als wenn der Imperator mit dem öffentlichen Massengleiter kommt und unter Sonnenbrille und Pappnase hereinschleicht."

„So eindrucksvoll die Veranstaltung ist, aber das ist sicherheitstechnisch ein Horror. Das würde in den Nachrichten natürlich nie jemand zugeben, aber zum Frell, Attentatsversuche gab es immer schon."

„Sehen Sie, Miss Goeland?", bestätigte Nour altklug und überließ das Standbild sich selbst. „Jetzt kommen wir zum Punkt. Genau deswegen habe ich Ihnen das hier vorgeführt."

„Was meinen Sie damit, Nour? Wir sollen einen Anschlag verüben?"

„Genau das, mon Capitaine."

„Ich glaube, ich muss mich setzen", stammelte sie und ließ sich in ein Sitzkissen fallen.

„Wir sind uns doch einig, dass wir den Knochenbruch jetzt verbinden müssen, ja? Das ist unsere Chance. Wir könnten die Parade nutzen, um uns dem Imperator zu nähern. Sobald wir dran sind, verraten wir ihm, was die Sots auch wissen und er kann nicht mehr überraschend diskreditiert werden", erklärte Nour, indem er mit einer Faust in seine Handfläche schlug.

„Und dann?", fragte sie, als könnte sie sich das Weitere

nicht vorstellen.

„Es wird Vorgespräche geben, unauffällige Vorgespräche, und die eigentlichen Verhandlungen beginnen erst, wenn der Braten schon fertig portioniert ist. So regieren unsere Oberhakishs schon, seit wir denken können."

„Also kein klassisches Attentat, aber die gleiche Vorgehensweise? Wir springen mal eben zum Imperator auf den Rücksitz, bieten ihm einen Synth-Kaugummi an und erzählen ihm was. Was glauben Sie, wie wir das hinkriegen sollen, ohne auch nur beim Zwinkern davor erschossen zu werden?"

„Ich dachte, Sie könnten mir das sagen. Muss ich armer algarasischer Hirte denn alles allein machen?"

„Ich habe schon auf Banda III einen Job bekommen, der nur schiefgehen konnte."

„Na, dann kann es doch jetzt nur besser werden, ja?"

„Die Friedhöfe der Galaxis sind voller Optimisten. Wussten Sie das?"

„Oh, ich nehme auch gern Gegenvorschläge an. Wir könnten ihm einen lieben Brief schreiben, wenn Sie der Meinung sind, dass der ankommt. Fanpost von gesuchten Deserteuren hat bestimmt einen hohen Unterhaltungswert."

Nour schaltete das Holo-TV aus.

„Also gut. Sie meinen also, wir suchen uns einen Punkt an der Strecke aus und dann?"

„Vielleicht sollten wir wirklich in sein Auto springen, wie Sie es eben so trefflich sagten?"

Rafale blickte nachdenklich in ihre leere Teetasse. Der ehemals feuchte Rest am Boden war bereits eingetrocknet und schimmerte ihr tiefbraun entgegen.

„Der letzte Sprung, den ich gemacht habe, war auf Toutaine. Und auch den habe ich nur mit Glück überlebt."

„Ich habe davon gehört. Auch damals haben Sie eine Verschwörung aufgedeckt, Sie sind also in Übung, mon Capitaine."

„Sie können einem auch Nufa-Mist schmackhaft servieren, was?", lächelte sie ihn unvermittelt an.

„Ich sehe es in Ihren Augen, dass Ihnen diese Idee gefällt, weil sie so verrückt ist, wie Sie es insgeheim auch sind. Ich glaube, Sie sind auf dem Besten Weg, ganz die alte zu werden. Oh, und natürlich würde ich mich nicht ausnehmen von dieser Übung, ich habe das nur so formuliert, weil Sie Ubashs Auserwählte sind."

„Schon klar, Nour. Wer springt, ist letztlich auch egal. Wenn das schiefgeht, sind wir eh beide dran."

„Und ganz Coleria gleich mit uns, nicht zu vergessen."

„Also, was würde Ubash raten? Ein niedriges Gebäude suchen und vom Balkon oder Dach springen?"

„Ubash kennt sich mit Attentaten nicht so gut aus, denke ich. Ich glaube aber, das ist die einzig sinnvolle Richtung, Miss Goeland. Aus der Menge heraus losrennen wäre so erfolgversprechend wie ein Gravbike-Rennen mit dem Tretroller gewinnen zu wollen. Da ist alles abgesperrt und voll mit Wachen. Jede Wette, die gesamte CPU plus Geheimdienst plus Omnisec sind auf den Beinen."

„Die Häuser werden aber mit Sicherheit auch geräumt und gesperrt sein. Wie sollen wir da reinkommen? Haute-Pleine könnte das vielleicht arrangieren, aber er wird es nicht tun, weil der Herbst mit Sicherheit davon erfahren würde. Und dann können wir es auch in die Holozeitung stellen."

„Wissen Sie, was unsere Alten an den Lagerfeuern sagen?"

„Na, raus damit."

„Die besten Ideen sind die, die von Anfang an unmöglich scheinen."

„Dann muss das mit dem Balkonspringen wirklich die beste Idee seit der Neugründung des Imperiums sein."

„Genau. Traditionell warten unsere Alten dann, bis sich die Voraussetzungen ändern und widmen sich so lange anderen Dingen."

„Wodurch erklärt ist, warum Algaras aus Wüste und Rinderherden besteht."

„Und warum Coleria eine hochentwickelte, blühende Nation voller Paranoia und Kriegslust ist."

„Punkt für Sie, Nour. Also, um es mit Ihren alten Männern zu halten: Gibt es in der Mediathek vielleicht Bilder von den letzten Festzügen?"

„Wieso? Wollen Sie Sprechchöre einstudieren?"

„Nein, Sie Droyk! Ich will mir den Staatsgleiter mal genauer ansehen."

„Und ich dachte, den kennt jeder treue Bürger auswendig", stichelte Nour, während er konzentriert in der Mediathek von CNL stöberte.

Die Triumphzüge des Imperators waren selbstverständlich nicht allzu tief im Orkus der Datenwelt vergraben, schließlich sollte das Volk leichten Zugang zur Grandeur des Reiches haben. Das Holo-TV spuckte einen Filmbeitrag des letzten Jahres aus. Der Fahrzeugkonvoi des Imperators schob sich darin langsam und majestätisch durch eine jubelnde Menge. Rafale kannte diese Tage, wenn sämtlichen Schülern, Offiziersanwärtern, öffentlich Bediensteten und imperialen Beamten dienstfrei winkte, wenn sie sich dafür im Gegenzug an die Paradestrecke stellten und jubelten. Leute des MfpM wachten sorgfältig darüber, dass auch genug gejubelt wurde. Selbstverständlich gab es für alle volljährigen Colerianer auch eine ordentliche Gutschrift auf deren Moralkonto. Wer daheim blieb, riskierte nicht nur den nächsten freien Tag, sondern den Job. Manchmal auch mehr. In früheren Jahren hatte sie oft genug bereitwillig diesen freien Tag genutzt. Man konnte unbeschwert hineinfeiern und ausschlafen, den Nachmittag sorgenfrei faulenzen und wenn man Glück hatte, kam man sogar ins Holo-TV. Man kam sich überdies irgendwie privilegiert vor, mitfeiern zu dürfen und das ersetzte meist die anfangs fehlende Motivation. Man gehörte dazu und ein wenig des Glanzes färbte auf einen ab. Man war ganz Coleria. Kein schlechter Deal und weil alle es taten, kam sich auch niemand komisch dabei vor. Mochte es auch ein fauler Zauber sein, er wurde real durch die schiere Zahl von Zaubernden.

„Da ist der Staatsgleiter", drang Nour in Rafales Erinnerungen an eine vergangene Zeit hinein.

„Ja... so habe ich das Ding auch in Erinnerung", murmelte sie, noch immer mit einem Fuß im sorglosen Gestern.

Angeführt von einer Marschkapelle, diversen Gleitern der Streitkräfte und der verschiedenen Regierungsorgane - und vermutlich auch der geheimen Sicherheitskräfte - kam der Staatsgleiter ins Bild. Massiv und elegant zugleich schob er sich wie eine gelandete Raumyacht durch das Bild. Gut 20 Meter lang war das Repulsor-Fahrzeug, das von je einem Chauffeur am Bug und am Heck gelenkt wurde. Der Gleiter besaß kein festes Dach, nur ein versenkbares Verdeck. Die wuchtige und reichlich verzierte, schwarze Karosse war lediglich ringsum mit Scheiben versehen, damit man einen Blick auf seine Insassen, die wichtigsten Personen der Galaxis, werfen konnte. Die *Première Dame*, die Gattin des Imperators sowie die restliche Imperiale Familie saßen auf breiten Polsterbänken hinter dem vorderen Fahrer, dahinter unübersehbar einige uniformierte Beamte mit ebenso unübersehbarer Aufgabe. Nach einer verglasten Querwand kam dann der Bereich des Imperators. Dieser war großräumig genug, dass Claudanus III. darin herumlaufen konnte, um sich zu beiden Seiten des Festzuges seinem frenetisch jubelnden Volk zu widmen, stets unter den wachsamen Augen von Omnisecs. Hinter dem Imperator befand sich noch ein kleines Abteil für ausgesuchte Presseleute, weitere Sicherheitskräfte, Techniker, Leibärzte und den hinteren Fahrer. Nach der Staatslimousine folgte dann ein Fahrzeugtross weniger bedeutender Funktionäre mit weniger bedeutendem Schutz, in abnehmender Wichtigkeit mit der Entfernung zum Staatsgleiter.

„Selbst der Oberhakish von Sunetin V ist da dezenter im Auftreten. Ich wundere mich wirklich, dass Ihre Mitbürger das nicht seltsam finden."

„Weil es imperial ist, Nour. Solange es imperial ist, ist es normal."

„Ich stelle mir gerade vor, wie man uns eines Tages so durch die Gegend fährt, weil wir die Galaxis gerettet haben."

„Glauben Sie daran, Nour?"

„Das verrate ich Ihnen nicht, sonst steigen Sie mir noch aus. Sagen Sie mir lieber, ob Sie denken, dass man einfach so in den Gleiter hüpfen kann. So ein Ding wird doch sicher Schilde besitzen?"

„Mich würde nicht überraschen, wenn es sogar einen Raketenwerfer in der Bordtoilette hat. Aber die Schilde halte ich für das kleinste Problem."

„Elah, erklären Sie das einem technischen Laien mit galaktischer Einsatzerfahrung?"

„Energieschilde wird das Ding sicher besitzen, um sich gegen Plasmawaffen zu schützen. Partikelschilde sind da schon eine andere Sache. Sie erinnern sich sicher daran, dass man durch den Schild eines anderen Schiffes hindurch fliegen kann?"

„Natürlich, Capitaine Lafitte hat das gern vorgeführt, wenn kein Vorgesetzter hingesehen hat. Er hat mal mit Carenchot gewettet, dass er innerhalb von zehn Minuten 60-mal mit dem Sternenjäger um den Schildgenerator-Turm eines Kreuzers fliegen könne, während der manövriert."

„Jetzt weiß ich auch, warum Lafitte vier Wochen Arrest in seiner Dienstakte hatte. Woher wissen Sie das?"

„Von den Wartungstechnikern. Sind Landsleute von mir."

„Verstehe."

„Nun gucken Sie nicht so betreten. Wir haben oft genug davon gesprochen, dass wir hier mindestens in zwei Welten leben und in meiner ist der alte Nour nicht ganz so blöd wie in Ihrer", erinnerte Nour.

„Ich habe manchmal das Gefühl, in beiden Welten blöd zu sein."

„Lassen Sie das mal nicht Ubash hören, sonst ist er beleidigt. Und es ist immer eine schlechte Idee, Götter zu beleidigen."

„Schon gut", winkte Rafale ab. „Jedenfalls sind Partikelschilde ungleich energiehungriger. Deswegen sind sie bei Raumschiffen meist nur stark genug, Weltraumstaub und kleine Partikel abzufangen. An Fahrzeugen ist es ganz ähnlich, darum sind Schwebepanzer ja auch zusätzlich klassisch gepanzert. Und in dem Staatsgleiter ist sicher entweder gar kein Schild eingebaut oder nur einer, der stark genug ist, zum Beispiel eine geworfene Granate abzulenken. Oder den Wind, wie es bei manchen Cafés gemacht wird. Sicher aber kein Projektil oder eine Person, die darauf springt."

„Warum glauben Sie das?"

„Sehen Sie die Scheiben? Jede Wette, die sind der eigentliche Schutz gegen horizontal kommende Projektile. Wäre es anders, bräuchte man die Scheiben nicht."

„Das klingt logisch. Und wenn das Fahrzeug unlogisch konstruiert ist?"

„Dann lande ich auf dem Partikelschild, breche mir die Beine und werde erschossen."

„Ich mag Ihre konstruktive Denkweise, mon Capitaine."

„Damals haben Sie es Wahnsinn genannt."

„Der Unterschied ist marginal und liegt nur in der Ausgangslage, nicht im Ergebnis."

„Haben Sie denn einen besseren Wahnsinn zu bieten?"

„Momentan nicht, aber vielleicht fällt mir nach einigen von Mister Lizus Schnäpsen noch etwas Dämlicheres ein", versprach Nour. „Übrigens, wohin ist denn Mister Nadar verschwunden? Vorhin machte er ein Gesicht, als hätte er eine dicke Spinne gesehen."

„Vielleicht hat er das ja", antwortete Rafale nachdenklich.

Blatt 109: Irrfahrt

Es wurde bereits dunkel, als Victor zurückkam. Er stand in der Tür wie ein heimsuchender Geist aus einem von Rafales alten Märchenbüchern. Düster, mitgenommen, stumme Klage in den trüben Augen. Er lehnte im Türrahmen, auf seinem Bovart-Sakko klebte feuchtes Laub, als hätte er im Park geschlafen. Schon auf die Entfernung war der scharfe Alkoholgeruch wahrnehmbar.

„Vic!", rief Rafale und sprang von ihrem Sitzkissen auf, blieb jedoch auf halber Strecke stehen, sah ihn unschlüssig an. „Vic... sag was! Es ist doch was los, nicht?"

„Es ist schon in Ordnung", log er mit vom Schnaps aufgerauter Stimme, die gefasster klang als sein Aussehen versprach. Entweder hatte der Alkoholpegel nicht ausgereicht oder es hatte nichts genützt, weil die Sorgen in Alkohol unlöslich waren. Rafale befürchtete letzteres.

„Bist du sicher?", fragte sie, selbst unsicher.

„Nein, was ist schon sicher", erwiderte Victor und schien keine Anstalten zu machen, den Türrahmen verlassen zu wollen, ganz, als sei er selbst eine Art Zwischenzustand.

Nour beobachtete die Szene von seinem Sitzplatz aus. Als er Rafales hilfesuchenden Blick kreuzte, nickte er unauffällig in Richtung des abgeblendeten Fensters.

„Sollen wir vielleicht mal zusammen einen Spaziergang machen, Vic?", bot Rafale an, den stummen Hinweis auffangend.

Der Reporter rührte sich noch immer nicht.

„Na komm, nun zier dich nicht so", munterte sie ihn unbeholfen auf. „Wir sind doch Freunde."

Victor wollte etwas einwenden, aber Rafale war schon bei

ihm. Sie schob sich unter seinem Arm hindurch und drehte ihn in die Richtung, aus der er gerade gekommen war.

„Komm schon."

Er ließ einen kraftlosen Seufzer im Raum zurück und folgte ihr.

An der Garderobe griff sie nach seinem Staubmantel und half ihm hinein. Fügsam ließ er sich ankleiden. Dann nahm sie eine alte Jacke von Lizu, welche Suzie ihr herausgesucht hatte, und zog diese an. Die Kombination sah unmöglich aus, aber im Black Tale fiel man mit zusammengestoppelten Klamotten weniger auf als in korrekter Montur. Die Art, in der Victor in den Mantel schlüpfte war ebenso gehemmt wie seine wenigen Worte und ihr dämmerte, dass nicht allein der Alkohol an ihm nagte. Vielleicht war das sogar das Geringste.

„Hast du eine Idee, wohin wir gehen könnten?"

Er nickte nur und deutete auf das kleine, überfüllte Regalbrett, auf dem die Codekarte für ein Bike lag.

„Kleine Spritztour, ja? Warum nicht", kommentierte sie und versuchte, ihn mit einem Schmunzeln anzustecken. Es misslang gründlich.

„Ich habe über die Bezahlfunktion ein paar Ducats von Haute-Pleine bekommen. Nicht allzu viel, weil er fürchtet, dass der Herbst die Buchungen seiner Dienstkoms kontrolliert, aber immerhin. Es hat gereicht, um Lizu milder zu stimmen. Wir können seine Maschine benutzen.

„Ich mag ja romantische Bike-Touren im Herbst", erwiderte sie aufmunternd, erneut erfolglos, als sei der Humor in Vic gestorben.

Ihre anfängliche Enttäuschung über den fahrbaren Untersatz wurde schnell abgemildert, als sich Lizus Gravlite als Mogelpackung erwies: Die rostige und verbeulte Quickly S - von echten Bikern gern als *Sickly S* geschmäht - war das, was man hier zum Überleben brauchte. Eine Mischung aus Flinkheit und unauffälligem Äußeren. Das leichte Bike war getunt und Rafale war bereits nach wenigen Sekunden schneller, als die Omnisec erlaubte. Es war keine Rennmaschine wie ihre Thunderwing, aber in den düsteren, engen Gässchen im östlichen Black Tale das Fahrzeug der Wahl. Die Thunderwing! Wie gern hätte sie ihr geliebtes Bike aus der Garage auf Le Ganet geholt, aber für die Thunderwing galt der gleiche unerbittliche Sicherheitsgrundsatz wie für ihr Haus dort und ihre Dienstwohnung in Conoret: Es war zu gefährlich. Mit Sicherheit wurden alle Objekte mittlerweile überwacht wie die Kronjuwelen und nur wenn sie Glück hatte, würden es Haute-Pleines Leute sein.

Einen Kraftfeld-Windschild gab es an diesem primitiven Fahrzeug nicht. Sie kauerte sich stattdessen hinter der rissigen Plexoplast-Scheibe zusammen und folgte mit dem Blick dem wackligen Lichtkegel des einzelnen matten Scheinwerfers. Victor hing an ihrem Rücken und dirigierte sie mit Klopfzeichen auf Schultern und Arme. Die herbstlich dunklen Straßen waren voll mit späten Pendlern. Leute aus der Unterschicht, Tagelöhner, Glücksritter und Kleinkriminelle, die den allabendlichen Weg nach Hause angingen, ein kleines Abenteuer für sich. Nur wenige Stunden später, wenn Coleria Sol der Nacht freie Hand gelassen haben würde, würden viele wieder in der umgekehrten Richtung unterwegs sein. Zum Zweitjob in einer Bar, zur Nachtschicht in einer Fabrik, auf den Straßenstrich und zu Diebeszügen. Der Slum schlief nie. Rafales schlechtes Gewissen schwand, je mehr sie sich mit dieser Seite der Medaille verbunden fühlte. Fremder, immer fremder kam ihr die sterile, systemtreue Visage von Vierteln wie Sainte-Lydie und L'Étoile vor. Ob Vic ahnte, was in ihr vorging?

Und - wichtiger noch - ahnte sie, was in Vic vorging? Als er sich in der ersten schnelleren Kurve an ihren Rücken geschmiegt hatte, hatte sie die Waffe gespürt. Was mochte das bedeuten? Sie beruhigte sich mit dem Gedanken, dass man in den Slums von Conoret City besser mit Waffe unterwegs war als ohne, das hatte sie am eigenen Leib erlebt. Den Gedanken, dass es vielleicht auch mit seinem Gemütszustand zu tun haben könnte, hatte sie in dieser schnellen ersten Kurve hinter sich gelassen. Es war besser so. Sie würde es bald erfahren, sagten ihre Instinkte.

Sie ließen das Black Tale hinter sich, als sie eine marode Straßenbrücke passierten. Für das ungeübte Auge eines braven colerianischen Bürgers gab es keinen Unterschied, aber Rafale hatte diesen Status längst abgelegt wie eine zu klein gewordene Haut. Old Ironstate. Das bessere unter den schlechteren Vierteln dieser Perle des Imperiums. Wer genau hinsah, erkannte die niedrigere Bebauung, die weniger rauchschwangere Luft, das Vorhandensein von gewisser Infrastruktur, und sei es nur in Eigenregie erbaut. War Black Tale noch eine chaotische Schlangengrube, so hatten die Bewohner von Old Ironstate über die Jahrzehnte eine Art Ersatz-Bürgergefühl entwickelt, das sich um den eigenständigen Erhalt des Viertels kümmerte. Der Slum schien sich nicht nur vor sich selbst zu schützen, sondern sogar zu regenerieren. Selbst sich bekriegende Banden verschonten Wohnraum, und legten Feuer, Sprengungen der Omnisec oder schlicht der Verfall einige Häuserblöcke in Ruinen, so fand sich oft ein lokaler Unternehmer, der sie wieder aufbaute. So hatte sich Old Ironstate zu einer Art Karikatur von Stadt innerhalb der Stadt entwickelt, aber es war doch Lebensraum für sieben Millionen jenseits der hellen Seite der Medaille.

Klopfen um Klopfen dirigierte sie in eine bestimmte Richtung. Vic wusste genau, wohin er wollte. Sie vermutete, dass sie zumindest grob geschätzt schon einmal in dieser Gegend gewesen war, aber in Old Ironstate sahen ganze Gebiete verwirrend gleich aus.

Das Chaos ist nur eine Ordnung, die wir nicht verstehen.

Sie preschten durch die Dunkelheit.

Als Vic ihr durch ein doppeltes Klopfen zwischen die Schultern bedeutete, anzuhalten, war ihr klar, wohin es ihn zog. Khelefs Teehaus! Kein Wunder, dass ihr die Gegend so bekannt vorgekommen war! Leise surrend begab sich die einzelne Turbine des kleinen Bikes zur Ruhe, Rafale manövrierte das Fahrzeug auf einen Parkstreifen an der Straßenecke und klappte den Ständer aus, dann stiegen sie beide ab.

„Du hättest mir einfach sagen können, wohin du willst. Vielleicht hätte ich es auch so gefunden", sagte sie ihm möglichst freundlich.

„Du wirst lachen, ich war mir selbst nicht so ganz sicher, ob das eine gute Idee ist, es war meine spontane Ader."

Als er sie dabei ansah, vom Teeduft aus dem Eingang umweht, lächelte er erstmals seit langen Stunden. Es wirkte auf Rafale unglaublich erleichternd und steckte sie an. Die Mundwinkel, eben noch angespannt verzogen, hoben sich zu dem strahlenden Lächeln, das Vic von seinem Foto wiedererkennen musste, nur dass es diesmal nicht gekünstelt war.

„Ich mag spontane Ideen, Vic. Komm, gehen wir rein, mir ist kalt. Nächstes Mal trinkst du nichts, dann darfst du Windschutz für mich spielen!"

Sie passierten den kleinen Vorraum mit seinem müden, einzelnen Luxelement, das ihr wie ein alter Vertrauter zuzuzwinkern schien. Diesmal drückte ihr jedoch niemand eine Waffe in die Hand. Musik lockte von jenseits des verschlissenen, alten Vorhangs, der wegen der Kälte draußen jetzt doppelt hing. Durchgefroren, wie sie war, schlug ihr die Wärme des Raumes wie eine Lötlampe ins Gesicht und sie hätte instinktiv gezögert, hätte Vic nicht von hinten nachgeschoben. Rafale sah sich um. Das Teehaus hatte rein gar nichts von seinem bekannten Charme eingebüßt, als wäre die Zeit stehengeblieben. Die bunten Holoschilder zauberten noch immer mit der schummrigen Beleuchtung um die Wette und sie spürte einen gewissen Stolz, weil sie wusste, was all die fremden Worte bedeuteten. Dass es antiimperial war, störte sie keinesfalls, sie fühlte sich nicht imperial. Als man sie bemerkte, wurde sie jedoch jäh in die Realität zurückgezerrt: Erste misstrauische Blicke trafen sie unvorbereitet. Der dicke Khelef bewegte seine Hand unter den Tresen.

„Hed saiidi shehebti, nashemi! Aalad demanteh!", rief Victor plötzlich über ihre Schulter.

Damit löste sich die angespannte Stimmung auf. Die ersten Gäste widmeten sich wieder ihren leisen Unterhaltungen, andere, die einen Moment länger zum Vertrauen fassen benötigten, schlossen sich ihnen allmählich an. Laicha, das Serviermädchen, machte sich sofort zielstrebig auf den Weg zu Victor Nadar, dem Shibakh.

„Du hast gerade gesagt, dass die Imp eine Freundin sei und du dich für sie verbürgst, nicht?"

„Das stimmt, woher weißt du das?", fragte Victor erstaunt.

„Was kann ich euch bringen?", unterbrach Laichas Frage. „Vic, du kennst dich ja aus!"

Das bedeutet du kennst dich hier nicht aus, *aber sie hat ja auch Recht, Goeland.*

Victor schien dennoch zu überlegen. Amüsiert wartete sie darauf, dass er den traditionellen Tee-Aufguss orderte und sie ihn dann mit ihrem kulturellen Wissen beeindrucken könnte. Dann sprach er auf Abarize mit Laicha, es war eine kleinere Debatte, in der die Bedienung auch Widerworte oder Bedenken zu haben schien. Schließlich nickte sie und verschwand im Halbdunkel der hinteren Bar.

Er gefällt dir, Mädchen. Du willst ihn beeindrucken, gibs doch wenigstens mal zu!

„Was habt ihr da gerade besprochen?", wollte sie wissen, während sie schon nach einem abgelegenen Plätzchen auf den einladend drapierten Sitzkissen Ausschau hielt.

Wie ein spontaner Blitz leuchtete der Gedanke, er könnte ein Separee buchen, in ihrer romantischen Gedankenschublade auf. Er mochte kurz gewesen sein, doch er reichte aus, um ihr die Röte auf die Wangen zu treiben.

„Du wolltest doch reden, Raf. Ich habe sie nach einem ungestörten Ort außerhalb der Teestube gefragt", sagte er mit erneuerter Nüchternheit.

„Verstehe", antwortete sie und bemühte sich, die Enttäuschung herunterzuspielen.

Vic schob sie mit der Hand im Rücken leicht an, sie folgten dann Laicha in einigem Abstand. Die fremde Musik und die exotischen Gerüche verwirrten die Sinne, der Raum wirkte noch größer als beim letzten Mal, seine Dimensionen schienen aber zu schwanken. Laicha wartete an einer Tür in einer der hinteren Raumecken, doch bevor Vic und Rafale sie erreichten, setzte sie sich schon wieder in Bewegung und strebte der Bar zu, wo sie mit Khelef einige Worte wechselte. Dort, wo sie gestanden hatte, war eine Tür, und diese Tür stand jetzt einen Spalt weit offen. Vic hielt genau darauf zu, ohne Laicha eines weiteren Blickes zu würdigen.

„Das geht nach draußen, nicht wahr?", fragte Rafale, nur um Vic irgendeine freundliche Reaktion zu entlocken.

Doch von dessen Laune schien noch mehr Kälte auszugehen als von dem Lufthauch, der ihr durch den Türspalt entgegenwehte. Die Tür mündete in ein verlassenes, dunkles Treppenhaus. Vic schien sich auszukennen und ging voran. Er machte keinerlei Gesten oder Kommentare, dass Rafale ihm folgen sollte, als sei ihm das egal. Sie folgte ihm dennoch.

Ein romantisches Separee sieht anders aus. Ob er deswegen die Waffe mitgenommen hat?

Das Treppenhaus war ebenso karg wie Vics sichtbare Lebenszeichen. Keine Elektronik, keine Einrichtung, es schien wie eine isolierte Hyperraumtasche neben der Realität von Khelefs lebendigem Teehaus. Als die schwere Metalltür hinter ihnen zufiel, war sie mit Vic und einem winzigen Lichtfleck allein. Durch einen schmalen Schlitz in der Außenwand verirrte sich der schwache Schimmer einer Straßenbeleuchtung hinein und schenkte den Stufen minimalistische Konturen. Harte Krümel, vielleicht Reste eines längst vergessenen Wandputzes, knirschten feucht und unwillig unter ihren Stiefelsohlen.

Zwei Absätze weiter oben endete die Tristheit des einsamen Treppenhauses an einer ebenso tristen weiteren Metalltür. Vic schob sie auf und ein bedeckter Abendhimmel nahm sie beide in Empfang.

„Ich wusste gar nicht, dass das Teehaus eine Dachterrasse hat", kommentierte sie sinnlos, während sie auf die karge Fläche trat.

Oberhalb der Tür glomm ein verloren wirkendes Luxelement. Ansonsten blieb die Dachterrasse dem Widerschein der Stadtbeleuchtung überlassen, welcher sich unter der niedrigen Wolkendecke brach, als gäbe es kein Entkommen. Die Terrasse hatte etwa die halbe Fläche des Hauses, auf der anderen Hälfte ging es nochmals einen Stock weiter nach oben, vielleicht ein Wohnbereich. Insgesamt war das Teehaus jedoch von deutlich höheren Nachbargebäuden überragt, die sich wie schützend um es drängten. Feucht schimmerte der Bodenbelag aus Betoplast, es musste erst kürzlich geregnet haben. In einer Ecke zum Winterschlaf zusammengekauertes Mobiliar verriet, dass die Terrasse in den warmen Monaten durchaus von Gästen genutzt wurde. Jetzt jedoch herrschte nur gefallenes Laub verschwundener Kübelpflanzen hier, es schmiegte sich in jeder Ecke zusammen und schien auf die stille Gnade der Kompostierung zu warten.

„Vic, es reicht jetzt. Spuck endlich aus, was mit dir los ist, statt trauernder Berg zu spielen!", sprach sie ihn mit unbeabsichtigter Härte an.

Er drehte sich ihr zu, die Hände in den Manteltaschen vergraben.

„Ich weiß nicht, wo ich anfangen soll, Raf."

„Bis ich mit Lizu losgezogen bin, um mit Daddy zu sprechen, war alles noch in Ordnung. Also fang doch einfach da an. Hast du eine Zigarette für mich?"

Eigentlich war ihr nicht nach einer Rauchpause, aber sie ahnte, dass er einen Anlauf benötigen würde, um sich zu sammeln. Das, was sich da aufgestaut hatte, würde sich ebenso langsam wieder auflösen müssen. Was wäre eine Zivilisation ohne Zigaretten?

Vic suchte unbeholfen in seinen Taschen nach dem Päckchen, dann reichte er es ihr mechanisch und gab ihr ebenso mechanisch Feuer. Sie zog tief an der Tiras-Zigarette, die ihr so viel heimischer vorkam als der Tabak der Kartellwelten.

Eigenartig, nicht? Beides ist aus einer fremden Welt, aber die eine ist heimischer als die andere. Gewöhnung ist alles.

Sie betrachtete ihn mit einem Blick, von dem sie glaubte, er wirke auffordernd, die Zigarette zwischen den Lippen. *Ich kann nicht reden, rede du,* wollte sie ihm sagen.

„Ich sitze in der Scheiße", begann er fast kleinlaut wie ein Schuljunge mit schlechtem Gewissen. „Ziemlich frelliger Skrag von einer Scheiße sogar."

Weiter, warf sie ihm durch einen rauchverhangenen Blick zu.

„Weißt du... während ich auf dich gewartet habe, da ist mir eingefallen, dass ich Marjolaine mal anrufen sollte. Wir hatten ausgemacht, dass ich mich bei ihr melde. Wegen des Jobs für den Piratensender hatte ich das ganz vergessen. Also, ist nicht so, dass sie mir das krumm nehmen würde, sie weiß, dass ich manchmal was vergesse. Auch ihren Geburtstag und so. Und die Heizung zu bezahlen und so..."

Weiter.

„Na ja, und dann hab ich das halt gemacht. Fareq hat mich ja erst drauf gebracht und ich hatte mir schon Entschuldigungen zurecht gelegt und... na ja."

Weiter.

„Dann hab ich halt angerufen, sie ist bei ihrer Schwester Marie und ihrer Nichte Francine untergeschlüpft", faselte er gedankenverloren vor sich hin und machte dann eine Pause, als hätte er den Faden verloren.

Weiter.

„Der Colerianische Herbst war dran. Sie haben sie alle umgebracht bis auf Marjo. Die haben sie entführt."

Rafale stand wie erstarrt vor ihm, die Augen geweitet. Kein Wort wollte aus ihr heraus, als der Schrecken sie erneut in den Würgegriff nahm.

„Sie... sie... würden sie am Leben lassen, wenn ich -", begann er angestrengt, der Satz schien in seiner Kehle gerinnen zu wollen. „Wenn ich dich ihnen ausliefere."

Das war es also! Rafale wurde mit einem Schlag eiskalt, der Unterkiefer klappte herunter und die glimmende Zigarette fiel zu Boden. Der kleine, muntere Glutpunkt verschwand aus ihrem Gesichtsfeld. Das war es also!

Die Waffe! Goeland, er hat eine Waffe mitgenommen! Und du bist hier auf dem Präsentierteller! Scharfschützen! Kommandos! Das war eine Falle und du bist wieder mal hineingelaufen!

Ihr Puls beschleunigte sich. Wohin nur, wohin? Zum Springen war es viel zu hoch, sie würde sich alle Knochen brechen. Sollte sie Vic als Schutzschild nehmen? Nein, das war witzlos. Er war bewaffnet und außerdem war er den Herbstlern mit Sicherheit vollkommen egal, wenn er erst mal seine Rolle gespielt hatte! Gab es eine Leiter zum nächsten Dach? Gesehen hatte sie keine und sie wollte ihm jetzt nicht den Rücken zudrehen und lange suchen. Ängstlich wich sie einige Schritte zurück, dann machte sie auf dem Absatz kehrt und rannte los.

Die Tür war nur wenige Meter entfernt. Wenn sie es schaffen sollte, wäre sie zumindest für einige Sekunden in Sicherheit! Sie rannte so schnell es ging, ihre langen Beine flogen nur so dahin, der rettenden Tür entgegen, weg, nur weg! Schon war sie in den matten Lichtkegel des kleinen Luxelementes getreten und musste abbremsen, um die Tür ohne großen Zeitverlust öffnen zu können. Würde Vic schießen? Sie war jetzt ein leichtes Ziel. Würde jemand anderes schießen, die Falle zuschnappen lassen? Das Raubtier der Panik krallte sich in ihrem Nacken fest. Vic rief etwas, aber sie hörte es nicht. Ihr Puls schien laut wie der Geschützdonner von Banda III, er überlagerte alles, wirklich alles. Gerade wollte sie nach dem Öffnungshebel greifen, ihre Stiefel schlitterten bremsend auf dem feuchten Betoplast, da öffnete sich wie von Geisterhand die verlassene Tür.

Verdammt! Zu spät!

Sie spannte ihren Körper an, die Hände zu Fäusten geballt, und war bereit, sich in den letzten Kampf zu stürzen.

Sprungbereit stand sie da, die Augen waren zu Schlitzen verengt und erblickten...

„Laicha?"

Verdutzt starrte die Bedienung auf die kampfbereite Rafale. In einer Hand trug sie ein kleines Tablett mit zwei Gläsern, aus denen es heimelig dampfte. In den Böden der Gläser waren kleine bunte Lämpchen eingelassen, deren Widerschein sich lustig funkelnd im geriffelten Glas brach wie ein kleines Feuerwerk. Die unvermeidlichen kleinen Kekse, die es in jeder Epoche, in jedem Universum und an jedem Ort zu geben schien, fehlten nicht.

„Ja, Miss. Spe- Spezialität des Hauses, wie be- bestellt", stammelte sie unbehaglich. „Zum Wohl!"

Mit diesen Worten drückte sie Rafale das Tablett in die Hand und bemühte sich, der gespenstischen Szene so schnell wie möglich zu entkommen. Die altersschwache Metalltür fiel quietschend zu und ließ die verdutzte Rafale Goeland mit einem bunt erleuchteten Serviertablett in den Händen zurück.

„Raf! Was hast du denn?", rief es von hinten. Victor war ihr nachgegangen. Offenbar war er nicht gerannt und hatte erst jetzt zu ihr aufgeschlossen.

Sie drehte sich zu ihm um, das Tablett noch immer wie einen Fremdkörper in den Händen haltend.

„Ich... es hat wohl wenig Sinn zu leugnen, hm? Ich hatte Angst, dass du mich in eine Falle gelockt hast."

Auch wenn ihre innere Stimme sich gerade mit rationalen Argumenten zu Wort melden wollte: Sie schämte sich. Hatte Emmys Verrat sie denn wirklich so paranoid gemacht? Ja, das hatte er. Wie eine Windfahne schwankte sie jetzt zwischen naiver Anhänglichkeit und Verfolgungswahn hin und her und eine Flaute war nicht in Sicht. Zerknirscht senkte sie den Blick. Er fiel auf die beiden unschuldigen Heißgetränke, was

284

es nicht besser machte. Ein trauriger Kloß wuchs in ihrer Kehle an.

„Kann ich dir kaum verdenken, nach allem, was du durchgemacht hast, Raf", begann Vic und seine Worte klangen aufmunternder als es sein Gesicht widerspiegeln konnte. Er sah so enttäuscht aus, wie man es erwarten konnte. „Aber hätte ich uns denn den Kakao bestellt, wenn ich dich ins Messer laufen lassen wollte? Hey, so dick ist mein Budget gerade nicht und ich glaube, der Herbst nimmt keine Spesenabrechnungen an."

Der Witz tröstete mehr, als er amüsierte, aber es war ihr nur recht. Wie kurz davor war sie gewesen, wieder alles zu zerbrechen? Es gelang ihr, die Enttäuschung über sich selbst auf Emmy umzuleiten. Hätte Emmy nicht so skrupellos ihre Einsamkeit ausgenutzt, wäre sie jetzt nicht so misstrauisch gewesen.

Eine verfrellt schlechte Lüge, Mädchen, aber für den Augenblick genehmigt. Lu et approuvé!

„Dann... sollten wir vielleicht einen Schluck nehmen, bevor er kalt wird? Das sieht wirklich wunderschön aus", begann sie vorsichtig wie ein verschüchterter Teenager.

Als könnte sie die hübsch funkelnden Gläser zerbrechen mit ihrer Beklommenheit, griff sie danach. Ihr war, als trüge sie dicke Schutzhandschuhe, als sie eines vom Tablett nahm.

„Ich muss ganz unromantisch zugeben, dass das nicht meine Idee war", sagte Vic mit einem entschuldigenden, wenn auch leicht gezwungenen Lächeln. „Ich habe Laicha nur gesagt, sie soll heißen Kakao bringen, weil die Terrasse frisch ist um diese Jahreszeit. Das mit der hübschen Aufmachung war ihre Idee. Sie dachte wohl, wir wären ein Liebespärchen."

Heiß wie ein Plasmablitz schoss Vics Kommentar durch Rafales Adern. Als Victor sein Glas nahm und Rafale das

Tablett unsicher auf den Boden stellte, kreuzten sich ihre Blicke erstmals an diesem Abend. Sie war der Galaxis unendlich dankbar, dass die Dunkelheit ihre knallroten Wangen verbarg. Wie in Trance kam sie aus der Hocke hoch und näherte sich ihm, so dass sie anstoßen konnten.

„Auf was trinken wir?", fragte sie, bemüht, ihre vibrierende Stimme unter Kontrolle zu bringen.

Er machte ein Gesicht, als ob er *auf uns* sagen wollte, dann aber verfinsterten sich seine Züge merklich.

„Egal, wie ich mich entscheide, ich bringe jemanden in Gefahr, der mir sehr viel bedeutet", gab er missgelaunt zu.

„Ich... bedeute dir was?", hakte sie rhetorisch nach. Nicht nur, dass ihr der Gedanke unerhört gefiel, es schien ihr auch nötig, ihn von der Zwickmühle abzulenken.

„Was denkst du denn, Raf? Hier in diesem Teehaus habe ich zum ersten Mal von dir gehört. Das war der Bericht über die Demonstrationen. Von da an wollte ich unbedingt immer mehr über dich erfahren. Du warst plötzlich mehr als nur eine interessante Story, mit der ich endlich groß herauskommen würde. Es war wie ein Rausch. Mit jedem Bild, mit jeder Aktennotiz wurdest du lebendiger und zum Frell, du bist genau so, wie ich es recherchiert habe. Nun sag noch einmal, ich sei ein schlechter Reporter!"

„Die Bilder an der Wand, ja?", fragte sie mit leiser Stimme und sah ihn fasziniert an, die Hände wärmesuchend um das leuchtende Kakaoglas geklammert, so dass die Konturen ihrer Finger rötlich schimmerten.

„Die und all das andere. Deine Laufbahn. Deine Lebensgeschichte. Sogar dein Sternzeichen!"

„Du kennst die Geschichte von der Locra?"

„So gut, dass ich sie meinen Kindern als Gutenachtgeschichte erzählen könnte. Ich habe nur noch keine."

Das war mehr als deutlich. Oder etwa nicht?

„Sie ist nicht besonders gut ausgegangen", warf sie ein.

„Das macht sie aber nicht minder schön. Hab nie behauptet, dass ich ein umwerfender Romantiker wäre. Weiß der Rodder, ich hab mein halbes Leben lang nach jemandem gesucht, der Mumm und Rückgrat hat. Na ja, und der vielleicht etwas weniger planlos ist als ich. Lach jetzt nicht, aber ich hatte schon gedacht, ich müsste dafür umschulen und mir nen Kerl suchen."

Sie musste nun breit grinsen. Das bunte Licht aus den Gläsern hellte ihre Zähne auf, als die Mundwinkel sich weiter und weiter erhoben, den unsichtbaren Sternen entgegen.

„Du hast dir überlegt, nen Kerl auszuprobieren, nur weil du jemanden mit Mumm und Rückgrat gesucht hast und dann ist zufällig doch noch jemand mit Titten aufgetaucht, der das auch bietet? Hat dir eigentlich schon mal jemand gesagt, dass du tief in Rollenbildern verstrickt bist, du Macho?"

„Soll das etwa heißen, deine Titten sind nicht echt?", erwiderte er kokettierend unsicher.

Sie lachte schallend auf und hätte sich dabei fast am Kakao verschluckt. Prustend krümmte sie sich und hielt sich mit der Linken an seiner Schulter fest.

„Weißt du was? Es ist gut, dass du kein Diplomat geworden bist!", sagte sie, als sie wieder zu Atem gekommen war. Die Hand beließ sie auf seiner Schulter.

„Und weißt du was? Es ist gut, dass du kein Kerl geworden bist."

Sie wehrte sich nicht gegen seinen Arm, der sich plötzlich um ihre Taille legte und sie langsam heranzog. Sie wehrte sich auch nicht gegen das Gefühl der Geborgenheit, das jetzt wie ein Grundrauschen unter ihrem heftiger pochenden Herzton lag. Es fühlte sich so richtig an, inmitten der ganzen Falschheit! Vergessen war die Scham, diesen Mann des Verrates bezichtigt zu haben. Vergessen wie alles andere um sie herum. Einmal, nur einmal, wollte sie echtes, unverfälschtes, ungetrübtes Glück haben! War das denn zu viel verlangt vom Leben? Sie versenkte ihren Blick in seinen hellblauen Augen, wortlos und tief wie das weite All, das ihr so viele Jahre geraubt hatte. Mit zunehmender Aufregung nahm sie wahr, dass sie von der Brust bis zum Becken hinab eng an ihn geschmiegt dastand und diese eindrucksvollen Augen keine zwei Handbreit entfernt von ihr lagen, näher als jeder Stern im Sternenpendler. Störte ihn denn dieser grauenhafte Stallgeruch der Einsamkeit gar nicht? Er musste ihn doch riechen! Riechen, wie er von ihr, der Unberührbaren, der eisernen Jungfrau der Astrogation ausging und alles vertrieb, was Nähe bedeuten könnte? Nein, er roch ihn nicht. Oder er wollte es nicht. Nasenspitzen berührten einander, vorsichtig bewegte sie den Kopf und rieb die ausgekühlte Haut an seiner. Ganz Coleria schien im Einklang mit ihr.

„Wir müssen aufpassen, Raf", raunte er schließlich warm und tief.

„W-Worauf, Vic?", fragte sie mit vor Aufregung belegter Stimme.

„Wenn wir die Gläser fallen lassen, müssen wir sie bezahlen."

Ihr glückliches Lächeln wuchs weiter an, bis die Lippen schließlich einander trafen und den erlösenden Kuss austauschten.

Blatt 110: Hase, grab dein Hasenloch

Rafale ruckelte an den Lamellen der Jalousie, aber sie rührten sich nicht. Sie waren an der Scheibe festgefroren. Millimeter um Millimeter eroberte der Frost nun die Wohnungen derer, die kein Geld für eine Heizung oder ausreichende Isolierung besaßen. Während wohlhabende Viertel wie Sainte-Lydie ein hochtechnisiertes Stillhalteabkommen mit dem Winter zu haben schienen, zeigte jener den Bewohnern vom Black Tale sein grimmiges, starres Morgengesicht. Vor allem jenen, deren Zuhause die schmutzigen Gassen waren. Bald würde es schneien.

Sie betrachtete den zarten Kuss zwischen der Eisschicht und dem ehemals grün emaillierten Blech. Zu zerbrechlich schienen die Lamellen und so sah sie von dem Versuch ab, sie loszumachen. Ihr Gefühl für Ordnung hatte ohnehin während der Ereignisse der letzten Wochen erheblich gelitten und einer robusten, zulassenden Akzeptanz Platz gemacht. Es war uncolerianisch, das wusste sie, aber es war auch befreiend. Mit zwei Fingern und etwas warmem Atem weitete sie den hellen Spalt zwischen zwei Lamellen und spähte nach draußen. Genau vor ihrem Sichtschlitz war ein Insekt von außen an der Scheibe festgefroren. Vermutlich würde es noch bis zum ersten Vorfrühlingstag da hängen, bis dann ein hungriger Vogel die erste Enttäuschung des neuen Jahres erleben würde. Wie würde sie selbst wohl das neue Jahr erleben? Würde sie es überhaupt erleben? Oder hatte dieses Insekt nur den Anfang gemacht?

Ich leg schon mal los mit dem Abkratzen, Leute, noch gibts ermäßigte Karten! Viel Spaß mit Dibaleaux, wir sehen uns dann zum Brunch beim Rodder!

Gegenüber, ziemlich genau auf ihrer Stockwerkshöhe, bewegte sich eine andere Jalousie in einem anderen Wohnsilo. Ein schmaler Schlitz, dunkler als die restliche Fläche, tat sich auf wie ein schmaler Mund. Dort spähte vermutlich ein weiteres Augenpaar auf die gleiche anonyme Art misstrauisch in den Herbstmorgen. Wie viele Bewohner mochten gerade jetzt genau das Gleiche tun wie sie? Viele. Black Tale zählte, wie die anderen Slums auch, einige Millionen Einwohner. So ganz genau wusste das ohnehin niemand und wollte wohl auch niemand wissen. Gefangen in einer Stasis, wartend auf bessere Zeiten, von denen niemand wusste, wie sie tatsächlich aussehen würden, spähten sie durch die Jalousien und ließen sich nicht blicken. Wie nah und zugleich fern man sich doch sein konnte! Als der Beobachtungsschlitz gegenüber zuschnappte, ließ auch Rafale instinktiv los.

> Hase, grab dein Hasenloch
> wie kalt es wird, das weißt du doch
> verbirg dich rasch, verbirg dich tief
> denk an den Fuchs, der niemals schlief!
> Wenn du weißt, es ist zuletzt getan
> dann fängst du halt ein andres an!

„Ich hoffe, dein Plan funktioniert auch, Fareq", murmelte Victor, während er mit finsterem Blick seinen Kommunikator fixierte.

„Natürlich wird er das, Vic. Miss Goeland hat es mit all ihren Plänen nicht geschafft, uns umzubringen, wie soll dann so ein bescheidener Rinderhirte wie ich das hinbekommen?"

Rafale löste sich von der Jalousie und ging zu den anderen, setzte sich neben Vic auf das alte Sofa und schmiegte sich an ihn. Ihr war plötzlich sehr kalt.

„Also... dann eröffnen wir das Spiel mal, ja?"

„Wenn du alle Schritte im Kopf hast, Vic, lege nur los. Zum Disha, es wird Zeit! Die Galaxis will von einem Krieg befreit werden, Coleria von einer Bürgerkriegsgefahr und daheim läuft die Kohlernte ohne mich."

Victor ließ das anthrazitgraue Gerät in seiner Hand nicht aus den Augen, als könnte es mit unbedachtem Eigenleben noch in letzter Sekunde alles ruinieren. Dann schloss er die Augen und atmete mehrmals tief ein wie ein Turmspringer vor dem alles entscheidenden Sprung. Kurz ließ er den Sauerstoff wie einen munteren Verbündeten in seinen Lungen prickeln, dann öffnete er die Augen wieder und schaltete den Kommunikator ein. Er wählte Francines Kontakt. Francine, die nicht mehr lebte. Francine, die so sinnlos gestorben war. Das Rufzeichen erklang. Victor wagte es nicht, das Außenmikrofon einzuschalten, er wollte ganz und gar sicher sein, dass nichts Unvorhergesehenes passierte. Schon ein Niesen im Raum würde alles ruinieren. Ebenso der Widerhall des Außenlautsprechers. Nur jetzt nichts falsch machen! Er nahm das Gerät dicht ans Ohr, im Raum war es dennoch so still, dass man die Leitung knacken hören konnte. Gleich würde man die große Spinne nicht nur sehen, sondern auch berühren.

„Hallo?", meldete sich die dunkle Frauenstimme und Victor fragte sich, ob diese durch einen Verzerrer moduliert war.

„Hier ist Victor Nadar", sagte er nach einer unentschlossenen Pause. Es mochte professionell wirken, aber das war es nicht. In ihm schien alles gefroren.

„Das habe ich mir gedacht. Mister Nadar. Sie wollen mir also etwas mitteilen. Wie haben Sie sich entschieden?"

Auch wenn er den Kommunikator am Ohr hielt, musste die Stimme aus dem kleinen Gerät laut genug gewesen sein, dass Rafale sie ganz offensichtlich hatte erkennen können. Ihre

Augen weiteten sich entsetzt. Ihr Mund stand offen vor Worten, die sie doch nicht aussprechen konnte. Hilflos ruderte sie mit den Armen, bis sie dann aufsprang. Victor zuckte zusammen, weil das alte Sofa dabei Geräusche machte. Eilig hatte Rafale einen dicken Stift ergriffen und malte kurzerhand ein einziges Wort an die alte Tapete, direkt über Dibaleaux' eingestecktem Foto.

Donnet!

„Sie haben gewonnen", sagte Victor und wandte den Blick ab.

Eine Pause entstand, Victor nahm das Gerät vom Ohr und betrachtete es sorgenvoll. War etwas defekt? Eine Störung würde Marjo das Leben kosten!

„Wir haben gewonnen, Mister Nadar, auch wenn Sie das jetzt noch nicht erfassen können. Ich bin sehr zufrieden mit Ihnen und Miss Bastien wird es auch sein."

„Kann ich sie sprechen?", fragte er nach.

Ein heiseres, boshaftes Lachen erklang in der Leitung, so plakativ, dass Victor sich fragte, ob die Erpresserin zu viele schlechte Romane gelesen hatte. Romanschurken taten so etwas grundsätzlich an dieser Stelle. Dann klatschte es im Hintergrund der Leitung, ein durch Entfernung gedämpfter Schrei folgte. Nach einer Pause meldete sich die dunkle Stimme wieder.

„Miss Bastien ist gerade nicht in Gesprächslaune, aber ich hoffe, diese kleine Äußerung eben war für Sie ausreichend."

Schurken taten vermutlich auch in der Realität so etwas.

„Was... passiert jetzt?", wollte Victor wissen.

„Sie haben sicher eine Vorstellung, wie Sie mir Goeland liefern wollen. Ich bin ganz Ohr."

Ein Aufmerksamkeitssignal des Summers im Gerät ließ ihn aufmerken. Er nahm es vom Ohr und las die Meldung im

Display. Das Icon für den Standortzugriff blinkte unmissverständlich auf. Er hielt es den anderen entgegen und erntete die Blicke, die er selbst vermutlich aussandte. Er hatte es erwartet und doch löste der Versuch des Herbstes, seinen Standort zu lokalisieren, ein mulmiges Gefühl aus. Konnte er sich auf die Technik von Haute-Peines Spezialkommunikator verlassen? Er hielt das Gerät, als sei es mit Stacheldraht umwickelt. Wer würde jetzt zuerst einknicken? Sollte er preisgeben, dass er wusste, dass man ihn anpeilte? Er könnte ihr damit signalisieren, dass er nicht zu unterschätzen war. Er würde damit aber auch zugeben, als Zivilist ein militärisches Gerät zu haben. Würde die Frau zugeben, dass sie ihn anpeilte? Sie würde ihre Gefährlichkeit unterstreichen. Aber sie würde auch ihre eigene Zuverlässigkeit im Deal untergraben. Wortlos rangen die beiden großen Spinnen für eine Weile miteinander.

„Mister Nadar?", kam die Nachfrage. „Ich höre?"

Sie würde es nicht zugeben.

„Ich habe von ihr erfahren, dass sie während der Parade zum Einigungstag zum Imperator vordringen will. Ich habe ihr versprochen, meine Kontakte spielen zu lassen, um in eines der abgesperrten Gebäude direkt an der Strecke hineinzukommen. Wir wären unter uns."

Die drei sahen einander an und doch würde jetzt nur die dunkle Stimme die Antwort liefern können. Würde sie das schlucken?

„Großartig. Schicken Sie mir die Koordinaten und die Zeit und ich werde mich darum kümmern, dass die örtlichen Sicherheitsbehörden dieses Haus für uns... reservieren. Und uns nicht bei unserem Plausch stören."

Der süffisante Tonfall in der Stimme war kaum zu überhören. Er wehte aus dem Gerät heraus und wand einen Schleier der Zufriedenheit um die Köpfe der Zuhörer. Sie hatte es geschluckt. Ob es der richtige Weg war, würde sich bald, sehr bald, zeigen und es würde kein Zurück geben.

„Sie bringen Miss Bastien mit und ich Goeland. Und dann bekomme ich freien Abzug?"

„Natürlich, Mister Nadar, misstrauen Sie mir etwa?", lachte es heiser aus dem Gerät und der Stacheldraht drückte sich in Victors Handfläche.

„Natürlich misstraue ich Ihnen, wer auch immer Sie sind."

„Sie sind ein kluger Mann, Nadar. Misstrauen Sie mir nur. Es wird aber alles so ablaufen, wie wir es besprechen, Sie werden sehen. Wenn ich erst mal Goeland habe, gehen wir getrennte Wege. Vielleicht werden wir uns wiedersehen, wenn gewisse Dinge ihren Lauf genommen haben, und dann werden wir uns Ihrer erinnern. Und es werden bessere Zeiten sein, definitiv. Aber genug der Philosophien! Ich erwarte Ihre Daten und wir treffen uns mit unserer Ware dort."

Victor tippte kopfschüttelnd auf dem Gerät herum. Die Kartenposition und die Uhrzeit waren gespeichert, ein Tastendruck und der Colerianische Herbst war informiert. Die Spinnen hatten sich verabredet. Er sah dem Wartezeichen im Display zu, während die Daten übertragen wurden. Ein kleines imperiales Logo drehte sich unaufhörlich, wie das Imperium selbst, das in Bewegung geraten war. Dann erlosch die Anzeige. Die Würfel waren gefallen.

„Sie haben es geschluckt, zum Frell!", jubelte Rafale kaum unterdrückt.

„Die schöne Locra trifft sich also mit Rarais mörderischen Brüdern. Hoffen wir mal, dass diesmal keiner erschlagen wird, ja?"

Victor Nadar, wieder zum Geheimagenten zurückmutiert, saß nur kraftlos auf dem Sofa. Es wollte keine rechte Freude in ihm aufkommen.

Blatt 111: Rémy, Paul und Sacha

„Du bist echt voll blöd", moserte Paul.

„Mein Papa hat mir aber verboten, die Kamera auszuleihen", erwiderte Rémy bestimmt und drückte das Gerät schützend enger an sich, wie eine Mutter ihr Kind. „Ich krieg sonst Ärger."

„Eigentlich hättest du gar nicht mitmachen dürfen, find ich", sprang Sacha Paul bei. „Du hast doch letztes Jahr schon gewonnen."

„Pffft, letztes Jahr, das war doch gar nix", verteidigte sich Rémy. „Ich durfte mal mit ner gesicherten DX-9 hantieren, das ist ja für Babys! Nicht mal schießen durfte ich, obwohl der Offizier mir das erlaubt hätte! Dabei hatten die richtige Sot-Zielscheiben! Darauf könnt ihr nun echt nicht neidisch sein! Ich will eben dieses Jahr auch mal Schwebepanzer fahren. Die haben gesagt, man darf sogar mal die Kanone ausrichten! Ganz allein!"

Die drei Jungen aus der Orientierungsstufe der weiterführenden Justine-Satarelle-Schule hatten schulfrei, wie alle anderen auch. Es war der Einigungstag, der größte Feiertag des ruhmreichen colerianischen Imperiums. Der Tag, an dem vor 945 Jahren der colerianische Bürgerkrieg durch die Krönung Imperators Auguste I. beendet worden war. Der Tag, mit dem das Dritte Zeitalter Colerias begonnen hatte. Der Tag, an dem sich das Imperium aus dem eigenen Blut erhoben hatte und langsam zu alter - und vor allem neuer - Größe fand. Seit jenem Tag, an dem sich Auguste I. die Sternenkrone aufgesetzt und die verfeindeten Fraktionen geeint hatte, hatte Coleria keine inneren Unruhen mehr erlebt. Die Wirtschaft blühte auf, colerianische Händler, Diplomaten und Militärs waren in allen Systemen der Galaxis anzutreffen und schickten sich an, den Glanz des Zweiten Zeitalters, welches so blutig zu Ende gegangen war, noch zu übertreffen. Dort, wo ihnen die erwartete Akzeptanz verweigert wurde, halfen die Streitkräfte, der Stolz Colerias, nach. Der Begriff des Krieges war in der colerianischen Hochsprache semantisch eng mit Ehre und Stolz verknüpft. Niemandem fiel etwas darüber ein, wenn zu jeder Zeit an jedem Ort immer neue Konflikte aufflammten. Es war schlicht eine Gelegenheit, die Ehre des Imperiums zu vergrößern und damit auch die eigene. Es war zutiefst colerianisch. Je weniger Alliierte man dabei hatte, desto mehr konzentrierte sich diese Ehre und das colerianische Imperium war meistens allein im Kampf gegen weit zahlreichere Feinde. Dennoch - oder vielleicht gerade deswegen - war es wieder die treibende Kraft in dieser Galaxis geworden, eine starke, unabhängige Ökonomie in Verbindung mit einer Militärmaschine, deren Kampfkraft, Entwicklungsstand und Disziplin ihresgleichen suchte. Und nur selten fand. Ohne Zweifel war diesem glorreichen, wehrhaften Volk ein Ehrenplatz in der galaktischen Geschichte sicher.

So stand es jedenfalls in den Schulbüchern von Paul, Rémy und Sacha. Und aus genau diesem Grunde waren sie heute hier, bei der Parade.

„Da! Ich hab nen Eska gesehen!", rief Sacha aufgeregt und zeigte in den bewölkten Himmel.

Rémy hob den Kopf und rümpfte mit Kennermiene die Nase. „Quatsch mit Soße! Das ist kein EskaTech Patrouillengleiter, sondern son Gleiter von irgendeinem TV-Kanal. Oder haste schon mal nen EskaTech mit Zivilkennung gesehen, mh?"

Rémy war wegen einer Sechs in Xenobiologie sitzengeblieben, was ihn nicht daran hinderte, seinen jetzigen Mitschülern den Vorsprung im Allgemeinwissen unter die Nase zu reiben. Rémy galt in deren Augen als quasi erwachsen.

Sacha schnaufte enttäuscht, musste aber zugeben, dass Rémy Recht hatte. Verdrossen strich er das Häkchen auf seinem Bingozettel wieder durch. Den Kindern war als Hausaufgabe der jährliche Bingozettel mitgegeben worden. Es war ein Standardspiel für die Acht- bis Zwölfjährigen, bei dem Beobachtungsgabe und Gedächtnis trainiert sowie ein Verständnis für Objekte des normalen colerianischen Alltags entwickelt werden sollten. Auf dem Zettel waren verschiedene Objekte in allen möglichen Kategorien mit je einem Bild dargestellt. Bei den Fahrzeugen waren verschiedene Schwebepanzer, Mannschaftstransporter und Stabsfahrzeuge aufgeführt. Mobile Raketenwerfer, EMP-Panzer, Dekontaminationsfahrzeuge, Kampf-Bots und alle Arten von atmosphärentauglichen Fluggeräten. Es gab weitere Kategorien, wie zum Beispiel Waffen, Uniformen oder Orden, für die man schon, je nach Beobachterposten, gute Augen brauchte, weshalb Rémy auch um die Zoomkamera seines Vaters beneidet wurde. Vorsprung durch Technik war ein gesetzter Standard im Imperium und deshalb galten Kameras und Ferngläser einiger wohlhabenderer Schüler auch nicht als Schummelei, sondern als frühe gesellschaftliche Positionierung. Rémy war meist der erste, der Details wie das Nahkampfabzeichen oder Frontflugspangen an den schmucken Uniformen der paradierenden Soldaten erkannte.

Nicht alle davon waren bei dieser großen Parade zu entdecken, aber diejenigen, die wirklich beobachtet und auf dem Zettel abgehakt werden konnten, ergaben ein Lösungswort, das man beim MfpM-Kinderbeauftragten im Holonetz einreichen konnte. Gewinnern winkten zahlreiche Preise. An der Schule der drei Jungs war es beispielsweise im letzten Jahr ein

Waffentraining mit Handfeuerwaffen, in diesem Jahr stellte die schwere Infanterie Trainingspanzer zur Verfügung. Selbstverständlich mit kindgerechter Betreuung.

„Da, ein Verwundetenabzeichen des sechsten Kartellkrieges!", rief Rémy. „Das ist auf dem Zettel, aufschreiben, Leute!"

Das kameradschaftliche Teilen seiner Beobachtungen dämpfte den Neid auf Rémys Ausrüstung und Routine vorübergehend und so fanden die drei den berühmt-berüchtigten colerianischen Zusammenhalt wieder. Sie ahmten, ohne es zu ahnen, jenes Muster nach, das ihnen in zukünftigen Kriegen das Überleben an einer der zahlreichen Fronten sichern würde.

Die Parade zog sich für den Geschmack der Jungs sehr in die Länge. Den Beginn hatten Einheiten der CPU und der Omnisec gemacht, verschiedene Orchester und Paradekompanien der Garnison Conorets folgten. Synthfaser-Konfetti, dessen Polymerfasern sich innerhalb weniger Tage der Bewitterung auflösen würden, flog wie bunte Insekten durch die Luft, immer wieder aufs Neue durch die Repulsorantriebe der Fahrzeuge aufgewirbelt. Johlende Menschenmassen säumten die Paradestrecke und riefen ihren Verwandten und Bekannten im Korso zu. Es gab wohl kaum jemanden, der nicht wenigstens einen losen Bekannten im Festzug wiedererkennen würde. Erkannte man gerade niemanden, jubelte man einfach so mit und tat, als würde man die halbe Truppe kennen. In den Holomedien gingen zahlreiche Geschichten von Paaren um, die sich während einer Parade kennengelernt haben sollten. Die Gleichberechtigung von Männern und Frauen bei den Streitkräften tat ihr Übriges dazu und so träumten nicht wenige Bürger Colerias von einer Traumhochzeit, ausgelöst durch eine Militärparade. Jeder zeigte sich von seiner besten Seite.

Paul, Rémy und Sacha machten fleißig ihre Häkchen. Sie hatten sich an der seitlichen Fassade eines Elektronikladens aus alten Versandkartons eine Art treppenförmige Plattform aufgestapelt, von der aus sie bequem über die Menschenmassen hinweg sehen konnten. Beste Voraussetzungen für einen mustergültig ausgefüllten Bingozettel und damit für die Fahrt in einem echten Schwebepanzer. Rémy hatte die großen, stabilen Kartons als Erster entdeckt, Paul hatte ihm wie selbstverständlich schleppen geholfen. Sacha wurde aufgrund seiner eher schwächlichen Konstitution immer etwas belächelt und stand gekränkt Wache. Ganz sicher waren sie sich nicht, ob das erlaubt war, die Omnisecs waren bei Paraden immer sehr nervös. In den Augen der Schüler machten sich diese aber nur wichtig, um dem Imperator zu gefallen. Der Laden selbst war, wie alle Häuser entlang der Festzugstrecke, geräumt worden, man durfte aus irgendeinem Grund nicht in den Häusern sein. Umso leichter war Sachas Rolle als Wache, schließlich würde kein erboster Ladenbesitzer sie fortjagen. Im Gegenteil, wenn sie gewollt hätten, hätten sie von diesem Kartonstapel aus auch bequem den Balkon im ersten Stock erreichen und wie die Lichtfürsten von Labouan vom Balkon aus die Parade abnehmen können. Letztlich erschien es aber allen doch eine Spur zu vorwitzig und keiner war traurig, dass Rémy - als unausgesprochener Anführer - entschied, dass die Kartonplattform ausreichend war.

„Die Jungs aus der A-Klasse haben gesagt, dass Mädchen die besseren Scharfschützen sind, weil die ruhigere Hände haben. Meint ihr, das stimmt?", wollte Paul wissen, während sie ungeduldig auf die großen Raketenwerfer warteten.

„Blödsinn, das haben die sich doch nur ausgedacht, um die Lehrerin zu beeindrucken. Blöde Streber!", entschied Rémy.

„Eben. Mein Onkel Oscar ist Scharfschütze bei nem Scout-

Regiment und der hat schon ganz viele Abschüsse", protzte Sacha.

„Das ist doch gar nicht wahr", sagte Paul und machte nebenbei ein Häkchen im Feld *Soldat nimmt Baby aus der Menge auf den Arm.* „Mein Papa sagt, dein Onkel ist Magazinverwalter in ner Kaserne."

„Aber früher war er Scharfschütze. Der ist jetzt nur zu gut, um an der Front zu sein", beharrte Sacha nicht ohne Stolz, aber auch ohne dass die anderen ihm wirklich zuhörten.

„Wann kommen denn endlich die Gleiter mit dem Imperator? Ich hab noch den ganzen Teil mit den Hofstaat-Sachen frei. Von der Truppe müssten wir alles haben und diese doofen Straßenszenen sind eh nur Mädchenkram, der kann nicht zur Lösung gehören!", moserte Rémy und spähte angestrengt durch die Kameraoptik.

„Dauert noch fast ne Stunde, is das laaangweilig!", nölte Sacha mit Blick auf seinen ganzen Stolz, ein echtes Chronoskop der Raummarine. Er war nicht ganz undankbar, dass sein Onkel Oscar aus dem Fokus geraten war.

„Kannst ja schon gehen, wenn du nicht Panzer fahren willst. Aber lass dich nicht von der Omnisec erwischen!", war Rémys Antwort.

Er begann gerade, sich in ersten ironischen Bemerkungen zu üben. Es war nicht so, dass es bei den anderen verfing, aber es half ihm, den Übergang aus dem Kindesalter hin zum Erwachsenenleben zu betonen.

So legten die drei ihre Bingozettel vorerst aus der Hand und starrten vor sich hin, mitten durch die lärmende Parade hindurch, jeder seinen eigenen Gedanken nachgehend. Hier oben, auf dem selbstgebauten Beobachtungsposten, würden sie nicht beiseite geschoben werden und konnten in aller Ruhe abwarten, bis der interessante Teil dieses Tages anstand.

Genau in der Mitte, größer abgebildet als alle anderen Motive des Bingozettels und umringt von allen Themengruppen des colerianischen Lebens wie ein Vogelschwarm, prangte das Bild von Claudanus III. Untertitelt war es mit *Den Imperator sehen.*

Blatt 112: Die Frau von 30 Jahren

Es roch muffig und irgendwie nach beginnendem, bittersüßen Moder, als Donnets Stiefel die müde Schicht aus Laub und Straßendreck von der Türschwelle schob. Die Türsteuerung machte wie erwartet keine Schwierigkeiten, als sie die Codekarte mit universaler Berechtigung der Stufe C über das Lesefeld zog. Leise, fast untertänig dezent, schob sich die pneumatische Tür des Gebäudes auf, um sein Inneres preiszugeben. Der Ionenfriseurladen hatte schon lange vor der Parade leer gestanden und träumte vor sich hin. Der einzige Hinweis auf einen kürzlichen Besuch war die Sperrnotiz der Ordnungsmacht im Dialogfeld der Steuerung: Wo sonst ein *Willkommen* erschien, begrüßte jetzt ein *Omnisec – Gesperrt* den potentiellen Besucher. Donnet war es nur recht.

Alles lief nach Plan. Selbstverständlich tat es das. Zu sorgfältig war die Vorbereitung gewesen. Donnet hatte die Denkweise von Rouge-1 längst adaptiert, in ihren Augen sogar übertroffen, und das führte nun einmal zu erfolgreichen Operationen wie dieser. Nichts anderes war der Anspruch des Colerianischen Herbstes. Nichts anderes war ihr eigener Anspruch. Sie würde diese ganze Bande von Schädlingen mit einem Schlag ausrotten und endlich die Aufmerksamkeit bekommen, derer sie bedurfte wie eine verdorrende Pflanze. Sie würde diese unsägliche D'Oustrac der Entsorgung zuführen, jetzt, wo sie deren Auftrag so nebenbei miterledigen würde. Sie würde sich Rouge-1 als kommende Führungskraft empfehlen. Sie würde.

Ihr Gesicht spiegelte sich in dem polierten Metallschild am Eingang. Für einen kurzen, feierlichen Moment hielt sie inne und betrachtete sich. Zwischen der eitlen Beschriftung *Julien*

Laidir – Ionenfriseur für elegante Damen und Herren – Nur reinrassige Colerianer erblickte sie das Gesicht einer Frau von 30 Jahren, die fast alles erreicht hatte. Nur fast alles? Sie hob sich selbst gegenüber eine Augenbraue, als sei sie kritisch. Nein, in Wahrheit hatte sie nur seit vielen Jahren nicht mehr in einen Spiegel gesehen, um sich zu betrachten. Von reiner Hygiene abgesehen. Schon seit damals nicht mehr. Tänzerin, Balletttänzerin, hatte sie werden wollen, aber man hatte befunden, dass sie dafür zu kräftig gebaut sei. *Gut, Miss Donnet, wirklich sehr gut! Aber leider nicht optimal, so wie wir es bräuchten. Bedaure, Miss Donnet, bedaure* hatte der Produzent gesagt. Er hatte es bedauert. Dafür hatte sie gesorgt. Und dafür, dass er es nie wieder tun würde. Diese Enttäuschung! Es hatte sie am Boden zerstört, aber sie hatte das Erlebnis mit seinem Verursacher geteilt und dabei hundertfach verstärkt. Wieder und immer wieder waren ihr die Hürden ihres Lebens auf unbarmherzige Art klar gemacht worden, bis sie zwar nicht die Hürden, wohl aber die unbarmherzige Art angenommen hatte. Recht so! Der Colerianische Herbst war anders. Nicht, dass es nicht auch dort Hürden gab. Nicht, dass nicht auch dort Leute jenseits der Hürden eifersüchtig ihre Privilegien verteidigten. Jedoch waren dort Wettbewerb und Auslese nicht nur geduldet, sondern gar erwünscht. Es passte einfach zur Ideologie des Herbstes, aus welcher sie sich ansonsten wenig machte. Das Thema Auslese hatte sie immer gereizt, zeitlebens, sie war einfach geboren dafür. Wenn man es nur geschickt genug anstellte, konnte man sich weit nach oben kämpfen, ohne an den Pseudo-Kriterien jämmerlicher Verlierer, die nur den Vorteil genossen, vor ihr dagewesen zu sein, zu scheitern. So wie d'Oustrac. Sie würde als nächste fallen.

„Marron-2", drang die Stimme von Marron-15 an ihr Ohr. „Sollen wir hinein?"

Der Truppführer wagte es klugerweise nicht, Donnet direkt zu fragen, ob etwas nicht stimmte. Es wäre ein Affront gewesen, für den er möglicherweise bei passender Gelegenheit gebüßt hätte.

„Wir gehen hinein", antwortete Donnet schroff und warf ihrem Spiegelbild einen tödlich zornigen Abschiedsblick zu.

Die Tür schloss sich hinter Donnet und ihren fünf Leuten und ließ den pompös-fröhlichen Lärm der Parade draußen. Bis jetzt war alles nach Plan verlaufen und Donnet war sich absolut sicher, dass dies so bleiben würde, würde man sich nur genau an die Details halten. Die Räumung der Gebäude war Sache der Omnisec und ohne direktes Zutun des Herbstes erfolgt. Die Codekarte zum Öffnen der versiegelten Türen war eine leichte Aufgabe gewesen, es gab genug Kontakte in den entsprechenden Dienststellen, die sich bereits auf die neue Ordnung – selbstverständlich unter Berücksichtigung ihrer Loyalität – freuten. Die allgegenwärtigen Patrouillen der CPU stellten keinen Unsicherheitsfaktor dar. Die CPU war nur eine städtische Ordnungsbehörde und vermied es, sich in die Geschäfte der Omnisec einzumischen. Die Omnisec wiederum machte einen Bogen um die Operationen der Geheimdienste und der Chasseurs Militaires. Die colerianische Verwaltung war wie das Militär streng hierarchisch aufgebaut und man wusste, wo man buckeln und wo treten musste. Donnet widerstand dem Drang, sich zufrieden die behandschuhten Hände zu reiben.

Das Licht wurde eingeschaltet, zäh breitete es sich in dem verlassenen, großen Raum aus. Die Filterpigmente der Fensterscheiben waren auf voller Verdunkelung stehengeblieben, was genaugenommen eine Straftat darstellte. Das imperiale Gebäudesicherheitsgesetz schrieb vor, dass die Scheiben leerstehender Gebäude immer transparent gestellt sein mussten, um die illegale Nutzung durch subversive, staatsgefährdende Elemente zu erschweren. Die Nutzung der Filter für bewohnte Gebäude hingegen war reglementiert: Es gab Zeitlimits für Privatvergnügen sowie festgelegte Lichtstärken, ab denen verdunkelt werden durfte. Ziel dieser Maßnahme war selbstverständlich nicht die Bespitzelung, sondern die Sicherheit: Repulsor-Drohnen der Feuerbrigade mussten jederzeit optische Kontrolle über die Lage hinter den Fenstern der Gebäude haben. Den durchschnittlichen imperialen Bürger störte dies schon lange nicht mehr, spätestens seit dem Bürgerkrieg war man stolz, ganz colerianisch zu sein. Welchen Grund sollte es geben, dieses Lebensgefühl nicht jederzeit offen einsehbar zu zeigen? Man hatte ja nichts zu verbergen.

„15? Raum sichern!", befahl Donnet mit ernster Stimme.

„Zu Befehl, Marron-2!"

Das Team reagierte sofort. Wie in einer sorgfältig einstudierten Choreografie stellten sich zwei Leute am Eingang auf, je einer seitlich versetzt an den Treppen nach oben und unten, während Marron-15 bei seiner Kommandantin blieb. Die Mündungen von fünf schweren Plasmagewehren suchten nach Futter. Donnet trug einen rotbraunen Kampf-Overall, ihre Leute zusätzlich Energieschutzwesten und leichte Helme, eine Ausrüstung, wie sie auf Conorets Straßen nicht unüblich war. Es gab tausende größerer und kleinerer Sicherheitsfirmen mit paramilitärischem Hintergrund, selbstverständlich auch mit einer passenden Lizenz der Militärverwaltung. Die notwendige politische Linientreue wurde penibel geprüft, um Verbrecher und Aufwiegler auszusieben. Auf diese Leute wirkte die Aussicht auf eine Waffenlizenz wie Fliegenleim und die größten Erfolge des MfpM gegen Andersdenkende entstammten diesem Lizenzierungsverfahren. Der Colerianische Herbst jedoch war patriotischer als der Imperator selbst und fand in diesem System einen Nährboden wie keine andere Organisation. Selbst die CPU bediente sich oft genug unbewusst der Herbstler, wenn sie die Drecksarbeit an Subunternehmer auslagerte. Die Frage, wer sich wessen bediente, verschwamm im Laufe der Jahre immer mehr.

Argwöhnisch spähte Donnet zu den Treppen. Das Erdgeschoss bestand nur aus dem Ladenbereich und war leicht zu überblicken. Die ehemalige Einrichtung war längst verschwunden, in irgendeinem Holonet-Portal billig verhökert oder dem Insolvenzgericht überlassen worden. Nur die Schraublöcher und Anschlüsse im Fußboden, längst seines noch brauchbaren Flexoplast-Laminats beraubt, zeugten noch von Friseurstühlen, Trocknern und Wascheinrichtungen. Verblichene Poster an den sonst kahlen Wänden warben unbeirrt für Frisuren, denen die Mode längst davongelaufen war, die Holoprojektoren für aufwändigere Werbung fehlten selbstverständlich.

Waren sie schon da? Donnet rechnete fest damit und trotzdem hatte sie nicht das Gefühl, in eine Falle zu laufen. Im Gegenteil, ihr gefiel die Vorstellung, die Falle zu ihnen zu tragen. Sie würde das Zuschnappen genießen. Diese Sekretärin war nur der Vollständigkeit halber mitgeschleift worden. Im Mannschaftsgleiter sicher verwahrt und von einem Mann bewacht, würde sie vermutlich gar nicht gebraucht, aber man wollte flexibel reagieren können, falls dieser Nadar sich querlegen würde. Vermutlich würde sie die Schüsse gar nicht hören, der Lärm der Parade war ausgesprochen hilfreich.

Verfrellter Narr! Wie lächerlich verletzlich sie doch sind, wenn sie an jemandem hängen!

Ein verächtliches Lächeln zog über ihre Mundwinkel und ließ sich Zeit dabei. Dann warf sie einen Blick auf ihr Chronoskop. Es war so weit. Sie schulterte ihr Gewehr und stemmte die Hände in die Hüften, die Beine zum festen Stand aufgestellt. Beinahe feierlich verharrte sie so, sie, die alles im Griff hatte. Der Herbst konnte froh sein, sie zu haben.

„Nadar!", rief sie mit fester, dunkler Stimme. „Nadar, es ist so weit!"

Mit angehaltenem Atem lauschte sie und ihre Leute ahmten es nach. Der Raum blieb still, tödlich still. War etwas schiefgelaufen? Angespannt biss sie die Zähne zusammen, ließ sich aber nichts anmerken.

„Nadar!", rief sie lauter.

Nein, Nadar war berechenbar, er würde da sein. Ganz gleich, ob er mitspielen oder einen billigen Trick versuchen würde, er würde da sein. Selbst wenn Goeland ihm helfen würde, wären sie dennoch allein, es würde so herrlich leicht werden! Eine Woge des Genusses rauschte durch ihre Vorstellungskraft, wenn sie an Goelands letzte angstvolle Blicke dachte, bevor sie endlich sterben würde. Es motivierte ungeheuer, sie konnte das Knistern ihrer eigenen Kraft fast hören.

Dann erklangen Schritte. Das Team Marron spannte synchron die Muskeln an. Von oben kamen Stiefelschritte. Es war so weit! Einen Herzschlag später erschienen Beine auf der Treppe von oben, der schon das Geländer fehlte. Aus den Beinen wurden Körper, schließlich Gesichter. Victor Nadar schob Rafale Goeland vor sich her. Sie gingen gemächlich, damit Goeland mit ihren auf dem Rücken gefesselten Händen nicht stolperte. Der Kolonieweltler folgte ihnen gehorsam.

Was für eine alberne Rücksichtnahme! In ein paar Minuten kommt es auf einige blaue Flecke gar nicht mehr an, Nadar!

„Da wären wir also", sagte Donnet zufrieden.

Blatt 113: Der Deal steht

Rafale erkannte Donnet sofort. So wie sie die dunkle Stimme nicht vergessen hatte, so war ihr auch die athletische Figur noch gut in Erinnerung. Die Granatsplitter, die gierig nach Fleisch durch die Luft sirrten. Der unbändige Tötungswille, der Donnet fast in Konflikt mit ihren Kameraden gebracht hatte, als sie sie in dem Wäldchen bei Tynera gestellt hatten. Diese Frau war gefährlich, tödlich gefährlich. Im Hinabsteigen knackte der müde alte Betoplast unter der Last der drei Personen, nur wenige Momente später registrierte sie auch Donnets Leute. Natürlich war Donnet nicht allein gekommen und natürlich waren alle schwer bewaffnet. Diese Leute würden loyal sein, das war sicher. Aber waren sie auch so fanatisch, so gestört? Das war ein wichtiger Faktor in diesem Spiel, aber einer, über den man nur spekulieren konnte. Es tröstete die Astrogatorin im Moment wenig, dass auch Donnet Aspekte vor sich hatte, über die sie nur spekulieren konnte. Oder war bereits das ein Trugschluss? Bald, sehr bald würde sie es erfahren.

„Da wären wir also", sagte Donnet und die Zufriedenheit in ihrer Stimme war unüberhörbar.

Mühsam kämpfte Rafale den Drang nieder, sich an den sie schiebenden Victor zu klammern. Es musste alles echt wirken. Sie hielt den Kopf leicht gesenkt, sah sich auch nicht vergewissernd zu Nour um, der ihr folgte. Es sollte alles so wirken, als würden Schafe zur Schlachtbank gehen. Und wenn sie sich auch nur im kleinsten Detail geirrt hatte, dann würde es realistischer ausgehen als geplant.

„So wie wir", sagte Victor, als er endlich den ersten Fuß auf den Boden des Erdgeschosses gesetzt hatte. „Hier ist

Goeland."

Donnet wartete mit amüsiertem Lächeln, bis alle drei unten angekommen waren. Sie schien regelrecht gut gelaunt, aber dieser Eindruck war mit Sicherheit eine trügerische Fassade. Mit einem forschen Nicken schickte sie den Mann an der Treppe nach oben, welcher sich mit Gewehr im Anschlag an den dreien vorbeischob, um dort abzusichern.

„Denken Sie, dass wir unsere Armee mitgebracht haben, Miss? Sie werden da oben nur eine erlesene Auswahl verbrauchter Sitzmöbel finden", sagte Nour und wies mühsam mit seinen auf dem Rücken gefesselten Händen nach oben.

„Rede erst, wenn du gefragt wirst, Sklave!", knurrte Donnet zurück und hob das Gewehr.

Rafale trat dazwischen, ihre gefesselten Hände ließen sie leicht gebeugt stehen, was Donnet zu einem Schmunzeln reizte.

„Ich hätte Sie damals gleich erledigen sollen... Donnet!"

„Komisch, das Gleiche dachte ich eben auch gerade, Goeland. Wäre die bedauernswerte Miss d'Oustrac nicht so eine jämmerliche Gestalt, wären Sie sowieso längst tot und dem Imperium wäre einiges erspart geblieben."

„Haben Sie sie getötet?"

„Oh nein, das habe ich nicht!", lachte Donnet beinahe heiter, wenn auch das Lachen ihre Augen nicht erreichte. Es war das funktionale Lachen eines Körpers. „Sie machen sich doch nicht etwa Sorgen um sie, hm?"

„Als ob ich mir Sorgen um jemanden aus Ihrem kranken Verein machen würde!", zischte Rafale und bohrte ihren Blick in Donnets.

„Nicht wir sind krank, Goeland. Sondern Sie. Sie und Ihre Fantasien von einer friedlichen Existenz, zusammen mit diesen verkommenen Sots, Kolonie-Wilden und lebensuntüchtigem Aussatz. Aber ich bin nur zum Aufräumen hier, zum Fakten schaffen, nicht für die Ideologie. Sie sind ebenso unbelehrbar wie Ihre sogenannten Freunde, die Sie ans Messer geliefert haben! Nicht wahr, Mister Nadar?"

Victor Nadar verschränkte stumm und trotzig die Arme vor der Brust, der lange Mantel wirbelte dabei ein wenig Staub auf, der tranceartig unter den Luxelementen zu tanzen begann. Der Herbstler von oben kam wieder die Treppe herunter und nahm kommentarlos seine alte Position ein. Sein mitgebrachter Luftzug brachte das Staubballett durcheinander.

„Elah, scheinbar möchte niemand mehr etwas Konstruktives sagen und ich darf ja nicht, wie die reizende Miss Donnet eben festgestellt hat. Ansonsten würde ich jetzt bescheiden fragen, wie es weitergehen soll. Ich habe nämlich noch einen anderen Friseurtermin, wissen Sie?"

Donnet löste sich nur widerwillig aus ihrem schweigenden Genuss. Langsam hakte sie die Rechte in den Trageriemen ihres geschulterten Gewehres.

„Sie werden keinen Friseur mehr benötigen, Nour. Und Ihre kleine verräterische Hure Goeland auch nicht. Sie beide werden jetzt einen wurzeltiefen Haarschnitt von mir persönlich bekommen. Und wissen Sie was? Es wird mir Freude bereiten!"

„Dürfte ich vielleicht vorher Ihre Friseurlizenz sehen, Miss Donnet? Ich möchte ungern von einer Berufsanfängerin verunstaltet werden", gab Nour zurück.

Langsam, geradezu feierlich ließ Donnet ihr Gewehr von der Schulter gleiten und nahm es in die rechte Hand. Sie schien der Worte überdrüssig.

„Halt!", rief plötzlich Victor und trat mit einem weiten Schritt in die Schusslinie, die Linke bedeutungsvoll erhoben.

Der Ausfall zeigte Wirkung. Donnet hielt inne, ihre Leute folgten dem fremden Kommando.

„Was soll der Unsinn, Nadar? Der Deal steht und Sie können noch immer alles verlieren. Gehen Sie zur Seite und lassen Sie uns den Rest erledigen, dann sehen Sie Bastien wieder."

„Vorher... sollten Sie sich das hier ansehen", antwortete Victor. In seiner Stimme lag deutlich hörbar Anspannung, aber seine Gesten waren sicher. Er griff demonstrativ langsam in seinen Mantel und zog einen Holokommunikator hervor. „Es wird Sie sicher interessieren."

Donnet warf mit ihrem Blick Tonnen von Eis auf den Reporter, dabei nickte sie aber und ließ ihn machen. Misstrauen und Neugier rangen sichtbar in ihr.

Victor Nadar ging in die Hocke und legte das Gerät auf den Boden. Mit einem kurzen Tastendruck begann es zu arbeiten und ließ seinen Projektor aufleuchten. Gebannt sahen alle auf die kleine Projektion, die sich Zeile für Zeile zu einem erkennbaren Bild auflöste. Die tanzenden Staubpartikel ließen die Projektion flimmern, als sei sie mit Glitter berieselt. Das Gesicht eines Mannes erschien, eines Mannes mit einem enormen dunklen Bart, der sich über den unteren Bildrand hinweg fortsetzte. Er hatte dunkle Augen und struppige, nach oben geworfene Brauen, als wollten diese dem leicht irren Blick entkommen. Der Mann schien stumm und reglos, fast konnte man meinen, es handele sich um ein Standbild, doch dessen Blinzeln strafte diesen Eindruck Lügen. Nach einer für alle quälend langen Pause begann er zu sprechen.

„Ich bin Holier, Kommandant des Superschlachtkreuzers auf CN-0197", sagte er sonor und hinterließ kaum weniger wirre Gesichtsausdrücke bei den zuschauenden Herbstlern.

In der entstehenden Pause schob sich ein weiteres Gesicht hinter Holier in das Kamerabild.

„Ich bedaure, dass wir diesem imposanten Schiff aus Zeitmangel noch keinen passenden Namen geben konnten", erklärte Jean-Baptiste Vigreux im freundlichsten Plauderton. „Was Mister Holier Ihnen damit sagen will ist, dass wir gerne bei Ihrem Handel ein wenig mithandeln möchten."

„Halten Sie sich da raus, Verräter!", bellte Donnet. „Sie bekommen wir auch noch dran!"

„Hach, ich widerspreche charmanten jungen Damen so unglaublich ungern. Eine meine größten Schwächen, wissen Sie? Aber ich muss es wohl leider, denn mein alter Freund Costa ist nicht so fotogen wie ich. Ben? Würdest du der Dame bitte mal das Außenbild zeigen?"

Noch bevor jemand in dem alten Friseurladen etwas kommentieren konnte, wechselte die Ansicht. Eine Landschaft aus der Vogelperspektive, vermutlich aus einem Gleiter heraus aufgenommen. Die steppenartige Landschaft kam Donnet sofort mehr als bekannt vor.

„Was soll das?", rief Donnet, als müsste sie mit dem Zorn in ihrer Stimme die Distanz zum Werftmond im colerianischen Orbit persönlich überbrücken.

„Die Feu Rouge-Steppe, Sie erkennen sie, nicht wahr?", ergriff Vigreux wieder das Wort. „Sehr gut. Sie haben wirklich einen sehr netten Stützpunkt dort draußen. Vielleicht ein wenig zu einsam für meinen Geschmack, aber das kann man ja ändern. Sehen Sie nur, Sie haben Besuch dort, Miss Donnet! Erkennen Sie die vielen Fahrzeuge im Umkreis? Nein nein, regen Sie sich bitte nicht auf! Sie verdächtigen Ihre Leute völlig zu Unrecht eines nicht genehmigten Betriebsausfluges, es sind nur Militäreinheiten. Mister Haute-Pleine war so freundlich, Ihren Kameraden dort einen Besuch abzustatten. Was sagen Sie?"

„Was soll das jetzt?", knurrte Donnet.

Sie rührte sich nicht von der Stelle. Die Leute ihres Teams

blickten einander verunsichert an.

„Miss Donnet... Sie wiederholen sich ja. Wussten Sie, dass es ein Zeichen von Unsicherheit ist, wenn eine Frau sich wiederholt? Ein wirklich zauberhaftes Zeichen, wenn ich mir diese persönliche Bemerkung erlauben darf. Aber ich kann es Ihnen erklären. Mister Holier hat die Hauptgeschütze dieses wunderbaren Schiffes genau auf Ihren Stützpunkt gerichtet, ebenso die Zielgeber unserer Raketenartillerie. Und die reizenden Leute Haute-Pleines werden dafür sorgen, dass Ihre Kameraden den Ort des Geschehens nicht verlassen. Mein Freund Costa hat eine Wahrscheinlichkeitskurve errechnet, nach der wir den Großteil der dortigen Leute des Colerianischen Herbstes innerhalb von Sekundenbruchteilen auslöschen können. Er war regelrecht begeistert von den Zahlen. Wie immer eigentlich."

„Das werden Sie nicht wagen, Vigreux!", blaffte Donnet. „Das wäre eine Kriegserklärung! Die Flotte wird Sie dafür aus dem Orbit blasen!"

„Oh, ich wäre mir da nicht so sicher, meine verehrte Dame. Amiral de La Montagne von der Heimatflotte ist informiert und er ist weder ein Narr noch Ihr Sympathisant. Und bis die Raummarine konkurrenzfähige Flotteneinheiten aus dem tiefen Raum abkommandiert hat, werden sich die Gemüter beruhigt haben. Wir haben also Zeit. Zeit, die Sie leider nicht haben. Der gute Holier würde liebend gern jetzt schon losschlagen, aber noch kann ich ihn ja bremsen, nicht wahr?"

Jean-Baptiste Vigreux' digitales Konterfei lächelte gütig, was Donnet offenkundig bis aufs Blut reizte. Ihre Züge verzerrten sich vor Wut wie ein verspanntes Blech.

„Oh, bevor Sie jetzt etwas erwidern", setzte er nach. „Natürlich können wir nicht jeden einzelnen damit erledigen, aber das ist ja auch gar nicht unsere Absicht, wir sind ja keine uncolerianischen Barbaren. Es werden sicherlich genügend Ihrer Kameraden übrigbleiben, die in Haute-Pleines Gewahrsam kommen werden und dort erfahren werden, dass Sie schuld an dieser Attacke sind."

„Warum sollte ich daran schuld sein, alter Mann?"

„Weil Sie die Möglichkeit haben, mitzuspielen. Sie ergeben sich und wir verzichten darauf, den Stützpunkt aus dem Orbit heraus anzugreifen. Ergeben Sie sich nicht, werden die Überlebenden vermutlich sehr ungehalten sein. Insbesondere der werte Mister Dibaleaux, wenn er überlebt. Und davon gehe ich fast aus, er wird doch sicherlich gut geschützt dort wohnen, nicht? Wie unangenehm muss das doch sein, wenn der Vorgesetzte erfährt, dass seine Angestellten Dummheiten machen. Ich habe auch gehört, er soll da recht... unversöhnlich reagieren, ist das richtig?"

Zornesröte stieg in Donnets Gesicht. Ihre sehnige rechte Hand umklammerte das Plasmagewehr so fest, dass die Haut über den Knöcheln blass wurde. Die beunruhigten Blicke der anderen Herbstler wechselten immer hektischer hin und her, mieden aber den ihrer Anführerin.

„Ich habe immer noch Bastien, Nadar!", grollte sie zornerfüllt in Victors Richtung, das holografische Abbild Vigreux' nun ignorierend. „Ein Wort von mir und man wird ihr mit einem Vibromesser bei lebendigem Leib die Leber zerschneiden. Noch bevor dieses Pack da oben eine Rakete abgefeuert hat! Und noch bevor eine davon einschlägt, wird sie vor Todesqualen den Verstand verlieren und Sie mit ihren letzten Worten verfluchen. Wollen Sie das etwa?"

Victor hatte sich während der Übertragung nicht vom Fleck gerührt, als wäre auch er eine Holoprojektion. Als er realisierte, dass es jetzt auf seine Reaktion ankommen würde, lockerte er die ablehnende Armhaltung.

„Wenn... Sie mir Marjo geben, steht der Deal noch immer", sagte er entschlossen.

„Los", sprach Donnet betont, ohne die drei aus den Augen zu lassen.

Als wäre der knappe Befehl mit einer kurzen persönlichen Codierung versehen gewesen, reagierten die beiden Marrons an der Tür, ein breitschultriger Mann und eine hochgewachsene Frau, sofort. Sie schulterten synchron ihre Plasmagewehre und wandten sich hastig der Eingangstür zu. Als diese sich öffnete, liefen sie den davor wartenden Abarizhi direkt in die Arme. Es hieß, dass Abarizhi schnell mit den Messern waren und wussten, wohin sie stechen mussten, wenn ihre Opfer keinen Mucks von sich geben sollten, und diese Leute machten keinen Hehl daraus, dass manche Vorurteile eben doch stimmten. Die langen Klingen drangen in die oberen Bauchregionen der beiden Herbstler ein, in ihren letzten Momenten waren sie zu überrascht, um sich noch zu wehren. Der Mann sank ohne einen Mucks gemacht zu haben nach vorn und wurde von zwei Macorranern aufgefangen, die Frau stand noch einen kurzen Augenblick zitternd da, dann ging sie - ebenfalls stumm - sterbend in die Knie.

Blitzartig drangen die Kolonieweltler in den Raum ein und hoben die Waffen. Binnen weniger Momente waren sechs zusätzliche Männer im Raum, die beiden letzten schleiften die Leichen mit sich und ließen die pneumatische Tür wieder ihre Arbeit verrichten.

„Alter, wenn Suzie das sieht! Die denkt doch, ich wär 'n Schlappschwanz, der nur ne große Klappe hat! Ach so: Hände hoch, Leute, Party ist vorbei!"

„Lizu!", rief Victor jubelnd.

Die verbliebenen Herbstler hatten den kurzen, einseitigen Kampf an der Tür mitbekommen und verzichteten angesichts der hereinstürmenden Kolonieweltler darauf, das Feuer zu eröffnen. Lizus Aufforderung kamen sie mehr als bereitwillig nach, sie hoben ihre Hände.

Nicht so Donnet. Sie richtete ihren zornigen Blick auf Rafale, als könnte sie diese allein damit vernichten. Das Plasmagewehr war nicht im Anschlag, aber immerhin in ihrer herabhängenden rechten Hand.

„Donnet, es ist vorbei", sagte Rafale beschwörend, während sie mit einem kurzen Ruck ihre präparierten Fesseln zerriss. „Noch kommen Sie glimpflich davon."

„Sie wollen mich reinlegen, Goeland", sagte Donnet mit Eisbrocken in der Stimme. „Sie, immer wieder Sie! Sie mit ihrer stümperhaften Truppe aus Halsabschneidern und verlausten Bastarden!"

Die ganze sorgfältige Planung begann, in ihrer Urheberin selbst zu zerbröckeln. Es geschah genau das, was Donnet am allermeisten verabscheute: Sie verlor die Kontrolle. Ein aufkommender, unbändiger Hass auf Goeland ließ sie Vernunft und die letzten noch stehenden Reste ihrer Planung über Bord werfen. Sie kehrte dem Geschehen an der Tür unbeirrt den Rücken zu, nur auf die unbewaffnete Goeland fixiert. Ruckartig hob sie ihr Gewehr an. Sterbenszeit.

„Artouste, mein Alter, hörst du das? Diese Frau redet schlecht von uns, ich habe gar keine Läuse! Du etwa?", tönte es aus dem noch immer aktiven Holokom. Vigreux' unerwarteter Kommentar riss die meisten Anwesenden für einen winzigen Moment aus der Konzentration, auch Donnet zuckte kurz, der Waffenarm hielt für einen kaum messbaren Lidschlag lang auf halber Höhe inne. Es reichte genau aus.

Lizus Wurfmesser traf Donnet in den Rücken und grub sich mit dumpfem Geräusch mitten zwischen ihre kräftigen Schulterblätter. Den Blick aus den graubraunen Augen noch

316

immer ungebrochen zornig auf Rafale gerichtet, stand sie schweigend da. Rafales intensives Grün hielt dagegen, aber das Duell war schon vorbei. Donnets Hände, dann die Arme begannen zu zittern, polternd fiel das schwere Plasmagewehr zu Boden. Alle sahen gebannt zu, wie sie langsam zusammensank. Es war eine seltsame, bizarre Drehung und sah aus wie eine Ballettfigur, was niemand im Raum zu deuten vermochte. Dann kippte sie vornüber.

„Ich... bin immer reingelegt worden... immer. Niemand war... gut zu mir... Mama!"

Ihre Augen waren schon geschlossen, als ihre linke Hand sich noch einmal, wie im Krampf, an ihren Gürtel bewegte. Noch immer von der Szene wie gelähmt, hinderte niemand die sterbende Hand daran, eine Thermalgranate aus dem Waffengürtel zu ziehen. Für einen Wurf reichte die Kraft nicht mehr, wohl aber für das Entsichern. Leise rumpelnd kullerte der Sprengsatz aus Donnets regloser Hand.

„GRANATE!", rief Marron-15, der sich als Erster aus der Lähmung riss.

Klein, dunkel und böse lag die Granate auf dem freudlosen Betoplast-Boden, bereit, in jeder Sekunde zu explodieren. Ihr Existenzzweck war es, jeden mit sich ins Verderben zu reißen und sie schien begierig darauf. Die Granate hatte kein Trauma, welches sie kompensieren musste, keine Gefühle, welche sie vor sich her trieben, keine Enttäuschung, die ihr Denken verstellte. Sie war nur ein Gerät und musste keine moralischen Hemmschuhe fürchten, die Trägerin der Moral lag jetzt tot neben ihr. Nicht mehr lang und alles würde sich erfüllen.

Da löste sich auch Nour aus der Starre. Mit einem Ruck riss er die nur angedeuteten Fesseln auseinander und sprang nach vorn. Seine weiten, bunten Gewänder ließen ihn wie einen bizarren Vogel wirken, der sich flatternd auf seine Beute, die

Granate, stürzte. Geschickt rollte er sich auf dem Boden ab und als er wieder stand, hielt er die Granate wie eine Trophäe in seiner Hand.

„Granattreffer backbord, mon Capitaine! Ich kümmere mich darum, übernehmen Sie die Steuerung!", rief er, während er die Treppe hinauf hastete.

Seine bunten Gewänder verschwanden hinter dem oberen Treppenabsatz und ließen die anderen ratlos zurück. Donnet rührte sich nicht mehr. Um das Messer, welches aus ihrem Rücken steil wie ein Fahnenmast aufragte, hatte sich ihr Overall mit Blut getränkt.

Victor löste mit schocksteifen Fingern die Knöpfe seines Staubmantels und zog Rafales Waffen hervor, um sie ihr zu reichen, aber es war mehr eine instinktive Handlung, um irgendwie auf den Würgereiz der äußersten Gefahr zu reagieren. Die Aufmerksamkeit aller war auf den ersten Stock gerichtet. Dann folgte die unvermeidliche Explosion, sie ließ das Gebäude bis in die Grundmauern erzittern.

„NOUR! NEIN!", schrie Rafale auf und hetzte zur Treppe, von deren Absatz dichter dunkler Qualm kam. Staub rieselte aus offenen Rissen der Deckenverkleidungen und formte bizarre Schleier im Licht der Luxelemente.

Victor drehte sich mit ihr wie eine Windfahne, ihre Waffen in den Händen.

Rafale musste die Luft anhalten, der dicke, dunkle Qualm biss in ihren Lungen. Sicher brannte Flexoplast und schickte seine aggressiven Gase durch die Nacht des Raums. Irgendwo weiter hinten tanzten Flammen mit der Schwärze. In der gegenüberliegenden Wand schimmerte schwache Himmelsfarbe durch, die Explosion hatte ein Fenster herausgesprengt.

„Nour? Nour?", rief sie keuchend, während sie auf der Jagd

nach der letzten atembaren Luft auf allen Vieren vorankroch. „Nour?"

Sie fand seinen Körper eher, als dass sie ihn sah. Er lag niedergestreckt in der Ecke zu der Wand mit dem Fenster. Es sah aus, als hätte die Wucht der Explosion ihn dorthingefegt. Sie ertappte sich beim makabren Abzählen seiner Gliedmaßen, dann erst besann sie sich auf die Suche nach Lebenszeichen. Er atmete. Oder war es nur der Luftzug des Feuers? Nein, sein Oberkörper hob und senkte sich. Aber sie griff dabei auch in warme Nässe, er blutete im Bereich des Brustkorbs, nach links zur Schulter hin versetzt.

„Nour? Können Sie mich hören? Bitte...", jammerte sie. „Bitte nicht..."

Dunkle Schleier zogen über sie hinweg, als ein Windstoß den Qualm wieder zurück ins Gebäude trieb. Sie konnte sein Gesicht kaum erkennen.

„Was denn nun... bitte oder bitte nicht?", ächzte Nour plötzlich. „Zum Disha, Sie wissen auch nicht, was Sie wollen, mon Capitaine!"

Rafale konnte nicht antworten, ihre Kehle war zu eng für Worte und es war nicht der beißende Rauch. Sie spürte warme Tränen über ihre rußverschmierten Wangen rinnen. So vorsichtig wie nur möglich schob sie ihre langen Arme unter Nacken und Kniekehlen des kleinen Mannes von Algaras und hob ihn hoch.

„Wir gehen jetzt, Nour", sagte sie mit belegter Stimme und hielt ihn in ihren Armen. Bevor sie den ersten Schritt auf die Treppe nach unten machte, gab sie ihm einen Kuss auf die Wange.

„Uh. Wenn die Verletzung mich nicht... umbringt, dann wird meine Daruneh es tun, Miss Goeland! Das wissen Sie, ja? Schreiben Sie auf meinen Grabstein: Hier ruht der weiseste Rinderhirte der galaktischen Geschichte!"

„In Großbuchstaben, Nour, versprochen. Und jetzt auf!"

Als sie das Erdgeschoss erreichte, stürzte Victor auf sie zu und nahm ihr Nour ab.

„Lizu, schnell! Hast du einen Medikit da?"

„Na klar, Alter! Die Straßen sind ja so unsicher, ohne Erste-Hilfe-Ausrüstung kann man ja gar nicht mehr vor die Tür gehn, eh? Chaf, Moque, schnell! Holt die Sachen!"

Die Abarizhi reagierten blitzschnell und packten Verbandsmaterial aus einem Tornister aus. Der Teamführer der Marrons stiftete aus seinem Waffengürtel einen leistungsfähigen Mediscanner. Alle waren zu angespannt und beschäftigt, um die Kuriosität dieser Geste überhaupt zu bemerken. Die verbliebenen drei Herbstler schienen nicht mehr an einem Kampf bis zum bitteren Ende interessiert und hatten ihre Waffen abgelegt.

„Er hat einen Splitter unterhalb des Schlüsselbeins", sagte Lizu, den Blick konzentriert auf dem Display des Scanners. „Blutung kriegen wir in den Griff, sagt das Ding, die Lunge ist in Ordnung."

„In Ordnung? Du machst Witze, Bruder! Da oben ist die Luft schlimmer als in Khelefs Shisha-Keller!", ächzte Nour.

„Rafja? Rafja? Hörst du mich? Kommen!", rief eine Stimme in dem Durcheinander. Ihr Kosename riss Rafale ruckartig aus der Szene.

Der Holokommunikator hatte sich wieder aktiviert und zeigte nun Artouste Goelands kantigen Kopf. Rafale ging auf das Gerät zu.

„D-Daddy!", stammelte sie, wie aus dieser Welt gerissen.

„Rafja. Meine Große! Bist du in Ordnung?", sagte er und der Werftmond schien plötzlich nicht weiter entfernt als eine Armeslänge.

„Ja... Ja, mir gehts ganz gut. Die Herbstleute haben wir im Griff, aber Nour ist verletzt. Nicht kritisch, aber er braucht Hilfe."

„Die wird er bekommen, Rafja. Aber was ist mit dem Imperator?"

Rafale erstarrte. Der Imperator! Sie hatte tatsächlich vergessen, wozu sie hier alle ihr Leben riskierten! Dieser kleine Sieg würde nichts als Asche sein, wenn sie ihren Plan nicht zu Ende ausführte. Mit gehetztem Blick sah sie auf ihr Chronoskop, gefühlt das erste Mal seit Jahren.

„Zum Rodder, es wird knapp! Der Festzug muss bald hier vorbeikommen!", fluchte sie.

„Die Explosion war sicher zu hören, Raf", mischte Vic sich ein, eine Hand auf Rafales Schulter gelegt. „Und der Brand im Obergeschoss wird Aufmerksamkeit erregen. Ich wette, in ein paar Minuten wimmelt hier alles von Omnisec und CPU!"

„Du hast ihn gehört, Rafja. Das hat aber auch sein Gutes, weil ihr dann sicher vor Verstärkung des Colerianischen Herbstes seid und weil Nour medizinische Hilfe bekommt. Aber du musst an deinen Auftrag denken, Rafja."

„Dein Vater hat Recht! Von hier aus kannst du nicht mehr zum Imperator kommen, die werden ringsum alles verhaften, was zwei Beine hat. Du musst schnell von hier weg und dir einen anderen Ort suchen!", sagte Victor eindringlich, den Blick ebenfalls auf das Chronoskop gerichtet. „Egal, welchen. Alles ist besser, als hier sitzenzubleiben."

„Einen... Moment noch", sagte sie abwesend.

Rafale Goeland, die erfahrene Astrogatorin, die so viele Jahre den Gefahren des weiten Alls getrotzt hatte, schluckte. Die lebenslange Ablenkung, das Vor-sich-Herschieben war vorbei. Lizus Leute würden Marjo befreien und Donnet war erledigt. Haute-Pleines Leute würden den Stützpunkt bald einnehmen. Aber das war nicht das Signal, auf das diese Galaxis gewartet hatte. Nour hatte Recht, sie war Ubashs Auserwählte. Eine einfache Sterbliche trug die Last der Galaxis. Schwer, unsagbar schwer, begann diese Last wieder, auf ihre Schultern zu drücken. Sie presste Tränen der Hilflosigkeit aus ihr heraus, die helle Spuren in ihre rußgeschwärzten Wangen gruben. Langsam hob sie ihre Linke dem holografischen Abbild ihres Vaters entgegen. Als die Kamera des Holokommunikators die Hand erfasste und in den Orbit Colerias übertrug, hob auch Artouste Goeland die seine. Die Projektion zeigte die tief eingegrabenen Linien in der Innenfläche. Diese Hand, die in ihrem langen Leben so viele Kursänderungen, Manöver, Montagen, Faustkämpfe und hartes Ringen erlebt hatte, die so oft auf die Tischplatte gehauen hatte und die Spuren dessen trug wie ein altes Buch. Diese Hand, die seine Tochter noch immer auf ihrer Schulter ruhen spürte, die ebenso hart wie auch gütig und liebevoll sein konnte. Für Rafale war diese Hand ganz Coleria. Sie kniete vor dem Holokommunkator und verschränkte ihre langen, feingliedrigen Finger in die Projektion. Artouste Goelands holografische Hand erwiderte den Griff, die großen, starken Finger schoben sich zwischen jene seiner Tochter und ließen sie im Licht des Projektors aufleuchten. Nicht greifbar und doch spürbar durch die Weite des kalten Alls. So hielten Vater und Tochter wortlos inne und Rafale wünschte sich nichts sehnlicher, als dass es für immer so bleiben möge.

„Rafja...“, begann Artouste schließlich. „Es ist Zeit. Du musst tun, was du tun musst und ich weiß, dass du es schaffen wirst. Du bist der Stolz der Familie Goeland. Du bist ein Sternenkind.“

Widerwillig ließ sie die Hand ihres Vaters los und erhob

sich. Sie straffte sich, richtete ihren Overall und nickte pflicht-
bewusst, wie es ein stolzer colerianischer Offizier tat. Ihre
Augen sprachen anders.

„Wirst du mir von Mama erzählen, wenn das hier alles vorbei ist?"

Artoustes Portrait zögerte, als wäre es plötzlich ein Standbild geworden. Doch dann nickte der massige Kopf. „Ja,
Rafja, das werde ich. Versprochen! Und jetzt los! Greif nach
den Sternen!"

Sie wandte sich ab.

Alle, die nicht mit Nours Wundversorgung beschäftigt
waren, sahen zu ihr. Es war wie früher, bei der Flotte. Wenn
es ernst wurde, sahen alle zu ihr und dabei war sie doch
genauso von Zweifeln und Ängsten zerfressen. Da war die
alte Weisheit wieder: Offiziere waren nicht mutiger, sie hatten
nur gezeigt bekommen, wie man sich die Angst nicht anmerken ließ. Langsam fuhr ihre Handkante an die Schläfe, sie
salutierte. Es mochte lächerlich wirken, aber es gab ihr die
nötige Stabilität, versetzte sie in eine Situation, die sie
beherrschte. Bald, bald würde alles vorbei sein und sie würde
alles geben bis dahin. Wie auch immer es ausgehen würde.

„Du willst allein gehen, stimmts?", fragte Vic vorsichtig.

Rafale nickte wie traumatisiert. In ihr rebellierte alles, wie
gern hätte sie jetzt Vic an ihrer Seite gehabt! Aber es wäre
unvernünftig gewesen, er wurde hier gebraucht und er konnte
ihr nicht helfen. Schon eine Person allein würde es schwer
genug haben, zum Imperator durchzukommen.

„Wollen ist anders, Vic. Aber ich muss. Ein paar Häuser
weiter habe ich auf dem Hinweg ein Gebäude mit Balkon
gesehen. Vielleicht komme ich da irgendwie rein. Was werdet
ihr machen?"

Victor schwieg für einen Moment. Die Schultern sanken leicht herab als würde ein Teil ihrer gewaltigen Last auch auf ihm ruhen.

„Dein Daddy hat Recht, Rafja. Es ist gut, wenn wir hier auf die Omnisec warten. Ich bin der einzige Colerianer hier außer den Herbstlern, mir werden sie wenigstens zuhören. Ich kann Haute-Pleine kontaktieren, wenn er in der Feu Rouge fertig ist und dann werden die uns schon freilassen. Wenn du keinen Erfolg hast, sind wir eh am Arsch, so oder so."

„Dann hast du wenigstens noch mein Foto an der Tapete", erwiderte sie und versuchte zu lächeln.

„Ich glaube aber, ohne die Offiziersmütze gefällst du mir besser", sagte er und legte seine Hände an ihre rußigen Wangen. Dann beugte er sich vor, um sie zu küssen.

„Vic?", raunte sie, als sie kurz nach Atem rang, die Lippen noch immer auf seinen.

„Ja?"

„Vielleicht ist das kitschig, aber... würdest du mir sagen, dass du mich liebst? Ganz egal, ob das stimmt oder nicht? Bitte."

„Ich liebe dich... Rafja", sagte Vic mit leicht schmerzlichem Lächeln.

„Du lügst so schön!", hauchte sie in das Lächeln hinein und küsste ihn dann erneut.

„Ben errechnet eine 76-prozentige Wahrscheinlichkeit, dass es stimmt, aber die Sprachanalysen laufen noch", erklang plötzlich Vigreux' Stimme aus dem Holokanal.

Mit verzaubertem Ausdruck ließ sie Victor Nadar los, machte auf dem Absatz kehrt und schritt eilig zur Tür.

Blatt 114: Auf dem Pappthron

„Ich glaub, der Imperator kommt bald! Das eben war der Gleiter mit dem Stadtrat", kündigte Paul an.

„Haha, das stimmt nicht! Du weißt doch gar nicht, wer die Leute sind, die sind nämlich immer im Ratsgebäude oder wie das heißt!", widersprach Sacha. „Die wohnen sogar da drin, sagt mein Papa!"

„Wohl stimmt das! Der Dicke da eben, das war der Senator für Datenzugriff, das ist ein ganz wichtiger!"

„Hört auf mit dem Kinderkram!", schnauzte Rémy die beiden an, auch wenn er die Warterei nicht minder nervtötend empfand. „Auf jeden Fall kommt der Imperator irgendwann nach den fetten Bonzen."

Rémy stand wie ein Feldherr auf dem obersten Kartonstapel, die Zoomkamera dicht an die Augen gepresst. Ihre selbstgebaute Plattform mochte eine gute Idee gewesen sein, aber ihr Standort an der ungewohnten Paradestrecke war nur mittelmäßig gelungen. In vielleicht zweihundert Metern stromaufwärts kam der Umzug aus einem scharfen Knick um eine Häuserecke herum und war nicht weiter voraus einsehbar. Die Spekulationen, wann endlich der Imperator auftauchen würde, waren im Laufe der letzten Viertelstunde in die Höhe gewachsen. Es war nun schon fast Mittag und die Parade zog sich. Was die reine Zeitinvestition betraf, rentierte sich das Schulfrei nicht wirklich.

Eine Stunde schon waren die verschiedenen Fahrzeuge der Hauptkolonne unter den wachsamen Blicken der Schüler hindurchgeflossen. Die Einheiten des Militärs waren unter ständigem Bombardement der Konfetti-Werfer von den Gleitern der Politiker, lackiert in den Typfarben des jeweiligen

Ministeriums, abgelöst worden. Am Horizont der Häuserecke tauchten jetzt die ersten schwarz-grauen Gleiter des Hofstaates auf, was den Puls der Jungen merklich beschleunigte. Sicher waren die bulligen Schwebepanzer und die schneidigen Scoutbiker das Interessanteste gewesen, aber einen Imperator bekam man ja auch nicht jede Woche zu sehen. Hoch über ihren Köpfen lieferten sich die Gleiter der TV-Sender einen waffenlosen, aber umso erbitterteren Luftkampf um die besten Kameraeinstellungen.

„Jetzt hört mal auf zu wackeln, ihr Blödmänner!", schimpfte Rémy. „Könnt ihr euch nicht nachher streiten?"

Dann aber setzte er seine Kamera ab und sah die eigentliche Ursache des kleinen Bebens in dem Kartonstapel. Eine Fremde hatte die untere Lage der SynthBoard-Kartons erklommen und kletterte unbeirrt weiter nach oben. Von Rémys Wachposten auf dem obersten Karton aus war vor allem eine lange, rote Haarpracht zu sehen, die Frau trug einen Pilotenoverall und war erstaunlich agil für eine Erwachsene.

„Heh, das ist unser Stapel!", nörgelte Paul, der zusammen mit Sacha eine Ebene tiefer saß.

Die Frau beachtete ihn nicht. Mit wenigen Klimmzügen war sie an den beiden vorbeigestiegen.

„Das hier ist nur für Kinder", mahnte Sacha, sehr zu Rémys Verdruss.

„Tut mir leid, Jungs", schnaufte die große, schlanke Frau, ohne einen von ihnen wirklich anzusehen, ihr Blick war emporgerichtet. „Ist ein Notfall, bin gleich wieder weg."

Rémy hatte bereits den Mund geöffnet, um sich auf eine Diskussion mit der Erwachsenen einzulassen, da war diese auch schon auf seinem obersten Karton angekommen. Sie streckte sich kurz, spähte an der Fassade des Ladens entlang und sprang mit einem eindrucksvollen Satz an die Außenseite des nahen Balkons. Ein kurzer Klimmzug, und sie schwang sich über die Brüstung. Ungläubig staunend sahen die drei zu, wie die Frau kurz mit der Schulter gegen die Balkontür rammte und dann mitsamt der Tür im dunklen Inneren verschwand. Sie blickten einander ratlos an.

„Ich hab auf meinem Bingozettel *ausgeflippte Besucherin* gefunden. Sollen wir das ankreuzen?", fragte Paul.

„Sie hatte zwei Waffen am Gürtel, aber das steht bestimmt nirgendwo, oder?", wollte Rémy wissen.

Paul und Sacha schüttelten die Köpfe.

„Dann kreuzen wir einfach das an und gut ist", entschied er dann.

Rafale sah sich um. Die Details des dunklen Ladenobergeschosses verschwammen noch unter ihrem hämmernden Puls. Zwischen den Schlägen drang die laute Marschmusik der Parade an ihr Gehör. Sie war außer Atem.

Du warst auch mal sportlicher, Mädchen.

Sie war aber auch schon weniger gejagt worden in ihrem Leben. Ihr schweißnasser Overall schenkte ihr einen kurzen Gedankensprung zurück in das Cockpit der Duquesne. Immerhin war es diesmal nur Schweiß und nicht auch noch Blut. Bis jetzt jedenfalls. Alles schien schon so unendlich weit weg. Doch auch diesmal war ihr nichts anderes als die eilige Flucht nach vorn geblieben, schon kurz nach dem Verlassen des Friseurladens waren die Sirenen der CPU deutlich zu hören gewesen und so hatte sie die Beine in die Hand genommen. Sie betastete sich. Ellenbogen und Knie gaben heiß pochend bekannt, dass sie Prellungen aufgesammelt hatten. Ihre rechte Brust schmerzte, auch dort würde ein schöner Bluterguss auf sie warten. Aber diese Blessuren waren ebenso kosmetischer Natur wie ihr notdürftig vom Ruß befreites Gesicht. Diese Audienz würde ohne Schönheitsideal ablaufen. Wenn sie es denn überhaupt lebend bis zum Imperator schaffen würde. Nachdem ihre Augen sich an die Dunkelheit gewöhnt hatten, sah sie sich um. Das Obergeschoss des Ladens war eine Mischung aus Ruheraum und Lager. Eine einfache Sitzgruppe mit einem unpassend üppigen Holo-TV und einem nagelneuen Kühlschrank sahen aus, als wäre der Ladenbesitzer gerade noch zur Pause dagewesen. Vermutlich hatte man wirklich bis zuletzt auf kaufwütige Paradebesucher gewartet, welche die Wartezeit mit einem kleinen Shopping verbinden würden, bis dann die CPU Kunden, Gäste und Verkäufer aus dem Geschäft gekehrt hatte. Sehnsüchtig betrachtete sie das Sofa. Das Bedürfnis, sich kurz auszuruhen, und seien es auch nur ein paar unbeschwerte Sekunden, wuchs übermächtig in ihr an. Aber genau, wie sie damals das Ruder der Duquesne nicht mehr hatte loslassen dürfen, so wusste sie auch jetzt, dass aus diesen wenigen Sekunden des Loslassens eine Katastrophe entstehen würde. Es ging nicht. Auf zitternden Beinen schlich sie zum Fenster der Straßenseite. Es war mit einer heruntergelassenen Jalousie verhangen. Sie musste jetzt vorsichtig sein. Nur keine Aufmerksamkeit erregen!

Zögernd starrte sie das abgedunkelte Fenster an, als würde sie diesmal auf der anderen Seite kein angefrorenes Insekt vorfinden, sondern ein Monstrum. Solange sie die Jalousie nicht öffnete, würde sie allein mit sich sein. Ein seltsames, selbstironisches Gefühl kam in ihr hoch. All die Jahre! Ihr halbes Leben lang war sie allein und auf sich gestellt gewesen. Natürlich, die allermeisten Raumschiffe, welche sie als Astrogatorin geführt hatte, hatten irgendeinen bescheidenen, oft wahllos zusammengestoppelten Anteil an menschlicher Besatzung. Doch die oft zentnerschwere Last der Entscheidung hatte - wenn nicht bei Bordrechnern oder externen Kommandanturen - stets in ihren Händen gelegen. Es war einerseits ein Privileg, eine Illusion von Freiheit, aber Entscheiden machte auch einsamer als das weite schwarze All es jemals vermochte. Und jetzt? Jetzt war sie endlich wieder auf ihrer Heimatwelt, auf Coleria Prime, unter Milliarden von Colerianern und doch war sie auch hier wieder einmal entscheidungseinsam. Es schien an ihr zu kleben. Argwöhnisch schob sie schließlich einen Finger zwischen die staubigen Lamellen der Jalousie, irgendwie erwartend, sie würde sich verbrennen. Missmutig rümpfte sie die Nase. So langsam wurde dieses paranoide Spähen zur zweiten Natur! Die Lage peilen. Aber was sollte sie denn ändern, wenn die Lage nicht gut war? Sie musste es durchziehen, so oder so. Sie würde nur diesen einen Anlauf haben. Ob sie sich nun verweigerte oder es schiefging, es wäre einerlei: Die Galaxis würde brennen. Und damit auch ihre Heimat.

Fast eine Erleichterung, was?

Vor ihrem geistigen Auge liefen gespenstische Szenen ab. Plündernde Mobs, die durch die einst friedlichen Siedlungen von Le Ganet zogen und das nächste Reich proklamierten. Wer nicht mitproklamieren wollte, wurde getötet. Die Kartellmächte, das taumelnde Imperium hoffnungsvoll betrachtend, um im passenden Moment zuzuschlagen und dem Krieg die Schuld zu geben. Ihren Vater, den müden Herrscher des Werftmondes mit seinem flugunfähigen Superschlachtkreuzer, allein gegen eine anrollende Welle von Chaos und Zerstörung. Gab es denn nichts außer Diktatur oder Chaos? Wiederholte sich die Geschichte? Würde es eines Tages Museen des zweiten colerianischen Bürgerkrieges geben, mit Rafale- und Dibaleauxpuppen in lebensgroßen Dioramen?

Papa, guck mal, das ist der Mann, der damals den Imperator gestürzt hat!

Ja, mein Kind. Und das ist die Frau, die das verhindern wollte. Sie war selbst eine Fahnenflüchtige.

War das denn gut oder schlecht, Papa?

Das darf ich dir nicht sagen, Kind. Nicht hier.

Irgendwann, irgendwo, vergraben in Zeiten, die gerade unendlich fern erschienen, hatte sie es gelesen: *Eines Heeres Ernte ist ein Dornenfeld.* Es stimmte. Und sie selbst hatte fleißig mitgesät. Das colerianische Militär hatte den Colerianischen Herbst geboren, ohne das Kind gewollt zu haben. Das Kind war groß geworden, ohne erzogen worden zu sein. Und doch hatte es den Intellekt, seine Erschaffer zu hintergehen, zu unterwandern, deren Verhalten zu imitieren und dann zu übersteigern. Der Herbst war ein Zerrbild, eine Karikatur des Militärs und der herrschenden Eliten. Aber er war real und vielleicht war er sogar die zwangsläufige Quintessenz. Er hatte dem Krieg keine neuen Argumente gegeben, wie die Herrscher und Militärführer es so gerne taten, im Gegenteil: Er war dabei, den Krieg als argumentfreien Selbstzweck einer bizarren Reinigungsaktion zu etablieren. Es würde einfach Krieg sein, weil Krieg ist. Der Herbst, auf den ein tödlich kalter Winter und kein Frühjahr mehr folgen würden. War er noch zu stoppen?

Rémy hatte gerade seine Kamera erhoben, um ein weiteres Mal nach dem Staatsgleiter zu spähen, da wackelte der Kartonstapel erneut. Mit der Kamera vor Augen war seine Koordination ungelenk, er schwankte, ruderte mit den Armen und hätte beinahe das Gleichgewicht verloren.

„Jetzt haltet endlich mal still, manno! Wie soll ich denn da was erkennen?", blaffte er Paul und Sacha an.

Diese sahen perplex zu ihm auf. Sie saßen absolut ruhig auf der untersten Kartonebene, als Rémys vorwurfsvoller Blick sie traf.

„Wir machen doch gar nix!", verteidigte sich Paul. „Hampel halt nicht so rum da oben!"

Rémy stand irritiert da, wie ein Kartonkönig auf seinem hohen Pappthron. Er mochte alles Mögliche getan haben, aber bewegt hatte er sich bis eben ganz sicher nicht. Wieder schwankte das Podest, diesmal so stark, dass auch Paul und Sacha es unten mitbekamen. Sie tauschten verunsicherte Blicke.

„W-Was ist das?", fragte er und war sich nicht sicher, wen er damit eigentlich ansprechen wollte.

„Ich hab mal gehört, es gibt in Conoret Geister aus der Bürgerkriegszeit!", erklärte Sacha.

„Quatsch mit Soße!", herrschte Paul ihn an und wollte dabei sicherer klingen als er es war. „Es gibt keine Geister. Jedenfalls bestimmt nicht mittags!"

„Dann hat der Stapel bestimmt einen Knacks bekommen, als die doofe Tussi da hochgeklettert -"

Rémy konnte sich nur mit Mühe auf den Beinen halten, als der oberste Kartonthron plötzlich nochmals wackelte, scheinbar von einem Windstoß erfasst, den nur Kartons fühlen konnten. Die anderen sahen verängstigt auf. Das Straucheln ihres inoffiziellen Anführers untergrub die Moral. Das Unbehagen wurde salonfähig, auch unter echten Männern, ganz gleichgültig, ob nun Geister oder instabile Kartons der Grund sein mochten.

„Ich geh runter, die Dinger sind nicht mehr sicher!", entschied Rémy und machte sich an den Abstieg. Die Tatsache, dass er eben das Gefühl hatte, geschubst worden zu sein, schob er eilig beiseite.

Gedankenverloren spähte Rafale durch den schmalen, hellen Spalt der Jalousie hindurch auf die Straße. Die anschwellende Marschmusik ließ die metallenen Lamellen leise klirren. Plötzlich hielt sie in ihrer Bewegung inne. Blinzelte. War da etwas? Es war inmitten des Konfettiregens, der grellen Holo-Dekoration und der überall schwirrenden Gleiter und Kameradrohnen nicht sicher zu sagen, aber irgendwas war dort. Irgendein Detail hatten ihre scharfen Augen aufgefangen. Es hatte an ihrem virtuellen Hosenbein gezupft und *Alarm* gerufen. Rafale Goelands Instinkte erwachten und schüttelten die betäubende Erschöpfung und die Fußfesseln der Verzweiflung ab. Sie blinzelte erneut. Sah wieder hin. Nichts.

Vielleicht drehst du auch langsam durch, zum Rodder! Kein Wunder nach allem.

Und dann sah sie es wieder. Gegenüber, auf der anderen Straßenseite, hoch oben auf der Dachterrasse eines halbhohen Wohnkomplexes mit Gleiterlandeplatz, blitzte es orange auf. Schlagartig wurde ihr klar, was das nur sein konnte. Die Visieroptik eines Scharfschützen! Sie kannte diese Spiegelung. In ihrer Waffenausbildung, obschon viele Jahre her, hatte man ihr eingebläut, unbedingt auf die verräterischen Reflexe von Zieloptiken zu achten. Je nach Sternensystem und Lichtverhältnissen war die Reflexion dieser Geräte manchmal kaum zu unterdrücken. Ein eingebauter Kristallspiegel mit Zellschraffur und eine leistungsfähige Entspiegelung konnten dieses Übel beseitigen. Aber das galt nur für definierte Beobachter in der Schusslinie. Bei diffusen Lagen konnte der Schütze nur spekulieren, dass er einfach nicht gesehen wurde. Dass Rafale den Schützen genau im richtigen Lichtwinkel der strahlenden Mittagssonne entdeckt hatte, war reiner Zufall gewesen. Ein glücklicher Zufall. Wichtiger war aber jetzt die Frage: Hatte er sie ebenfalls ausgemacht? Sie hielt den Atem an. Wenn ja, dann konnte der Schuss jeden Moment kommen. Würde er denn überhaupt schießen? Das da drüben war sicherlich ein Spezialist der Omnisec mit dem Auftrag, mögliche Attentäter unschädlich zu machen, bevor sie Schaden anrichten konnten.

Ja, er würde schießen!

Wer sich in den geräumten und gesperrten Gebäuden aufhielt, tat dies auf eigene Gefahr, auf ziemlich große sogar. Ihr eigener Puls hämmerte ihr in den Ohren. Im Zeitlupentempo ließ sie den Spalt in der Jalousie wieder schrumpfen. Nur keine hektischen Bewegungen jetzt!

Vom Fenster aus brauchst du es also gar nicht erst zu versuchen, Goeland! Bevor du Luft geholt hast, knallen die dich ab!

Einen frustrierten Schnaufer in die Freiheit entlassend, blieb sie stehen, unschlüssig die blinde Jalousie anstarrend.

„Lass es gut sein, Rafja", sagte plötzlich eine Stimme in ihrem Rücken.

„Emmy?"

Blatt 115: Emmy

„Ganz recht: Emmy. Komm vom Fenster weg. Bitte."

In ihrem gehetzten Inneren rang die rationale Furcht mit einer irrationalen Freude. Kalt lief es ihr den Rücken hinunter, während es in ihrer Brust warm kribbelte. Jemand in ihr, eine Rafale, die lange nicht zur Geltung gekommen war, gehorchte. Sie drehte sich um. Vor ihren Augen war aber nichts als der stark abgedunkelte Lagerraum, und auch die allmähliche Entwöhnung von dem hellen Licht des Jalousiespaltes änderte daran nichts. Dennoch gab es keinen Zweifel an Emmys Anwesenheit.

„Schalt deinen Tarngürtel ab, wenn du dich traust, Emmy!", sagte sie mitten in den Raum hinein. „Ich will dir in die Augen sehen."

Einen Moment später, nur wenige Meter vor ihr, wurde die Luft unruhig. Zuerst sah es aus, wie heißer BituBond-Straßenbelag, über dem es im colerianischen Sommer so charakteristisch flimmerte. Dann waberte ein Schemen geisterhaft darin und nahm rasch Gestalt an. Wie in einem Videospiel verschoben sich die einzelnen Schichten, bis sich schließlich Emmys Gestalt herausbildete und mehr und mehr an Schärfe gewann. Schließlich brach das überlagerte Projektionsfeld gänzlich zusammen und man sah Emeraude d'Oustrac, wie sie war. Dennoch war Rafale nicht ganz zufrieden, aber das lag nicht am Effekt des Tarngürtels. Emmys feine, puppenhafte Züge wirkten verhärtet, die einst so tiefgründigen, ebenholzdunklen Augen hatten etwas Ernstes, Unerbittliches und blickten sie hart wie Obsidian an. Rafale hatte erwartet, einen Overall zu entdecken wie Donnet ihn trug, oder eine dieser seltsamen Roben aus Barays Video, aber

335

Emmy trug militärische Freizeitkleidung wie immer. Und eine DX-9 im Anschlag.

„Besser so, Rafja?", fragte sie emotionslos.

„Ja, besser, zum Frell. Das ist ein nicht registrierter Tarngürtel, sonst hätte Vics Kommunikator angeschlagen. Alle militärischen Tarngürtel ohne Transponder gelten als Kriegsverbrechen, das weißt du?"

Sie schalt sich für die Provokation. Wer, wenn nicht Emmy, kannte sich mit den Vorschriften aus? Die Tatsache, dass sie einen illegalen Tarngenerator benutzte, den das eigene Militär nicht orten konnte, zeigte doch erst, dass sie zu allem entschlossen war.

„Natürlich weiß ich das, Rafja. Und jetzt nimm die Hände hoch und komm weiter vom Fenster weg."

Sie gehorchte und ging wieder einige Schritte in den Raum hinein. Emmy reagierte, indem sie ebenfalls rückwärts ging und so die Distanz wahrte. Ganz wie im Lehrbuch. Brave Emmy. Die Mündung ihrer schweren Plasmapistole zeigte unangenehm deutlich in Rafales Blick.

„Den Gürtel hast du schon damals in Old Ironstate benutzt, nicht wahr? Als ich mich auf die Suche nach Nour gemacht habe. Die Fußspuren im Regen, das warst du."

„Du hast Recht, das war ich. Du warst nah dran damals."

„Du hast von Anfang an für den Colerianischen Herbst gearbeitet. Warum hast du mich nicht daran gehindert?"

„Weil unsere Leute dich getötet hätten, Rafja. Sie waren immer in der Nähe an jenem Abend."

„Und was wäre daran schlecht gewesen, hm? Du hättest das alles einfacher haben können."

Das war der Punkt. Emmy blinzelte plötzlich heftig, ihr Blick wanderte ratsuchend umher. Nicht lange genug, um sie anzuspringen, das wäre Selbstmord gewesen. Aber es hatte gereicht, sie kurz aus der Fassung zu bringen.

„Weil ich etwas für dich empfunden habe, Rafja. Sieh es ruhig als Schwäche an, aber ich konnte das damals nicht."

Was heißt denn hier damals? Dass du es heute könntest?

„Empfinden, pah! Du hast mir die ganze Zeit etwas vorgemacht, Emmy! Du hast mein Vertrauen ausgenutzt und Liebe geheuchelt, mehr nicht!", rief sie unbeabsichtigt lauter.

„War es denn bei dir Liebe, Rafja? Hast du nicht uns beiden etwas vorgemacht, weil du einfach einsam warst und jemanden haben wolltest? Ich habe nur das bedient, was in dir vorherrschte. Also wirf mir das mit dem Vertrauen nicht vor."

„Was war mit Peyol? Hattest du da etwa auch deine Finger im Spiel?", fragte sie, um von der unerwarteten Parade Emmys abzulenken.

„Ja, das hatte ich. Marron-1 hatte immer gefordert, dich sofort töten zu lassen, sobald du mit Baray Kontakt aufnehmen würdest. Hätte ich mich nicht für dich eingesetzt, hätte Peyol euch beiden aufgelauert. Genau wie es ein Leichtes gewesen wäre, euch Marron-Teams zur Nene zu schicken. Die Leute waren schon auf Le Ganet. Genau wie ich euch mit Vorräten auf Banda III zurückgelassen habe. Ich habe immer versucht, dich vor dir selbst zu beschützen, dich davon abzuhalten, deine Nase noch tiefer in die Sache hineinzustecken. Ich habe teuer dafür bezahlt, dass ich dir immer wieder eine Chance gelassen habe. Sehr teuer. Wer von uns beiden schuldet jetzt der anderen etwas?"

Rafale ließ ihre Arme auf halbe Höhe sinken. die Hände beschwörend erhoben. Sie machte einen langsamen Schritt auf Emmy zu.

„Emmy, es ist noch nicht zu spät! Wir haben vielleicht beide nicht alles richtig gemacht, aber wir können das hinter uns lassen. Wir könnten zusammen fort von hier und -"

„BLEIB STEHEN ODER ICH SCHIEßE!", rief Emmy laut. In ihrer Stimme schwang trotz der Lautstärke ein Hauch Brüchiges, Unsicheres mit, wie ein Riss in einer Mauer.

Sie hat Angst! Das ist keine Überzeugungstat, etwas treibt sie. Aber wozu?

„Emmy. Emmy!", sagte sie beschwörend und hob dabei wieder die Arme, blieb jedoch stehen. „Du hast mich so oft davonkommen lassen und dafür danke ich dir. Ehrlich! Ich wusste das ja nicht! Aber warum fällst du mir jetzt in den Rücken?"

Emmy schwieg, die Pistole regungslos auf Rafale gerichtet. Was würde jetzt passieren?

„Emmy", begann Rafale erneut, diesmal mit sanfterer Stimme von der sie hoffte, dass man den Zwang zur Ruhe nicht würde heraushören können. „Du hast doch etwas für mich empfunden. Vielleicht war es nicht so tief, wie ich dachte, aber du hast es empfunden. Warum verrätst du mich dann?"

„Weil ich nicht anders kann. Es ist wie mit einem Rosenstock, wenn der Winter kommt. Er bildet über das Jahr viele neue Triebe aus, aber wenn die kalten Tage kommen, muss er sich entscheiden, welche er durch den Frost bringen kann und welche nicht. Oft sind es die spät getriebenen, zarten Zweige, die verdorren müssen. Es tut mir leid, Rafja, wirklich."

Emmy senkte für eine Sekunde den Blick. Wiederum war es viel zu kurz, um sie anzugreifen, aber Rafale hatte es auch gar nicht vor. Sie spürte die ansteckende Betroffenheit unter der Obsidiankälte und hätte es nicht fertiggebracht, diesen kurzen, persönlichen Moment zwischen ihnen zu schänden. Sie konnte Emmys Schmerz spüren, so wie sie ihre eigenen Blessuren, oberflächliche wie tief in der Seele vergrabene, spüren konnte. Dieser Schmerz war echt. Es mochte aberwitzig erscheinen, aber Rafale meinte, einen veränderten Ausdruck in diesen unergründlich dunklen Augen bemerkt zu haben. Die Person, welche sie einst für ihre neue Partnerin gehalten hatte, das Ende aller Einsamkeit, kam wieder an die Oberfläche. Aber für wie lange?

„Ja. Das verstehe ich, Emmy. Auch wenn ich es bedaure. Aber vermutlich wird aus Schmerz wirklich nur Schmerz geboren und dann ist es nur konsequent. Was hast du jetzt mit mir vor?"

„Wir werden uns weiter unterhalten. Ich kann auch verhindern, dass Dibaleaux dich in die Finger bekommt. Aber dazu musst du das mit dem Imperator vergessen."

„In Ordnung. Wie machen wir das jetzt?"

„Als Erstes lässt du deine Waffen fallen."

„Misstraust du mir etwa?"

„Ja, Rafja. Du hast mir immer und immer wieder bewiesen, dass du nicht dazulernst und Dinge aus dem Bauch heraus tust. Ich will uns beide vor dir selbst beschützen. Außerdem habe ich eine Waffe auf dich gerichtet und bin nicht mehr bereit, zu diskutieren. Tu es, es ist besser für dich."

Rafale nickte demonstrativ langsam.

„Also gut. Und wie soll ich es tun?"

„Du nimmst zuerst eine Waffe. Schön langsam, mit nur zwei Fingern. Und du bleibst mit ihnen weg vom Abzug. Dann wirfst du sie mir herüber, genau vor die Füße. Und dann die andere. Und beweg dich langsam, ich will nicht noch deswegen schießen müssen und du weißt, dass ich das tun werde. Hast du das verstanden?"

„Ja... ja, das habe ich verstanden", sagte sie unsicher.

„Sehr gut. Dann wirf jetzt die Waffen weg, die brauchst du nicht mehr", forderte Emmy sie auf. „Komm mit mir, Rafja, dann wird alles gut."

Plötzlich schossen Bilder durch Rafales Kopf. Von einem Strand, von einem hübschen jungen Mann, von kreischenden Seevögeln. Von der Duquesne. Von Emmy, die Caros abgetrennten Kopf schwenkte und wollte, dass sie zu ihr kam. Hektisch wie Filmszenen aus einem Actionstreifen im Gleiterkino flackerten die Horrorbilder wieder durch ihren aufgepeitschten Verstand. Dazu donnerte es und es waren nicht die Kesselpauken der Marschkapellen draußen. Es war der Geschützdonner von Banda III.

Der Albtraum! Das ist der Albtraum aus der Zelle! Bei den Sternen! Was hatte Emmy da gesagt? Dein einziger Fehler war es, nicht zu sterben, als es vorgesehen war! Jetzt komm mit mir, Rafja, dann wird alles gut! *Ja, das ist es! Sie will dich töten! Der Traum wird wahr, wenn du jetzt nichts tust.*

Sie stand wie angefroren da. Was tun? Ungeduldig lag Emmys Blick auf ihr, die Waffe war noch immer genau auf ihr Gesicht gerichtet. Es war trotz des Schocks, des Gefühls, das eigene Lebensende unmittelbar vor Augen zu haben, dennoch ein ulkiges Gefühl, auf der falschen Laufseite einer DX-9 zu stehen. Einer Waffe, die so vieles bedeutete, Status und Andenken zugleich. Die Waffe stolzer colerianischer Offiziere, wie sie und Emmy es waren. So stolz, dass Rafale Barays herrenlose Waffe adoptiert hatte. So stolz, dass sie aus Munitionsmangel die originale Energiezelle gegen ein leidlich passendes Kartellmodell getauscht hatte, auch auf die Gefahr hin, dass diese beim geringsten Schlag... explodieren könnte?

Der Traum! Da hast du die Waffe geworfen und sie ist explodiert! Das, was du immer verhindern wolltest! Das, wovor O'Dowd dich gewarnt hatte. Du wolltest nichts davon wissen. Dein stolzer, trotziger Kopf!

„Rafja?", drang Emmys Stimme an ihr Ohr und sie wusste

genau, woran Emmy sie erinnern wollte. Yaloo Zilvers einäugiges Gesicht trat vor ihr geistiges Auge.

Ihre imperialen Konstantlaser-Zündkammern stressen die Zelle so sehr, dass Ihnen das Ding um die Ohren fliegt, wenn es einen festen Schlag abbekommt. Warum das Risiko eingehen?

Darum! Langsam senkte sie die linke Hand, ganz wie Emmy es wollte. Mit dem Zeigefinger löste sie die Lasche des Holsters und ergriff die schwere Armatec DX-9 am hinteren Ende der Zündkammer. Wie ein folgsames Tier glitt die Waffe aus dem Holster, lose mit Daumen und Zeigefinger geführt. Ihre Finger zitterten.

„Ich kann sie nicht mit zwei Fingern halten und erst recht nicht werfen. Darf ich sie ganz anfassen?"

„Ja, natürlich", seufzte Emmy ungeduldig. „Hauptsache, du wirfst sie jetzt herüber."

Rafale ergriff die Waffe demonstrativ langsam mit der ganzen Hand, senkte diese und ging leicht in die Knie, um zum Wurf auszuholen.

Hättest du uns mit mehr Munition zurückgelassen, wäre ich nie auf die Idee gekommen, diese Bastelei zu wagen. Ich weiß etwas, was du nicht weißt, Emmy.

Sie holte aus zum vielleicht wichtigsten Wurf ihres Lebens. Die Waffe musste genau mit dem Schwerpunkt auf dem Boden aufschlagen und es musste eine harte Landung sein. Es würde nur diesen einen Wurf geben. Was, wenn die Zelle nicht so instabil war, wie O'Dowd und Zilver es prophezeit hatten? Kurz malte sie sich die Szene aus, wenn die Waffe einfach nur dort zu Emmys Füßen landen würde und ansonsten nichts passierte. Dann war sie so gut wie tot. Es gab nur diesen einen Wurf. DEN Wurf.

„Mach schon!", mahnte Emmy, aber Rafale war schon im Wurf begriffen.

Die Linke schnellte nach vorn und ließ die DX-9 los. Die schwere Pistole flog davon, Barays Andenken. Das Andenken an einen Offizier, der sein Volk verraten hatte. So wie Caro. So wie Emmy. Die Waffe beschrieb einen Bogen, ähnlich den kleinen Bällen, mit denen man als Kind Zielwerfen geübt hatte. Sie schlingerte leicht, drehte sich aber nicht. Zwei Augenpaare beobachteten gebannt den Flug, wenn auch mit sehr unterschiedlichen Erwartungen. Es kam Rafale wie eine von der Schwerkraft befreite Ewigkeit vor, doch dann schlug die Waffe schließlich mit dem Griff voran auf dem Boden auf, genau dort wo sie landen sollte: Vor Emmys Füßen.

Rafale hatte gerade noch rechtzeitig die Augen geschlossen, als die Energiezelle mit einem grellen Blitz explodierte. Ein hässliches Zischen, gefolgt von einem kurzen, scharfen Knall, zerriss die angespannte Stille und noch während die feurige Wolke in sich zusammenfiel, riss Rafale die Augen auf und sah durch das sengend heiße Plasma hindurch Emmy nach hinten fliegen. Aus der grellen, rot-orangen Wolke schälte sich ein rötlicher Plasmastrahl. Emmy hatte einen Schuss abgegeben. Instinktiv zuckte Rafale zusammen, aber der Schuss war komplett ungezielt, wohl mehr das Ergebnis eines Zuckens des Abzugfingers als ein echter Angriff. Fauchend bohrte sich die Ladung in die Deckenkonstruktion und riss Fetzen aus dieser. Im selben Moment griff Rafale an ihr rechtes Holster und zerrte die Katra-X heraus. Sie nahm sich nicht die Zeit für den beidhändigen Anschlag, sondern feuerte aufs Geratewohl aus der ungeübten rechten Hand in den Schemen hinter der brennenden Wolke aus Munitionsgas. Der Schuss aus der Kartellwaffe fand sein Ziel, eine gleißende Entladung zeigte den Treffer. Emmy, die schon auf dem Boden herumrollte, zuckte wild mit den Armen und blieb dann reglos liegen.

„EMMY!", schrie Rafale auf und bahnte sich ihren Weg durch den Qualm angesengter Verkleidungen, Kartons, Kisten und Körpergewebe.

Die Katra-X behielt sie im einhändigen Linksanschlag, bis sie Emmy erreicht hatte, aber es war mehr, um die Kontrolle über sich zu behalten, ihre Gegnerin regte sich auch weiterhin nicht.

„Nein... nein... da- das sollte doch alles anders kommen!", stammelte Rafale, neben ihr kniend und den Treffer betrachtend. „Ganz anders!"

Emeraude d'Oustrac lag niedergestreckt auf dem Rücken. Im rechten Brustkorb klaffte ein tiefes, schwarzes Loch. Aus dem verkohlten Einschlagkrater strömte pulsierend hellrotes Blut. Ihr Herz schlug noch, aber dass das sonnenheiße Plasma es nicht ganz geschafft hatte, die Wunde zu kauterisieren, war ein deutliches Zeichen, dass Arterien getroffen waren. Es bedurfte keines Mediscanners um zu wissen, dass sie tödlich getroffen war.

„Emmy... bitte, das habe ich doch nicht gewollt. Oh Emmy...", jammerte sie kläglich und nahm deren Kopf stützend in den Arm.

Die Waffe legte sie beiseite, hier brauchte niemand mehr eine.

Emmy öffnete die Augen.

„Rafja... ich weiß."

„Sag mir bitte eins, damit ich ruhig weiterleben kann. Bitte sag mir die Wahrheit."

Sie nickte schwach.

„Du wolltest mich doch töten, richtig?"

Emmy nickte abermals, hustete dann leicht.

„Danke. Das war mir sehr wichtig", sagte Rafale beklommen und wischte dabei eine verirrte pechschwarze Strähne aus Emmys Haar. „Aber warum? Warum wolltest du diesmal Ernst machen?" Habe ich mich so in dir getäuscht?"

„Ja, Rafja, das... hast du. Wenn auch nicht so sehr, wie du jetzt... vielleicht denkst", erwiderte Emmy.

Ihre Stimme wurde leiser. Schonte sie sich oder wurde ihre Zeit knapp?

„Diesmal hätten mir Ausreden nichts geholfen, sie hätten mich getötet. Und bei weitem nicht so schnell und sanft, wie ich dich getötet hätte. Das sind Monster. Ich hielt es für die einzige Lösung."

„Vielleicht hast du Recht, Emmy", hauchte Rafale und es fiel ihr zunehmend schwerer, ihre Stimme zu kontrollieren. „So, wie Caro es damals für die einzige Lösung gehalten hatte. Wir sind alle getrieben von Plänen, die zu groß für uns geworden sind. Aber sag mir: Warum hast du dann nicht gleich geschossen? Ich hätte nicht mal gewusst, dass du es warst."

Emmy richtete sich mit einiger Anstrengung auf, um sich mit den Ellenbogen abzustützen. Rafale schob ihren haltenden Arm darunter. Als ihre Hand die Austrittswunde im Rücken ertastete, zog sie sich schnell zurück. Sie spürte das warme klebrige Blut.

„Vielleicht klingt es albern. So sentimental, wie ich mich nie zeigen wollte, als alles... noch gut war. Ich wollte noch einmal mit dir reden, Rafja. Ich war sicher, dass du auf Banda III umgekommen bist. Ich konnte es nicht vorher tun."

Rafale nickte. Sie kannte dieses Gefühl. Es war das gleiche, mit dem sie sich zu ihr umgedreht hatte. Bekümmert stellte sie fest, dass Emmys feines Gesicht blasser und blasser wurde. Es ging zu Ende.

„Und jetzt... wirst du es gar nicht mehr schaffen", sprach sie leise, wie gegen einen Pfropfen in ihrem Hals.

„Das ist in Ordnung so, Rafja. Ich glaube an das Schicksal, auch wenn ich es nicht immer erkannt habe. Aber wir dürfen jetzt keine Zeit vergeuden. Keine Zeit für Tränen. Du musst zum Imperator, das ist dein Schicksal. Da draußen sind jede Menge Sicherheitskräfte. Was auch immer du vorhattest, tu es nicht, sonst sehen wir uns in ein paar Minuten in der Ewigkeit wieder."

„Aber... wie soll ich es dann schaffen?"

„Der Tarngürtel. Nimm meinen Tarngürtel, dann hast du eine Chance."

Die Blicke kreuzten sich und Rafale sah, dass Emmy es ernst meinte. Sie war jetzt wieder Emmy, die Freundin, nicht mehr Emmy, die Herbstagentin. Es machte den Abschied nicht einfacher. Sie kämpfte gegen zunehmend feuchtere Augen an und wusste, dass sie verlieren würde.

„Ist gut, Emmy. Danke dir. Was... kann ich jetzt für dich tun? Wir wissen glaube ich beide, dass die Verletzung -"

„Tödlich ist?", fiel Emmy ihr mit erstaunlicher Stimmkraft ins Wort. „Ja, das wissen wir beide. Du kannst zwei Dinge für mich tun."

„Alles, was du willst. Sag schon."

„Würdest du dich in meinem Namen bei Nour entschuldigen?"

„J-Ja... n-natürlich", stammelte Rafale. „Und... weiter?"

„Das hier ist unwürdig. Ich würde es gern abkürzen. Hilfst du mir dabei?", hauchte sie, jetzt wieder kraftlos.

Rafale schluckte hörbar, die Augen weiteten sich. Unbehaglich strich sie sich das Haar zurück, als könnte sie Zeit schinden, die sie nicht mehr besaß.

„Emmy... das kann ich nicht. Bitte, verlang so was nicht von mir."

Für einem Moment lang lagen die dunklen Augen stumm auf

ihr. Emmys Blick war irgendwie enttäuscht, aber dann auch wieder gefasst wie immer. Sie schien zu verstehen.

„Dann gib mir eine Waffe und ich mache es selbst. Beeil dich, sonst verpasst du den Imperator."

Mit zittriger Hand griff sie nach ihrer Katra-X, hielt sie wie einen Fremdkörper und reichte sie dann der Liegenden in die blasse Hand.

„Nein, nein, keine dreckige Kartellwaffe!", gab diese zurück und schüttelte dabei sacht den Kopf. Man konnte ihr die Anstrengung ansehen. „Ein colerianischer Offizier macht es wenn überhaupt, dann mit seiner eigenen Waffe."

Rafale sprang eilig auf, die Bitte *holst du sie mir* musste Emmy nicht erst aussprechen. Eilig suchte sie die DX-9 und fand sie schließlich in einer Ecke inmitten verstreuter Kartons.

„Ich danke dir, Rafja", sagte Emmy, als sie schließlich ihre Waffe zurückbekam. „Und jetzt lass uns keine Sentimentalitäten austauschen, bitte. Du musst dir das nicht antun. Geh jetzt und nimm den Tarngürtel, das ist mein letzter Wunsch an dich."

Mechanisch griff Rafale an Emmys Tarngürtel und löste ihn. Mit aller Macht schob sie den Gedanken, dass es die letzte Berührung Emmys sein würde, beiseite und konzentrierte sich auf die Handlung selbst. Das Gerät sah wie ein überdimensionierter Waffengurt aus, an dem zusätzliche Taschen und Gehäuse montiert waren. Wie alle colerianischen Offiziere war sie in der Verwendung solcher Geräte geschult. Um Verrat und Intrigen zu verhindern, hatte jeder Tarngenerator eine Meldefunktion, die ihn für Scanner und Kommunikationsmittel sichtbar machte. Ein solches Gerät auch nur zu manipulieren, galt schon als Hochverrat. Aber auf einen Verrat mehr oder weniger würde es jetzt nicht mehr ankommen.

„Nicht einschalten", mahnte Emmy. „Ich will dich bis zum... Schluss sehen. Geh einfach los zum Dachausstieg, um den Rest kümmere ich mich selbst. Leb... wohl."

„Leb wohl", antwortete Rafale mechanisch und fast wären die widerstrebenden Worte in ihr steckengeblieben.

Die Beine gingen einfach los, als gehörten sie nicht zu Rafale Goeland, als wären sie ohne ihre Besitzerin geboren worden. Steif und ungelenk entfernte sie sich von Emmy und hielt auf die Steigleiter der Dachluke zu.

Du bist wirklich verrückt, Mädchen. Du drehst ihr den Rücken zu. Sie könnte sich auch entschließen, dich mitzunehmen. Du vertraust ihr wieder einmal, stimmts?

Sie ging einfach weiter und hielt auch nicht an, als endlich der Schuss fiel.

Blatt 116: Pad Progana

„Und hier noch ein dringender Appell der Behörde für systematisierte Verkehrsführung: Wie Sie eben in den Verkehrsnachrichten sehen konnten, kommt es im Innenstadtbereich von Conoret City, insbesondere im Stadtteil L'Étoile, zu erheblichen Verkehrsbehinderungen. Wir bitten alle Gäste der großen Parade, ihre Gleiter auf automatische Steuerung zu schalten und sie den autorisierten Routen folgen zu lassen. Wer noch immer von außerhalb anreist, wird gebeten, den öffentlichen Massengleiter zu benutzen. Wir weisen auf Ihre Pflicht hin, Ihre mitgebrachten Gegenstände auf Übereinstimmung mit der offiziellen Sicherheitsliste der CPU zu prüfen. Wie immer sind ausschließlich vom Ministerium für politische Moral MfpM autorisierte Textdarstellungen erlaubt, bitte weisen Sie des Colerianischen nicht mächtige Gäste darauf hin und haben Sie ein Auge auf ihren Nachbarn."

Pad Proganas ewig gutgelauntes Gesicht füllte die Holobildschirme und -projektionen der Daheimgebliebenen aus. Angesichts des strahlend schönen Mittagshimmels - ein Produkt der chemischen Wetterstaffel - wirkte es nicht einmal aufgesetzt. Während er der Kamera entgegenstrahlte, war im Hintergrund die vor ihm fahrende Gleiterkolonne zu sehen. Keine vier Fahrzeuge weiter schwebte unverkennbar und unbeirrt der Staatsgleiter des Imperators dahin. Gelegentlich sah man diesen im offenen Abteil stehend den Massen zuwinken, was wieder und wieder für eine dahinrollende Welle aus Händen, Fäusten, autorisierten Transparenten und Fähnchen sorgte. In diesen Momenten schwoll der frenetische Jubel dermaßen an, dass man den kommentierenden Progana nicht mehr verstehen konnte. Es war jedoch gleichgültig. Was passierte, sahen die Zuschauer weder zum ersten Mal noch war es zweideutig.

„Wir nähern uns nun langsam aber sicher dem Verteidigungsministerium, in dessen Palais des Armes die Waffenstillstandsverhandlungen stattfinden werden. Regie?"

„Pad?"

„Wann erreichen wir das Ziel?"

„In vierzehn Minuten, sagt unser zuverlässiger imperialer Routenplaner."

„Danke, Regie. Wir werden also in vierzehn Minuten miterleben, wie Imperator Claudanus III. durch die altehrwürdigen Torbögen des Verteidigungsministeriums fährt, mit ihm die gesammelten guten Wünsche und die Unterstützung der ihm zujubelnden colerianischen Bevölkerung. Es könnte kein eindrucksvolleres Zeichen dafür geben, wie sehr man hier wie ein Colerianer gegen die Kartellwelten steht. Ein Signal, das auch die Sots nicht übersehen können."

Der zweistöckige CNL-Pressegleiter hatte einen mobilen Logenplatz in der Fahrzeugkolonne. Kein anderer Sender genoss diese Privilegien. Kein anderer Sender war mit dem Ohr so nah am Mund des Imperators. *Kein anderer Sender steckte so tief in dessen Hintern,* würde so mancher Kritiker sagen, selbstverständlich niemals laut und erst recht nicht öffentlich. Und natürlich hatte kein anderer Sender Pad Progana, das Gesicht der CNL-Nachrichten. Das Gesicht Conorets, der Perle der Galaxis.

Damit das Publikum den Imperator nicht nur von hinten zu sehen bekam, wurde die Übertragung von zahlreichen Gleiterteams vor, neben und oberhalb der Parade ergänzt. Wer den Imperator nicht schon aus Lehrbüchern, Zeitungen, von Statuen und Plakatwänden kannte, würde ihn spätestens jetzt

350

noch im Traum sehen. Weniger privilegierte Sender mussten mit den Bildern der störungsanfälligen Kameradrohnen auskommen oder auf bei CNL gekauftes Material zurückgreifen. Der Kauf dieses Materials war Voraussetzung, um überhaupt eine Pressezulassung durch das MfpM zu bekommen und so wuchsen die Einnahmen von CNL Jahr um Jahr, während sich der Eindruck der Zuschauer, auf den anderen Kanälen auch nichts Besseres serviert zu bekommen, Jahr für Jahr erhärtete.

Dann kann ich mir ja auch gleich diesen Pad Progana direkt und live ansehen!

Bedingt durch diese Einnahmen war CNL der einzige Sender, der auf Gebührenzahlungen der Zuschauer verzichten konnte, während kleinere Sender diese überhaupt erst wegen der Zahlungen an CNL erheben mussten, um nicht vorzeitig aus dem Pressekarussell aussteigen zu müssen. Coleria war stolz auf seine vielfältige Presselandschaft, Coleria war stolz auf seine Meinungsfreiheit. Ein leuchtender Stern in der ansonsten dunklen, barbarischen Galaxis.

Pad Proganas hellblauer Uniformanzug wetteiferte mit dem Himmel über Conoret, beide unterlagen jedoch dem charmanten Lächeln seines Trägers und auch der Stimmung der Massen. Auf der Brust trug Progana eine Seidenrosette in den Farben der Staatsflagge: Schwarz-Grau-Schwarz. Direkt daneben hing ein silbrig schimmernder Orden, Progana war Träger des diesjährigen *Prix du Journalisme indépendant*, einer Auszeichnung des Imperialen Ministeriums für Presse- und Informationsarbeit. Milliarden Zuschauer hatten gebannt seine Holo-TV-Dokumentation als Undercover-Journalist in den Arbeitersiedlungen der Kolonieweltler verfolgt. Diese hatte mit dem Vorurteil, dass Kolonieweltler aufsässige, ewig unzufriedene Krawallmacher seien, gründlich aufgeräumt. Im

Gegenteil, die Mehrzahl der Abarizhi stand dem Einmarsch colerianischer Truppen und der Kolonialverwaltung ebenso positiv gegenüber wie dem zweijährigen Pflichtdienst bei den colerianischen Streitkräfte. Diese große Mehrheit war sehr dankbar für die Saat der Zivilisation, die der Imperator in ihnen gepflanzt hatte und der colerianische Durchschnittsbürger fühlte sich im gleichen Atemzug geschmeichelt.

„In Kürze, liebe Zuschauer, werden wir ein Interview unserer Gala-Reporterin Carmen Teuse mit der Imperialen Prinzessin Salopine vom Opernball in Montsarré einspielen. Sie werden alles über die neueste Mode der oberen Hunderttausend erfahren und auch - so viel darf ich verraten - wer mit wem getanzt hat. Ich verspreche Ihnen, es wird eine kleine Sensation für Sie geben! Doch nun widmen wir uns wieder dem Imperator, wir haben soeben die letzte Kurve der Strecke hinter uns gelassen und sind nun auf dem *Boulevard Temeraire*, der großzügigen Prachtstraße, die direkt auf das Verteidigungsministerium zuführt. Entlang dieser Hauptverkehrsader, auf welcher der alltägliche Verkehr sonst in dreizehn Gleiterbahnen automatisiert abläuft, haben sich die Massen nochmals dichter versammelt, um die Einfahrt des Imperators aus nächster Nähe miterleben zu können. Die hochwertigen Geschäfte der Einkaufspassagen haben jetzt natürlich geschlossen, um auch den angestellten Verkäufern die Teilnahme zu ermöglichen. Wir erwarten -"

Pad Proganas Stimme brach plötzlich ab, als sei ein Tonband gerissen. Wer sein Wiedergabegerät jedoch laut genug gestellt hatte, konnte den Hauptstadtreporter deutlich und scharf einatmen hören. Etwas musste passiert sein, etwas sehr Unerwartetes. Die Kamera wagte nicht, von Proganas überraschtem Gesicht abzulassen, als bräuchte sie einen Anker. Progana selbst sah jedoch gebannt in die Fahrtrichtung der

Gleiterkolonne. Es war passiert. Milliarden von Zuschauern folgten instinktiv dem beunruhigten Blick, als sei ihr Imperium soeben ins Wanken geraten.

„Was ist denn das?", japste Progana. Die übliche aufgekratzte Fröhlichkeit in seiner Stimme war verpufft und er klang, als würde er jeden Moment einen derben Fluch in der Niedersprache loslassen.

„Regie an Kamera: SCHWENKEN! Pad, was ist los?"

„Regie, ich weiß es nicht!", blaffte Progana unwirsch. „Es gab eine kurze Entladung eines Schildes am Staatsgleiter. Als... ja, als sei etwas hineingefallen. Oder geworfen worden, was weiß denn ich! Es spielen sich tumultartige Szenen ab! Im Abteil des Imperators kommt es gerade zu einer Art... Handgemenge, es ist schwer zu erkennen."

„Regie an Kamera: ZOOMEN, loslos!"

„Die Leibwächter des Imperators scheinen mit jemandem... zu kämpfen", erklärte Progana, dessen Stimme nun wieder ein wenig des gewohnten Kommentator-Tonfalls angenommen hatte. „Man sieht keine Schüsse oder Explosionen, aber hier ist definitiv etwas nicht in Ordnung, definitiv nicht! Claudanus III. sitzt aufrecht in einer Ecke des Abteils, er scheint wohlauf, soweit man das beurteilen kann. Es sieht ganz so aus, als würde sich noch eine weitere Person in dem Fahrzeug befinden, die vorher nicht da war und -"

„Regie hier: Wir spielen im Split-Bild eine Aufnahme von vor zehn Minuten ein!"

„Lasst doch mal die Scheiße sein UND HÖRT MIR ZU!", rief Progana ungewohnt grob. „Die Menge rings um den Staatsgleiter zieht sich zurück, man hört Schreie, aber es ist nicht klar, ob es nur Panik ist oder ob eine Gefahr für die Menge besteht. Liebe Zuschauer, es spielen sich unglaubliche Szenen ab, die Kolonne hat gestoppt, aber noch wagt niemand, sich dem Fahrzeug des Imperators zu nähern. Sicherheitskräfte bemühen sich, eine Massenpanik zu verhindern. Jetzt... ja, jetzt scheint es im Fahrzeug ruhiger zu werden, auch wenn man nichts weiter erkennen kann. Das Wichtigste ist natürlich, dass der Imperator wohlauf ist. Das Imperium steht hinter ihm!"

Blatt 117: Audienz

Die beiden Soldaten der Imperialen Leibgarde hatten ihrem Namen wirklich alle Ehre gemacht. Rafale war kaum durch den Partikelschild des Staatsgleiters gedrungen, da war sie auch schon ergriffen und kampfunfähig gemacht worden. Die Männer waren trotz des Tarngürtels erstaunlich präzise in ihren Griffen und Tritten gewesen, als hätten sie Rafales Infrarot-Signatur erkannt. Vermutlich war an den Gerüchten über kybernetische Implantate wirklich etwas dran.

Sie hing halb niedergestreckt in einer Ecke der riesigen Sitzbank des Gleiters, starke Hände an ebenso starken Armen hielten ihre Schultern fest gegen die Lehne gepresst. Der andere Wächter hatte einen Taser gezogen und saß neben ihr, die Waffe seitlich an ihren Hals gedrückt. Ihr ganzer Körper schmerzte, aber dieser Eindruck ließ mit jedem Moment nach, vermutlich war unter den Drogen, die man ihr im Handumdrehen injiziert hatte, auch ein Beruhigungsmittel. Und der Rodder wusste, was sonst noch. Trotzdem konnte sie noch genug Schmerz empfinden, um eine Schadensaufnahme zu machen: Ihr linker Fuß pochte heftig und wehrte sich gegen jeden Versuch, ihn zu bewegen. Vermutlich gebrochen. Ebenso wie die eine oder andere Rippe durch gezielte Faustschläge. Es fiel ihr schwer, so heftig zu atmen, wie sie es jetzt gern getan hätte. Der Mund als Luftquelle schied aus, über ihn war ein breiter Streifen Klebeband gelegt worden und so musste sie um jeden Atemzug durch die geschwollene Nase kämpfen. An ein Abtasten war mit den in Elast-O-Bond gefesselten Händen nicht zu denken. Das Gesicht fühlte sich ohnehin an, als stünde es geradewegs in Flammen, das rechte Auge begann, zuzuschwellen. Selbst als sie schon längst außer

Gefecht gesetzt worden war, hatte sie noch mehrere kräftige Fausthiebe einstecken müssen.

Deine erste Audienz beim Imperator beginnt schlecht, würde ich sagen.

Mit großer Anstrengung drehte sie den dröhnenden Kopf nach rechts, um das klarere linke Auge zu Hilfe zu nehmen. In der anderen Ecke der Sitzbank saß Imperator Claudanus III. Von ihm selbst war jedoch außer der weiß-goldenen Uniform wenig zu erkennen, über ihn gebeugt hing ein anderer Mann, um ihn vor Angriffen der vermeintlichen Attentäterin zu schützen. Rafale erkannte den Weißhaarigen mit dem kurzen Vollbart und der Marineuniform auf Anhieb: Grand-Amiral Maquevel war vermutlich zum ersten Mal seit Jahrzehnten persönlich in einen Nahkampf verwickelt. Der Stabschef der Raummarine, einer der wichtigsten Militärs Colerias, schützte den Imperator mit seinem Körper und beäugte Rafale mit einer kaum verborgenen Mischung aus Skepsis und Abscheu.

„Durchsuchen Sie sie nach Waffen", befahl er seinen Männern.

„Zu Befehl!", antworteten diese im Chor, als sei es vorher eingeübt worden. Vermutlich war es das auch.

Der Wächter ließ Rafales Schultern los und begann, deren Pilotenkombi grob zu durchsuchen. Jedes Zerren an einer Tasche, jedes Abklopfen ihres geschundenen Körpers ließ sie trotz der Beruhigungsmittel vor Schmerz aufstöhnen.

„Unbewaffnet, Ser", resümierte der Wächter, ohne die Attentäterin aus den Augen zu lassen.

„Was? Das kann nicht sein. Scannen Sie auf verborgene Sprengsätze im Körper, Anomalien, Chemikalien, machen Sie schon!"

„Jawohl, Ser", bestätigte der Wächter. Während sein Kamerad den Taser noch immer schussgierig an Rafales Haut presste, zückte er seinen Multiscanner und begann, die angewiesenen Scans durchzuführen. Gewissenhaft fuhr er mit den unbestechlichen Augen des Gerätes über Rafales Körper.

Rafale ließ es über sich ergehen, Gesten der Abwehr hätten vermutlich nur mehr Schläge provoziert und sehr viel Misshandlung hätte sie nicht mehr ertragen.

Wach bleiben, Mädchen. Du musst nur wach bleiben. Irgendwann werden sie dir schon zuhören, du musst nur bis dahin wach bleiben, sonst ist alles aus!

„Negativ, Ser. Keine implantierten Sprengsätze, keine Kampfstoffdepots. Virenanalyse läuft aber noch, bitte um Geduld, Ser", erklärte der Mann. „Ein künstliches Knie, Implantat am Oberschenkel, dazu synthetisches Unterhaut-Mischgewebe. Sieht aber mehr nach Wundversorgung aus. Und... nein, keine bekannten Viren gefunden, Ser! Aber sie hat... zum Frell?

„Was ist los, Soldat?", hakte Maquevel ungeduldig nach, noch immer schützend über den Imperator gebeugt.

„Ser, sie hat... einen militärischen ID-Chip in der Hand!"

„Eine von unseren Soldaten? Das ist doch völlig unmöglich!", rief Maquevel entrüstet aus und hob eine buschige, weiße Braue wie ein Fragezeichen.

„Doch, Ser, es stimmt! Rafale Ghauri Goeland, Astrogatorin im Rang eines Lieutenants 1. Ranges. Lehrgeschwader der 8. Imperialen Flotte an Bord der SMIA Gloire."

„Aguinots Verband", erklärte Maquevel nachdenklich, rückte dann vom Imperator ab. „Die sind seit Monaten im Banda-Sektor unterwegs, was macht dieser Soldat hier?"

„Fragen Sie sie doch, Maquevel, dafür haben Ihre Leute sie ja leben lassen", bemerkte der Imperator mit hörbar angestrengter Tonlage, während er sich seine Gala-Uniform zurechtrückte.

„Nehmt ihr das verdammte Klebeband ab!", befahl der

Großadmiral, während die Imperiale Familie mit schreckensbleichen Gesichtern durch die Trennscheibe hindurch zusah.

Die dortigen Wächter saßen erkennbar angespannt auf ihren Plätzen, aber ohne konkrete Anweisung oder eine vorher abgesprochene Situation wagten sie nicht, ihre eigenen Schützlinge alleinzulassen.

„Ser?", kam es unsicher von dem Wächter.

„Habe ich mich unklar ausgedrückt?", erwiderte Maquevel ungehalten. Unter dem lackschwarzen Schirm seiner Offiziersmütze blitzen zwei Augen hervor, die auch im hohen Alter nichts von ihrem energischen Ausdruck verloren hatten.

„N-Nein, Ser. Ja, Ser! Sehr wohl, Ser!", stammelte der Mann und zog Rafale vorsichtig das Klebeband vom Mund, ein Vorgang, der in dieser Richtung sicherlich einmalig in seiner bisherigen Laufbahn war. Bislang wurden sämtliche so geknebelten Verdächtigen dem Geheimdienst übergeben, um dann nie wieder aufzutauchen. Ein Instinkt riet ihm, jetzt sehr vorsichtig mit der Gefangenen umzugehen, man wusste ja nie.

Kaum, dass das schmierige, dicke Klebeband ihre geschundenen Lippen verlassen hatte, zog Rafale die Luft tief in ihre unterversorgten Lungen ein, als sei sie süchtig. Auf den ersten Atemzug folgten weitere, bis ihr Verstand wieder klar zu arbeiten begonnen hatte. Ungeachtet des Tasers an ihrer Halsbeuge rief sie laut los.

„Majestät! Ich bin keine Attentäterin, ich bin hier, um Euch zu warnen! Eine großangelegte Verschwörung namens Colerianischer Herbst ist im Begriff, die Verhandlungen -"

Weiter kam sie nicht.

„RUHE!", rief der Imperator, die rechte Hand erhoben wie ein Halteschild.

Seine Stimme, laut und scharf wie ein Gewitterknall, schien in der Lage, alles Leben um sich herum einzufrieren.

Grand-Amiral Maquevel, Rafale und die beiden Wachen tauschten reihum ratlose Blicke, als sei ihnen die Fähigkeit zur eigenen Äußerung entzogen worden. Das Geschrei der aufgebrachten Menschenmenge drang nur wie gedämpftes Gemurmel in den Staatsgleiter hinein, die Schilde schluckten einiges von der Aufregung in der Außenwelt. Rafale wagte kaum, den Imperator anzusehen. Es war mehr als nur die Tatsache, dass er ganz Coleria war. Dass er die führende Kraft hinter allen Bewegungen dieser riesigen Maschine war, die sich Imperium nannte. Nein, es war auch seine Persönlichkeit selbst, die Ehrfurcht gebot. Bekam man sie, indem man Imperator wurde? Oder wurde man Imperator, weil man eine solche Persönlichkeit besaß? Es gab in der Geschichte Colerias mehr als eine Herrscherdynastie, in der Erbfolgen umgekrempelt worden waren, weil sich ein Familienmitglied als besonders durchsetzungsfähig erwiesen hatte. Worin sich diese Fähigkeit im Einzelnen ausdrückte, wurde von den Geschichtsbüchern natürlich stets glorreich verschwiegen. Kurz drifteten ihre Gedanken zurück in der Zeit, zu ihrem alten Widersacher McBraene, bei dem sie sich ganz ähnliche Fragen nach Ursache und Wirkung gestellt hatte. Auch heute würde es keine Antwort geben. Sie begnügte sich also mit einem verstohlenen Blick auf diesen Mann, der alle Fäden in der Hand hielt. Oder der das zumindest dachte, immerhin hatte sie ja Nachrichten, die daran Zweifel aufkommen ließen. Immer, wenn ihr Blick Claudanus III. streifte, wurde ihr klar, dass er nur sie allein ansah. Was war da los? Unbehaglich fühlte sie den zentnerschweren Blick der klaren, grauen Augen auf sich. Sein Gesicht verriet rein gar nichts außer unerschöpflichem Ernst. Alles an ihm schien ernst. Unter der berühmten Imperialen Krone ragten halblange, schwarze Haare hervor und rahmten ein nicht nur ernstes, sondern auch irgendwie kühnes Gesicht mit kantigen Zügen, einer markanten Nase und schmalen Lippen ein. Er wirkte viel wilder und unbändiger als auf den zahlreichen öffentlichen Darstellungen. Nichts an ihm erinnerte an den gutmütigen Herrscher, dem alles leicht wie eine Feder zufiel. Wie ein Raubvogel sah er sie an.

„Alle raus hier bis auf diese Frau. Wir wollen mit ihr persönlich reden", ordnete er an, so klar und markant wie seine Gesichtszüge.

„Eure Hoheit?", fragte Maquevel erstaunt nach, in dem unsicheren Versuch, Zweifel an der Anordnung des Imperators zu formulieren.

„Haben wir uns denn nicht klar genug ausgedrückt?"

„Doch, doch, natürlich, Eure Majestät! Natürlich habt Ihr das! Ich verstehe nur nicht, warum Ihr mit einer Attentäterin allein sein wollt?"

„Maquevel", begann Claudanus erneut, Gewicht in der Stimme wie ein landender Schlachtkreuzer. „Haben Sie denn schon einmal eine unbewaffnete Attentäterin gesehen? Raus mit Ihnen und nehmen Sie Ihre Leute mit. Und zwar schnell, bevor wir die Geduld verlieren!"

Zögernd erhob sich Maquevel und öffnete die Seitentür. Er stieg aus, ohne einen weiteren Kommentar außer einem vorwurfsvollen Blick. Mit stummer Geste zog er die beiden Leibgardisten mit sich. Auch diese beiden Soldaten wirkten irgendwie enttäuscht über den Ausgang ihrer Rettungsaktion zum Wohl des Imperiums.

„Pierre, fahren Sie das Verdeck aus und bleiben Sie bis auf Weiteres gestoppt stehen", wies Claudanus den Fahrer über das Interkom an.

Der Imperialen Familie inklusive der Première Dame winkte er kurz zu, was mit einem höfischen Nicken quittiert wurde.

„Maquevel?", rief er seinem Stabschef durch die geöffnete Tür zu. „Niemand nähert sich diesem Fahrzeug, bis wir den Befehl dazu geben, verstanden? Wir machen Sie persönlich dafür verantwortlich, wenn unserem Befehl nicht Folge geleistet wird. Haben wir uns klar genug ausgedrückt?"

„Natürlich, Eure Majestät, natürlich habt Ihr Euch klar ausgedrückt, wie immer! Ich werde hier draußen stehen bleiben und mit dem Volk warten, bis Ihr mit dieser... Nicht-Attentäterin gesprochen habt", fasste der Grand-Amiral seine Aufgabe nicht ohne ironischen Unterton zusammen.

„Sehr gut, Maquevel. Ach, und stellen Sie uns eine Leitung mit Amiral Aguinot von der 8. Flotte auf unserem Kom her, Verschlüsselungsstufe Gold Plus!"

„Sehr wohl, Eure Majestät, sehr wohl, ich kümmere mich sofort -", hörte man Maquevel noch ehrerbietig sagen, dann schloss sich das Verdeck des Gleiters über den beiden und die Tür wurde zugezogen.

Automatisch übernahmen Luxelemente die Ausleuchtung, sie gaben Claudanus' kantigem Gesicht noch schroffere Züge und erinnerten an eine Felsformation. Ebenso stumm sah er nun Rafale an.

Blatt 118: Claudanus III.

„Sind Sie verrückt, diesen Namen einfach so auszusprechen, Lieutenant?", herrschte er Rafale überraschend an.

Sein Gesicht wirkte trotz des emotionalen Tonfalls beherrscht, aber die schmalen Lippen waren danach so fest zusammengepresst, dass sie fast blutleer wirkten. Rafale war überrumpelt. Nicht nur, dass die Aura des Imperators fast erdrückend auf sie wirkte, es hatte auch den Anschein, als hätte sie etwas falsch gemacht. Aber warum? Woher kannte er den Colerianischen Herbst? Und warum durfte man dann nicht darüber reden?

„Majestät... ich verstehe nicht?", hakte sie nach. Mochte es auch so wirken, es war jedoch kein Versuch, Zeit zu schinden: Es gab keine Zeit mehr zum Schinden.

Claudanus III. machte ein tief enttäuschtes Gesicht, als hätte sie soeben etwas sehr Dummes gesagt. Es nahm den Ausdruck einer klaffenden Felsspalte an.

„Soldat. Meinen Sie, es macht Sinn, uns vor einer alles durchdringenden Verschwörung retten zu wollen, indem Sie deren Namen herausposaunen wie eine Fischverkäuferin auf dem Markt zu Tynera? *Majestät, Ihr seid von Feinden umgeben!*", äffte er sie nach.

Sie fühlte sich gekränkt. Vielleicht wäre es klüger gewesen, es sich nicht anmerken zu lassen, aber die Enttäuschung wuchs zu übermächtigen Dimensionen an und ihr Schmollmund war deren Aushängeschild. Mangels Bewegungsfreiheit konnte sie nicht die Arme vor der Brust verschränken, stattdessen zog sie einfach die gefesselten Hände empor bis an die Brust.

„Majestät! Ich bin seit Monaten auf der Flucht vor diesen Leuten, weil ich deren Netzwerk Stück für Stück aufzudecken gedenke. Ich habe zahlreiche Anschläge überlebt, mein Leben und das meiner Freunde riskiert und manches davon verloren, nur um Euch zu warnen. Und jetzt macht Ihr Euch darüber lustig?"

Er sah sie nur an mit seinem Felsengesicht. Mochte er auch nur wenige Jahre älter sein als Rafale, so wirkte er in diesen Momenten alt wie ein Stein. Ein harter Blick traf sie.

„Wir machen uns nicht über Sie lustig, Lieutenant. Wir wollen Sie schützen."

„Mich schützen? Ich... verstehe nicht", leierte sie perplex, nicht bemerkend, dass ihr Mund offen stand.

„Was denken Sie, wird jemand tun, der dem Colerianischen Herbst dient, wenn er diesen Namen von Ihnen hört? Von einer wehrlosen Attentäterin, die zu töten eine Ehrensache wäre? Was denken Sie, wozu dieses Verdeck da ist? Da draußen sind Dutzende von Scharfschützen. Solange die uns beide deutlich auseinanderhalten können, wird jeder Verräter unter ihnen schießen und dafür noch einen Orden von uns beanspruchen können."

„Ihr könnt hier wirklich niemandem vertrauen?"

„Wir können nicht einmal uns selbst vertrauen, Soldat. Das ist das Leben eines Führers."

„Ein trauriges Leben", stellte sie ernüchtert fest.

Claudanus widersprach nicht.

Eine gedankenschwere Pause trat ein. Die Blicke von Imperator und Offizier trafen sich und ließen einander nicht los. Dann klingelte ein Kommunikator. Rafale wusste nicht so recht, was sie erwartet hatte, aber alles klang so enttäuschend normal. Es klingelte und der Mann ging ran, wie es ein Service-Techniker für Küchengeräte tun würde. Was hatte sie erwartet?

„Hallo?", sagte er in überraschend neutralem Tonfall. „Aguinot? Wo stecken Sie? Erstaunlicher Empfang, wir sind beeindruckt. Hat Maquevel Ihnen erzählt, worum es geht? Ja... ja, ich verstehe. Nein... erzählen Sie nur, wir sind ganz Ohr. Natürlich bleibt es unter uns!"

Rafale versank in Schweigen. Es wirkte alles so bizarr. Der Admiral war das Bindeglied ihrer beiden Welten, er machte ihr erst so richtig deutlich, wo sie war und mit wem. *Vieux Charles*, wie ihn Offiziere und Mannschaften hinter vorgehaltener Hand nannten, war weder gutmütiger Vater noch Kumpel, aber ein fairer und verlässlicher Mann. Jemand, der sich aus der Distanz um seine Leute kümmerte und über den man froh war, ihn in ernsten Lagen als Kommandanten zu haben. Und gerade jetzt sprach ihr ehemaliger Vorgesetzter am Kommunikator und war seinerseits nur ein winziger, unbedeutender Angestellter. Gleichzeitig waren die pulsierenden Massen, die Augen von Milliarden TV-Zuschauern und eine Armee nur wenige Dutzend Meter entfernt von ihr, auf der anderen Seite der abgedunkelten Scheiben. Ganz Coleria.

Du hast das mit Ubashs Auserwählter auf die leichte Schulter genommen, Mädchen! Das hast du jetzt davon!

Das Herz hämmerte wie wild in ihrer Brust, als wollte es hinaus. Ihr wurde schwindlig und sie begann, sich nach dem Geschützdonner von Banda III zurückzusehnen. Gerade hatte sie das Gefühl, auf einem Berggipfel zu stehen. Froh, dort angekommen zu sein, aber zugleich wissend, dass man dort eigentlich nichts verloren hatte.

„Nein... selbstverständlich. Ja, darum werden wir uns kümmern. Sie haben dem Imperium einen großen Dienst erwiesen, Amiral. Heil Coleria!"

Claudanus legte den Kommunikator beiseite. Erneut trafen sich die Blicke von Fels und Smaragd.

Und jetzt?

„Aguinot hat uns von Ihnen erzählt. Von Ihrem letzten Einsatz. Und von dem, was danach kam, soweit er davon Kenntnis hat."

Ja, gut. Und jetzt?

„Er hat sich für Sie verbürgt, Lieutenant. Er hat uns versichert, dass Sie ein pflichtbewusster, loyaler und ehrenhafter Soldat sind. Und das, obwohl er über die Zeit nach Ihrer Suspendierung keinerlei verlässliche Informationen besitzt. Ihnen ist hoffentlich klar, welches Vertrauen er in Sie setzt, ja?"

Verantwortung war die große Schwester des Vertrauens und Rafale begann, deren Last erneut auf ihren Schultern zu spüren, als wäre es eine mächtige Hand. „Ja, Euer Majestät."

„Dann berichten Sie. Wir hören Ihnen zu."

„Diese Verschwörergruppe plant, die Herrschaft über das Imperium an sich zu reißen, indem sie den Kartellweltenkrieg eskaliert, Eure Majestät! Sie haben ihre Leute überall! In der Verwaltung, aber auch in den Streitkräften! Auf Banda III haben sie einen Zwischenfall inszeniert, der so aussehen sollte, als hätten die Sots eine unserer zivilen Siedlungen überfallen, aber in Wirklichkeit waren es gut ausgerüstete Leute des Colerianischen Herbstes! Das vermeintliche Kriegsverbrechen sollte unsere Streitkräfte dazu provozieren, ihrerseits alle Konventionen zu missachten und damit den Krieg weiter zu entfachen. Majestät, diese Leute wollen den totalen Krieg! Es wird erst ein Ende haben, wenn der Rest der Galaxis unterworfen oder vernichtet ist! Und danach wollen sie das Imperium ins Wanken bringen und selbst kontrollieren!"

Rafale hielt inne. Der Imperator schien zwar zuzuhören, wie versprochen, aber der Ausdruck in seinem Gesicht gefiel ihr nicht. Ganz und gar nicht. So konnte sie nicht weitersprechen, die Stimmung im Raum war gerade unerträglich. Sie entschied sich für eine Pause, um ihn zu einer Antwort zu provozieren.

„Wir wissen das", sagte Claudanus schließlich, so beiläufig, als hätte er ihr gerade erklärt, dass Schokolade seine liebste Eissorte sei.

„Wie bitte?"

„Haben wir uns undeutlich ausgedrückt?"

Es schien eine seiner Lieblingsfloskeln zu sein, vielleicht genährt durch die tägliche Erfahrung.

„N-Nein", stammelte sie. „A-Aber... das könnt Ihr doch gar nicht wissen! Also... natürlich könntet Ihr das erfahren haben, aber dann hättet Ihr doch schon längst selbst eingegriffen?"

Etwas stimmte wirklich nicht. Mit Grauen erwartete sie die nächsten Sekunden. So musste sich jemand fühlen, der gerade aus einem hohen Fenster stürzte und dem Boden entgegensah.

„Hätten wir? Haben wir aber nicht", sagte er lakonisch.

„Aber... aber..."

Die Welt um Rafale herum begann, sich noch schneller zu drehen. Alles, alles, woran sie geglaubt hatte, wurde von dem Strudel mitgerissen, bis es nur noch ein verschwommener Farbstreifen war. Dabei hatte bis eben noch alles so gut, so klar ausgesehen!

„Was aber, Soldat? Ja, wir wissen davon. Und wir haben diese Leute gewähren lassen, weil wir es für richtig hielten", war die ebenso simple wie erschütternde Antwort.

Es schien ihn keineswegs zu bedrücken. Falls ein Imperator überhaupt Scham oder Schuldgefühle kannte, zeigte er sie jedenfalls nicht.

„Majestät! Das ist ernüchternd! Ihr lasst diese Verräter die Galaxis in Brand stecken und heißt das gut? Dann seid Ihr ja nicht besser als diese Leute!", rief sie entrüstet aus.

Im nächsten Moment fuhr sie zusammen. War sie zu weit gegangen? Da draußen war der Herbst, der ihren Tod wollte. Und Millionen, die es ebenfalls nicht bedauern würden. Und ihr gegenüber saß der mächtigste Mann der Galaxis, allein dafür verantwortlich, dass sie noch am Leben war. Hätte sie sich diplomatischer ausdrücken sollen? Nein. Je länger sie überlegte, desto gleichgültiger war ihr die Angst um das eigene Leben. Selbst die restliche Galaxis konnte ihr in diesem verdorbenen Spiel mal den Buckel herunterrutschen! All dieses Leiden nur für ein abgekartetes Spiel? Dann wollte sie doch wenigstens ihren Zorn ausgespien haben, bevor man sie für immer ruhig stellte.

Verschissene Galaxis, zum Rodder mit dir!

„Vielleicht sind wir wirklich nicht besser, das mag sein. Aber Sie geraten ja in Zorn, Soldat. Das zeigt uns, dass Aguinot nicht Unrecht hatte", erwiderte der Imperator mit Schwere in der Stimme. „Zorn ist ein ehrlicher Geselle, hat mein Großvater immer gesagt."

„Aber warum? Ihr habt alle Macht in euren Händen und lasst diese Leute gewähren, obwohl sie Euch, Eurem Volk und der Galaxis schaden? Sagt es mir, warum!"

„Sie werden es nicht verstehen", winkte der Imperator ab, als sei die Sache damit erledigt. Sie war es nicht.

„So einfach kommt Ihr mir nicht davon, Majestät! Ihr werdet es mir erklären, oder -"

„Oder was?", herrschte er sie plötzlich an. In seinem undeutbaren Gesicht spielten dennoch weder Zorn noch Amüsement.

„Oder Ihr habt die letzte aufrichtige Seele Colerias enttäuscht und Aguinot hat sich ganz umsonst eingesetzt."

Der Imperator atmete tief durch, sein Gesicht wirkte plötzlich um Jahre älter.

„Also gut. Hören Sie mir aufmerksam zu, Soldat. Wir werden diese Worte nicht wiederholen."

„Ich habe gerade nichts Besseres zu tun, bin also ganz Ohr."

„Kennen Sie den Unterschied von Gewalt und Macht? Nein, vermuten wir. Wir wollen es Ihnen erklären, es ist ein Rat meines Großvaters. Die Galaxis ist voll von Gewalten, die gerne Mächte wären. Macht ist aber mehr als das, ein abstraktes Ding, erbaut aus Gewalt und einem Werkzeug. Ohne dieses Werkzeug bleibt die Gewalt nur eine Gewalt, mehr nicht. Verhindere, dass andere Gewalten Werkzeuge benutzen und die alleinige Macht ist dein."

„Der Krieg ist dann das Werkzeug des Colerianischen Herbstes auf seinem Weg, eine Macht zu werden?"

„Ganz Recht. Sie haben nur dieses eine Werkzeug und sie nutzen es deswegen umso intensiver."

„Und was ist Euer Werkzeug, Majestät?"

„Ebenfalls der Krieg, Soldat. Aber in einer umfassenderen, maßvollen Form. Macht muss einem höheren Ziel dienen, sonst bleibt sie trotz des Werkzeugs keine dauerhafte Macht. Mein höheres Ziel ist dieses Imperium, seine Geltung und sein Fortbestand. Die galaktische Ordnung, während der Herbst sich zum Selbstzweck erhoben hat."

„Und das ist dann besser? Majestät, Euer höheres Ziel ist ein Luftschloss, wenn Ihr und der Herbst sich beide desselben Werkzeugs bedienen! Diese Leute missbrauchen es."

„Soldat, sagt mir: Wenn zwei Hände an einem Hammerstiel sind, welche führt ihn dann deutlicher? Die, die näher am Kopf ist oder die, die den längeren Griff hat?"

„Die am längeren Hebel, Majestät."

„Sehen Sie? Genau das ist unsere Art, das Werkzeug zu führen. Diese Leute glauben, den Hammerkopf zu beherrschen und doch ist es unsere Hand, die ihn lenkt. Wir lassen nur immer ein wenig Luft, damit es nicht auffällt. Es wird sie müde machen."

„Das heißt... Ihr habt eine zweite Macht entdeckt, die Euch Euer Werkzeug streitig macht und alles, was Euch einfällt ist, das Werkzeug noch fester zu führen als die anderen? Während der Hammer bei dem wilden Gerangel Amok läuft und alles zerschlägt? Das ist Eure ganze Weisheit und Staatskunst? Ihr tragt doch die Krone des Imperiums! Majestät, ich bin enttäuscht von Euch!"

Trotzig warf Rafale sich in die Sitzpolster. Sie hatte plötzlich keine Lust mehr, diesen Mann noch länger direkt anzusehen. Kurz blickte sie durch die Frontscheibe des Abteils auf die stumm zusehende Imperiale Familie. Doch deren Gesichter drückten ebenfalls wenig Anteilnahme aus. Rafale zweifelte, dass es an der akustischen Isolation allein lag. Der Imperator hingegen sah unentwegt sie an, sie konnte den schweren Blick auf sich fühlen. Ihr Unmut siegte über den Zwang, aus dem Augenwinkel nach ihm zu sehen. Verärgert krümmte sie sich stattdessen leicht zusammen und betrachtete ihre geschundenen Knie, als wären sie eine Alternative zur missliebigen Staatskunst. Mit Missfallen stellte sie fest, dass ihr die körperlichen Schmerzen weit lieber gewesen wären als diese Enttäuschung. Gegen abartige Machtspiele gab es keine Medikamente. Plötzlich erregte eine dezente Bewegung ihre Aufmerksamkeit und sie musste doch zum Imperator sehen. Dieser war gerade aus seiner Position hochgekommen, ganz stehen konnte er in dem verdeckten Abteil nicht. Er rutschte näher zur ihr herüber und sie sah wieder weg. Dann fühlte sie etwas Kühles, Schweres auf ihrem Kopf und sie ahnte, was er getan hatte.

„Enttäuscht sind Sie, Lieutenant, ja? Enttäuscht, weil wir

Ihnen nicht weise genug regieren, wo wir doch die Sternenkrone tragen! Da bitte, jetzt haben Sie sie auf! Und? Fühlen Sie sich jetzt schon schlauer?"

Sie blickte nach oben. Ganz am oberen Rand ihres Gesichtsfeldes schimmerte das polierte Metall der tausendjährigen Krone, dem Machtsymbol unzähliger Herrscher von Coleria!

„Majestät!", protestierte sie.

„Sind wir gerade nicht mehr. Sie tragen jetzt die Sternenkrone, also sind Sie jetzt die Imperatorin! Wenn diese Krone einen doch so viel weiser macht in der Staatskunst, dann können Sie uns jetzt sicher einen besseren Rat geben, nicht wahr?"

Claudanus klang zunehmend aufgebrachter, sie hatte mit ihrem Vorwurf zweifellos einen unerwarteten Volltreffer gelandet. Auch der Imperator hatte Schwachpunkte. Vielleicht war das die ganze Zeit ihr Denkfehler gewesen, sie hatte sich die ganze Szene viel zu leicht und offensichtlich vorgestellt. Als Kind hatte sie ihren Vater oft für seine defensive Fahrweise mit dem Familiengleiter kritisiert, in den Augen eines feurigen Kindes gab es nichts zu bedenken, warum also diese Trödelei? Bis Artouste sie eines Tages von einem Konzert der Hauling Thrones heimgefahren hatte und ihm der Kragen geplatzt war. Niemals hatte sie die Szene vergessen, als er den Gleiter mitten im tobenden Verkehr einer nicht automatisierten Ausfallstraße abgestellt und sie zum Fahrerwechsel aufgefordert hatte.

Wenn du es so viel besser kannst, Rafja, dann fahr du doch mal!

Sie hatte ihre Gurte noch nicht richtig eingestellt, als das Gehupe und Geschimpfe der anderen Gleiterfahrer über sie hereinbrach. Als sie den Schubhebel der Turbine ergriffen hatte, zitterte ihre Hand und sie konnte nicht mehr. Tränenüberströmt und stumm war sie ausgestiegen, hatte sich auf die hintere Sitzbank verkrochen und ihre Synthskinjacke über den Kopf gezogen. So hatte sie auch die folgende Nacht in der Garage verbracht, weil sie sich auszusteigen geweigert hatte.

„Nein, Majestät. Das kann ich nicht."

„Verstehen Sie jetzt, Lieutenant?"

Statt einer Antwort neigte sie sich zur Seite, bis ihr die Sternenkrone vom Haupt rutschte und zwischen ihnen auf das Polster fiel. Beide sahen sie an wie ein unbeliebtes Blatt beim Kartenspiel, das keiner aufzunehmen wagte.

„Ich weiß, was Sie sagen wollen", setzte er nun mit versöhnlicherem Tonfall nach. „Das Volk ist kriegsmüde. Der Krieg frisst alles auf. Wir werden immer abhängiger vom Militär, vom Geheimdienst gar nicht zu reden. Wir haben viel Erfahrung, glauben Sie uns das, Soldat. Wir tragen die Weisheiten von Generationen über Generationen von Imperatoren mit uns. Aber das macht uns nicht allwissend, ebenso wenig die Sternenkrone auf unserem Kopf. Je weiter oben man herrscht, desto weniger eindeutig ist alles und oft bleibt uns nur, die am wenigsten falsche Entscheidung zu treffen. Sie haben die Sternenkrone getragen, vielleicht wissen Sie jetzt, was wir meinen."

Sacht, fast wie am ganzen Leib aus festem Gummi, nickte sie. Der Imperator mochte ein Fels sein, aber ein einsamer Fels.

„Majestät, habt Ihr schon einmal aufrichtig geliebt?"

Claudanus sah sie überrascht an. Dann blickte er wieder geradeaus, durch die gläserne Trennscheibe, hinüber zur Imperialen Familie, von wo ihn die Première Dame, zwei Kinder - vielleicht seine - und einige andere offiziell enge Verwandte ansahen. Sie meinte, für einen kurzen Moment etwas Flehendes in seinem Blick bemerkt zu haben, in den Augen der Imperialen Familie jedoch durchgehend Verständnislosigkeit, ja noble Kühle. Als sie wieder zu ihm sah, war der seltsam melancholische Ausdruck verschwunden.

„Nein, Lieutenant."

„Majestät, wenn ich eine eigene Krone besäße, würde ich sie jetzt Euch aufsetzen. Habe ich aber nicht. Aber vielleicht stellt Ihr es Euch ja einfach mal vor. Euch fehlt es nicht an Weisheit, sondern vielleicht nur an Fantasie."

Claudanus nickte. „Einverstanden. Erzählen Sie uns Ihre Idee."

„Wisst Ihr...", begann sie. „Ich war die meiste Zeit meines Lebens auch einsam. Wenn ich dann endlich mal jemanden gefunden hatte, dann konnte ich - zum Rodder! - sicher sein, dass mir eine andere Frau den Fang streitig machen wollte."

„Sie haben dann überlegt, wie Sie trotzdem Erfolg haben können, nicht wahr?"

„Genau das, Majestät. Und ich habe gelernt, dass es immer jemanden gibt, der besser ist als man selbst. Attraktiver. Charmanter. Gebildeter. Wenn man auf einem Gebiet ausgestochen wird, dann darf man nicht verbissener kämpfen, sondern muss auf ein anderes Gebiet ausweichen. Eines, wo einem die Konkurrentin nicht das Wasser reichen kann. Gut... ich war da vielleicht nicht so erfolgreich, aber die Theorie habe ich zumindest verstanden."

„Wir brauchen also ein anderes Werkzeug. Eines, auf das sich der Colerianische Herbst nicht versteht. Zu welchem raten Sie uns?"

„Frieden", sagte sie knapp.

Der Imperator schwieg. Sie wusste, dass sie ins Schwarze getroffen hatte. Und dass sie als Soldat das Unmögliche ausgesprochen hatte. Es kam ihr nicht mehr darauf an, dass es

Hochverrat war, das Maß war ohnehin voll und sie war die ständige Zurückhaltung leid. Wichtiger war es, diesen Mann aus seinem selbstgebauten Käfig zu befreien, ihn dazu zu bewegen, die künstliche Naturgewalt Krieg zu beenden.

„Das können wir nicht", entgegnete der Imperator.

„Warum nicht?", fragte der Offizier.

„Weil wir nicht beenden können, was wir nicht begonnen haben und nicht allein führen. Das lehrt uns die Geschichte."

„Die Geschichte lehrt uns vor allem eins: Dass die Geschichte uns nichts lehrt, Majestät! Oder das wievielte Zeitalter Colerias haben wir gerade?"

„Die beiden letzten Zeitalter wurden aber durch Bürgerkriege beendet, nicht durch Krieg gegen andere Mächte."

„Und Ihr glaubt, das wird jetzt nicht auch passieren? Wenn Ihr da vorne durch das Tor fahrt und die Verhandlungen beginnen, dann wird bald ein neuer Bürgerkrieg ausbrechen! Die Sots werden Euch bloßstellen und ihr werdet die Kontrolle verlieren! Es werden wieder Colerianer auf Colerianer schießen. Und dann werden sich die Kolonieweltler erheben und mit denen aufräumen, die noch übrig sind. Und sollte es danach noch Colerianer geben, werden die Sots den Rest vernichten! Majestät, ihr müsst den Frieden suchen, sonst wird alles untergehen!"

„Das ist Unsinn, Soldat! Das ist nur eine Waffenstillstandsverhandlung von vielen. Warum sollten die Sots uns bloßstellen können?"

„Weil sie wissen, was hinter dem Banda-Zwischenfall steckt!"

„Was? Von wem sollten sie das denn wissen?"

„Von mir."

Claudanus III., der Imperator des colerianischen Reiches, erstarrte. Seine steingrauen Augen waren unbewegt auf Rafale

Goeland gerichtet, als wären sie in den Augenhöhlen eingeklebt. Sie hielt dagegen, beide waren ganz Coleria. Die Zeit stand still.

„Sie sind eine Verräterin, Soldat", kam es von irgendwo aus den Tiefen der erstarrten Figur, als hätte er zu bauchreden begonnen.

„Nein, das bin ich nicht, Majestät. Ich habe dem Krieg den Krieg erklärt und das ist meine Waffe."

„Sie sind eine größere Gefahr für das colerianische Volk als die Verschwörer, Soldat. Sie sind im Begriff, alles in ein Chaos zu stürzen."

„Auch das ist nicht wahr, Majestät. Der Colerianische Herbst wird genau das Gleiche tun, nur zu einem späteren Zeitpunkt. Er hätte gewartet, bis wir die Sots militärisch dezimiert haben, damit diese später keine Gefahr mehr darstellen. Und dann, irgendwann bei einer der nächsten Verhandlungen würden sie diese Karte für sich ausspielen. Den Bürgerkrieg auslösen, Euch stürzen und aus dem Chaos heraus als neue Macht aufsteigen. Versteht Ihr? Ich habe ihnen diese Karte nur weggenommen, um sie für meine Zwecke zu nutzen, um den Krieg zu beenden! Majestät, ich riskiere nur die Einsätze, die ohnehin auf dem Spiel stehen, dann aber wenigstens für eine bessere Zukunft. Ich bin nur ein weiteres Werkzeug und Ihr habt es in der Hand, es für diese bessere Zukunft einzusetzen. Führt weiter Krieg und alles wird untergehen. Schließt Frieden und der Colerianische Herbst hat sein Ziel verfehlt!"

Der Imperator saß noch immer unbewegt da. Zögerlich beugte sich Rafale zur Seite und nahm mit ihren gefesselten Händen die Sternenkrone auf und legte sie ihm auf den Schoß. Er ließ sie machen.

„Haben Sie denn schon einmal aufrichtig geliebt, Soldat?", fragte er plötzlich und setzte sich die tausendjährige Krone wieder auf.

„Ich habe es oft gedacht, manchmal auch getan. Und tue es gerade wieder, Majestät. Wir alle leben von Hoffnung.

Hoffnung ist ein fernes Licht
blinkt auf und erlischt
erreichst es nicht
kalt ist die Nacht, dunkel und frei
und bist du allein
so wünsch dir einen Stern herbei
lass dich leiten, verzage nicht
Hoffnung ist ein fernes Licht"

„Das kennen wir, Soldat. Es kommt uns vor, als sei es hunderte von Jahren her, aber wir haben diesen Vers schon einmal gehört."

„Ich habe ihn in der Schule gelernt. Als ich noch nicht wusste, dass alle Wesen durch ihre Hoffnungen leben und vereint sind. Als ich es dann begriffen hatte, brachte man uns bei, dass wir uns von diesen anderen Wesen zu unterscheiden haben. Dass wir Hoffnungen zerstören müssen, um unsere eigenen zu erhalten. Aber der Krieg ist nicht die Brechstange des Lebens, Majestät. Eine Hoffnung, die nur wahr wird, wenn man andere Hoffnungen zerstört, ist ein Betrug. Etwas, das sich irgendwann gegen uns richten wird! Lasst uns gemeinsam dem Krieg den Krieg erklären und ein viertes Zeitalter beginnen!"

Der Imperator sah sie nicht an, als er seine Krone in der Spiegelung der Trennscheibe zurechtrückte, aber um seinen schmalen Mund herum wuchs ganz deutlich ein Lächeln. Die Imperiale Familie auf der anderen Seite der gläsernen Grenze wirkte verstört, fast pikiert. Schließlich beugte er sich zur Sprechanlage vor und drückte einen Knopf.

„Fahrer? Wir kehren zurück zum Palast. Sagen Sie Maquevel, wir haben einen unerwarteten Staatsgast."

Blatt 119: Das Vierte Zeitalter Colerias

Ein völlig entgeisterter Pad Progana sah in die Hauptkamera des CNL-Übertragungsgleiters. Die gewohnte Gute-Laune-Miene war einem ratlosen und gehetzten Ausdruck gewichen und über den sonst so begeistert funkelnden Augen zogen sich Augenbrauen wie finstere Gewitterwolken. Der leitende Bildingenieur meinte gar - etwas prosaisch - Progana mache ein Gesicht wie ein einstürzendes Gebäude. Etwas Unvorhergesehenes war geschehen und - noch weit schlimmer für CNL - es war nicht dokumentierbar. Seit genau 27 Minuten war jetzt das Verdeck des großen, schwarzen Staatsgleiters geschlossen, nachdem, so wird vermutet, etwas oder jemand eingedrungen war. Bereits jetzt liefen auf den parallelen Kanälen von CNL hitzige Interviews mit angeblichen Sicherheitsexperten, die sich gegenseitig die Schuld an diesem Vorfall gaben und einander Unfähigkeit vorwarfen. Selbst ein Intelli-Bot war Interviewgast auf CNL3, aber die wenigsten Zuschauer konnten mit dessen koaxialer Integralanalyse irgendetwas anfangen, wenn sie nicht gerade abgewandte Physik oder Ultramathematik studiert hatten. Oder selbst ein Intelli-Bot waren. Am unteren Bildrand lief im Eiltempo ein Schriftzug in der colerianischen Hochsprache *Keine Panik - Ruhe bewahren - Heil dem Imperator!* und drohte dabei fast, sich selbst zu überholen. Derweil übte sich die Medienwelt in dem, was ihr am allermeisten fehlte: Geduld.

„Liebe Zuschauer, es spielen sich schier unglaubliche Szenen ab! Neben dem Staatsgleiter sehen wir Grand-Amiral Maquevel auf- und ablaufen, wild gestikulierend. Man habe die Lage im Griff, so wird mir wieder und wieder vom

MfpM-Sprecher versichert. Immer wieder geht der Großadmiral zu den Seitenfenstern der Imperialen Familie, um sich von dort Informationen oder Anweisungen zu holen. Es scheint eine Art Stille-Post-Spiel zu sein, liebe Zuschauer, nur der Ernst der Lage ist natürlich dennoch gegeben. Maquevel und seine Leute bemühen sich ihrerseits, weitere Sicherheitskräfte von dem Gleiter fernzuhalten, es scheint eine Art Sicherheitszone vom Imperator angeordnet worden zu sein. Die Sicherheitskräfte ihrerseits werden von den Zuschauermassen bedrängt, die zumindest teilweise versuchen, die Absperrungen zu durchbrechen, um dem Imperator Hilfe zu leisten. Wir sehen tumultartige Szenen, bisweilen auch Handgemenge, von deren Übertragung uns aber das MfpM Abstand zu nehmen gebeten hat, bis sich die Lage klärt. Der Himmel über uns hat sich verändert, die zahlreichen Pressegleiter sind verschwunden, regelrecht vertrieben durch Gleiter und Drohnen des Geheimdienstes, der CPU und der Omnisec. Einige von ihnen sind bereits miteinander kollidiert und abgestürzt, was zu Verstimmungen unter den Kommandanturen der Sicherheitskräfte geführt hat. Uns selbst wurde deshalb auch aus Sicherheitsgründen untersagt, auf Flughöhe zu gehen, angeblich sind sogar alle automatisierten Gleitersysteme in L'Étoile abgeschaltet worden. Coleria, was geschieht hier nur gerade? Wir wissen es nicht, aber die Bilder erinnern schon sehr an die Machtübernahme des Oberhakishs Omar von Sunetin V."

„Regie hier. Pad, das ist Coleria Prime und nicht Sunetin V. Hier leben Colerianer und keine Kolonieweltler."

„DAS WEIß ICH SELBST!", schnauzte Progana in die unbestimmte Ferne der Mikrofonwelt. „Irgendwer muss den Leuten da draußen wenigstens ansatzweise erklären, was hier passiert. Macht es doch selbst, wenn ihr das besser könnt!"

Für eine Weile setzte der Ton der Übertragung aus, die Kamera wurde abgeschaltet und man zeigte jetzt stattdessen das Häusermeer von L'Étoile entlang der Paradestrecke. Deutlich sichtbar war eine Rauchsäule über einem Haus in der Nähe, wo es vermutlich brannte. Ob es ein Anschlag war, ein simples Unglück oder Begleiterscheinungen einer Panik, war ohne Kommentare oder Lauftexte nicht erkennbar. Immer wenn die Kamera eine Militärdrohne oder einen der zahlreichen wartenden Scharfschützen - wohl mehr aus Ratlosigkeit denn aus einem Sendekonzept heraus - zeigte, wurde eilig weitergeschwenkt. Man einigte sich schließlich auf das idyllische Dauerbild eines verlassenen Haushalts-Bots an einer öffentlichen Ladestation, bis der Kommentator sich mit der Regie geeinigt hatte.

„Liebe Zuschauer", sprach Pad Progana mit deutlich weniger Furor in das neu eingeblendete Kamerabild. „Da tut sich was! Gerade steigt Grand-Amiral Maquevel wieder in das Fahrzeug ein, seine Sicherheitskräfte jedoch bleiben draußen. Wie bereits vermutet ist der Imperator wohlauf, wird mir berichtet. Wir dürfen nun gespannt sein, wann sich das Verdeck wieder öffnet und die Parade weitergehen kann! In wenigen Minuten wird sich die Fahrzeugkolonne dann weiter in Richtung Palais des Armes bewegen, um zum Tagungsort zu fahren. Lautsprecherdurchsagen rufen die Zuschauer zu Ruhe und Ordnung auf und die eben noch bewegten Massen kehren wieder hinter die Absperrungen zurück. Offenbar gilt jedoch noch immer eine erhöhte Sicherheitsstufe, denn um den Staatsgleiter herum sammeln sich jetzt Gravbike-Eskorten der CPU. Langsam setzt sich... Oh? Was... was ist das? Liebe Zuschauer, Sie sehen es selbst, etwas Ungewöhnliches passiert gerade! Der Staatsgleiter mit dem Imperator an Bord setzt sich zwar in Bewegung, aber er wendet! Er wendet! Das sind unglaubliche Bilder! Die beiden Fahrer mühen sich ab, das große Fahrzeug inmitten der Parade zu drehen, aber es geschieht gerade, gar kein Zweifel! Ratlose Gesichter ringsum, einzelne Personen wollen zu dem Gleiter vordringen, werden aber von den Grav-Cops davon abgehalten. Es scheint keine Fluchtbewegung zu sein, alles andere ist ruhig und auch die beiden Fahrer scheinen keine ungewöhnliche Eile an den Tag zu legen, den schweren Schlitten zu wenden. Man könnte fast meinen, der Imperator hätte aus einer Laune heraus beschlossen, das Protokoll zu ignorieren und einen Ausflug zu machen. Ja, Regie, ich weiß, das ist nicht der Fall, Claudanus III. ist ein Mann ohne Launen und voll des Kalküls zum Wohle seines Volkes! Dennoch... es sind unglaubliche Bilder, als das Fahrzeug kehrt macht, das Verdeck noch immer geschlossen und... ja... was ist das? Liebe Zuschauer, jetzt öffnet sich ein Seitenfenster, leider auf der uns abgewandten Seite, doch man sieht ganz deutlich die Hand des Imperators! Das ist sie, die Hand des Imperators, er ist wohlauf! Alles ist gut, Colerianer! Claudanus ist - wie immer - Herr der Lage und wird unseren Vor-Ort-Reportern sicherlich alle Fragen beantworten, sobald er es für richtig hält! Einstweilen können wir uns beruhigen und in Geduld üben. Der Staatsgleiter hat gewendet und fährt jetzt, von der CPU umschwärmt, in der entgegengesetzten Richtung davon, als wolle er wieder zurück zum Imperialen Palast! Das ist alles so ungewöhnlich, liebe Zuschauer, für Sie wie für mich! Die Hand symbolisch aus dem Fenster erhoben, strebt unser Herrscher davon, als wäre gerade ein neues, viertes Zeitalter angebrochen!"

Epilog:

Coleria Sol schickte erste wärmende Strahlen über Le Ganet und ließ die Wellen der Ghauri-Bucht munter glitzern, ehe diese sich dann an Land brachen und leise gluckernd zwischen die Steine zu Füßen des alten Leuchtturms schmiegten. Ganz, wie sie es immer getan hatten. Es war beginnendes Frühjahr auf Coleria Prime und auf den vergangenen Herbst war kein tödlicher, alles erstickender Winter gefolgt. Im Gegenteil. Für den frischgebackenen *Commandant d'Escadron* Rafale Goeland war es seit langem das erste Jahresendfest mit der gesamten Familie gewesen. So wie es das auch für Millionen anderer heimkehrender Soldaten war, im Imperium wie in den Kartellwelten. Noch immer konnte man das gewaltige Aufatmen hören, welches sich wie ein warmer Windhauch quer durch die gesamte Galaxis zog. Es war das erste Jahr des Vierten Zeitalters Colerias und es war Frieden. Wäre es nach Rafale gegangen, die für wenige Minuten die Sternenkrone getragen hatte, es würde für alle Zeiten so bleiben. Es bestand auch wenig Grund zum Zweifeln, dass es zumindest für sehr lange Zeit so bleiben würde. Dass kein neunter Kartellweltenkrieg mehr folgen würde. Wohin man blickte, sah man es: Erleichterte, erlöste und auch freudige Mienen leuchteten wie Blumen mehr und mehr im tristen Grau des alten Imperiums auf und breiteten sich aus, überwucherten die kriegsvernarbte Gesellschaft. Coleria hatte sich nicht von seinem Militär gelöst, wohl aber vom Krieg. Man gedachte der Toten und sah dann hoffnungsvoll voraus, in die neu erstarkte Frühlingssonne. So wie Rafale und Victor.

Händchenhaltend standen sie am Rand des kleinen, kreisförmigen Platzes um den alten Leuchtturm. Der leichte

Seewind spielte mit ihren Mantelschößen und verdrehte diese ineinander. Die Ferienregion schlief noch immer ihren traditionellen Winterschlaf, doch selbst hier, wo der Krieg nie direkt zu sehen gewesen war, konnte man den süßen Hauch des galaktischen Friedens spüren. Selbst der alte Sly, wie immer irgendwo weiter unten auf den Felsen hockend, ließ gelegentlich ein Zungenschnalzen erklingen, seine ganz ureigene Version von Jubelschreien. Immer wieder löste einer von ihnen verstohlen den Blick weg von der Sonne hin zum anderen, nur um dann lächelnd Blicke zu kreuzen.

„Sie sehen fantastisch aus in Ihrer neuen Uniform, Commandant!", neckte Vic. „Hat Ihnen das schon jemand gesagt?"

„Lass den verfrellten Quatsch, Schatz!", erwiderte sie fröhlich. „Du klingst ja fast wie Nour!"

„Einer muss doch die Rolle übernehmen, wenn er lieber zur Ernte heim nach Algaras fliegt, als dich aufzuziehen!"

„Mitsamt Granatsplitter in der Schulter! Wie hat er noch beim Abflug gemeint? *Damit ich ein Andenken an das alte Imperium behalte!*", äffte sie seinen Abarize-Akzent nach und rollte dabei mit den Augen.

„Sie werden den ja später noch herausholen, aber ich kann seine Eile verstehen. Der wollte wie alle Kolonieweltler schnell nach Hause, bevor der Imperator es sich vielleicht doch noch anders überlegt mit seiner Generalentlassung aus dem Zwangsdienst."

„Wird er nicht, aber das kann nur der sicher wissen, der hier aufgewachsen ist. Daddy schimpft gerade mächtig, weil ihm die meisten seiner Arbeitskräfte abhandenkommen."

„Der hat aber auch immer was zu meckern. Dabei kann er doch froh sein, dass der Imperator eine Amnestie für die gesamte Werft erlassen hat. Und wer braucht in diesen Zeiten noch neue Kriegsschiffe?"

„Na ich? Oder was soll ich dann kommandieren mit meiner tollen Beförderung, hm?"

„Na mich doch, oder?" lachte Victor. „Sogar ohne das Glitzerzeug auf den Schulterstücken."

„Du hast doch eh keine Zeit, dich schikanieren zu lassen, jetzt wo sich alle Medien um den großen Victor Nadar und seine Exklusivreportagen reißen. Ich konnte ja froh sein, dass ich heute morgen einen Termin bei dir bekommen habe. Ich hätte den Sonnenaufgang nur schwer überreden können, auf dich zu warten."

„Jetzt gönn mir doch auch mal was! Also außer deinem zuckersüßen Herzen, meine ich", sagte Victor und drehte Rafale zu sich, um ihr einen Kuss zu geben.

Als sie sich lösten, sah er ihr lange in die Augen, genoss, wie sie ihn unter dem schwarzen Lackschirm ihrer Dienstmütze hervor ansah. Dann zog er das zerknitterte Foto aus der Tasche seines Staubmantels und hielt es neben das Original.

„Was schaust du?", fragte sie und versuchte dabei, in seinen Augen zu lesen.

„Weißt du, was mich am meisten an dieser Geschichte fasziniert?", fragte er dann, ohne das Bild neben ihrem Gesicht aus den Augen zu lassen.

„Sag es mir."

„Dass du wieder genauso unbeschwert lächelst wie auf dem Foto, in das ich mich verknallt habe. Der Kreis schließt sich."

„Eine Galaxis zu retten ist also eine vorzügliche Verjüngungskur, hm? Wenn ich das nochmal machen sollte, musst du dann vermutlich Lizu um Kinderfotos von mir bitten."

„Ich frag einfach deinen Daddy, wenn er uns besuchen kommt!"

384

„Untersteh dich!", lachte sie ihm fröhlich ins Gesicht und stieß sich dann von ihm ab. „Apropos: Als ich auf dich gewartet habe, habe ich Sly gesagt, er hätte sehr dazu beigetragen, die Galaxis zu retten. Und weißt du, was er geantwortet hat? *Mh-mh-mh.*"

„Das spricht geradezu Bände!", lachte Vic, von ihr angesteckt.

Rafale wandte sich ab und ging einige Schritte auf ihre Thunderwing zu, welche korrekt auf den Parkplätzen unterhalb des Leuchtturms abgestellt war. Der lange, schwarze Uniformmantel, bald ein Relikt des Winters, wehte kurz beiseite und zeigte ihre Beine. Sie balancierte auf ihrem linken Fuß wie ein Watvogel.

„Ist der Fuß wieder in Ordnung?" rief Victor und kam ihr nach.

„Ich bin ja ganz zufrieden, aber die Militärärzte haben mir ein Disziplinarverfahren angedroht, sollte ich ihn überlasten."

„Das nenne ich mal ein strenges Regime", sagte Victor nachdenklich, während er zu ihr aufschloss und ihr dann einen Arm um die Schultern legte. Zwei Finger schoben sich unter die betressten Epauletten.

„Hat protokollarische Gründe. Im nächsten Monat findet der erste Flottenbesuch von Einheiten der kombinierten Streitkräfte der Kartellwelten seit 35 Jahren statt. Martin - Entschuldigung - Brigadier General O'Dowd hat ausdrücklich darum gebeten, dass ich auf dem Militärball seine Tanzpartnerin bin und Aguinot hat ihm dies ebenso ausdrücklich versprochen. Die beiden werden mir schön den Arsch aufreißen, wenn ich mich kurz davor fußkrank melde!"

„Oho! Martin, ja? Muss ich da etwa eifersüchtig werden, Commandant?", feixte Victor und schnippte mit einem Finger unter Rafales Mützenschirm.

„Vorher bin ich es wohl. Wegen der ganzen jungen, hübschen Reporterinnen, die unbedingt mit dir zusammenarbeiten wollen!"

„Pah, die werden schon noch allesamt von Marjolaine verscheucht! Das Verscheuchen hat sie über viele Jahre bei den ganzen Inkasso-Agenten geübt."

„Wie geht es ihr denn eigentlich?", fragte Rafale nach, ihre ausgelassene Miene schmolz bei dem Stichwort ein wenig dahin.

„Die Kur auf der Île du Ciel hat ihr sehr geholfen, wieder auf die Beine zu kommen. Ich muss mich da auch noch bei Artouste bedanken, dass er seine Verbindungen hat spielen lassen. Sie wirkt manchmal noch sehr traurig und ich habe ein ganz mieses Gefühl, weil ich sie da reingeritten habe. Aber ich nehme sie jetzt überall hin mit und solange sie etwas zu tun hat, trägt sie das alles mit Fassung. Sie ist ein zähes Mädchen."

„Donnet hat dafür bezahlt. Und mit ihr der gesamte Colerianische Herbst, das ist ein Trost", erwiderte sie und lehnte sich seitlich an ihn, den nachdenklichen Blick auf den alten Leuchtturm fixiert.

„Haute-Pleine hat ganze Arbeit geleistet, auch ohne dass Artouste seinen Bluff mit dem Bombardement auflösen musste. Das Einzige, was mich wurmt, ist dass sie Dibaleaux nicht drankriegen konnten."

„Manche Tiere sind halt so groß, dass sie, selbst wenn sie fallen, immer noch groß genug sind. Das ist nun mal so, wenn man eine Menge Gönner hat. Nun ja... und Zwangspensionierung von allen Ämtern und lebenslanger Hausarrest sind auch schon einiges. Jemanden wie Dibaleaux wird das unglaublich anfressen. Wie einen Haifisch, den man auf Diät gesetzt hat. Ich glaub, der wäre lieber bei der Erstürmung draufgegangen, als das mitzumachen."

„Auch wieder wahr", stimmte Victor zu. „Solange er uns keinen Ärger mehr macht, bin ich mit 90% Ergebnis schon zufrieden."

„Wer sollte uns denn noch Ärger machen?", sagte sie und das glückliche Lächeln kehrte in ihr Gesicht zurück. „Jetzt wo wir all das - Hey!"

Mit überraschtem Gesichtsausdruck sah Rafale nach oben, zu den Seevögeln, welche geschäftig die Leuchtturmspitze umkreisten. Dann wanderte ihre behandschuhte Linke langsam an ihre Offiziersmütze und nahm diese ab. Das Gefühl hatte sie nicht getäuscht: Mitten auf der Mütze war ein großer Klecks Vogeldreck gelandet. Ihre Augenbrauen zogen sich zusammen und sie sandte finstere Blicke nach oben. Dann setzte sie den Kopfschmuck wieder auf.

„Sei froh, dass du nicht die Sternenkrone getragen hast, Schatz. Das wäre jetzt ein Eklat erster Güte gewesen. Und ich hätte die Exklusivstory!", nuschelte Victor ihr mit kaum zu überhörendem Schalk zu.

„Die Natur scheißt auf uns, und das ist wohl gut so, was?", lachte sie plötzlich los. Unbeschwert, befreit, sonnig.

Als die beiden einander umarmten, rutschte die Mütze von Rafales roter Haarpracht und ließ diese frei im Wind auffliegen, es den flatternden Mänteln gleichtun. Die Mütze fiel unbeachtet zu Boden und rollte einen Halbkreis, um dann unter dem Ständer der schlafenden Thunderwing hängenzubleiben.

Es war das erste Jahr nach dem achten Kartellweltenkrieg. Rafale Ghauri Goeland, die ausgezogen war, um die andere Seite der Medaille zu entdecken, sah diese Medaille nun im Sonnenlicht Colerias zusammenschmelzen, bis sie zu einer Kugel, einem funkelnden Globus geworden war, der endlich eins mit sich sein konnte.

Ganz Coleria.

Krieg dem Krieg

"Der Krieg ist die grausamste Gewaltanwendung, und zwar nicht nur gegenüber dem Partner, sondern gegenüber den eigenen Soldaten. Er ist die rücksichtsloseste Despotie gegen wehrlos gemachte Massen, denen die Verfügung über ihr eigenes Leben entzogen ist. Hunderttausende werden auf Wunsch eines einzigen geopfert. Und diese Massen wissen nicht, ob sie für Recht oder Unrecht kämpfen. Sie haben keinen Einblick in die geheimen Machenschaften der Diplomatie und können nicht kontrollierend auftreten. So stirbt jemand, ohne zu wissen, warum und für wen. Heilig soll der Grundsatz 'Krieg dem Krieg' sein."

Karl Rosner, Tagebucheintrag vom 11. Juni 1916 vor Verdun

Sauer, Andreas (Hrsg.): Heilig soll der Grundsatz „Krieg dem Krieg" sein!: Die Erinnerungen Karl Rosners an seine Kriegserlebnisse im Jahr 1916. Erfurt: Sutton Verlag. 2008. 129f

mit freundlicher Genehmigung des Sutton Verlages

Danksagungen

Herzlich bedanken möchte ich mich an dieser Stelle bei: Meiner gesamten Familie für die Geduld, Inspiration und Leidensfähigkeit. Außerdem bei Annika, Bernhard, Eazy, Jörg, Mike, Sonja, Sylvia. Ein besonderer Dank posthum an Thomas McGowan für Rafales Taschenspielertricks und nicht wenige ihrer Launen. Rachid für die Inspiration zu Fareq Nour und der Abarize-Sprache. Alex für die Hauling Thrones. Frau Beyer vom Sutton Verlag. Stephanie Sigel (www.riastarchild.de).

Besuchen Sie mich auf

Meiner Autorenseite (https://vanwijhe.jimdo.com)
Facebook (www.facebook.com/SylviaVanWijhe/)
Instagram (www.instagram.com/sylviavanwijhe/)

oder schreiben Sie mir:

sylvia.van-wijhe@gmx.de

Sylvia van Wijhe
Colerianischer Herbst
Band 1: Tiefer Fall
ISBN 978-3967410327

Es ist das zweite Jahr des achten Kartellweltenkrieges. Die Bevölkerung des stolzen colerianischen Imperiums ist kriegsmüde, während sich ihr Reich schleichend in einen totalitären Überwachungsstaat umgewandelt hat. Lieutenant Rafale Goelands Laufbahn endet abrupt nach einem misslungenen Evakuierungseinsatz, der verdächtig nach Sabotage riecht. Im verzweifelten Kampf um ihre Rehabilitierung entdeckt Rafale, dass es um weit mehr als nur ihr eigenes Schicksal geht. Mithilfe ihrer ungleichen Verbündeten, der Karriereoffizierin Emeraude D'Oustrac und des Kolonieweltlers Fareq Nour macht sie sich auf die Suche nach Antworten, während der Krieg um sie herum sein gewohntes Gesicht verändert und in einen totalen Vernichtungsfeldzug eskaliert. Im Laufe ihrer Nachforschungen gerät sie zwischen alle Fronten - interne wie externe - und findet dabei die Spur einer großangelegten Verschwörung, die das gesamte Imperium samt Imperator in den Abgrund reißen könnte...

Sylvia van Wijhe
Colerianischer Herbst
Band 2: Schattenseiten
ISBN 978-3967411027

Kaum, dass Rafale und ihre Gefährten mit einem abenteuerlich zusammengestoppelten Raumschiff in den Hyperraum
entkommen sind, verdichten sich die Konflikte rund um die
nun fahnenflüchtige colerianische Astrogatorin. Es zeigt sich,
dass ihr nicht nur das eigene Imperium und die Verschwörergruppe dichter auf den Fersen sind, als sie ahnte: Auch der
eigentliche militärische Gegner aus den Kartellwelten hat ein
auffälliges Interesse an Rafales Reiseziel, dem Kleinplaneten
Banda III. Ihr Vater Artouste bekommt indessen die harte
Hand des Imperiums zu spüren, doch gibt es auch Licht im
Dunkel: Von der imperialen Justiz bedrängt, erhält er uner-
wartete Rückendeckung durch die versklavten Kolonieweltler
und den abgehalfterten Reporter Victor Nadar und wird so
zur Symbolfigur wider Willen eines planetaren Aufstandes.
Ohne von ihren neuen Alliierten zu wissen, fokussiert sich
Rafale auf den Schlüssel zur Lösung ihrer Probleme: Die
Datenrekorder eines Schiffswracks, das verlassen auf Banda
III ruht.

Sylvia van Wijhe
Sternenpendler
ISBN 978-3738611588

In einem fernen Universum, zu einer unbekannten Zeit, hat sich der Mensch das weite All untertan gemacht. Man fliegt im Hyperraum, löst die komplexesten Aufgaben und baut die ausgefeiltesten Maschinen.

Und doch: In allem steckt der Mensch als Erschaffer, und mit ihm seine Fehler. Die erfahrene Astrogatorin Rafale Ghauri Goeland weiß davon ein Lied zu singen, denn die Fehlerquelle Mensch begleitet sie auf all ihren Abenteuern:

In der Geschichte „Freier Fall" steckt der Teufel im Detail. Ein tragischer Unfall in einem geheimen Rüstungsprojekt nötigt die Heldin zu einem Wettlauf mit der Zeit, den sie gewinnen muss, um nicht selbst Opfer eines winzigen Fehlers zu werden.

Um fehlerhafte Ethik geht es in der Krankenhaus-Krimi-Komödie „Kratzen im Hals". Mit Symptomen einer Infektion begibt sich Rafale in die Obhut von Ärzten, doch die Behandlung mündet in einen mörderischen Albtraum.

In den Kurzgeschichten „Nufa Libre" und „Alles war perfekt" erliegt die quirlige Protagonistin schließlich selbst ihren feucht-fröhlichen bis sinnlichen Irrtümern.

Sylvia van Wijhe
Wijhssagungen
ISBN 978-3738646306

Es gibt so viele Ratschläge, das Glück zu finden, dass man die Übersicht verlieren kann. Für die Autorin liegt der Weg zum Glück jedoch nicht darin, das Leben immer schneller immer mehr zu überfrachten, sondern sich das eigene Leben wie ein buntes Kaleidoskop vor die Augen zu halten und jeden Tag aufs Neue die wunderbaren kleinen Dinge zu entdecken, die es so facettenreich, lebenswert und einzigartig machen. Jede Beobachtung, jeder Kommentar, jeder Vers, der einem im Kopf herumspukt, ist ein kleines Teil in diesem Kaleidoskop, und so wie mancher seine Träume beim Aufwachen notieren mag, sammelt sie diese kleinen Blüten und Skurrilitäten des Alltags. Das Ergebnis ist dieses Buch, das vielleicht eine Anregung für den Leser ist, die Augen wieder weit zu öffnen für die kleinen Wunder des normalen Lebens.

9 783757 845063